rowohlt
BERLIN

Olaf Kühl

LETZTES SPIEL BERLIN

Roman

Rowohlt · Berlin

1. Auflage September 2019

Satz aus der Haarlemmer bei
Pinkuin Satz und Datentechnik, Berlin
Druck und Bindung CPI books GmbH, Leck, Germany
ISBN 978 3 7371 0075 5

Ihr werdet die Wahrheit kennenlernen, und die
Wahrheit wird euch frei machen
Johannes 8:32

Deine Hände riechen nach Blut», sagte meine Frau und schob mich weg.

Ich führte meine Finger unauffällig an den Mund. Kuppen. Haut. Meine Haut. Nichts Fremdes.

Morgens. Im Bett.

Ich durfte jetzt nicht voreilig nachfragen. Mir keine Blöße geben. Möglicherweise hatte sie das in einem übertragenen Sinn gemeint. Sie würde dann nur wieder denken, dass ich als Pole überfordert bin. Von der Denk- und Ausdrucksweise dieses großen weiblichen Körpers an meiner Seite, einer Deutschen. Ich – das Kind. Der Pole. Überfordert vom deutschen Geist. Will ja nur spielen. Nicht erwachsen werden. Ich weiß, was sie denkt.

Wie ein Kleinkind hungerte ich nach ihrem Blick, den zwei lebendigen Augen. In guten Zeiten gab dieser Blick mir das Gefühl, ein vollwertiger Mensch zu sein. Ernst genommen zu werden. In schlechten Zeiten vermochte er mich auszuhungern. Die Therapeutin, strafend, hart, abgewandt. Du willst mich nicht verstehen, sagte der zur Wand gerichtete Blick.

«Bzdura!», rief ich, verletzt vom Verdacht wie von ihrer erotischen Zurückweisung, spürte aber auch sofort wieder dieses verdammte Schuldgefühl. Sie schaffte es noch jedes Mal. Wieder war ich das kleine Kind im weiß gestrichenen, einschüchternden Wartezimmer des Zahnarztes in einem Vorort von Warschau und nahm mit bebenden Nasenflügeln wahr, dass da irgendetwas roch. Als ich entdeckt hatte, dass ich draußen in Hundedreck getreten war, musste ich so tun, als wäre nichts. Meine Mutter hätte mich umgebracht. Sie konnte sich den Arzt nur mit Mühe leisten.

Sekunden später stand ich vor dem Badezimmerspiegel. Zeigefinger auf der Oberlippe. Ein Hauch von Metall, vielleicht. Wenn ich meinen Geruchssinn anstrengte. Eine ferne Erinnerung der Haut – an abgewetzte Türklinke, Kupfermünze …

Oder die Pistole.

Ich erschrak selbst vor dem Lächeln, das auf meinen Lippen aufplatzte. Sollte sie meckern. Ich stand vor dem Badezimmerspiegel und wusch mir die Hände.

Der im Spiegel grinste.

Und wenn es ihr Blut ist? Die wäscht ihre Hände doch in Unschuld, sagte der Ungepflegte. Ich ertappte mich, wie ich ihm die Worte von den Lippen ablas und sie nachsprach: *Von der lässt du dich einschüchtern?*

«Vo'em?», fragte ich, die schäumende Zahnbürste im Mund.

Von dieser Deutschen.

«Immerhin ist sie meine Frau», gab ich zu bedenken. Und gurgelte.

Unschuld gibt es nicht, sagte er. *Sie hoffen auf unser Vergessen.*

Ich stellte die Bürste in den Keramikbecher, beugte mich dicht zum Spiegel und sah diesem Gesicht nachdenklich in die Augen. Der da war zurückgedriftet in seine eigene Welt.

Zurück ins Bett ging ich nicht. Vermutlich lag Frieda sowieso schon auf dem Fußboden und machte Yoga. Ich wusste, wie sie reagiert, wenn ich die Tür auch nur einen Spalt weit aufmache und einen Blick hineinwerfe. Selbst wenn es nur wäre, um tschüs zu sagen. Ich zog mich an.

In der Küche öffnete ich das Doppelfenster. Ein frischer Frühlingstag. Über den Hof redete jemand laut Arabisch, ein

Mann im langen weißen Gewand, der auf dem Balkon im dritten Stock telefonierte. Mich faszinierte die Ungehemmtheit, mit der er seine widerspenstigen, fremden Kehllaute in die Berliner Luft stieß, sodass alle Nachbarn zum Mithören gezwungen waren. Kurz darauf trat eine kleine, verschleierte Person zu ihm. Das dunkelblaue Tuch reichte ihr bis auf die Brust. Sie stand klein und schwarz da und hörte reglos zu. Der Mann brüllte jetzt ins Handy. Er regte sich über irgendwas sehr auf. Ich wandte mich der bunten Blechbüchse mit dem Kaffee zu, das Pulver roch wie brauner Tropentabak an meinen Fingern, als ich drei Löffel in den Papierfilter gab. Bewegungslos stand ich da, lauschte der wilden Rede draußen und wartete, dass das Wasser sprudelte. Das dauerte mir zu lange. Als der Automatikschalter knackte, hatte ich meine Jacke schon übergezogen, dann schlug ich die Wohnungstür zu.

Die Straße war dunkler als der Hof, sie lag im Schatten der hohen Backsteinmauer gegenüber. Mehr als ein Jahr lang war ich an dieser Mauer vorbeigeschlichen, ohne zu wissen, was sich hinter ihr verbirgt. Wohl nicht einmal den Kopf habe ich gehoben, um sie in ihrer ganzen Höhe wahrzunehmen. Eine Mauer wie ein Meer, das viel zu gewaltig ist, um in seinem ganzen Ausmaß wahrgenommen zu werden. Immer bog ich rasch nach links ab, steckte höchstens den Kopf in Alis Wettspielhölle und eilte zur nächsten Kreuzung, wo das Menschengewimmel mich erlöste.

Diese Kirche war mir, auch nachdem ich sie als solche erkannt hatte, lange fremd und unzugänglich geblieben. Berlins Gotteshäuser sind meist verschlossen. Ich hatte es gar nicht erst versucht. An einem Heiligabend wagte ich mich das erste Mal dort hinein. Ohne Frieda. An den Worten des Priesters erkannte ich, dass er Pole war. Ich beichtete zum ersten Mal seit dreißig Jahren. Er fragte nicht nach meiner letzten Kommunion.

*

«Montag, 11:03 Uhr. Der Pole verlässt das Haus. Dunkle Jeans, schwarze Lederjacke, Leatherboots. Immer die gleiche Aufmachung. So was haben sie bei uns in den Sechzigern getragen. Ich kenn das aus Filmen von den Vietnam-Demonstrationen. Easy Rider. Ziemlich verspätet hier angekommen, oder es ist das Einzige, was ihm von seiner Vergangenheit geblieben ist. Vielleicht hat er auch nicht mehr Auswahl im Schrank. Vielleicht hat er da sogar noch den alten Hochzeitsanzug hängen. Sahnebonbonhell, mit unsauberer Bügelfalte. Manche Leute werfen so was nie weg. Stinkt nach Mottenpulver, stört sie nicht. Leute erstarren in ihrem Outfit wie Krebse im Gehäuse. Du weißt nicht mal, ob sie da selbst noch drin sind. U5 Richtung Osten, da siehst du solche DDR-Beaus mit langem, gewelltem Haar. Kleiderpuppen ihrer selbst.

Jetzt bleibt er vor der Spielhölle stehen, wirft einen Blick durch die Tür, hebt die Hand, ruft hinein, ein unrasierter Türke kommt raus, der ihn offenbar kennt, nicht zu verstehen, was sie sagen. Dann geht er weiter.

Ecke Turmstraße wird er verlangsamt vom Strom der Menschen und Automobile. So wie jemand, der durch die Dünen ans Meer tritt. Dabei ist die Kreuzung hier eher Tümpel als Meer. Für Berlin aber offenbar schon Großstadt genug. Denk ich an Chicago … Zwischen dem türkischen Händler an der linken und dem Bioladen an der rechten Ecke bleibt er stehen und lässt alles an sich vorbeifluten, nach der trügerischen Ruhe dort oben in der Wohnung. Die Ampel schaltet auf Rot.»

Niemand wusste genau, woher der Gesichtslose seinen Spitznamen hatte. Der Grund jedoch ist offensichtlich: der schreckliche Brandunfall vor vielen Jahren, von dem Kollegen sagten, er habe sein ganzes Leben verändert. Die Flammen hatten die Gesichtshaut geschädigt. Die Augen waren unversehrt geblieben, doch betrug die Sehkraft seines rechten Auges ohnehin nur noch einen Bruchteil der früheren Stärke. Sein Kopfhaar soll nur noch eine Matte von kleinen, verklumpten Kügelchen gewesen sein. Verbrennungen dritten Grades vernarben wulstig. Sie sollen am meisten zu der Verunstaltung beigetragen haben. An den weniger betroffenen Flächen löste sich, wie es hieß, lappenweise die Haut vom Gesicht.

Faceless. Inzwischen war er sogar ein bisschen stolz darauf. Er hielt das Blatt vor seine kurzsichtigen Augen und drehte es ins silbrige Tageslicht. Viel war es nicht, denn das Grundstück war von hohen Pappeln überschattet. Das Fenster des Büros ging auf eine vierspurige Allee im Süden Berlins, mit baumbestandenem Mittelstreifen. In beiden Richtungen zogen Autokarosserien vorüber. Auf der Wiese zwischen Haus und Allee zitterte das noch junge Laub im Wind. Der Gesichtslose dachte an die Straße, an der sein Haus in Amerika gestanden hatte. Die Bäume dort waren kleiner.

Aber mich kann nichts mehr überraschen – er hob das Blatt und ließ es bei diesem Satz gleich wieder sinken. Als er vor einigen Wochen die ersten Berichte dieses jungen Kerls auf den Tisch bekommen hatte, war er perplex gewesen. Der war neu in Berlin und schrieb ganze Romane statt der üblichen knappen Observationen: «Objekt bewegt sich zur Kreuzung Turmstraße, verharrt, geht nach rechts. Setzt sich in einen Dönergrill.» Nein, stattdessen bekam er nun seit Tagen Cowleys Ergüsse:

Es ist, als kokettierte er mit sich selbst, jeden Morgen. Noch nie habe ich gesehen, dass er das Haus zusammen mit seiner Frau verlassen hätte.

Der Pole wendet sich nach rechts in Richtung Gotzkowsky-Straße, setzt die ersten paar Schritte neugierig und energisch wie ein junger Hund, fällt aber sofort zurück in sein übliches Schlendern. Dazu das für ihn typische Schulterzucken. Er verlangsamt den Gang. Spielt Gleichgültigkeit.

«Wer sagt's denn?!», grinste der Gesichtslose. «Von Hunden lernen.»

Hoppala, hab ich's eilig?, schien das Schulterzucken zu sagen. Schon geht sein Blick auf meine Straßenseite. Ich drehte rasch den Kopf weg, auch wenn es unwahrscheinlich war, dass er mich im Gedränge der schwarzen Kopftücher und bunten Röcke wahrnehmen würde. Sehen vielleicht, wahrnehmen nicht.

Er lernt es nicht, fluchte der Gesichtslose. In einem Observationsbericht hat das Ich nichts zu suchen. Denjenigen, der da beobachtet, darf es nicht geben. Es darf keinen Körper geben, der zuschaut. Keinen Mann, der sich ärgert, weil er die Spur verloren hat. Der gerade seinen Job verflucht, weil er in ausgelatschten Halbschuhen an der Bordsteinkante umgeknickt ist, um einer Horde Halbstarker auszuweichen. Denn wenn es ihn gäbe, diesen Mann, dann bestünde die Gefahr, dass man von irgendeiner Kleinigkeit der Beschreibung auf ihn schließen, ihm auf die Fährte kommen könnte. Das muss dieser Kerl endlich kapieren.

Auf der Turmstraße schiebt es sich hoch und runter, zum Eingang der U-Bahn. Die Stromstraße rüber liegt dieses Amt, das für Hunderttausende von Migranten zuständig war, passenderweise heißt es Landesamt für Gesundheit und Soziales. Vor drei Jahren sollen sich davor große Mengen von Menschen gesammelt haben. Jetzt ist alles aufgesogen, über die Stadt verteilt. Man sieht nur noch Reste. Junge Männer in der Grünanlage, die scheinbar unschlüssig dastehen, ein paar Schritte auf und ab tun, warten. Man müsste ihnen länger zuschauen, um den Sinn ihrer Bewegungen zu enträtseln. Wer steckt wem was zu. Das ist nicht einfach. Sie merken blitzschnell, wenn ein Fremder den Schritt verlangsamt oder den Kopf zu ihnen wendet. Sie wittern das. Noch sind sie nicht lange genug hier, um frech zu werden, sind noch unsicher, was sie sich herausnehmen dürfen und was nicht.

Das Auge des Polen wanderte über mich. Physikalisch war ich auf seiner Netzhaut abgebildet, wenige Pixel groß – aber wahrgenommen hat er mich nicht. Die Information ist da, aber sie wird nicht rezipiert. Ich hätte genauso gut der graue Wasserfleck an der Hausmauer dort sein können. Dabei war ich es leibhaftig. Operations Officer Jonathan Cowley aus Jackson, Kentucky, von dem seine Großmutter nie gedacht hätte, dass er einmal vor einer türkischen Bäckerei in der Stadt stehen würde, in der ihr Mann vor fast siebzig Jahren Besatzungssoldat gewesen war. Und in der es damals fast noch keine Türken gab. Sie wäre jetzt stolz auf mich, ganz sicher.

Der Gesichtslose fluchte leise. Seine Hauptbeschäftigung bestand in dem Löschen von Ich-Sätzen.

Bald saß er im Kebab-Laden an der nächsten Ecke und trank Kaffee. Die Glastür des Bistros war aufgeklappt, es war warm genug. Der Türke säbelte an dem Kebab-Torso herum. Gepresste Fleischreste, eher weiß als rosig. Hätte auch Spanplatte sein können. Keine Ähnlichkeit mit den Tieren, aus denen sie es gemacht haben. Nur das Wissen, dass es ein Tier gewesen ist. Ein Tier, das Augen hatte. Die Augen sind das Problem. Deshalb hat der Russe Tschikatilo seinen Opfern, bevor er sie tötete, die Augen ausgestochen. Ich beobachtete, wie der Mann das Messer hält und mit welcher Hand. Linkshänder, Rechtshänder? Wie er das Aas ganz leicht mit zwei Fingern berührt, als müsste er es vor dem Schnitt beruhigen. Wie ein Barbier die Kinnlade des Kunden fixiert, um ihm nicht unbedacht in die Wange zu schneiden. Ich musste an die Schulungs-Aufnahmen in Langley denken, kennen Sie die? – Enthauptung russischer Söldner durch die Tschetschenen. Man denkt sich, das geht ruck, zuck. Von wegen. Es dauert quälend lange. Quälend schon für den Betrachter. Mancher aus unserer Gruppe hat's nicht ausgehalten und ist rausgelaufen. Mag sein, dass man sich mental für so etwas wappnen kann. Ich glaub's ehrlich gesagt nicht. Wenn es wirklich losgeht, ersäufst du in Angst und bist ein nasses Bündel Nerven.

Vielleicht bist du zu zart besaitet für diesen Job, Officer Cowley? Zu geschwätzig auf jeden Fall. Der Gesichtslose musste an die Passagen in Cowleys Personalakte denken, die ihn von Anfang an stutzig gemacht hatten. Früher hätte man solche Leute nicht eingestellt.

Der Pole ist weitergewandert zu einem Café-Tischchen schräg gegenüber vom Rathaus an der Turmstraße. 13:22 Uhr erhebt er sich dort, durchquert den kleinen Park, klatscht irgendjemandem die Hand, geht rüber nach Alt-Moabit und von dort die Kirchstraße Richtung S-Bahnhof Bellevue. Auf der Brücke bleibt er stehen und guckt auf den Fluss. Träge, fast zögerlich, wallen die grauen Wassermassen Richtung Westen. Zwei unnahbare grüne Glastürme ragen neben dem Hotel Abion in die Höhe. Am roten Pilz der Imbissbude kauft er eine Currywurst. Steht damit rum, dreht sich manchmal im Kreis und sichtet, was um ihn herum passiert, sticht in die Pelle der Wurst oder die Pommes und schiebt sie sich in den Mund.

Mann, der scheint alle Zeit dieser Welt zu haben. Ich wette hundert Dollar, dass er heute wieder genau dieselbe Strecke fahren wird.

Oder er hat was gemerkt, argwöhnte der Gesichtslose. Irgendetwas stimmt an dieser Sache nicht. Dieses Gefühl verließ ihn seit Tagen nicht.

Im März steht die rote Bude mit den Erdbeeren, selbst in kantiger Erdbeerform, noch verschlossen da. Jetzt kommt dieser Lisiecki die S-Bahntreppe runter, ein polnischer Maler. Ist überprüft: Wohnung am Hansa-Platz, Atelier in Steglitz, verkauft ganz ordentlich. Klein, schwarzhaarig, Dreitagebart, so ein knubbliger Künstlertyp; keine Anhaltspunkte für weitere Nachforschungen. Sie klatschen ihre Handflächen gegeneinander. Kurzer Wortwechsel. Überflüssige Menschen haben die alten Russen das genannt.

Wie kommt er auf die Russen?, fragte sich der Gesichtslose. Will sich wohl bei mir einschmeicheln. Solche Bemerkungen versöhnten ihn immer wieder mit Cowleys Logorrhö. Es war ja richtig: Die Größe eines Volkes bemisst sich daran, wie viel Wahrheit es über sich selbst verträgt.

Der Pole fährt die Rolltreppe hoch. Ich nehme ausnahmsweise den Fahrstuhl, verliere ihn eine Minute aus den Augen. Mache mir den Spaß und riskiere es. Der Fahrstuhl spricht und erklärt mir lang und breit, dass er jetzt die Türen schließen wird. Als ich endlich oben rauskomme, fährt die Bahn ein, der Pole steht wie erwartet am Bahnsteig. Er fährt von Bellevue fast immer Richtung Osten, zur Friedrichstraße. Ein manisches Ritual. Am Zielbahnhof lässt er sich von der Rolltreppe am Westende des Bahnsteigs nach unten tragen, geht an der üppigen Front der Obsttheke auf der Zwischenetage vorbei, an der er nie etwas kauft. Zu teuer für ihn. Ich habe einmal gesehen, wie er die Münzen aus seiner Hosentasche nachzählt. Er nimmt die zweite Rolltreppe nach unten und wartet auf die S1. Fährt bis Yorckstraße. Dort steigt er aus, wirft einen kurzen Blick durch die Baulücke über die Gleise nach rechts, nimmt die Treppe nach unten, fast unlustig, als überlegte er, ob er vielleicht lieber umkehren sollte, geht in die Unterführung, vorbei am Türkenmarkt, wo sie gerade die Zelte abbauen, es ist später Mittwochnachmittag, zertretenes Obst und Plastikfolie liegen auf dem Boden, er bleibt an einigen Ständen stehen, manch einen scheint er zu kennen, reicht den Türken die Hand, wechselt Worte, geht rechts rein in die Mansteinstraße. Läuft mit verhaltenem Schwung, so als könnte er mit dem gewohnten Gang die Wirklichkeit überlisten, könnte alles, was passiert ist, ungeschehen machen, und es würde sein wie immer – sein Freund, der Killer, wäre wieder ein Guter und würde die summende Haustür öffnen. Er würde die Treppe hochgehen, sie würden einen Kaffee am offenen Balkon trinken und ihre linken Weltverbesserungspläne ausbreiten, oder was immer sie dort gemacht haben. Jetzt steht er vor dem Eingang der Nummer neun, drückt gegen die Haustür, klingelt und wartet ein paar Sekunden. Heute vergebens. Nur wenn der Hausmeister die Zugfeder nicht nachjustiert, fällt sie nicht richtig zu. An solchen Tagen steigt er hoch in den zweiten Stock und bleibt vor der Wohnungstür stehen. Sie ist nach wie vor unversiegelt. Ein lächerliches Sicherheitsschloss. Er klopft nach einer Weile, nicht laut, so als tue er etwas Verbotenes. Nie hat er versucht, die Tür mit einer Scheckkarte zu öffnen.

Unsere kleinen Überraschungen warten dort, unsere Ostergeschenke liegen ungeöffnet auf dem Gabentisch. Wer konnte wissen, dass dieser Mensch so ein Versager ist. Kein Sturm, kein Drang. Was ist aus den großartigen Polen der Vergangenheit geworden? Aus den aufsässigen Adligen mit ihrem Liberum veto? Napoleons tapferen Soldaten, die sich auf dem Marsch nach Moskau vor den Augen des Oberbefehlshabers in den reißenden Strom stürzten und mitsamt ihren Pferden ertranken? Ihre Gene sind von der Geschichte verweht. Dieser lahme Gaul hier scheut sogar vor einer Wohnungstür. Die wir absichtlich nicht mal verschlossen haben. Er fürchtet sich davor, was er dort zu sehen kriegen könnte. Das ist der wahre Grund. Wenn sich ein Freund von mir ein paar Tage nicht melden würde, würde ich als Erstes nachsehen, ob er nicht tot in seiner Wohnung liegt. Kommt im besten Alter vor. In der Badewanne ausgerutscht, mit dem Kopf aufgeschlagen. Bums. Fertig.

Er tritt ein paar Schritte zurück und guckt nach oben.

Die Pflanzen am Fenster sind immer noch grün. Ich habe sie neulich gegossen, es wäre schade drum. Hab zu Hause in Jackson auch solche.

Rein mit dir, Junge!

Aber nein. Er geht hoch zur Yorckstraße, steigt in die U-Bahn und fährt zum Hermannplatz. Auch diese Strecke kenne ich schon auswendig. Ich positioniere mich an der nächsten Tür und behalte ihn über die Bänke im Blick. Er setzt sich selten hin.

Sinnlose Fahrten. Hypnotisierend und leer.

Hier in der Sonnenallee hört man jetzt viele neue Sprachen. Ich kann sie zwar auseinanderhalten, aber nicht immer genau sagen, wer woher stammt. Dazu war unser Unterricht nicht gründlich genug. Die Gesichterformen – irakische, syrische, jemenitische, albanische, tschetschenische … die haben sie uns eingepaukt. Auf jeden Fall Moslems, fast durch die Bank. Jetzt gehen arabische Großfamilien zu dritt oder viert nebeneinander und weichen den Entgegenkommenden aus Prinzip nicht aus. Sie haben das Trottoir für sich gepachtet. Dabei sind die Bürgersteige sowieso schon viel breiter als in Amerika. Arabische Großväter sitzen mit mehreren Generationen ihrer Nachkommen an Wasserpfeifen vor den Cafés, auf den ersten Blick ganz friedlich. Aber wer weiß, was daraus wird. Spätestens in diesem Schlauch der Sonnenallee merkt man, dass von einer ausgewogenen Bevölkerungsstruktur nicht mehr die Rede sein kann.

Der Gesichtslose schwenkte vom Ausdruck des Berichts zum Bildschirm, klopfte die Zigarre im gläsernen Aschenbecher ab. Er scrollte den Text seines jungen Mitarbeiters, suchte den letzten Satz und löschte ihn. Die Feststellung war erstens banal, zweitens unsinnig, drittens irrelevant für den Fall. Und sie hätte Cowley selbst schaden können. Man merkte, dass er in dieser elenden Kleinstadt in Kentucky aufgewachsen war. Hätte sich mal ein paar Monate in New York austoben, von den Vorzügen der Vielfalt überzeugen sollen. Trotzdem ist er gut, dachte der Gesichtslose. Er lernt schnell, er hat Grundkenntnisse in Arabisch. Sein Traum war Beirut, aber nun war er zur Verstärkung der operativen Arbeit nach Berlin geschickt worden. Sein erster Einsatz im Ausland, gleich nach der Ausbildung.

Hier am Ende des langen Büroflurs beschwerte sich niemand über den Zigarrengeruch. Er rauchte wenigstens keine Machorka mehr. Die Fenster standen weit offen. Sein Faible für alles Russische hatte der Gesichtslose vor vielen Jahren entwickelt, bei seinem Studium der Sowjetwissenschaften. Er hatte noch den berühmten Professor George Kennan in Seminaren erlebt. Am Institute for Advanced Russian Studies in Washington D.C. war er auf den Geschmack von Wodka gekommen. Damals war das so ein Studentenulk – Wodka, Machorka rauchen, Radio Moscow hören, zur sowjetischen Hymne salutieren und strammstehen. Ein Gefühl für den Feind entwickeln. In seine Haut schlüpfen. Dann war das sowjetische Kartenhaus zusammengebrochen und alles Wissen darüber wertlos. Schwere Zeit damals. Der Dienst hatte kein Feindbild mehr. Was war jetzt die größte Bedrohung? Drogen, Terror? Der Präsident ließ sie hängen. Clinton hatte keine Ahnung von Außenpolitik, er interessierte sich nicht dafür. Er hasste diesen Schwanzlutscher. Nein, das war ja umgekehrt gewesen. Viele gute Leute verließen damals die Agency. Es war keine große Ehre mehr, dort zu dienen. Er saß mehrere Jahre untätig rum und schob Verwaltungsdienst. Untätigkeit macht einen Mann kränker und wütender als zu viel Arbeit. Die längst fällige Beförderung blieb aus. Seine Frau hatte genug und verließ ihn. Sie war damals schon Esoterikerin und schloss sich nun auch noch der Partei der Grünen in den USA an. Von deren Chefin hatte er ein ganz gutes Bild aus seinen Akten. Das war eine, die sich bei Putin anbiederte. Nicht zuletzt deshalb hegte er *ex post* eine Zeitlang die Befürchtung, seine eigene Frau könnte auf ihn angesetzt gewesen sein; den Verdacht hatte er nie aufklären können. Er musste das Haus verkaufen und stand ohne einen Dollar da. Wie ganz zu Anfang, als junger Student. Nur eben dreißig Jahre älter. Schlechte Erinnerungen, die Zeit damals.

Dann kam 9/11.

Und jetzt, als er schon zu alt war für etwas Neues und sich jeden Morgen fragte, wozu er überhaupt noch aufstand, wenn alles bis zum Überdruss getan und gesagt war – jetzt holperte plötzlich die Geschichte wieder los. Seine Lebenszeit lief aus, und die große Zeit da draußen begann gerade wieder. Das war nicht gut synchronisiert. Er legte den Daumen auf sein linkes Handgelenk. Die erschöpfte, lustlose Welle seines Pulses beruhigte ihn.

Andere Lebenszeiten standen mit der Gegenwart besser im Einklang. Die jungen Leute hatten Power. Und Cowley schrieb und schrieb.

Der Pole klingelt am Hauseingang Nummer 51 und wartet. Niemand öffnet. Der Pole geht über den Mittelstreifen, setzt sich in einen Falafel-Laden und bestellt einen Kaffee.

Nach einer halben Stunde geht er zurück über die Straße

und klingelt erneut. Nach wenigen Sekunden drückt er die Tür auf. Wie das? In der vergangenen halben Stunde hat niemand das Haus betreten. Wer hat ihm da jetzt geöffnet? Soll ich ihn gehen lassen? Mir bleibt nicht viel anderes übrig. Gleich hinter ihm durch die Haustür rein, das würde er merken. Also warte ich zwischen den Holzkästen des Blumenhändlers an der Ecke und wimmle die Verkäuferin ab, die hilfsbereit aus dem Laden tritt. Schlendere herum und stoße um die Ecke auf einen kleineren Eingang von der Nebenstraße. Verschlossen. Als eine junge Frau kommt und aufschließt, schlüpfe ich ihr nach, bevor die Tür ins Schloss fällt. Hier muss auch derjenige hereingekommen sein, der ihn eingelassen hat.

Ein Hof mit Beeten und Fahrrädern. Sehr idyllisch. Meine Großmutter hat zwar im Norden Berlins gelebt, aber vielleicht war es ein ähnliches Haus wie das hier? Von hier geht es in den Treppenflur des Vorderhauses, in dem er vorhin verschwunden ist. Ich steige bis zum Treppenabsatz unter dem zweiten Stock hoch, lehne mich ans Fensterbrett, gucke raus und warte, um – wenn er runterkommt – ungefähr einschätzen zu können, in welchem Stock er gewesen ist.

Eine ältere Frau kommt herunter.

«Guten Tag!», sagt sie argwöhnisch.

«Tag. Meine Freundin braucht immer ewig zum Schminken», sage ich in dem Deutsch, das ich von meiner Großmutter gelernt habe.

Sie guckte nicht gerade freundlich. Vielleicht wegen meines amerikanischen Akzents, oder weil sie sowieso kein Wort verstanden hat.

Als ich ihr nachschaute, sah ich den Araber auf dem Hof. Ein Libanese offenbar. Er blickte schnell weg, blieb aber stehen.

*

So stürmisch? Wer hätte das gedacht?», sagte Evîn zur Begrüßung. Dabei stand ich nur da. Sie war es, die mir das Hemd aus der Hose fummelte und ihre Finger auf meinem Bauch hochwandern ließ. Die Wohnungstür war zugefallen, ich schob sicherheitshalber den Riegel zu. Jedes Mal hatte ich ein bisschen Angst, ob ihr Mann auch wirklich weg war. Ich wusste, was folgen würde. Evîn war schmal und jungenhaft, sie hatte fast keine Brüste, kurzes schwarzes, im Nacken ausrasiertes Haar. Wenn sie ihren kleinen Körper gegen den meinen drückte, konnte ich sie spielend anheben.

«Da steht einer im Hof», sagte ich.

«Wie sieht er aus?», fragte sie.

«Libanesisch.»

«Ach so, der. Mein Verehrer. Oder Aufpasser, wie du willst.»

«Bist du sicher, dass dein Mann nicht gleich zurückkommt?», fragte ich.

«Der sitzt längst im Flieger nach Istanbul. Hat mir gerade getextet.»

«Und wenn er lügt?»

«Lügen tut er sowieso. Aber er liebt mich.»

Sie hielt mir das Smartphone vor die Nase. «Willst du lesen?»

Und als sie mein Gesicht sah: «Komm …»

Sie zog mich auf die Wohnzimmercouch.

Die Olivenhaut ihres Bauches unter dem ungeduldig hochgezogenen roten T-Shirt. Erwartungsvoll angewinkelte Beine, krauses Haar.

Kurz bevor ich kam, hatte ich die silberne Pistole im starr werdenden Blick. Sie lag auf dem unteren Regalboden in ihrem Bücherschrank. Eine Phönix HP25. Rühr sie nicht an!, hatte Evîn gerufen, als ich beim ersten Mal danach greifen wollte. Ist die echt?, hatte ich noch gefragt. Und sie: Du hinterlässt Fingerabdrücke! Außerdem ist sie geladen! – Wozu brauchst du so was?, hatte ich wissen wollen. Hat mir mein Mann geschenkt. Zur Selbstverteidigung.

Zum Abschied machte sie uns einen starken Espresso.

Als ich wieder angezogen in der Wohnungstür stand, zog sie mich sachte aus dem Hausflur zurück.

«Willst du noch mal?»

Die Schamlosigkeit ihrer Frage wirkte verlässlicher als Viagra.

*

Cowley war anders. Viel jünger. Er kannte den Kalten Krieg nur aus Büchern. Er zählte zu jener neuen Generation der Agency, für die es heißere und spannendere Pflaster gibt als das alte Europa. Der Nahe Osten steht dabei an erster Stelle. Israel, Jordanien, Libanon. In den Iran wagten sich nur wenige Leute.

Europa war fauliger Brei. Es zersetzte sich von ganz allein.

Cowleys Vorzüge: Er besaß das unschätzbare Talent, unbemerkt an den Leuten dranzubleiben. Andere lernen das erst nach Monaten, wenn überhaupt. Nur wenn es schnell gehen musste, fehlte ihm die Kondition. Aber für die unauffällige Observierung hatte er die richtige Erscheinung, das uninteressierte Gehabe des kleinen Angestellten. Mit seinen leicht schwappenden, weichen Wangen und im durchschnittlichen Anzug konnte er an jeder Ecke, an jedem Zeitungskiosk stehen und in einem Autojournal oder Softporno blättern, er würde niemandem auffallen. Ein bisschen wie ein Zeuge Jehovas, dachte der Gesichtslose. Cowley wirkte wie der nette Schwiegersohn von nebenan. Aber – und das war das nächste Plus – dieses Aussehen täuschte. Der Gesichtslose hatte seine

Personalakte studiert. Die Beurteilungen enthielten dezente Hinweise auf Sadismus in Kindheit und Jugend. Er hatte Tiere gequält. Bei den Einstellungstests wollte er das herunterspielen, aber die Agency hatte ihre Quellen, Familienangehörige, das ganze Umfeld. Aus den Kampfsportschulen, die er besuchte, kamen Berichte, dass er äußerst aggressiv sei und keine Rücksicht auf Verletzte nehme. Während der Ausbildung fand man auf seinem Phone Videos, die Hinrichtungen des IS in Syrien zeigten. Menschen, die bei lebendigem Leibe im Käfig verbrannt wurden. Köpfungen. Er konnte das alles dienstlich rechtfertigen, konnte sich rausreden. Und dann ein Punkt, der eigentlich nicht erheblich war: Seine Großmutter war Deutsche gewesen. Schließlich stammt jeder Bürger unseres großen Landes von irgendwo her. Und dennoch brachte diese Tatsache den Gesichtslosen zum Grübeln: eine junge Frau von einundzwanzig Jahren, die sich zum Kriegsende ins zerbombte Berlin gerettet hatte, eine Frau mit zerstörten Träumen, deren Jugend in den Glückstaumel des deutschen Größenwahns gefallen war, bis dann die Vernichtung folgte – und das Ultimatum: Untergehen – oder vernünftig werden. Eins von beiden. Wir haben sie alle gezwungen. Haben sie gezwungen, von einem Tag auf den anderen vernünftig zu werden. Manche haben natürlich nur so getan. Sie aber hat sich nicht einfach nur angepasst. Sie ist mit einem Amerikaner in die Staaten gegangen und hat versucht, ein neues Leben zu beginnen. Ob ihr das gelungen ist? Wer weiß, was der Enkel da alles abzuarbeiten hat, ohne es zu wissen. Ihr einziger Sohn James kam 1954 zur Welt. Dieser Mann, Cowleys Vater, war derjenige, der der CIA das größte Kopfzerbrechen bereitet und sie zu den langwierigsten Nachforschungen gezwungen hatte. An ihm wäre Cowleys Bewerbung auch fast gescheitert. Als Jonathan Cowley 1990 zur Welt kam, hatte sein Vater die

Arbeit im Stahlwerk bereits verloren, war Alkoholiker. Den kleinen Jungen, seinen einzigen Sohn, soll er geschlagen haben. Im Alter von zweiundvierzig Jahren war er mit einer jungen Frau durchgebrannt und nie wieder aufgetaucht. Nicht einmal die Agency hatte herausfinden können, wo er abgeblieben war. Cowley lebte seit seinem sechsten Lebensjahr in einem reinen Frauenhaushalt – Mutter, Großmutter und ab und zu eine mexikanische Haushaltshilfe.

Den Ausschlag bei der Gesamtbeurteilung gaben Cowleys persönliche Qualitäten. Nach einem verlorenen Jahr mit Creative Writing in Iowa City hatte er Arabisch gelernt und Kampfsport trainiert. Ganz bewusst, denn er wollte zur Agency und wusste, dass ihnen Leute mit solchen Sprachkenntnissen fehlten. Sie waren oft sogar auf Kollegen vom jordanischen Geheimdienst angewiesen. Der Gesichtslose war überzeugt, dass die aktuellen politischen Anforderungen den Ausschlag für Cowley gegeben hatten. Er sympathisierte mit der neuen amerikanischen Revolution, wollte mit dem Präsidenten den Sumpf in Washington trockenlegen. Einer von den jungen, weißen Kräften gegen das verfaulte Establishment der Ostküste. Wollte die Staaten wieder den Leuten zurückgeben, die sie aufgebaut hatten, den weißen Arbeitern. Der Gesichtslose hatte nur ein Lächeln dafür übrig. Wiedergeburt, dachte er verächtlich: Von Russland über Polen bis zu uns, überall erheben sie sich von den Knien. Die ganze Menschheit glaubt, eine Herde von Erniedrigten zu sein. Er spuckte einen Krümel Zigarrentabak in die Ecke. Schieb dir deine Wiedergeburt in den Arsch. Hättet lieber auf allen vieren bleiben sollen, wäre für euch und für die Menschheit besser gewesen. Ihr werdet uns überrollen. Grauenhaftes Heer von Zombies, die eben noch am Boden gekrochen sind. Dostojewski hätte seine Freude daran gehabt. Er wusste nicht, ob es dieser Name, die Vorstellung der Zombies oder seine Magenprobleme waren, die den leichten Brechreiz auslösten. Er griff nach dem Fläschchen und ließ eine Dosis Iberogast ins Wasserglas tropfen.

Cowleys Nachteile fielen weniger ins Gewicht. In seinem Ehrgeiz hoffte er, gleich zu Beginn seiner Karriere auf eine große Sache zu stoßen. Neigte deshalb dazu, sich Dinge einzubilden. Vermutlich als Spätfolge seines ersten, abgebrochenen Studiums schrieb er jeden Tag einen halben Roman, statt seine Beobachtungen knapp zusammenzufassen. Das musste der Gesichtslose dann selbst analysieren, und es kostete Zeit. Davon allerdings hatte er genug. Im Grunde saß er hier in Zehlendorf und las Cowleys Fortsetzungs-Gossenroman – jeden Morgen eine neue Folge. Sonst gab es nicht viel zu tun. Berlin schien in Vergessenheit geraten zu sein. Monatelang waren sie ohne Botschafter ausgekommen, und fast niemand hatte es gemerkt. Irgendetwas lief da schief in der Zentrale. Die wenigen Aufträge von dort waren blödsinnig. Jemand in Washington wollte wissen, welche der meinungsbildenden Exil-Amerikaner und Multiplikatoren in der Stadt gegen den neuen Präsidenten hetzten oder heimlich gegen ihn intrigierten. Das wussten sie natürlich, es war ja die Mehrzahl. Aber solche Informationen weiterzugeben, war ihnen nach der Satzung der Agency sogar verboten. *Abhängen lassen* nannten sie, was sie mit solchen Aufträgen taten. Von solchen abgehangenen Vorgängen gab es immer mehr in den schwarzen Bisley-Schränken, weder alphabetisch noch nach Aktenzeichen geordnet, aber eben auch nicht vernichtet, sodass man sich bei beharrlicher Nachfrage damit herausreden konnte, der Vorgang sei falsch abgelegt worden. Schuld der Sekretärin. Vorteil des abgehangenen Vorgangs im Vergleich zum Steak: Er fängt nicht an zu stinken. Manchmal machten sie sich einen

Spaß und lieferten Fake-Berichte. Mit Alias-Namen oder über Leute, denen sie eins auswischen wollten. Das ging so lange, bis Cowley kam. Seit Cowley auf Station war, hüteten alle ihre Zunge und das Übrige sowieso. Er merkte sehr bald, dass sie hinter seinem Rücken über seine Orientierung witzelten.

Cowley selbst war anfangs wenig erbaut, dass er als Nahost-Experte, statt in Beirut die Hisbollah zu penetrieren (auch so ein Lieblingswort des Gesichtslosen), in Berlin einem Polen nachlaufen sollte. Ostblock interessierte ihn nicht. Ostblock war kein ernstzunehmender Gegner mehr. Vielleicht lebte etwas von der alten Verachtung seiner Großmutter in ihm fort. Als Frau, die im April 1945 vor der Roten Armee in den Westteil der Stadt geflohen war, hatte sie allen Grund zu dieser Abneigung gehabt. Er, der Enkel, konnte die Nachfahren jetzt an den U-Bahn-Ausgängen der Stadt beobachten. Polen, Russen, spielt keine große Rolle. Man erkannte sie an ihren runden Gesichtern, den kurzgeschorenen Schädeln und großen Hundeaugen voll rot unterlaufener, hilfloser Wut. Meist rotten sie sich zu Gruppen zusammen, wozu schwache Wesen ohnehin die Neigung haben. An ihnen vorbei strömten Türken, die hielten sich besser. Je länger einer in dieser Stadt lebte, desto angegriffener wirkte er, glaubte Cowley. Es schien eine Art von Duldsamkeit zu sein, die Berlin den Menschen aufprägte, in die Psyche und ins Gesicht. Am besten hielten sich noch die Araber. Weil sie keinen Alkohol trinken, schätzte Cowley. Dadurch behalten sie einen klaren Kopf. Sind stiller, gefasster. Ihre Wut kommt, wenn, dann konzentriert. Gezielt. Eine feinere Rasse, irgendwie.

Je mehr Zeit er mit dem Polen verbrachte oder, besser gesagt, hinter ihm, und je länger er seinen wogenden Gang, die federnde und manchmal erschlaffende Linie des Rückens, das beinahe boxerische Auf und Ab der Schultern unter der Lederjacke beobachtete, je mehr er sich in diesen Mann hineinversetzte, das uneindeutige Profil des verbrauchten Gesichts betrachtete, desto stärker fühlte er sich von ihm angezogen. Lauf einem Mann ein paar Tage hinterher, Stunde um Stunde, sitz hinter der Zeitung versteckt im Café ein paar Tische weiter und warte geduldig, bis er die Tasse zur Seite schiebt und aufsteht, lass dich im Vorübergehen von seiner Traurigkeit streifen, finde ihn dann mit gestrecktem Arm an die Stange der U-Bahn geklammert, den Körper leicht durchgebogen wie ein Gorilla im Zoo, genauso stark und genauso gefangen in seinem Leben wie der Affe hinter den Gittern, und dieser Mann wird sich in dein Auge einbrennen. Und tiefer, ins Gehirn.

Hermetische Lederkerle mit ölglänzender, gebräunter Haut machten Cowley weniger an. Er stand auf unsichere Jungs. Kleine Gesten waren es, die sein Interesse erregten: eine unentschlossene Schrittfolge, ein leichtes Stolpern, unbewusstes Schulterzucken. Ein echter Kerl zuckt nicht mit den Schultern. Der Pole war nicht mehr der Jüngste, dennoch ließ er Cowley manchmal vergessen, dass er eigentlich viel lieber in der Hitze Beiruts herumgestreunt wäre. Er brauchte Geduld. Geduld war eine der ersten Agententugenden. Cowley tröstete sich damit, dass noch viel passieren konnte.

*

Schritte kamen die Treppe hoch. Der Libanese blieb breitschultrig vor Cowley stehen. Zu nah für westeuropäische Verhältnisse.

«Suchst du was?», fragte er mit starkem arabischen Akzent.

Cowley antwortete nicht, wich aber auch keinen Zentimeter zurück. Er starrte den Araber an. Sein Gesicht wurde zu jener unbeweglichen, teigigen Maske, die den Leuten mehr Angst einflößt als die gruseligste Grimasse. Das wusste Cowley. Er selbst empfand die Bedrohung eher als körperliche Erregung. Der Araber stellte keine Gefahr dar. Er konnte ihn mit wenigen gezielten Schlägen liquidieren und hätte das insgeheim gern getan. Cowleys Erektion konnte der Libanese zwar nicht sehen, er nahm aber sehr wohl wahr, dass bei seinem Gegenüber etwas nicht stimmte. Diese Wahrnehmung wirkte wie ein feiner Geruch, und sie genügte, ihn abzuschrecken. Vorsicht, ein Verrückter, dachte er, drehte sich wortlos um und ging die Treppe runter.

Cowley ließ die über dem Zwerchfell gesammelte Luft heraus. Die Nähe dieses muskelbepackten, dunkelhaarigen Mannes, der feine, uneuropäische Geruch seines Schweißes und der Sturm von Adrenalin hatten ihm gutgetan, auch ohne die erhoffte körperliche Lösung. Endlich ein Hauch von Gefahr.

*

Kurz darauf schlurft der Pole die Treppen herunter. Vierter Stock oder höher. Zwischendurch war eine Wohnungstür aufgegangen, ich hörte tuscheln, Schritte, dann klickte sie wieder ins Schloss. Eine halbe Stunde verging. Jetzt kommen Schritte runter. Ich setze mich in Bewegung. Tue so, als stiege ich die Treppen hoch, komme an ihm vorbei. Er schaut mir nicht ins Gesicht. Einer von denen, die einen nie angucken.

Als ich seine Schritte auf den Steinkacheln des Erdgeschosses höre, eile ich hinunter, ihm nach.

Er geht die Sonnenallee in Richtung Hermannplatz.

Vor ihm ein junges Mädchen, strähnige Locken, nicht wirklich

Rasta, mit einem Hund, schwer zu sagen, ob sie es ist, die so stark riecht, um nicht zu sagen stank, oder ihr Hund. Beide verfilzt.

«Scheiße!», zischte der Gesichtslose und löschte, was zu löschen war.

Das Tier, ein strubbliger Mischling, pudelgroß, trottelt ihr hinter her. Ohne Leine. Zwei Frauen in dunkelblauer Uniform stellen sich ihr in den Weg. Die blasssilbernen Buchstaben «ORDNUNGSAMT» gut lesbar. Das Mädchen steht da, redet, gestikuliert, fängt an zu schreien. Ihre kreischende Stimme trägt weit, die Worte bleiben unverständlich. Die Frauen, Mitte bis Ende fünfzig, zeigen sich wenig gerührt. Die Fülligere greift zu ihrem Telefon. Der Pole bleibt zwanzig Meter vor mir, aber hinter der Gruppe, stehen. Ein paar Leute sammeln sich um die drei Frauen. Arabische Männer mischen sich ein.

«Warum vergreifen Sie sich immer an den Schwächsten? Kleine Mädchen mit Hunden!»

«Vergreifen Sie sich mal nicht im Ton!», sagt die Hagere der beiden, als wäre das Deutsche keine lebende Sprache mehr, und kritzelt ungerührt weiter in ihrem Notizblock.

«Wann kümmern Sie sich um die Drogenhändler hier?» Ein älterer Mann tritt von der Seite hinzu.

«Fällt nicht in unsere Zuständigkeit», sagt die andere fast schüchtern.

Das Mädchen scheint es sich plötzlich überlegt zu haben. Sie beruhigt sich. Sinnlos, wegen so einer Kleinigkeit auf den Putz zu hauen. Respekt vor den Ordnungshüterinnen jedenfalls ist nicht der Grund. Bald darauf geht sie weiter, der Hund immer noch nicht angeleint. Der Pole sieht, wie sie das Tier anschreit, brüllt, wenn es nicht sofort pariert oder missversteht. Gleich darauf ist sie wieder überzärtlich. Wie soll ein Hund da Charakter entwickeln? Dabei hat sie nun plötzlich doch eine Leine. Sie zieht sie aus der Hosentasche und bindet das Tier vor dem Supermarkt an.

Der Pole bleibt stehen und guckt. Sie kommt nach einer Weile mit mehreren Packungen Hundefutter wieder raus. Zieht eine Dose auf, schüttet den Inhalt auf die Straße. Braune, feucht glänzende Masse mit helleren Klümpchen.

Er spricht sie an. Thema ist, den Gesten zu entnehmen, der Hund. Vielleicht versucht er, ihr zu erklären, wie man so ein Tier erzieht.

Jetzt brüllt sie ihn an. Ich kann von hier aus nichts verstehen, obwohl sie laut schreit. Er steht da, ungerührt. Schaut ihr ins Gesicht. Dann wendet er sich ab und geht weiter.

Was ist das jetzt? Ein anderer als sein depressiver Vormittagsgang. Kein schulternzuckendes Abwimmeln der eigenen Zweifel. Es ist der erschrockene, aber auch empörte Schritt eines Mannes, der sich schon viel zu lange alles gefallen lässt. Dem im nächsten Moment die Hutschnur reißen wird. Jetzt ist der Moment gekommen. Er wird kehrtmachen und etwas tun … Denkste. Der Pole geht einfach weiter. Er wirft nicht mal einen Blick zurück. Als würde der Film ihn jetzt langweilen, als hätte er alles verstanden und verließe das Kino.

Als er die Treppe aus der U-Bahn Yorckstraße hochsteigt, rollt oben auf der Brücke die S-Bahn ein. Plötzlich entwickelt er erstaunliche Sprinter-Qualitäten, die Steintreppe hoch. Ich lasse ihn laufen.

*

Als die Wohnungstür ins Schloss gefallen war, merkte Frieda, wie ihre Rückenmuskeln lockerließen und ihre Wirbelsäule sich endlich auf die Gummimatte senkte. Sie zog den linken Schenkel zum Bauch hoch, dann den rechten, streckte abwechselnd die Knie, hob die Arme und ließ sie wieder sinken, vertiefte sich in die Schwere jedes einzelnen Körperglieds. Solange die Geräusche von laufendem Wasser und dem Klirren des Kaffeebechers aus der Küche kamen, konnte sie sich nicht völlig entspannen. Jetzt war es so still in der Wohnung, dass sie die Wanduhr in der Küche ticken hörte.

Weiches Sonnenlicht fiel auf den Teppich. Sie genoss die natürliche Wärme. Es war ein oder zwei Tage vor Vollmond. Heute hatte sie frei, brauchte nicht in die Einrichtung nach Schöneberg zu fahren. Brauchte sich keine schlimmen Geschichten von fremden Mädchen und Frauen anzuhören. Sie hatte genug eigene Sorgen.

Die Übungen halfen ihr, abzuschalten und auch jeden Gedanken an Paweł zu verbannen.

Er hatte zum Glück noch so viel Anstand, tagsüber wegzugehen. Als würde er arbeiten. Er kam am späten Nachmittag zurück, manchmal erst in der Nacht. Das tat ihr gut. Auch wenn sie sich zuweilen Sorgen machte, weil er dort draußen sinnlos herumlief. Sie musste aufpassen, dass sie nicht zu viel Mitleid mit ihm entwickelte. Er war für sich selbst verantwortlich. Er ging, um sich selbst vorzumachen, dass es da etwas für ihn zu tun gäbe. Vorher bewunderte er sich immer noch in seiner Montur – schwarze Lederjacke, Jeans – vor dem Flurspiegel. Er fuhr sich auch tatsächlich mit der rechten Hand durch das noch dichte, noch dunkle Haar. Sie ahnte, wie er sich sehen wollte. Komm mal runter von deinem Sockel, dachte sie, du bist kein Held, du bist ein hilfloser Junge, der sich was vormacht.

Sie hatte im Laufe der Jahre so viele Ideen für ihn gehabt, so viele Anregungen gegeben. Er hätte sich doch ein Buch mitnehmen können. Sich damit in einen Park setzen. Sie glaubte leider nicht, dass er in die Staatsbibliothek ging, wie er manchmal sagte. Sein Vertrag als Gastdozent an der FU war vor zwei Jahren ausgelaufen. Das war eine gute Zeit, er war beschäftigt gewesen. Auch wenn die Bezahlung so beschämend gering gewesen war, dass sie es anfangs gar nicht glauben konnte. Eine Herausforderung weniger. Bourdieu oder ein anderer Franzose, in Anwendung auf. Und sein geliebter Nietzsche, natürlich. Darin war er gut. Sie schlug ihm manchmal vorsichtig vor, was er noch probieren könnte. Je länger die beschäftigungslose Zeit andauerte, desto empfindlicher reagierte er auf Ratschläge, wurde immer gereizter. Man konnte nicht mehr mit ihm diskutieren. Er rastete aus, schrie herum. Knallte mit der Tür. Sie hatte dann den Eindruck, er stünde kurz vor einer Gewalttat. Damit hatte sie Erfahrungen.

Es war gar nicht, dass er mehr trank als früher. Er war nur nach der gleichen Menge irgendwie anders.

Früher hatte er sich immer mit Konrad treffen können. Wenn Konrad gestorben wäre, bei einem Unfall, dann wäre das alles leichter zu ertragen gewesen, auch für Paweł. Dann würde wenigstens Klarheit herrschen.

Seit er weg war, gab es kein Gegengewicht mehr, keinen Sparringspartner. Pawełs existenzielle Situation lastete sozusagen ganz und gar auf ihr allein. Die meisten seiner Bekannten waren ebenso passive, ziellose Menschen wie er selbst, Polen oder Deutsche mit zu viel Freizeit, die gern mit ihm rumhingen. Dieser Maler zum Beispiel, der in einem der Hochhäuser am Hansa-Platz wohnte. Solche Leute waren natürlich froh über jeden, der seine Zeit mit ihnen vertat, sie besuchte oder abends mit ihnen trank. Diesem Menschenschlag war sie regelmäßig auf Vernissagen begegnet. Davon gibt es in Berlin genug; im Polnischen Institut am Hackeschen Markt, in allen möglichen Galerien. Anfangs war sie noch mitgegangen. Bis ihr klargeworden war, dass dort immer dieselben Gesichter auftauchten und es nicht zuletzt der kostenlose Wein war, der sie anzog. Sie flanieren anstandshalber vor den Bildern oder Installationen auf und ab und sahen es ansonsten als Party, die sie für einige Stunden aus ihrer Einsamkeit erlöste. Irgendwann hatte sie verstanden, dass diese sogenannte Geselligkeit in Wahrheit nur ein folgenloses Gerede und Nichtstun war. Ein Überquasseln der eigenen Lebenssinnlosigkeit. Als Psychologin hätte sie Verständnis dafür haben sollen. Aber als Protestantin, die sie auch war, hatte sie überhaupt keines. Sie selbst arbeitete hart und erwartete das auch von anderen. Mühsam hatte sie durchgesetzt, dass die Gelage wenigstens nicht mehr in ihrer Wohnung stattfanden. Diese Menschen gaben Paweł nichts, sie forderten ihm nichts ab. Es war schade um ihren Mann … Aber so dachte sie nicht, sie dachte nie: mein Mann. Sie dachte immer nur: Paweł.

Konrad, obwohl auch nicht gerade ein Ausbund an Erfolg, war der einzige unter den Freunden, der Leben in sich hatte, dachte sie und erschrak zugleich: Denn man konnte ja nicht ausschließen, dass er schon tot war. Bei Konrad hatte sie immer einen authentischen Widerstand gespürt, etwas Echtes, das zur Gegenrede herausforderte, ein Nachdenken, Bemühen um die Wahrheit. Für Paweł als Katholiken war Wahrheit verhandelbar. Sie dürfen ja auch alles tun und mit der Beichte wieder zurechtrücken. Mit Konrad dagegen hatte sie gerne gestritten, nächtelang. Auch wenn sie Kopfschmerzen vom Rauch bekam, und einen leichten Kater. Aber es blieb der Eindruck, sie hätten die Wahrheit umkreist, hätten sich redlich mit ihr abgemüht und nicht nur die Zeit verplaudert.

Konrad hatte Leben in ihre Beziehung gebracht. Dass er nun einfach *weg* sein sollte, machte ihr Angst. Weil es so unerklärlich war. Es dauerte jetzt schon zu lange. Sie hatte Erfahrung mit Mädchen, die plötzlich verschwanden und nie wieder auftauchten. Auch Frauen, die einfach weggingen.

Dieser berühmte Gang zum Zigarettenziehen und Nie-wieder-Kommen ist gar nicht so selten. Sie hatte lange darüber nachgedacht, wo er sein könnte. Wann er verschwunden sein musste … Sie hatte Paweł nie von dem letzten, langen Telefongespräch erzählt, als Konrad in bester Laune aus dem Hotel anrief und nichts auf sein Verschwinden hindeutete. Sie redete nicht mehr oft mit Paweł. Vor einigen Tagen war sie zur Polizei gegangen und hatte eine Vermisstenanzeige erstattet. Auch davon hatte sie Paweł nichts gesagt. Der Beamte hatte wissen wollen, in welcher Beziehung sie zu dem Vermissten stand. Ein Freund von mir, hatte sie gesagt. Daraufhin hatte man ihr erklärt, dass bei einem Mann diesen Alters, der nicht suizidgefährdet oder dement ist oder bei dem auch sonst kein Verdacht auf eine Straftat besteht, nichts unternommen werden könne. Jeder Mensch dürfe frei über seinen Aufenthaltsort entscheiden, auch ohne Angehörige und Freunde darüber zu unterrichten. Da wurde ihr klar, in welches Licht sie sich mit dieser Anzeige gesetzt hatte. Vermutlich hielten die netten, hemdsärmligen Beamten sie jetzt für eine verschmähte Liebhaberin. Eine Stalkerin. Jedenfalls war die Auskunft quasi die amtliche Bestätigung, dass sie sich mit dem Verlust abfinden musste. Nach über zwei Wochen hielt sie es für wenig wahrscheinlich, dass Konrad noch am Leben war. Er hätte bestimmt gemailt oder angerufen. Sein Handy war tot. Von seiner Mailadresse kam die Meldung «Postfach überfüllt».

Sie ließ die Wanne ein und schüttete Badesalz hinzu. Das Wasser färbte sich grünlich und schäumte. Frieda streifte die Träger ihres weichen Schlafkleides über die Schultern und ließ es auf den Boden sinken. Dann setzte sie prüfend eine Fußspitze ins Wasser. Im Wandspiegel sah sie ihren Rücken und fand ihn immer noch muskulös und schlank. Ihre Gesäßbacken waren immer schon kräftig flach gewesen, wie abgerundete Rechtecke. Auf diesen Po war sie stolz, die Männer hatten ihn gemocht. Kurz darauf lag sie ganz im Wasser und atmete tief und gleichmäßig. Sie fuhr sich mit der Hand über die Innenseite des Oberschenkels, die Haut war schon weich vom warmen Wasser. Sie streichelte sich, zuerst einfach so, ohne eine konkrete Vorstellung, später kam sie auf einen Israeli, den Konrad einmal zum Essen mitgebracht hatte, Gast einer Reisegruppe, die er betreute. Das durfte er eigentlich nicht, jemanden privat mitnehmen, ein Verstoß gegen die Reiseführeretikette. Das war ein junger Mann mit dichter schwarzer Wolle auf dem Kopf und einem strahlend weißen Gebiss. Woher sie dieses Lächeln nur immer noch nehmen, nach allem, was wir ihnen angetan haben, hatte sie damals gedacht. Sie hatte ihn nur ein Mal im Leben gesehen. Gerade fremde Männer erregten ihre Phantasie oder solche, mit denen es eigentlich unvorstellbar war. Manchmal dachte sie sogar an Konrad. Sie stellte sich vor, er hätte plötzlich seine Neigungen geändert, und sie hätte ihn herumgekriegt.

Sie war jetzt Mitte vierzig und litt schon seit einiger Zeit unter der Ahnung, dass in ihrem Leben vielleicht nicht mehr viel passieren würde. Trotz ihrer psychologischen Ausbildung konnte sie das Gefühl nicht genau definieren. Gut, die Arbeit war nicht mehr das, was sie sich einmal vorgestellt hatte. Die Klientinnen langweilten sie. Sie sah in diesen missbrauchten, traumatisierten oder aggressiven Frauen keine Schicksale mehr, keine Menschen. Nur wenige von ihnen weckten ihre Empathie. Schematisch arbeitete sie die Behandlungsrichtlinien ab. Ertappte sich dabei, dass sie sie minutenlang reden ließ und mit ihren eigenen Gedanken woanders war. Zu viele solche Frauen hatte sie erlebt, zu viele begleitet, therapiert. Da wiederholten sich einige wenige Muster, immer wieder. Lange hatte sie sich das nicht vor sich zugeben wollen, doch mittlerweile war ihr klar, dass sie nicht mehr gern nach Schöneberg in die Beratungsstelle fuhr. Und seither fragte sie sich, was sie noch vom Leben erwartete. Paweł konnte ihr jedenfalls nichts geben. Paweł war immer nur das Problem. Man konnte auch mit ihm nicht darüber reden. Er war so von sich selbst überzeugt, so verliebt in sich, dass er alle derartigen Fragen mit ängstlicher Nonchalance wegwischte. Sie wusste bis heute nicht, welche Vorstellungen er von seiner Rolle hier hatte, er schwärmte von Nietzsche, von einem idealisierten «Deutschtum», ein Wahnsinn – ein Pole, der für den Ideologen der «Herrenrasse» schwärmt. Das Wort «Deutschtum» allein war so ewig gestrig. Dabei hatte Paweł selbst nichts von diesem Ideal. Er war keine Spur von kämpferisch. Er war abhängig wie ein Kind und benahm sich oft dementsprechend, und das trug nicht gerade dazu bei, dass sie Lust auf ihn als Mann gehabt hätte.

Sie sank noch tiefer in die Wanne und lag mehrere Minuten regungslos. Erst das Klingeln an der Wohnungstür riss sie aus dem Dämmer.

Sie zögerte einige Sekunden. Dann stieg sie aus der Wanne, zog den Frotté-Bademantel über und ging an die Tür. In der Sprechanlage meldete sich eine männliche Stimme. Sie öffnete die Haustür und lauschte den Schritten auf der Treppe. Ein blonder junger Mann in einem Overall erschien. Der Heizungsmonteur. Von der Wohnungsbaugesellschaft bestellt, sagte er, um die Ventile an den Heizkörpern zu kontrollieren. Während er auf dem Wohnzimmerboden sein Werkzeug auspackte, ging sie in die Küche und machte ihm einen Kaffee.

«War gar nicht einfach, was?», fragte sie, als er ihr einen Zettel zum Unterschreiben vorlegte. Sie wollte freundlich sein. Es hatte lange gedauert.

«Ne.»

So ein Stiesel. Die meisten Männer haben Probleme damit, ganz normal zu kommunizieren. Sie bereute, ihm den Kaffee angeboten zu haben.

Als er weg war, setzte sie sich an den Schreibtisch, um ausstehende Patientenberichte zu schreiben, für den Verein. Missbrauch, Gewalt, Anti-Aggressionstraining für junge Mädchen. Es gab viel mehr Mädchen, die sich selbst verletzten, als man glaubte.

*

Ich dachte an den Hund von diesem Mädchen, als ich in die S-Bahn stieg. Der Hund tat mir komischerweise mehr leid als die junge Frau.

Rubinrotes Blinken, wimmernde Signalterz. Ein Schatten rennt über den Bahnsteig und prallt mit Wucht gegen die Tür, die vor seiner Nase zusammenschlägt. Fahrgäste zucken nervös hoch.

Armes Tier. Aber ist es nicht selbst schuld, wenn es sich so abhängig vom Menschen macht? Ein freies, stolzes Wesen würde sich das nie gefallen lassen. Gott will alle Menschen frei haben, aber er verschenkt die Freiheit nicht. Freiheit muss immer von neuem erkämpft werden. Wer sie nicht verteidigt, fällt in die Sklaverei. Der alte Gott hat ja selbst genug zu kämpfen. Also, kein Mitleid mit Sklaven.

In diesem Punkt hatten Konrad und ich uns immer gut verstanden. Wortlos, würde ich sagen. Intuitiv. Ohne groß philosophisch drüber zu diskutieren. Der Konrad von früher hat auch immer alle befreien wollen. Bis der Begriff Freiheit auf einen Schlag entwertet wurde. Diese Veränderung lässt sich bei ihm ziemlich genau datieren. Es war 2008, als sein Vater, Oberpostinspektor in Duisburg, seine gesamten Altersersparnisse verlor, die er in blindem Vertrauen in für ihn undurchschaubaren Anlagen bei der Dresdner Bank investiert hatte. Diese Erfahrung, die völlige Entwertung jahrzehntelanger Anstrengungen, verursacht durch etwas, das so substanzlos und ungreifbar war wie das internationale Banken- und Finanzsystem, in dem nicht einmal konkrete Personen zur Rechenschaft gezogen werden konnten, löste beim Vater ein existenzielles Trauma aus, und fast mehr noch bei seinem Sohn, der mit einem kleinen Erbe gerechnet hatte. Kein Wunder, dass Konrad bald nichts mehr für die freie Wirtschaft und die Banken und das westliche Finanzsystem übrighatte. Er wollte dessen Unangreifbarkeit nicht akzeptieren. Um irgendwie an diese Leute heranzukommen, ging er sogar zur Deutschen Bank und arbeitete dort als Nachtwächter. Er wollte die Schuldigen mit eigenen Augen sehen.

Wichtiger noch für seine Veränderung war der Tod seiner Mutter, ein Jahr darauf. Für seinen Vater mochte er Mitleid empfunden haben, aber ein Vorbild war er ihm nie gewesen. Ich erinnere mich an Bemerkungen über die Kleinbürgerlichkeit und den ängstlichen Geist dieses Beamten. Dieser Vater dürfte umgekehrt auch keine hohe Meinung von dem Sohn gehabt haben. Er wird enttäuscht gewesen sein von der ausbleibenden Karriere des einzigen Kindes, dem er unter Entbehrungen das Studium ermöglicht hatte; und von seiner Lebensgestaltung sowieso. Seine Mutter dagegen bedeutete Konrad viel. Eine gebildete Frau, die unter der Fuchtel des Mannes stand, sie hatte schriftstellerische Ambitionen, die sie nie verwirklichte. Ich vermute, von ihr hat Konrad seine künstlerische Neigung geerbt. Sie war sein Spiegel. In ihr betrachtete er sich, mit ihr telefonierte er stundenlang, für sie wollte er schön sein. Als dieser Spiegel zu der blinden, grauen Steinplatte auf dem Essener Friedhof geworden war, wurde in ihm selbst etwas stumpf. Ich glaube, nach dem Tod seiner Mutter hat er verstanden, dass auch er nicht endlos viel Zeit hatte. So eine Erkenntnis macht den Menschen ungeduldiger – und radikaler.

Es fiel erst nicht so auf. Alle waren es gewohnt, dass Konrad sich und seine Meinungen ständig änderte. Er ver- und entpuppte sich, wechselte Ansicht und Farbe. Er brauchte das Spiel, das Schillern, die Provokation wie die Luft zum Atmen. Von Christian, seiner längsten und stabilsten Beziehung, ließ er sich für die frühe Sowjetunion begeistern. Für die Aufbruchsstimmung in der Kunst der zwanziger Jahre, besonders aber für diese irren Pläne einer *tabula rasa* nicht nur in der Gesellschaft, sondern auch bei der Entwicklung des Menschen. Trotzki wollte doch sogar das Atmen und die Verdauung der bewussten Kontrolle des Individuums unterwerfen, wollte alles Dunkle und Unbewusste ausmerzen. Verständlich, dass Konrad das faszinierend fand. Mit der Trennung von Christian verging ihm aber auch das. Weltanschauungen waren für ihn wie bunte Seidentücher, die er mit exaltierter Begeisterung anprobierte und mit ebenso betonter Verächtlichkeit wieder ablegte. Genau wie wirkliche Kleidungsstücke – eine frauliche Drehung des Oberkörpers, koketter Blick in den Spiegel, in dem er den – hoffentlich verliebten, bewundernden – Blick seines Begleiters erhaschte –, und schon hing das Stück wieder auf der Kleiderstange. Er ließ sich nicht festnageln. In diesem Primat der Schönheit über den Gedanken lag sehr viel Slawisches. Beständig bei Konrad war einzig und allein der Wille, schön zu sein.

Zu beiden Seiten der Gleise wuchsen Mauern hoch und schlossen sich bald zu einem Tunnel. Rissiger Halbschatten umfing uns, dann völlige Dunkelheit.

Schützend schloss ich die Augen vor dem aufflackernden gelben Kunstlicht, das die Gesichter käsig macht. Ich rettete mich in die Erinnerung an Evîns kräftige, kleine Arme. Spürte ihre lebhaften Hände wieder auf meinem Rücken. Dieses Mädchen will keine lange Zärtlichkeit, sie will schnellen Sex. Vorspiel schön und gut, aber bald ist sie selbst es, die drängelt. Sie nimmt ihn in den Mund, um die Sache zu beschleunigen. Dann baut sie sich auf. Ihr kleiner, schmaler Hintern mit den schwarzen Haaren bringt mich auch dann noch hoch, wenn ich total verausgabt bin.

Mir ist klar, dass von Liebe bei ihr keine Rede sein kann. Sie tut alles nur, um es ihrem Mann zu zeigen. Sympathie ist da schon, und zwar von beiden Seiten. Ich merke es daran, wie gern ich danach neben ihr liege. Mit ihr rede. Sie geht in ihre kleine Küche, setzt Wasser für den Tee auf, wir quasseln irgendwas. Manchmal schlafe ich bei ihr ein. Neben einer Frau einzuschlafen, ist ein großer Sympathiebeweis. Dann werde ich wach, wenn sie in ihrem harten Kurdisch ins Telefon spricht. Manchmal krault sie mich hinter den Ohren, während sie telefoniert. Ich frage mich, was ihr an ihrem Mann fehlt. Dinçer heißt er, angeblich ein Bulle von einem Kerl. Vielleicht lässt er sie einfach zu oft allein. Sie braucht das Bewusstsein, dass sie ihn betrogen hat. Erfahren darf er nichts. Wenn er es wüsste, würde er mich umbringen, sagt sie. Sie braucht die Genugtuung, wenn er zurückkommt, dass nicht nur er sie, sondern auch sie ihn betrogen hat. Er importiert Holz aus Aserbaidschan und vertreibt es über die Türkei nach Deutschland. Irgendwie so.

Wenn sie mich sehen will, schickt sie eine SMS. Frieda zieht bei dem Ton die Brauen hoch, wundert sich aber nicht mehr. Ich erzähl etwas von Lisiecki oder anderen Bekannten, und da sie auf solche Gesellschaft keinen Wert legt, gehe ich allein los. Schon am S-Bahnhof Bellevue schalte ich mein Handy aus, um Ruhe zu haben. Trete meine kleine erregende Reise an. Erst zum Alex, wo sich die großen Menschenströme der Stadt kreuzen, wo meine unverkennbar besoffenen, wundschädligen Landsleute an den Bahnbrücken stehen oder auf den steinernen Einfassungen der Grünanlagen am Fernsehturm lagern und dann und wann einer erschrockenen Deutschen hinterherbrüllen: «Ty niemiecko kurwo, co ty sobie kurwa wyobrażasz?!», «Du deutsche Nutte, was, verdammte Scheiße, bildest du dir ein?!» Späte Rache für die Erniedrigungen, die sie vor fünfundsiebzig Jahren unter deutscher Besatzung erdulden mussten, oder als Zwangsarbeiter im Reich. Gut, dass die arme Deutsche kein Wort versteht. Als Nächstes sehe ich Araber, die vermutlich noch nicht lange hier sind, junge, schmale Gesichter, an den Schläfen kurzrasiert, mit dichtem Haupthaar und gestutzten Bärten. Gutaussehende junge Männer mit drahtigen Rücken. Dazwischen ältere Türken, nicht selten mit der kraftlos gefügigen Frau unter dem Kopftuch an ihrer Seite, die die Einkäufe trägt. Und natürlich Wohnungslose aus Deutschland, die sich um ein Hilfsfahrzeug auf dem Boden sammeln und aus Suppenschüsseln löffeln. Immer sind viele Hunde um sie herum, treue und gehorsame Tiere. Junge Mädchen mit Punkfrisur keifen sich an oder ihre Typen oder keifen einfach so, um zu beweisen, wie ungebärdig und frei sie sind. Man hört aber nur, in welchem Ton ihre eigenen Eltern sie angeschrien haben müssen. Im freien Raum zwischen diesen Gruppen sucht der quellende Teig der Touristen ein Durchkommen, Spanisch, Französisch, auch Polnisch.

Ich kämpfe mich durch diese Menge und tauche ab in die Unterwelt, hinein in den U-Bahn-Mief und den fauligen Geruch von Schnittblumen, eine weitere Treppe hinunter in die pastellgrün gekachelte U8. Dort beginnt ein völlig anderes Biotop, auf einen Schlag ist alles wie ausgetauscht, andere Kopftücher sind da und andere arabische oder türkische Gesichter, erschöpfte Deutsche, bleich wie Maden, die nie ans Tageslicht gelangen. Der U-Bahn-Waggon ist lang genug, um darin spazieren zu gehen. Gruppen von jungen Männern springen herein, umarmen, küssen sich. Zwei, drei Stationen weiter rennen ein paar von ihnen wieder raus, andere bleiben. Du verstehst nicht, was abgeht, verstehst ihre Sprache nicht. Sie sind laut, so als wären alle anderen Fahrgäste nur Kulisse für ihr aktives, hartes, männliches Dasein. Tun tun sie dir nichts. Manchmal bieten sie sogar einer Frau den Platz an.

Vom Hermannplatz kämpfe ich mich die Sonnenallee hoch bis zu Evîns Wohnung. An den Bushaltestellen des M41 muss man aufpassen, dass man nicht auf die Straße geschubst wird, beim Warten oder Einsteigen. Das sind erste Symptome, dass hier bewusst etwas verändert wird. Irgendetwas wird vorbereitet, nicht nur äußerlich, sondern vor allem in der Mentalität der Menschen. Die Grenzen der Leidensfähigkeit werden ausgelotet, werden behutsam gedehnt.

Das ist nicht mehr meine Stadt. Nicht mehr die Stadt meiner Träume.

Die meisten Deutschen bekommen davon gar nichts mit. Dazu bedürfte es eines feineren, musikalischeren Ohres, einer Hellhörigkeit der slawischen Art. Wer zum Beispiel hätte mitbekommen, dass die S-Bahn längst auf eine andere Art anfährt? Ganz allmählich sind die Zugabfertiger verschwunden, die Zurückbleiber, wie Friedas kleine Nichte sie nannte, oder «Verzögerer», wie Nietzsche an einer Stelle sagt. Ihre einzige Aufgabe bestand darin, die Weiterfahrt zu verzögern und auf ihre eigene, belanglose Existenz aufmerksam zu machen, die sich in gewaltschwangeren Zeiten vielleicht in einem SA-Funktionär oder Blockwart personalisiert hätte. Oder einem Wehrmachtssoldaten, der nach der Niederschlagung des Warschauer Aufstands die Untermenschen an die Wand stellt. Auf so einen mussten alle warten. Weil er eben noch seine angebissene Stulle beiseitelegt oder sein Kreuzworträtsel zu Ende lösen will. Der Fahrer wartet. Die Leute warten. Seinen überflüssigen, hingenuschelten oder selbstverliebt in die Länge gezogenen Spruch mussten alle über sich ergehen lassen.

Ich habe ein Buch in der Hand und bewege mich im Reiche der höchsten Abstraktion: «Mit dem Recht, das ihnen die neue Lage gibt, glauben die Postmodernen an das Anfangslose: Sie können inzwischen fast überall von komplex verschlungenen Situationen ausgehen, in denen sich kaum noch ermitteln lässt, wer was womit und unter welchem Vorsatz begonnen hat», da fährt mir die Banalität wie die Peitsche des SS-Mannes ins Wort: «Zug S1 Richtung Wannsee, einsteigen bitte.» Pause ... Weiterlesen unmöglich. Mein Blick erstarrt auf den Zeilen. Warten. Sinnloses Warten ... «Zug S1 Richtung Wannsee, zurückbleiben. Bitte.» Auch gern ohne Bitte. Je nach Laune, je nach Temperament. Und irgendwann war dann er selbst überflüssig geworden. Kein Mitleid. Nachdem diese Zugabfertiger an fast allen Bahnsteigen abgeschafft waren, musste Ersatz für sie her. Zuerst leuchtet die rote Lampe über der Tür auf. Dann ein jaulendes Piepen. Und anschließend der virtuelle Verzögerer, das heißt – mindestens sechs Sekunden lang tut sich gar nichts. Ich habe die Zeit oft genug gestoppt, auf verschiedenen Strecken, zu unterschiedlichen Tageszeiten, in unterschiedlichen Zügen. Habe mir die Sekunden notiert. Wollte wissen, ob ich mir das nur einbilde. Das Ergebnis: immer das gleiche. Eine minimale, dafür umso perfidere Störung des Herzschlags. Meine ganze innere Schnelligkeit begehrt dagegen auf. Auf der Schule war ich ein guter Sprinter. Jahrgangsbester. Sprinten heißt, auf den Startschuss unverzüglich vom Knie hochzuschnellen und loszubrettern.

Genau diese Reaktionsschnelligkeit versucht man, den Leuten auszutreiben. Die Bürokraten in Brüssel dulden keine Unterschiede, sie wollen uns alle gleich machen, wollen uns die letzten Kanten abschleifen. Und wir Polen haben viele Ecken und Kanten. Die Strategie ist, dass man uns die Lust auf rasche, spontane Reaktionen abtrainiert und stattdessen einen Pawlow'schen Reflex der Unsicherheit und Angst anerzieht. Vielleicht werden sogar die islamistischen Anschläge zu diesem Zweck organisiert. Um ein Klima der Angst zu erzeugen, in dem dann noch mehr kontrolliert werden kann. Gewiss, die Deutschen sind dafür ein besonders geeignetes Material. Schwerfälliger als andere Europäer, von den Polen ganz zu schweigen. Ein braves Volk von Kaltblütern, von Hannoveranern, das vor allem eines versteht – den Gehorsam. Wie jetzt mit den Flüchtlingen, die sie brav aufnehmen, weil man es ihnen befiehlt. In Berlin fällt das nicht so auf, hier ist alles durchmischt. Der Anteil der Fremden ist viel größer als in den trüb beschaulichen Kleinstädten Westdeutschlands, auf schmalen Gassen zwischen Fachwerkhäusern, in den trostlos grauen Fußgängerzonen, wo zwischen Woolworth, Rossmann und Tchibo mal schüchtern eine alte Kirche hervorlugt. Wenn Touristen aus Westdeutschland kommen, habe ich immer das Gefühl, da schiebt sich eine Herde großer, zottliger, weißhaariger Büffel über den Asphalt. Die Frauen trotten, als hätten sie das Gehen nie richtig gelernt. Als wären sie nie über den Schulhof gerannt in der Hoffnung, abheben zu können, hinauf zu den Sturmwolken, die der Wind wie Stofffetzen über den Himmel jagt. Diese Bereitschaft zum Abheben, diese ekstatische Offenheit für das Künftige kennen sie nicht. Und müssen es doch früher einmal erlebt haben, zu Zeiten, als sich ihr Volk mit seinen Wahnsinnstaten selbst den Niedergang geebnet hat. Von den Folgen ihres eigenen Krieges haben die Deutschen sich nie erholt. Seitdem sind sie alle steif in den Hüften und haben sich darin eingerichtet.

Am anderen Ende des Waggons hustete jemand. Das war Konrads Husten, ich kannte diesen Ton sehr gut. Ich glaubte selbst nicht daran, dennoch stand ich auf und ging den Gang entlang, warf dort, von wo das Husten gekommen war, einen raschen Seitenblick auf die Sitze, da saß ein Mann, der ganz und gar nicht Konrad war. Viel jünger, mit langem Haar und einer unschön spitzen Nase. Ich stellte mich vor den Ausgang, sah nach draußen in den dunklen Bahntunnel, sodass ich im Spiegelbild noch einmal sein Gesicht mustern konnte. Nein. Er war es wirklich nicht.

*

Es klingelte. Evîn wunderte sich. Paweł war erst eine Stunde weg. Sie hatte geduscht, der Morgenmantel lag auf ihrer noch feuchtwarmen Haut, sie ging zur Wohnungstür und guckte durch den Spion. Das Glas war trüb, sie hatte das längst dem Hausmeister gemeldet. Dieser unterbelichtete Deutsche ließ sie seit Monaten warten. Reine Schikane. Aber Ahmads verzerrtes, vergrößertes Gesicht meinte sie jetzt doch zu erkennen. Hängte die Kette aus und öffnete.

«Was ist?»

«Kann ich reinkommen?»

«Geht nicht. Ich bin allein.»

«Evîn! Hör auf mit den Witzen! Wir kennen uns! Es ist wichtig.»

«Wenn's sein muss.»

Ahmad sah sich in der Wohnung um, warf einen raschen Blick in beide Zimmer. Sie bot ihm einen Stuhl am Küchentisch an.

«Möchtest du einen Tee?»

Er nickte.

«Ich nehme an, es ist dir nicht unangenehm, dass ich als Mann dich zu Hause besuche?», sagte er.

Sie zuckte die Schultern.

«Wir akzeptieren deinen Lebenswandel. Du bist eine freie Frau. Emanzipiert. Auch wenn es bei uns immer mehr Leute gibt, die mich drängen, dich zur Ordnung zu rufen. Deine Eltern, du, ihr gehört zu unserer Familie.»

«Ich bin mit meinem Vater fertiggeworden, mit den anderen werde ich erst recht fertig», sagte sie.

«Du wirst sehen, wie das ausgeht. Ich sehe für dich keine glückliche Zukunft, Evîn. Auch wenn du mir sympathisch bist. Das weißt du.»

Sie ist tatsächlich eine Nymphomanin, dachte er, als er im Augenwinkel sah, wie wehrlos weich ihr Gesicht bei den letzten Worten wurde. Sie kann gar nicht anders. Sie muss jeden lieben, der sie liebt.

«Aber jetzt geht es um etwas anderes. Wir kennen deinen polnischen Freund. Wenn du das ab und zu brauchst, okay. Aber seit kurzem ist da noch ein anderer. Während der Pole bei dir war, hat er im Treppenhaus gewartet. Er ist über den Hof ins Haus geschlichen und hat sehr lange im Treppenhaus gestanden. Als ich ihn angesprochen habe, hat er einen Schreck bekommen und ist weggelaufen. Evîn, hast du eine Ahnung, wer das sein könnte?»

Evîn erschrak. Sie schüttelte den Kopf.

«Könnte es sein, dass dein Mann dir nachspioniert?», fragte Ahmad.

Diesen Verdacht hatte Evîn mehr als ein Mal gehabt. Ihr Mann war kein Dummkopf. Er war vielleicht einfach tolerant. Wenn er sie beobachten ließ, dann vermutlich eher, um sie zu beschützen. Wenn nicht, dann wusste er jetzt Bescheid.

Sie drehte sich zum Holzregal um und nahm die silberne Pistole in die Hand.

«Er selbst hat mir diese Waffe gegeben, damit ich mich verteidigen kann. Und das werde ich tun. Soll der Typ nur kommen.»

«Wenn er nicht von deinem Mann bestellt ist, dann ist er ein Bulle», sagte Ahmad, nicht übermäßig beeindruckt von der kleinen Damenwaffe, Kaliber 6,35 mm. «Und ich weiß nicht, was schlimmer wäre. Hast du jemandem etwas erzählt, von uns?»

Ahmad war kräftig. Er ging ins Fitnessstudio und hatte den Entengang von Männern, die zu einseitig nur ihren Oberkörper trainieren. Die Beine sind unterentwickelt, der Rumpf mit den überbreiten Schultern ruht wie auf Stummeln, die muskeldicken Arme stehen ab. Er hätte sie zerdrücken, hätte mit ihr machen können, was er wollte. Aber er war auch ein Araber, und die knabenhafte Zurückhaltung des Jungen, die Scheu vor der Frau als einem fremden Wesen, hemmte ihn. Er bewunderte Evîn für ihren Mut, sich mit ihrem Vater zu überwerfen, aus der Familie auszubrechen – aber er musste auch die Meinung der größeren Familie berücksichtigen.

«Wen meinst du mit ‹uns›? Eure Familie?», fragte Evîn.

«Unsere, Evîn. Unsere Familie.»

*

Überall lassen sie dich warten. Aber es ist ein anderes Warten als früher; damals, auf den kleinen Provinzbahnhöfen in Polen. Man stand in der warmen Sommersonne vor dem sandsteinhellen Bahnhofsgebäude. Ohne Ungeduld. Man hatte keine Eile, hätte ewig so stehen können. Das Warten war ein Sein, kein Zwischenzustand, kein nervöser Übergang. Beim Warten lief einem nicht die Zeit davon, nein, sie blieb stehen und schaute von der Seite zu dir auf wie ein kleines Mädchen, das du an der Hand hältst.

Irgendwann erklang oben am Bahnhofsgebäude eine scheppernde Frauenstimme aus dem übersteuerten Lautsprecher. Niemand verstand ein Wort. Nur denken durfte man sich was. Konnte Ortsnamen wie Szczecin oder Lublin oder Poznań oder Wrocław oder Rzeszów in dem blechernen Mischmasch erahnen. Schon rauschte der Zug ein, mit überhitzten Abteilen, voll vom säuerlichen Rauch billiger östlicher Zigaretten, damals nicht nur auf den Klos, sondern auch in den Gängen. Spätestens dann galt es, zum Bahnsteig zu eilen und die drei Gitterstufen zum Waggon zu erklimmen. Oder aber, es sein zu lassen. Mit einem Gefühl von Verzicht, von Loslassen und der gleichzeitig aufblühenden, erregenden Aussicht auf Befreiung, wenn der Zug abgefahren war. Traurig, aber gut so.

Zurückbleiben!, herrschte eine weibliche Stimme, eigentlich ins Mikrophon, aber auch mich an, denn ich sprang direkt neben ihr aus der Bahn. Die Gummifalz der Türflügel erwischte mich noch an den Hüften. Die Uniform der Frau spannte in ihrem Nacken, ihre wulstige Hand lag auf dem Knopf des gelben Befehlsstands. Woher sollte sie auch wissen, dass ich ihr geistig haushoch überlegen bin? Dass ich meine Magisterarbeit über das Polentum von Friedrich Nietzsche geschrieben habe, einen Denker, der in ihrer Sprache schrieb und doch himmelweit von ihr entfernt – weil er eben, wie ich in meiner Arbeit nachweisen konnte, im Grunde ein Pole war. Er selbst hat das mehrfach bestätigt. Sie weiß nichts davon. Sie hat den intuitiven Blick für das Schwache, sie hetzt mich beim Aussteigen, ihre Überlegenheit ist die des primitiven Herrenmenschen, nicht zu verwechseln mit dem Idealtypus von Nietzsche, der dem freien polnischen Adel nachgebildet ist.

Für meine Reaktionsschnelligkeit gab es keine Belohnung. Nach dem Sprung fand ich mich auf dem Bahnsteig, ein Finger in den Seiten des zugeklappten Buchs. Dabei hätte jetzt etwas passieren müssen. Dieser Sprung hätte der Beginn einer Wahnsinnsaktion sein müssen, der mein träges Dasein ins Wanken bringt. Aber nein.

Konrad war nicht da. Und wie immer, wenn ich längere Zeit nicht daran gedacht habe, erwischte mich der Schmerz über sein Fehlen unvermittelt, wie eine frische Katastrophennachricht.

Auf der Fahrt nach Bellevue überlegte ich, was ich noch tun könnte, um nicht nach Hause zu gehen. Frieda hatte heute Dienst. Dennoch zog mich nichts in diese Wohnung.

Unten am Imbiss steht wieder dieser Typ, den ich jetzt schon mehrmals hier gesehen habe. Helles Sakko. Er wendet sich wieder sofort ab, wenn er mich sieht. Erst habe ich in meinem typischen Reflex noch gedacht, ich selbst hätte einen Makel an mir. Jetzt fragte ich die Wurstverkäuferin.

«Ja, ist mir auch aufgefallen. Der kauft eine Bratwurst und steht dann über 'ne halbe Stunde hier rum», sagte die Frau. «Merkwürdiger Typ. Redet auch nie was.»

Es dämmerte. Der Vietnamese räumte seine Primeln und Sträuße vom Bürgersteig. Ich machte einen Umweg an der Akademie vorbei in der Hoffnung, vielleicht Lisiecki zu treffen, der dort gelegentlich, mit seinem schwarzen Bärtchen wie ein französischer Maler auf der Terrasse des Cafés saß. Manchmal beneidete ich ihn um seine Lebenskunst und verachtete ihn zugleich, weil er sich in dieser Stilisierung erschöpfte. Heute hätte ich gern mit ihm geplaudert. Aber ich fand ihn dort nicht und machte meine Runde durch den Tiergarten allein.

Wie konnte er uns einfach so sitzenlassen?

*

Ihr Mann war im Mai 2014 auf einem Empfang in der russischen Botschaft gewesen. *Ihr Mann*, das war ein Beamter der Berliner Senatskanzlei, der sie seit vielen Jahren mit überwiegend wertlosen Informationen versorgte. Er wollte kein Geld dafür, er tat es aus schwärmerischer Begeisterung für Amerika, für Freiheit, Demokratie, unbegrenzte Möglichkeiten und all das. Ab und zu lud man ihn zu einer Garden Party der Botschaft ein, wo er zwischen prominenten Gästen auf und ab spazieren und sich geehrt fühlen durfte. Den Einladungen in die russische Botschaft folgte er eher aus Pflichtgefühl. Beim letzten Mal hatte er dort nicht nur die üblichen DDR-Veteranen beobachtet, die zum sogenannten Tag des Sieges in Anzügen herumstanden, die an Präsent 20 erinnerten, weiß behäuptet, leichtgliedrig und durchscheinend wie über den Winter ausgetrocknete Florfliegen. Viel aufregender war etwas Neues: hysterisch aufgekratzte Frauen, ebenfalls nicht mehr taufrisch, aber noch beweglich genug, um schwungvoll die Stöckelschuhe abzuwerfen, auf die Buffettische zu klettern und dort nostalgische Sowjetlieder zum Besten zu geben bzw. zu kreischen. Die eigentlich Aggressiven waren die Frauen, das hatte ihr Mann in seinem Bericht betont. Der Gesichtslose las es mit Genugtuung, es deckte sich mit seiner persönlichen Erfahrung. Männer unter sich kommen meist gut miteinander aus. Wenn es Zoff gibt, sind fast immer die Frauen schuld. Entweder dressieren sie als Mütter ihre kleinen Jungs zu künftigen Psychopathen, oder ihnen fallen große Jungs in die Hände, die sie mit den Verheißungen ihres Körpers zu Missetaten verleiten, die ein Mann von sich aus nie begehen würde.

Neben der Lenin-Statue brutzelte unter weißen Kunststoffzelten im Innenhof der Botschaft das Grillfleisch. Männer in Tarnkleidung ohne Rangabzeichen schlichen durch den beißend scharfen Rauch. Vermutlich nicht von der Krim eingeflogen, sondern Schauspieler, dachte ihr Mann. Wahnsinn, konstatierte er am Ende des zweiseitigen Berichts: zwei Stunden hysterische Freude, ein Gefühlsausbruch. So wie in Amerika nach der Mondlandung.

Von wegen Mond, dachte der Gesichtslose verächtlich. Wenn es wenigstens der Sturm gereifter Männlichkeit wäre. Aber es ist weibisches Feixen, feige Genugtuung über einen gelungenen Ladendiebstahl. Haben sich die Krim unter den Nagel gerissen. Für die Mondlandung hat es nicht gereicht.

Wie viel Unheil ein zu kurz Gekommener anrichten kann, zeigte die Sache, mit der die Berlin Station sich jetzt – fünf Jahre später – beschäftigen musste. Ein hochgradig gefährdeter Überläufer war quasi unter ihren Augen ermordet worden. Wenige hundert Meter von ihrer Botschaft entfernt, deren Dach mit Abhöranlagen und sonstiger Technik gespickt war, in einem Hotel, in dem sie seit Jahren jedes gesprochene, sogar geflüsterte Wort mithören konnten. Vergiftet. Ja, die Russen töten wie die Frauen, dachte der Gesichtslose. Darüber können auch der leder-schwuchtelige Macho-Kult ihres Präsidenten und all diese harten Kerle auf ihren Bikes nicht hinwegtäuschen.

Der Anschlag war professionell ausgeführt worden. Jeremias Katz hatte nur anderthalb Tage und eine Nacht gehabt, um seinen Aufenthalt in Berlin zu genießen. Am Morgen nach seiner Landung in Tegel hatte er einen Tee eingenommen, der ihm in der Hall gereicht worden war. Eine halbe Stunde später war er tot.

Jeremias Katz – die Benutzung seines Klarnamens war selbst in internen Papieren untersagt – war am 16. April 1953 im Minsker Gebiet der weißrussischen Sowjetrepublik geboren. Vater Frontkämpfer und Held der Sowjetunion. Nach dem Wehrdienst ging Katz an die KGB-Schule in Minsk. Versetzung nach Moskau. Abschluss des Offiziers-Kurses. Nimmt in einem Sondereinsatzkommando an den Kämpfen in Afghanistan teil und wird dafür mit dem Rotbannerorden ausgezeichnet. Nach einer Ausbildung in Auslandsaufklärung arbeitet Katz mehrere Jahre unter dem Dach der sowjetischen, später der russischen Botschaft in Washington.

Anfang 2000, bald nach den merkwürdigen Sprengstoffanschlägen auf Wohnhäuser in Moskau und Südrussland, nimmt er Kontakt zu den US-Diensten auf und behauptet, Informationen aus erster Hand darüber zu besitzen, dass der KGB-Nachfolger FSB die eigene Bevölkerung zu Hunderten in die Luft jagt. Nur damit diese Angst vor den Tschetschenen bekommt und Putin zum Präsidenten wählt. Misstrauisch sichten unsere Dienste die Beweise. Es hätte sich um innenpolitische Abrechnungen handeln können, vielleicht war Katz von Leuten geschickt, die einen starken Präsidenten verhindern wollten; oder solchen, die das alte Regime zurückhaben wollten. Sie analysierten die Informationen, bliesen sie aber nicht zu einem bilateralen Skandal auf. Sosehr die Indizien auch überzeugten, das Ganze war zu grauenhaft, es überstieg westliches Vorstellungsvermögen. Katz bekam eine Schutzidentität, er erwies sich als wertvolle Quelle besonders für Personalangelegenheiten in den ehemaligen Sowjetrepubliken.

Achtzehn Jahre später kommt dieser Mann, statt seinen Lebensabend in Florida oder wo auch immer zu genießen, auf die Schnapsidee – in seinem Fall nicht nur metaphorisch –, eine sentimentale Reise nach Berlin zu buchen. Anfängliche Versuche, Jerry Katz das auszureden, fruchteten nicht. Die Zentrale spielte daraufhin alle denkbaren Szenarien durch – ohne übrigens die Berlin Station einzuweihen. Langley überprüfte sämtliche Personen, auf die Katz in Berlin treffen konnte. Der israelische Freund, ein Emigrant aus der Sowjetunion, war ihnen bekannt. Das Gleiche galt für die Mitglieder der Reisegruppe, wohlhabende Amerikaner, Ärzte und Anwälte, die meisten schon im Ruhestand. Auch die Hotelangestellten, die direkt mit ihm zu tun haben würden, wurden überprüft. Die Hausdame, der Concierge, die Zimmermädchen und sogar ein Barmann.

Nichts und niemand gab Anlass zur Besorgnis. Bis sie auf den vom britischen Reisebüro beauftragten Reiseleiter stießen.

Der Mann hieß Konrad Mauser, Jahrgang 1977. Geboren in Essen als Sohn eines Postbeamten und einer Hausfrau, wie es in der Geburtsurkunde hieß. Grundschule, Gymnasium, der übliche Bildungsweg. Wehrdienst verweigert. Mit neunzehn ging er nach Berlin und studierte an der Freien Universität Amerikanistik und Geschichte. Nach vier Jahren begann er eine Magisterarbeit über den Vietnamkrieg, über die Traumata der Veteranen und deren Auswirkungen auf die US-Gesellschaft. Ein Hinweis auf diese Arbeit war übrigens die erste Spur, die sie in ihren Datenbanken zu Mauser fanden. Informanten gab es am Amerika-Institut genug. Einer von ihnen hatte das 1997 gemeldet. Läppische Literaturarbeit übrigens, Verwurstung vorhandener Statistiken, keinerlei eigene Gedanken, und nicht einmal das zu Ende gebracht. Mauser verließ die Universität ohne Magister. Erfolg seiner Studienzeit war, dass das Amerika-Institut beziehungsweise dortige Reste der 68er-Zeit es in vier Jahren geschafft hatten, ihn von einem begeisterten Freund der amerikanischen Kultur zu einem linken Kritiker der USA umzudrehen.

Mauser blieb in Berlin. Anfang des Jahrtausends begann er, als Reiseführer zu arbeiten. Seine Sprachkenntnisse waren hervorragend, er besaß auch den nötigen extrovertierten Charakter. Zum ersten Mal im Leben verdiente er Geld, hatte endlich Erfolgserlebnisse. 2003 bekam er den ersten Auftrag von jenem elitären britischen Reiseveranstalter, für den er bis zu seinem letzten Einsatz tätig war.

Ab 2008 hinterließ Konrad Mauser Spuren in den sozialen Netzen. Er äußerte ganz unkonspirativ alles, was linken Wolkenkuckucksheimern so durch den Kopf geht. Eine zunehmende Wut ist darin zu spüren. Die üblichen Verschwörungstheorien über den Einfluss einer Weltregierung, den Einfluss des internationalen Kapitals, gegen das die nationalen Regierungen völlig wehrlos seien. Demokratische Wahlen? Nur noch eine Farce.

Bald bekamen seine linken Theorien eine nationale Färbung. George Soros will den Nationalstaat schwächen. Deshalb fördert er das unkontrollierte Einströmen islamischer Flüchtlinge. Die *Umvolkung* Europas. Gegenwehr ist nur durch die Stärkung der Nationalstaaten möglich. Wer aber fördert nationale Bewegungen in ganz Europa? Richtig: Russland. Wie bei einem Flipperautomaten landete die Kugel am Ende, egal welchen Weg sie zuvor durch den bunten Parcours genommen hatte, in ein und demselben dunklen Loch: Russland.

Man kann nur staunen, wie langlebig alte Feindbilder sind. Der Kommunismus war besiegt. Alle ideologischen Gegensätze überholt. Für Russland aber schien die Annäherung an den angelsächsischen Westen noch viel bedrohlicher zu sein als die alte Konfrontation. Ohne Druck von außen bekamen bestimmte Leute dort das Gefühl, sie würden implodieren. Um die Außengrenzen der eigenen Identität zu wahren, um zu bleiben, was sie als männlich ansahen, erfanden die Ideologen dieses faulenden Imperiums auf die Schnelle neue Gegensätze – gut, dass es den Kampf um traditionelle Werte, die Familie, den Widerstand gegen Schwulenehe, gegen islamische Überfremdung gab. Diesem nebulösen Gebilde gaben sie einen Namen – Russische Welt.

Dass Mauser selbst homosexuell war, hinderte ihn nicht, sich mit diesem ideologischen Kunstprodukt zu identifizieren. Für die Gefahrenanalyse hatte die Tatsache jedoch klare Konsequenzen. Aus Sicht der Analysten der CIA verstärkte Mausers Lebenswandel die kritischen Momente, die ohnehin gegen ihn sprachen. Auf eine längere Partnerschaft mit einem älteren Mann – der zufällig (?) über sowjetische Kunst der zwanziger Jahre arbeitete – folgte chaotisch wechselndes Sexualleben. Er verkehrte in Clubs und Saunen, ideale Andockstelle für fremde Dienste, die an ihn herankommen wollen. Andockstelle, dachte der Gesichtslose und assoziierte dabei die Glory Holes, von denen er viel gehört hatte. Nimm einen kräftigen Russen und lass ihn diesem Deutschen einen blasen, lass ihn ein paar persönliche Worte sagen, etwas von Sympathie oder so, mehr als bei solchen flüchtigen Begegnungen üblich, schon hast du den Deutschen an der Angel, hast Einfluss auf ihn.

Dieser Mann war ein Sicherheitsrisiko wie aus dem Lehrbuch. Er durfte nicht in die Nähe von Jeremias Katz kommen. Die Zentrale forderte den Austausch des Reiseleiters.

Das Reisebüro blieb stur. Die Briten waren so. Sie glauben manchmal, es uns nach zweihundertfünfzig Jahren immer noch zeigen zu müssen. Sie wollten auf ihren *Tour director* nicht verzichten, frühere Gäste liebten ihn und buchten jetzt vor allem seinetwegen. Packt euren Katz doch in eine andere Gruppe.

Also blieb der Reiseleiter Mauser.

Die CIA schickte zwei Officer aus den Staaten mit, die für Katz' Sicherheit sorgen sollten.

Und am Ende war genau das eingetreten, was sie befürchtet hatten. Der Sechsundsechzigjährige, nicht ernsthaft krank und medizinisch hervorragend betreut, stirbt an einem Schluck Tee.

Der Witz war, dass man keinen einzigen Russen in der Nähe registriert hatte. Unter den Gästen gab es natürlich nicht wenige, witzigerweise war eine Woche zuvor Michail Gorbatschow samt Entourage hier abgestiegen. Aber die Rezeption, der Concierge, die Kellnerinnen, das Zimmermädchen – alle clean, das wollten Officer Paul und seine Kollegin Susette garantieren können. Somit blieb nur eine Möglichkeit. Sie hatten nicht mit eigener Hand getötet, sondern einen nützlichen Idioten benutzt. Und dieser Idiot hieß Konrad Mauser.

Der Bericht war mit einem Namenskürzel gezeichnet, das der Gesichtslose nicht kannte. Obwohl die Berlin Station vorher nicht in die Aktion eingeweiht gewesen war, erwartete die Zentrale jetzt, dass sie hier den Dreck wegräumten und den flüchtigen Täter fanden. Mit Unterstützung von Operations Officer Jonathan Cowley.

Der Gesichtslose legte die Akten beiseite, ließ sich auf die lederne Liege in seinem Büro fallen und starrte an die Zimmerdecke. Er war müde. Nicht so sehr von der Arbeit. Nein, er hatte all diese Dinge einfach satt. Nichts von dem, was sie in diesem Fall herausfinden würden, würde auch nur einen Deut an der Welt ändern.

*

Ich kann nicht behaupten, dass ich Konrad besonders vermisst hätte. Er fehlte eher als Bestandteil unserer Beziehung, als Puffer zwischen Frieda und mir. Ohne Konrad rieben wir aneinander wie zwei Getriebeteile, wenn kein Schmieröl mehr da ist.

Wenn er keinen triftigen Grund hat, also zum Beispiel tot ist, dann werde ich ihm ganz schön was erzählen.

Dann wieder, zu anderen Zeiten, bekam ich ein prickelndes Gefühl, als könnte er gleich wieder auftauchen. War ja nicht das erste Mal, er war schon früher wochenlang weggeblieben und wie aus dem Nichts wieder erschienen. Einmal, als seine Mutter gestorben war. Er fuhr zur Beerdigung in Essen, Erbschaftssachen regeln. Und kam nicht wieder. Unerreichbar auch auf dem Handy.

«Vielleicht hat er einfach genug gehabt und ist in eine andere Stadt», sagte Friederike.

«Ohne uns etwas zu sagen? Nie im Leben.»

«Du weißt nicht, wie empfindlich er war. Du hast ihn oft verletzt mit deinen abfälligen Bemerkungen.»

«Meinst du was Bestimmtes?», fragte ich.

«Ich weiß nicht. Mir fällt jetzt nur ein, wie du dich über seine Pläne lustig gemacht hast, den Aufsichtsratsvorsitzenden der Deutschen Bank zu beseitigen. Weil die Trumps Geld gewaschen hat.»

Ich schüttelte den Kopf. Friedas mangelnde Orientierung in der Zeit ärgerte mich immer. Konrads wirre Pläne waren Jahre her. Von Trump war da noch gar nicht die Rede, es ging um Breuer. Um in seine Nähe zu kommen, hatte er sich bei der Deutschen Bank als Nachtwächter anstellen lassen, Filiale Charlottenstraße. Und in dieser bescheidenen Stellung kam er sich sogar sehr bedeutend vor.

«Ich stehe da im Foyer», erzählte Konrad eines Abends, «nach der Nachtschicht, klappe Susan Sontags *Krankheit als Metapher* zu, der Fahrstuhl öffnet sich und ein Mann tritt heraus. Sandheller Trenchcoat, völlig aus der Mode, so wie Humphrey Bogart in Casablanca. Frisur auch so komisch, dicke Hornbrille. Ich stehe am Empfang. Stehe sogar noch für ihn stramm, versteht ihr?! Er durchmisst die Marmorhalle, geht an mir vorbei. Würdigt mich natürlich keines Blickes. Schon ist er draußen. Läuft jetzt hier der Aufsichtsratsvorsitzende ganz allein durch die Gegend?, fragte ich mich. Ohne Sicherheit? Vielleicht wartet draußen schon der Chauffeur mit aufgerissener Fondtür – aber während ich noch darüber nachdenke, kommt Breuer die Treppe runter. Oder eben doch wieder nicht er. Geht zielstrebig durch die Halle, an mir vorbei, grüßt mich ebenfalls nicht, warum sollte der Aufsichtsratsvorsitzende eines DAX-Konzerns einen Nachtwächter grüßen. Aber war er das nun wirklich? Oder auch wieder ein Doppelgänger? Da ist mir klargeworden, dass die mehrere Breuers laufen lassen. Bezahlte Doubles.»

Konrad, der Nachtwächter. Noch als Underdog plusterte er sich auf. Mit dieser Episode aber hatten sich seine Pläne erledigt. Konrad als Attentäter, das schien eine absurde Vorstellung zu sein. Dabei scherzte er bisweilen sehr zweideutig darüber, wie schutzlos die reichen Amerikaner waren, die er zu betreuen hatte.

«Ist doch egal, wann das war», sagte Frieda. «Ich habe seinen Mund gesehen, als du über ihn gelacht hast. Er war verletzt. Du hast getönt, die Linke müsse intelligenter sein als das Kapital. Wenn die Linke überhaupt ein Vermögen habe, dann sei es ihre Intelligenz. Was hilft es, wenn du einen Breuer umlegst. Einen einzelnen Menschen zu töten, ist sinnlos. Sorg dafür, dass sie es gegenseitig tun.»

Friederike hatte gefragt: «Und Hitler, hätte man den nicht erledigen sollen?»

«Ich sehe hier weit und breit keinen Hitler», hatte ich erwidert. Und scherzte: «Nimm doch diesen Setschin. Der hat Chodorkowski sein Unternehmen geraubt. Die perfekte Visualisierung oligarchischer Unersättlichkeit. Fresse wie ein Klosauger. Das wäre mal eine Heldentat. Und ein ästhetischer Gefallen für die Menschheit.»

Friederike und Konrad hatten gelächelt.

«Klar, die Russen sind natürlich immer die Bösen», sagte Konrad.

Ihr beider gönnerhaftes Lächeln machte mir wieder bewusst, wie sehr ich in Wirklichkeit ausgeschlossen war. Volksgemeinschaft sagt man ja heute nicht mehr, aber wie bei vielen Worten, die man nicht mehr sagt, existiert auch hier die Sache sehr wohl weiter. All die Jahre hatte ich die Illusion gehabt, ich könnte in dieses Deutschland hineinwachsen, könnte eins werden mit diesem Volkskörper, so wie ich Hunderte Male mit Friederikes Körper eins geworden war. Könnte beider Anerkennung finden, indem ich mir ihre Literatur und Philosophie aneigne und mich darin sicherer und souveräner bewege als der geborene Deutsche, dem alles in die Wiege gelegt wird; indem ich die Feinheiten ihrer Sprache besser beherrsche als sie, abgesehen von dem kleinen slawischen Akzent, den ich wohl nie loswerde, abgesehen von «die Kaffee» oder ähnlich läppischen Fehlern, die den Genderpolitikern eigentlich willkommen sein sollten. Ja, richtig, in Kreisen der Intellektuellen war man tolerant, weltoffen, die Herkunft spielte keine Rolle. Solange es nicht ans Eingemachte ging. Beim ersten wirklichen Konflikt fallen die Masken. Ohne dass sie es beabsichtigen, zeigt sich manchmal ihre subtile Verachtung für die Polen. Gröbere Naturen belassen es nicht beim Subtilen. Längst ist es wieder so weit, dass das große Deutschland sich über seinen kleinen Nachbarn erhebt. Sie glauben, das Gerichtssystem in Polen besser zu verstehen als wir selbst. Sie himmeln in naiver Unkenntnis unsere Liberalen an, die sich nach der Wende das Volkseigentum unter den Nagel gerissen haben und sich einen Dreck um die einfachen Leute scheren. Sie glauben zu wissen, dass der Absturz der Regierungsmaschine in Smolensk ein Unfall war, und tun jeden Zweifel daran als Spinnerei ab. Ihre Belehrungen kommen nicht mehr so plump wie vor siebzig Jahren. Heute arbeiten sie geschickter, über Brüssel, wo sie den größten Einfluss haben. Konrad gehörte dazu, auch wenn er noch so liberal war und mich gut kannte.

Wenn er einen Auftrag hatte, warf Konrad sich in Schale, war kaum wiederzuerkennen. Er mochte es nicht, wenn man ihn dabei sah. Einmal lief ich ihm und seiner Gruppe durch Zufall über den Weg.

«Hi, Konni», habe ich gerufen.

Er tat so, als hörte er nichts, und ging weiter. Ich konnte mir denken, warum. Er identifizierte sich nicht mit dieser Arbeit. Er identifizierte sich ja nicht einmal mit seinem eigenen Geschlecht. Aber dieses innere Schwanken war gerade das, was mir an ihm gefiel. Andernfalls wären wir nie so gute Freunde geworden. Mit den meisten deutschen Männern konnte ich nichts anfangen. Frieda machte manchmal Andeutungen, ich solle mir doch außer Konrad auch ein paar andere Freunde suchen. Andere, keine Schwulen. Aber Männer, mit denen man abends beim Bier über Fußball oder Autos reden kann, Angestellte, langweilten mich. Konrads Unsicherheit war es, die ihn hinaushob. Der normale Deutsche erstrebt das Gegenteil, er will die feste Form. Die Mitgliedschaft in einem Verein, Fußball oder Skat, eine feste Stellung. Eine Form, in der er sich für sein ganzes Leben einigeln kann, um keinen Gedanken mehr an seine Identität verschwenden zu müssen. Konrad war das Gegenteil.

Zweifellos schmeichelte ihm der Umgang mit *Upper Class*-Leuten, die viel Geld für so eine Europareise ausgaben. Das Honorar war gut, noch besser das Trinkgeld, mit dem die Amerikaner selten geizten. Etwas imponierte ihm an diesen Menschen, die den Erfolg ausstrahlten wie andere den Duft eines Rasierwassers. Sie waren Bürger einer Weltmacht, also Weltbürger. Sie hatten Deutschland von den Nazis befreit, und an Berlin interessierte sie am meisten die Vergangenheit, die Erinnerungsorte ihres Triumphs. Checkpoint Charlie. Der Hitlerbunker. Aber auch die zwanziger Jahre, das Restaurant Nolle an der Friedrichstraße.

Das schmeichelte ihm und zerriss ihn zugleich. Denn er hasste das System, das solche sozialen Unterschiede ermöglichte.

Vor zwei, drei Jahren an einem Heiligabend war er fast weinend zu uns gekommen. Vom Attentäter zum barmherzigen Samariter war es bei ihm nur ein kleiner Schritt. Wir dachten erst, er hätte einen Unfall gesehen, einen überfahrenen Hund oder so. Nein, er war noch bei Woolworth am Leopoldplatz gewesen, um im letzten Augenblick Geschenke zu kaufen. Er hatte dort eine Frau in Strickjacke gesehen, die mit ihrer Tochter, vielleicht acht Jahre alt, an den Regalen stand, vor

Plüschbären oder anderem Spielzeug, und offensichtlich ein Geschenk für das Mädchen suchte. Man weiß nicht, ob das stimmt. Er fabulierte sich ja zu jeder kleinen Beobachtung immer eine eigene Geschichte hinzu: «Stell dir vor, in einer Strickjacke, grau und ausgeleiert. Vor Regalen voller Ramschware, billigem Plastikzeug, mit dem die Amis unseren Markt überschwemmen. Im Untergeschoss dieses Billigkaufhauses. Dort ließen sich um die Zeit nicht mal mehr die Verkäuferinnen blicken. Sie war eine der letzten Kundinnen vor Heiligabend. Wir leben im Überfluss, und diese Frau, wirklich verhärmt, solche Arbeitergesichter sieht man nur noch dort oben im Wedding, die muss jeden Euro umdrehen, sie will aber auch nicht, dass ihre Tochter ohne Geschenk dasteht. Der Mann sitzt schon vorm Fernseher, bestimmt besoffen, ohne Arbeit und Geld, entmannt. Ein Opfer des Kapitalismus, ein gelähmtes Opfer, das sich nicht mehr wehrt. Ob Billigwaren oder billige Arbeitskräfte, die US kolonialisieren uns. Solche Konsum-Ketten fesseln unsere Souveränität, sie sind Opferstätten unserer Erniedrigung.»

Manchmal sagte er «unsere» und vergaß, dass ich Pole bin.

«Hast du ihr wenigstens einen Euro gegeben», spöttelte ich. Mich ärgerte diese verlogene Rührseligkeit. Dieses Selbstmitleid der *Schlechtweggekommenen*, wie Nietzsche es genannt hat. «In Polen geht es den Leuten noch viel schlechter, aber dort jammern sie nicht lange, sie packen es an.» Frieda warf mir einen mahnenden Blick zu.

Mir fällt auf, dass ich schon in der Art eines Nekrologs an Konrad denke. Seit nichts Neues mehr von ihm, dem ewig Überraschenden, kommt, fügt sich das Bekannte zusammen wie die Bauklötze in Tetris. Langsam und kraftlos wie künstliche Schneeflocken sinken die Teile. Der Pfauenschweif der

Möglichkeiten hängt ausgeblichen und schlaff. Was einmal Leben war, ist Ergebnis geworden – und damit tot.

Hier auf dem unteren Bahnsteig der Friedrichstraße stellte ich mir vor, wie es wäre, wenn Konrad das alles wieder in Frage stellen würde. Mit einer einzigen Tat. Auch für mich. Er konnte nicht einfach so abgetreten sein. «Sieg» war für ihn als Deutscher kein leeres Wort. Der Sieg, schreibt Nietzsche irgendwo, ist das stärkste Heilmittel. In solchen Begriffen denkt hier niemand mehr. Denken ist überhaupt zu anstrengend. Sie lassen sich treiben und werden getrieben. Jedes Innehalten würde ihnen die Leere ihres Daseins bewusst machen. Sie zischen mich an, weil ich das Schlimmste tue, was man im Großstadttrubel tun kann – stehen bleiben.

*

Der Libanese griff mit schmalen Fingern blasse Salatblätter aus der Auslage.

Was sieht Jana? Einen älteren, etwas heruntergekommenen Mann. Kennt sie den nicht? Der Penner hat sie doch neulich angemacht wegen dem Hund. Jetzt sitzt er hier und wartet wahrscheinlich auf eine Gelegenheit, um sich wieder irgendwo einzumischen. Heute sieht er anders aus. Bisschen müde. Das Leder seiner Jacke ist knarzig, an Ärmelrändern und Ellbogen ist das Schwarz runtergescheuert. Das rechte Handgelenk hütet die Espressotasse wie einen ertrunkenen Vogel. Als er die Tasse an die Lippen hebt, bemerkt sie das leichte Zittern seiner Hand.

Älter, das heißt? Ende dreißig, vielleicht. Vielleicht wirkte er auch nur älter, als er war. Abgelebt. Grau im Gesicht. Die Gräben neben den Mundwinkeln. Aber trotzdem, dieses Gesicht war nicht weich und aufgelöst. Es war zerklüftet, aber hart. Das gefiel ihr. Wenn er trank, und vermutlich musste so jemand trinken, dann war es dem Alkohol in all den Jahren nicht gelungen, die Härte der Züge auszuwaschen. Ihr Vater trank auch. Der war davon ganz aufgeschwemmt.

Und das Haar immer noch schwarz. Man sieht, dass er einmal richtig gelebt hat, dachte Jana. Der hat etwas erlebt. Sitzt hier, weil er überlebt hat. Ein Schiffbrüchiger, keiner der kleinen, bedeutungslosen Zwangsernährten der Wohlstandsgesellschaft. Er vegetiert nicht einfach vor sich hin. Er nimmt die Welt *wahr.* Er leidet an ihr. Das sieht man an seinem finsteren Blick.

Scheiße, jetzt hat er mich gesehen. Kurzer Blick von der Kaffeetasse hoch. Aber nicht so schlüpfrig wie die meisten Typen. Eher scheu, etwas ängstlich. Guckt einem nur kurz in die Augen.

Ich glaube, der hat mich nicht mal wiedererkannt. Der ist ja völlig neben sich.

Unter dem Eindruck einer Störung, von der er sich erholen muss. Als wäre er eben rausgeschmissen worden, aus seinem Nest, seiner Wohnung, seinem Leben, seinem Bild von der Welt. Diese Heimatlosigkeit zog sie an. So was fiel hier niemandem mehr groß auf. Jana besaß ein Gespür dafür.

Er versucht, vor sich und anderen so zu tun, als gönnte er sich unterwegs eine Pause in diesem Café, als verfolgte er einen Plan. Er merkt nicht, dass seine Verlorenheit sofort ins Auge fällt. Der sitzt ja hier wie ein Frührentner. Sogar meinem Vater wäre das peinlich.

So jemanden sucht sie. Der eingeweiht ist. Der weiß, was sie nur ahnt, weil ihr die gesicherten Informationen fehlen. Sie hat immer das Gefühl, die verkaufen sie alle für dumm. Lügenpresse, sagt ihr Vater. Aber der hier weiß, wer für die ganze Scheiße verantwortlich ist. Für die Vertierung der

Menschen, ihre Vereinzelung, und wer die Fäden im Hintergrund zieht. Warum das alles ganz klar wieder auf einen Krieg hinausläuft. Die Mehrzahl der Dumpfbacken, von denen sie umgeben ist, ahnt ja noch nicht mal, was sich da anbahnt. Ihre Facebook-Freunde sondern alle den ewig gleichen Senf ab. Sie holen sich einen runter in ihrer kleinen, beschränkten Welt. Posten Hinweise auf Demos und Protestaktionen und verbreiten danach die Fotos von ihren Heldentaten. Hamburg, G20, Demos gegen TTIP, gegen Atom, gegen Bullenwillkür in den besetzten Häusern. Sind schon überglücklich, wenn sie mal ein paar Autos in Prenzlauer Berg abfackeln können. Gewichse. Sie kapieren nicht, dass sie damit nur das System festigen. Sie verändern nichts wirklich. Jana wollte mehr.

Verstohlen musterte sie sein Gesicht. Dieser Fremde hatte etwas Aristokratisches. Ein Mensch, der nicht an seiner Verzweiflung zerbrach. Der sich weder kaputtmachen noch kaufen oder korrumpieren oder sein Gnadenbrot geben lässt. Von Tag zu Tag hagerer und abgeschabter, immer dünner und dünner, wie der Kebab-Torso. Der Rest in der Mitte, der bleibt gerade, selbst wenn er am Ende auch auf den Müll wandert. Nein, nicht auf den Müll. *Der* kriegt einen schlichten, schönen Sarg. Er wahrt Haltung. Sturheit könnte man das auch nennen.

Er sitzt da und isst ein Falafel. Von wegen isst! Er frisst! Ein halber Zwiebelring schiebt sich auf die schwarz punktierte Wangenhaut. Für Sekundenbruchteile. Dann hat er ihn fast elegant in den Mund zurückgeholt. Der isst ja wie ein Tier, und dadurch ist er wieder schön. Du Schwein, denkt sie und freut sich daran, wie hemmungslos er seinen Hunger stillt. Nicht abstoßend, nicht peinlich, sondern schön wie ein Tier. Als ob du wirklich Hunger hättest.

Sie dreht sich um und versenkt den Blick unter Augenhöhe

des Libanesen in die verglaste Auslage, lässt sich blenden von den grellen und irgendwie künstlichen Farben der Soßen und Salate und Paprikaschoten und hat nur *sein* Gesicht vor Augen, wie das Nachbild, wenn man zu lange in eine Glühbirne guckt. Sie denkt an ihren Vater.

Wie der fraß, als die Mutter gegangen war. Er wurde doppelt so dick. Die paar Bier am Abend können das nicht gewesen sein. Er aß einfach viel mehr. Stullen, nachts, um seinen Magen zu beruhigen. Sagte er, wenn sie ihn am Kühlschrank erwischte. Alkohol ist schädlich für die Schleimhaut. Wenn er mittags in Mordslaune aufwachte und sie zufällig da war, machte sie ihm Bratkartoffeln mit Spiegelei. Ein Vater sollte stark und kämpferisch sein, er sollte seine kleine Tochter beschützen können. Sie merkte schon mit zwölf, dass er dazu nicht mehr in der Lage war. Er hatte einfach nur Angst, dass es mit ihm zu Ende ging. Er brüllte rum, schiss sie zusammen, aus lauter Wut auf sich selbst. Sein Staat, das ganze Drumherum, so schön mit Stacheldraht und Mauer gesichert, war verschwunden, wer oder was also konnte verhindern, dass es auch ihn selbst eines Tages erwischen würde?

Sie war die Einzige, die noch da war und die er kontrollieren konnte.

Nahm er sie überhaupt wahr? Bei diesem glasig betrunkenen Blick hatte sie manchmal Zweifel. Aber sie hatte sonst niemanden.

Was hat die Therapeutin neulich zu ihr gesagt? Sie können Ihren Vater nicht einfach verstoßen. Andernfalls laufen Sie ein Leben lang mit ihm herum, mit ihm in sich drin. Sie müssen ihn verarbeiten, mit ihm fertigwerden.

Dazu hat Jana nicht die geringste Lust.

Sie müssen Ihre Gefühle für ihn verstehen, müssen sie erleben. Ihn fühlen. Versuchen Sie, auch einmal zu verstehen, was er durchgemacht hat. Erzählen Sie mir, was Sie für ihn empfunden haben, als Sie noch klein waren.

Als ihr das einmal für Sekunden gelang, sie sich erinnerte, an einen fernen Sommertag, als sie hinten auf seiner aus der DDR geretteten Simson gesessen und ihre Arme um seinen Bauch geschlungen hatte und sich so sicher und aufgehoben bei ihm fühlte … da brach sie zusammen. Danach war sie noch wütender. Auf die Therapeutin, weil sie vor ihr die Fassung verloren hatte. Und auf ihn. Seinetwegen saß sie hier.

«Er ist ein Arschloch», schrie Jana. «Er tut nur so stark. Er hat sich angepasst in diesem Scheißsystem DDR, so wie sein Alter sich an das Nazisystem angepasst hat. Er hat alles mitgemacht, und dann ist es zusammengebrochen. Was gibt es da zu verstehen? Er war eben klein.»

«Aber Sie hätten ihn gerne groß gehabt.»

Diese Fotze von Therapeutin nervte sie allmählich.

Sie fing wieder an, sich zu ritzen.

Einmal, als sie noch kleiner war, hat sie ihrem Vater beim Frühstück einen Traum erzählt. Damit fing alles an.

«Ich habe von Mama geträumt», sagte sie, ganz naiv und im Vertrauen, weil man einem Vater alles erzählen darf. Träume sowieso, für die konnte sie ja nichts.

«Und?», fragte er, anfangs ganz sanft.

Sie sagte, an was sie sich erinnerte.

«Und wie geht's ihr so?»

Schon an seinem Ton hörte sie, dass es mit der Sanftheit bald ein Ende haben würde. Sie hatte keine Ahnung, wie es ihrer Mutter ging.

«Wer war bei ihr?», schrie er und schlug mit der flachen Hand auf den Tisch. Sie zitterte. Da begann auch er zu zittern und ließ die Hand liegen. Tränen liefen ihm über die unrasierten, geröteten Wangen.

«Wo ist sie?»

«Das hättest du dich vorher fragen sollen», schrie Jana.

Schon vor lauter Angst war jede Erinnerung an den Traum wie weggeblasen. Außerdem war das im Traum ja gar nicht vorgekommen. Was sollte sie machen, wenn es einfach nicht gezeigt wurde? Doch sie lernte dazu. Die Erwartung des Vaters erzeugte die Bilder in ihr:

«Da war ein großer Raum, Holzbohlen auf dem Fußboden, dunkel lackiert und knarrend.»

«Alte Dielen? Also eine Altbauwohnung? Erdgeschoss?»

«Weiß ich nicht!»

«Was heißt, du weißt nicht? Du wirst jetzt in diesem Zimmer bleiben, bis du es weißt. Bis du es wieder siehst», schrie ihr Vater und schlug die Tür zu. Und da lag sie und wusste nicht weiter. Sie fiel in einen schmerzhaften Dämmerschlaf, Halbschlaf, sie weinte, bemitleidete sich selbst, hasste ihre Mutter und hatte Sehnsucht nach ihr, und auf einmal verstand sie, wonach er gefragt hatte. Sie *sah* es, mit offenen Augen:

Erdgeschoss. Kleiner Hof mit Blumenbeeten. Spießig. Im Liegen hört man die Stimmen der Nachbarn, wenn sie zum Ausgang gehen oder Müll wegbringen. Das sagte sie ihm.

«Welche Straße?»

«Meinst du, ich kann im Traum Straßenschilder lesen? Einspurig, Kopfsteinpflaster, keine große Durchgangsstraße … Warte … warte mal … an der Ecke war eine Aral-Tankstelle.»

«Aral!»

Es war ja sowieso egal. Esso, Shell, Aral. Er würde sie nie finden. Der letzte Brief war aus Westdeutschland gekommen; sie hatte ihn vor ihm versteckt.

Er stürzte zum Branchenbuch und suchte sämtliche Aral-Tankstellen in Berlin heraus. Überall forschte er nach Aral-

Tankstellen. Er fuhr nach Eilenburg und sah nach, wo dort die Aral-Tankstelle war. Ein paar Wochen war er damit beschäftigt.

*

Der Libanese muss ihr zweimal sagen, dass die weißen Plastiktüten vor ihr auf der Glastheke liegen. Ein Döner, ein Gemüse-Falafel. Mit der Hitze der Aluschalen auf den Handflächen dreht sich Jana zu dem Fremden um.

«Hi!», sagt sie halblaut.

Paweł macht eine wegwerfende Handbewegung.

Sie setzt sich auf den Rand eines Holzstuhls.

«Was meinst du?»

Er zuckte mit den Schultern: «Unwichtig.»

«Na sag schon.»

«Hast du mal einen Freund verloren?»

Er zog einen Fluntsch. Seitlich verzogener Mund, Kauen auf der Unterlippe. Unpassend für einen Mann.

«Oh ja. Das ist schlimmer, als einen Lover zu verlieren», sagte das junge Ding. Die konnte ja noch keine zwanzig sein.

Paweł hob den Blick.

«Und du?», fragte er.

«Jana.»

«Paweł», sagte Paweł und streckte ihr mit fast abgewandtem, scheuem Blick die Hand entgegen. «Aus Polen.»

«Ach du Kacke», lachte Jana.

«Ja, echt», sagte Paweł.

«Na, dann mach's gut, Polacke.»

Sie hob die Gesäßhälfte vom Stuhl und ging.

An der nächsten Ecke stieg sie in den M41 und fuhr bis hinter das Estrel-Hotel an der Sonnenallee. Vom Oberdeck hatte man einen guten Blick auf die Baugrube. Hier wurde seit Monaten gegraben. Erst hieß es, eine Autobahnverlängerung, dann ein Hotelneubau, sie wusste es nicht mehr.

An der nächsten Ecke begann ihre kleine Heimat. Wenn sie sich ihrer Straße näherte, hatte sie immer das Gefühl, in eine Randzone zu kommen. Hier war es ruhiger, aber auch unheimlicher. Ein Viertel ohne Eigenschaften, kein identifizierbarer Kiez. Damals in Eilenburg hatten sie wirklich am Stadtrand gewohnt. Aus der Küche ihrer Plattenbauwohnung war der Blick auf den abgezäunten Platz mit den Mülltonnen gegangen, dahinter kamen nur noch Weiden und Wiesen. Hier war längst nicht das Ende der Stadt, klar. Es ging immer weiter, sie kannte die Kleingärten, die dahinter kamen. Dort hatte sie nachts ihren ersten Jungen geküsst. Dicht daneben rauschte die S-Bahn vorbei. Als Kind war sie über die Gleise geklettert, bis zur Köpenicker Landstraße. Manchmal, wenn sie in ihrer Küche auf der Matratze lag, stellte sie sich vor, noch weiter zu gehen. Oder zu fliegen. Über leere Landschaften hinweg bis zur Oder, über die Wiesen und Getreidefelder Polens, die sie von einem Sommerurlaub in Erinnerung hatte, und dann kam schon die Sowjetunion, von der Sowjetunion lernen heißt siegen lernen, hatte ihr Vater immer gesagt, nach dem Zusammenbruch mit sehr viel bitterer Ironie; darüber schwebte sie hinweg, breitete die Arme aus wie Fledermausflügel, und schwups, war sie schon am Pazifischen Ozean, drehte eine kurze Schleife übers Meer und segelte zurück zu den hohen Stahlkränen im Hafen von Wladiwostok. Erst dort, auf so einem Kran, machte sie Rast. Beim Blick auf das tiefschwarze Wasser der Häfen musste sie an die heimatlosen, einsamen Fische denken, die dort unten wohnten. Ihr wurde bei der Vorstellung ganz kalt. Als so ein kleiner, unbehauster Fisch im dunklen Hafenbecken von Wladiwostok schlief sie ein. Bis im Osten panzerbrechend, dieses Wort gefiel ihr, panzerbrechend hell die Sonne hinter dem Horizont hervorbrach und sie, sonnenüberströmt, geblendet, erwachte.

Hier in Berlin waren überall Kulissen aufgestellt. Mit dieser Scheinwirklichkeit hatte sie die größten Schwierigkeiten. Sie bekam sie nicht zu fassen, kämpfte vergeblich dagegen an wie gegen eine Wand aus Zuckerwatte. Die Stadt war eine Bühnenkulisse, irgendjemand hatte sie mitten hinein versetzt. Jetzt sieh mal zu, wie du klarkommst. Zeig mal, ob du die Lüge durchschaust. In diesen alten Straßen, diesen Fassaden aus dem Zweiten Weltkrieg, diesen schimmlig weißen, moosgrünen, mausgrauen, disneybunt bekrakelten Hauswänden.

«Nimm mal Pilze, eh, damit de klar wirst im Kopp!», hörte sie jemanden im Vorbeigehen sagen, dem sie zu nah geraten war.

Die Männer im Unterhemd, die sich auf den Fensterbrettern hinauslehnten. Die Spätis. Alles Niemandsland. Zeitlosigkeit. Dazu auch noch März. Im Frühling ist es in der Großstadt immer noch ein bisschen trauriger als sonst. Bei der ersten Wärme, im Vogelzwitschern, hoffen alle, dass endlich etwas passieren wird. Dabei passiert natürlich schon etwas, das wusste sie auch, denn irgendwo sitzen die, die das alles hier steuern. Kinder spielen lärmend auf einem Hof. Die meisten Fenster stehen offen. Manchmal dachte sie, alle richtigen Menschen wären längst weg, und nur ein paar Statisten sind geblieben. Die spazieren jetzt durch die Stadt, drängeln sich an der Bushaltestelle, sitzen an den Cafétischen, strömen als zäher Teig neben der Fahrbahn entlang, latschen in die Ein-Euro-Läden, wo an Drehständern Glitzergeburtstagskarten mit rosa Herzen feilgeboten wurden, herzlos und bedeutungslos; eine Straße weiter paradieren die, die uns hier die Wohnungen wegnehmen, in schicken Yuppie-Klamotten mit zweistöckigen Kinderwagen, und sie alle warten auf etwas, das nie eintreten sollte. Auftragsmenschen. Unfreie. Auch ihr Vater sehnte sich nach seiner Unfreiheit zurück. Sie haben die Stadt mit Fremden gefüllt; und jetzt auch noch die ganzen Flüchtlinge. Damit man nicht merkt, dass sie eigentlich leer ist.

Draußen vor dem Hochhaus spielen Kinder, die auch nicht rechtzeitig weggekommen sind. Verschleierte Frauen stehen herum, eine Hand reglos am Ohr, über oder unter dem Schleier. Eispapier und Taschentücher liegen im Gras, im Sand des Spielplatzes eine Flasche. Lärmen und Rufen. Leere Aluschalen auf dem Pflaster zum Eingang.

Sie stieg in die enge Fahrstuhlkabine mit den grauen Wänden, die wie aus Pappmaché wirkten und deren Graffiti sie zu Tode langweilten. Ein paar mit Filzer hingekritzelte arabische Schriftzeichen waren neu. Davon konnte sie nur die Zahlen entziffern und wusste selbst da nicht immer, ob es nicht doch Zeichen waren. Sie fuhr in den elften Stock. Die Tür am Ende des langen Gangs ließ sich mit einer Klinkendrehung öffnen. Sie drückte sie vorsichtig auf und trat in die kleine Wohnung.

Ihr Vater lag im Bett, das Gesicht zur Wand gedreht. Die Decke war hochgerutscht, der Rücken im verschwitzten Unterhemd lag frei. Feuchtigkeit glänzte in der Rinne des Rückgrats. Ein unangenehmer Geruch hing in den kleinen Räumen. Sie riss die Fenster auf.

«Hi!», rief sie. «Essen!»

Sie stellte die Aluschalen auf den kunststoffbeschichteten Küchentisch. Vaters Essen stank nach Fleisch und Knoblauch. Sie hatte Gemüse-Falafel. Sie hasste Döner.

Von dem Geruch erwachte er und wühlte sich hoch. Schleppte sich an den Tisch. Weißes Rippenunterhemd, Unterhose nicht mehr ganz hell, mit breitem Schlitz.

«Ich hab geträumt», sagte er.

Er aß. Er schnaufte dabei, vor Befriedigung, auch vor Anstrengung. Sie fragte nicht, was er geträumt hatte. Sie dachte an diesen Polen.

*

Der Attentäter läuft frei herum? Mit allen Informationen?»

Nervös betastete der Gesichtslose die Zigarre durch das Innenfutter seiner Jacke. Er wagte es nicht, in Anwesenheit seines Vorgesetzten zu rauchen. Er wagte nicht zu fragen, was für Informationen der Vorgesetzte meinte. Er hatte nie richtig begriffen, warum dieser Konrad Mauser so wichtig sein sollte. Der Überläufer war tot, er konnte nichts mehr verraten. Er sagte nur:

«Alle Ausreiseinformationen seit dem fraglichen Tag sind überprüft. Er ist bei keiner Grenzkontrolle erfasst worden. Kein Hinweis darauf, dass er in Deutschland einen Flug gebucht hätte.»

«Im Schengener Raum kann er sich mit ein bisschen Glück unkontrolliert bewegen. Aber finden Sie es nicht merkwürdig, dass wir mit all unseren Mitteln so einen kleinen *German Wichser* nicht ausfindig machen können, tot oder lebendig?»

«Womöglich ein Indiz dafür, dass er nicht allein gearbeitet hat. Sehen Sie hier. Wir setzen schon viel zu viele Ressourcen für diesen Fall ein.»

Der Gesichtslose breitete einen Berliner Stadtplan auf dem Schreibtisch aus. Darauf waren die Bewegungen des Polen markiert, die zugleich auch Cowleys Spuren nachzeichneten. Im Zentrum der Tatort – ein fettes Kreuz über dem Hotel Adlon. Wenige hundert Meter entfernt die US-Botschaft. In Kreuzberg nahe S-Bahnhof Yorckstraße die Wohnung des Täters – Konrad Mauser. In Moabit die Wohnung seines Freundes, des Polen, und dessen deutscher Frau. Eine Art Strickmuster war in den letzten Wochen entstanden, mit fetteren Strichen, dünneren und solchen, die nur ansatzweise gestrichelt waren. Als er den Blick von der Karte hob, sah er das gelangweilte Gesicht seines Chefs und dahinter, durch die Glasscheibe verschwommen, das Wasser des großen Sees. Es war ein ruhiger Tag.

«Trampelpfade», sagte der Gesichtslose. «Er trottet mit der Vorhersagbarkeit eines Ochsen durch die Stadt.»

«Ochsen?», fragte der Vorgesetzte.

«Bildlich gesprochen. Vermutlich hat er seine Eier noch. Dürfte Cowley also magisch anziehen.»

Falls solche Witze nach dem Geschmack des Chefs waren, verriet er das nicht. Stattdessen tippte er zielsicher auf den einzigen Punkt, den der Gesichtslose unkommentiert gelassen hatte. Außerhalb des Kreises. Sonnenallee, Neukölln.

«Und hier?»

«Die Wohnung seiner Geliebten», antwortete der Gesichtslose.

«Vielleicht versteckt Mauser sich dort?»

«Glaube nicht, dass ein türkischer Macho einen fremden Mann in der Wohnung seiner Frau duldet, auch keinen Schwulen. Er kommt regelmäßig nach Hause. Der müsste dann eingeweiht sein. Nein. Cowley hat sie im Café belauscht. Er urteilt nach der durchschnittlichen Besuchsdauer des Polen.»

«Hören wir diesen Polen ab?»

«Ja.»

«Und?»

«Nichts.»

«Was ist, wenn er wirklich ahnungslos ist? Wenn er nicht weiß, wo sein Freund geblieben ist?»

«Kaum anzunehmen. Stellen Sie sich vor, da flieht einer. Wenigstens dem besten Freund sagt er doch Bescheid.»

«Ist er überhaupt noch am Leben?»

«War er jedenfalls, als er das Adlon verließ.»

«Quelle?»

«Zentrale. Er versteckt sich, aber das hält er nicht lange durch. Irgendwann muss er aus der Deckung kommen, dann wird er sich als Erstes an seinen Freund wenden und …», der Gesichtslose schnippte mit den Fingern, «wir haben ihn. Er hat nicht auf eigene Faust gehandelt. So jemand ist als Charakter per se ungeeignet zu einer geplanten, lange vorbereiteten Tat. Wir müssen seinen Hintermännern auf die Spur kommen. Deshalb ist auch die Wohnung …»

Der Chef sah ihm ein paar Sekunden länger in die Augen.

«Auch?»

Der Gesichtslose nickte wortlos.

Genehmigung von den Deutschen? Kannste vergessen. Datenschutz-Fetischisten. Die Deutschen übertreiben in jeder Richtung, einmal bringen sie Millionen in Konzentrationslagern um, und gibt man ihnen dafür was auf die Finger, spielen sie ein paar Jahrzehnte sanftes Lamm und werden zu Menschenfreunden. Sie kaufen Schwerverbrechern Tablets, damit die es im Knast schöner haben. Im Augenblick hat das Pendel gerade seinen äußersten Ausschlag erreicht und ist kurz davor zurückzuschwingen. Sie strapazieren ihre Menschenfreundlichkeit so sehr, dass sie reißen muss. Der Gesichtslose hatte die Theorie, dass da jemand ganz bewusst dran arbeitete. An dieser Überstrapazierung der Geduld. Jemand, der will, dass sie schließlich ins Gegenteil zurückschnellt und in Deutschland wieder härter durchgegriffen wird.

Als er draußen vor dem flachen Bungalow stand, erlöst

vom blasierten Blick des stellvertretenden Station Chiefs, der zwanzig Jahre jünger war als er; als er über den frisch gemähten Rasen schlenderte, auf dem ein Duft von Gras und Benzin hing, merkte er mit einem Mal, dass er traurig war. Er atmete aus und hörte sich seufzen. Dabei war es ihm gelungen, seine Ermittlungen in gutem Licht darzustellen. Dennoch empfand er kein Gefühl von Erfolg. Stattdessen diese blöde, zwecklose Depression. Von den Feldern vor der Stadt trug ein warmer Westwind den unverwechselbaren Duft von Schwarzerde und Gülle her. Jedes Jahr kündigte dieser erregende, würzige Geruch den Frühling an. Ein Neuanfang. Wozu schon wieder?!, dachte der Gesichtslose. Und erschrak über seine eigene Undankbarkeit. Schon wieder ein Anfang? Frühling, März? Wozu?

Er kannte den Grund seiner Traurigkeit nicht. Aber jetzt konnte er sich wenigstens endlich die Zigarre anstecken. Schon nach dem ersten Zug sah er klarer. Dass dieser Deutsche entkommen war, geschenkt. Aber die Tatsache, dass er als Mitarbeiter einer Agentur der einzigen verbliebenen Großmacht, die den Anspruch erhob, Freiheit und Demokratie in der Welt zu verteidigen, hier vor sich hin spekulieren musste und nicht sagen konnte, ob irgendjemand die Geduld der Deutschen planmäßig überstrapazierte, ob das alles von langer Hand geplant war – und wer überhaupt was erreichen wollte in diesem großen Spiel –, das führte ihm die eigene Ohnmacht vor Augen. Zbigniew Brzeziński hatte noch geglaubt, er könnte die möglichen Züge im Big Game analysieren. Wer, verdammt, sollte das auch sonst können? Sie wurden dafür bezahlt, und ihr Ehrgeiz war es, Dinge herauszufinden, von denen die anderen keinen Schimmer hatten. Aber hier wussten sie – so gut wie nichts.

Das war neu für ihn als Amerikaner. Er stand jetzt am

Wasser. Das Ufer war durch Holzpfähle befestigt. Die weite Fläche zog ihn an, etwas in ihm wäre jetzt gern weiter geradeaus gegangen, Schritt für Schritt tiefer hinein in diese alles auflösende Unklarheit, Gelöstheit, am Ende auch Freiheit. Keine bösen Fragen mehr, nicht mehr die Stimme seiner Frau in der Erinnerung, überhaupt keine schlechten Erinnerungen, keine Türschwellen, über die er stolpern, keine Schreibtischecken, an die er durch seine Kurzsichtigkeit stoßen konnte. Nichts als weiche, umarmende, dunkelgrüne Tiefe.

In seiner Therapie, nachdem Theresa ihn verlassen hatte, lernte er, nicht zu leicht auf Rationalisierungen hereinzufallen. Die Erkenntnisschwäche seines Dienstes war trotz der scheinbaren Logik kein Grund zu dieser Traurigkeit. Sie war nur Ausdrucksform eines viel älteren Gefühls, das ausdauernd im Körper saß wie ein vor Jahrzehnten durch einen Kratzer in die Haut gedrungenes Virus. Das wartet auf eine Schwäche, um sich wieder zu vermehren. Jetzt war es vielleicht zum letzten Mal ausgebrochen. Er würde von dieser Welt gehen, ohne alles verstanden zu haben. Das war es: Wenn er gehen konnte, ohne verstanden zu haben, und die Welt zerbrach nicht daran, dann bewies das, wie belanglos alles Nachdenken, alles Bemühen um die Wahrheit waren. So wie seine Frau würde am Ende die ganze Welt ihn verlassen. Schnöde und grundlos. Sein persönliches Leben war für nichts und niemand von Bedeutung. Er würde gehen, und der große Strom des Lebens würde über ihn hinwegschäumen.

Eine kleine Nacktschnecke hatte sich vor dem Rasenmäher auf einen Strauch retten können. Behutsam hob er sie von dem Blatt und setzte sie auf einen Finger. Langsam streckte sie ihre Fühler wieder aus. Als kleiner Junge hatte er Tierbilder gesammelt. Alle Arten der Welt wollte er zusammenbringen. Nichts sollte ihm entgehen. Atlanten über die menschliche Anatomie hatte er studiert, um alles über die Funktion der Organe zu erfahren. Was er liebte, wollte er mit Haut und Haaren kennenlernen. Wie wichtig das Wissen ist, wurde ihm dann in der US-Army deutlich. Die stärkste Waffengewalt ist blind gegen einen Feind, den sie nicht kennt. So war es in Vietnam gewesen. Vor allem aber muss man selbst wissen, was man will.

Etwas rauschte, platschte draußen hinter dem Schilf. Schwäne peitschten das Wasser mit den Spitzen ihrer gewaltigen Flügel und hoben ab. Das plötzliche Geräusch und eine Brise vom Wannsee rissen ihn aus der fruchtlosen Melancholie. Auf der praktischen Ebene sah alles einfacher aus. Ein Fehler im Adlon, klar. Kommt vor. Dieser Fehler war eine Bagatelle im Vergleich dazu, was die Deutschen schon alles vermasselt hatten. Auf dem Weihnachtsmarkt, zum Beispiel, ob nun mit Absicht oder ohne. Letzteres fast noch schlimmer als Ersteres. Ihr Dienst hatte dem Verfassungsschutz des Landes wertvolle Hinweise auf diesen kleinen Drogenhändler gegeben, der den Anschlag plante. Bei der Berliner Polizei ging das unter. Personelle Überlastung, mangelnde Vernetzung, all das hatte dafür gesorgt, dass der Mann auf freiem Fuß blieb und diesen polnischen Lastkraftwagenfahrer kidnappen konnte. Kurz dachte er an den Polen, den sie jetzt observierten, dann war er wieder bei dem Anschlag. Der reale Schaden war bei Lichte betrachtet längst nicht so groß wie seine psychologische Wirkung. Gestorben waren sieben Deutsche und fünf Angehörige anderer Nationen, darunter ein Ukrainer, ein Israeli und der Pole. Ukrainer werden zu Dutzenden getötet, sie fallen fast jeden Tag dort im Verteidigungskampf gegen die Russen, und es interessiert kein Schwein. Und Israelis leben ohnehin gefährlich.

Aber als Schrecksignal, als Grund für das Anziehen der

Schrauben, eignete sich der Anschlag hervorragend. Den Deutschen ist Datenschutz immer noch wichtiger als die Bekämpfung des Terrorismus. Hauptsache, die grüne Tussi kann weiter ungehört über ihre Menstruationsprobleme chatten, ohne danach Reklame für Hormontherapie auf Facebook angezeigt zu bekommen. Wobei, die bekommt sie sowieso.

Er warf den vollgesogenen Stummel der Zigarre ins Gras. Kehrte schlecht gelaunt noch einmal ins Gebäude der Akademie zurück, um seinen Mantel zu holen. Der Station Chief war in den Tiefen der flachen Räume abgetaucht. Hierarchie und Höflichkeit hielten ihn davon ab, ihn noch aufzusuchen. Eine Assistentin winkte ihm, bye, früher hätte er noch mit ihr geflirtet. Mit seinem Gesicht konnte er sie nur erschrecken, und auf Mitleid legte er keinen Wert. Er stieg in seinen Wagen und fuhr zurück nach Zehlendorf. An der Clayallee ließ er den Ärger, der sich bei dem Gespräch mit dem Vorgesetzten angestaut hatte, an Officer Cowley aus, den er dort, über einen Aktenschrank gebeugt, überraschte.

«Sie wollen Ergebnisse sehen. Ihre Geduld ist am Ende. Bevor ich mir wieder Ihre Romane reinziehen muss – gibt's was Neues zu der kurdischen Geliebten?»

Die Frage nach der Wohnung in Neukölln hatte ihn beunruhigt.

«Kleine Nymphomanin», sagte Cowley, «nicht besonders helle. Hat sich mit ihrem Vater zerstritten, als sie auf dem Schulhof in Oldenburg ihren deutschen Schulfreund geküsst hat. Mit sechzehn. Von zu Hause weggegangen, seitdem kein Kontakt. Nur selten telefoniert sie heimlich mit der Mutter. Riskiert ziemlich viel. Der Pole hat ihr imponiert, als er von seinen Heldentaten in der Solidarność-Bewegung erzählte. Ich saß im Café am Nebentisch und habe ihr Gespräch mitgehört. Sie checkt nicht, dass er damals erst dreizehn war. Vielleicht nimmt sie seine Angeberei in Kauf, weil sie ihn einfach will. Vielleicht ist er gut im Bett.»

«Und ihr Mann?»

«Kaufmann. Türke mit deutscher Staatsangehörigkeit. Die türkische hat er behalten. Unpolitisch. Seine größte Befürchtung ist, dass er von der Gülen-Hysterie erfasst werden könnte. Er will in Ruhe seine Geschäfte machen, mehr nicht. Macht in Holz. Nichts Verdächtiges. Der Pole fickt seine Frau und fertig. Ohne Politik.»

«Können Sie ausschließen, dass der Täter sich dort versteckt?»

«Flotter Dreier?», kicherte Cowley. «Sie sind ziemlich laut, stimmt. Manchmal höre ich sie durch die Wohnungstür ...»

Der Gesichtslose wartete auf eine Steigerung.

«Aber machen tun sie es immer zu zweit.»

«Wissen wir, ob sie Verbindungen zu einem der libanesisch-kurdischen Clans in Neukölln hat?»

Cowley guckte überrascht hoch. «Glaube ich nicht. Eine Frau mit diesem Lebenswandel?»

«Glauben können Sie bei Ihren Mormonen, Cowley», sagte der Gesichtslose und heftete seinen Blick, dem niemand die Unschärfe ansah, auf den dunklen Schlips und das weiße Hemd seines jungen Officer.

«Baptisten», erwiderte Cowley sehr leise und richtete den Blick schamlos auf die Marsoberfläche, die seinem Chef als Gesicht geblieben war. Nur die zwei Augen glänzten darin unversehrt. Diese Augen hatten jetzt Schwierigkeiten, Cowleys verschleiertem und gleichzeitig laszivem Blick standzuhalten. Es war der Blick eines hundert Mal geprügelten Jungen, der sich in sein Schicksal fügt und so stumpf ist, dass nichts ihn mehr erschrecken kann. Stumpf, und dennoch gleichsam einladend zu neuen Erniedrigungen. In solchen und anderen Augenblicken hätte der Gesichtslose begreifen müssen, dass etwas mit Jonathan Cowley nicht stimmte. Doch dafür war er viel zu sehr mit sich selbst beschäftigt. Er durfte sich keine Blöße geben, schon gar nicht bei einem Untergebenen, der seine Geringschätzung so ungeniert zeigte. Für Cowley war er einer der alten Ostküsten-Intellektuellen, der liberalen Akademiker, die alles besser wissen und Amerika beinahe in den Ruin getrieben hätten. Bis der neue Präsident kam. Der würde damit aufräumen.

Aber an diese Clans hatte Cowley tatsächlich nicht gedacht. Er hielt das auch für einen abwegigen Gedanken.

*

Genauer gesagt, hatte Zsuzsa R. selbst gekündigt. Nicht freiwillig, sondern aus Angst. Angst vor diesem Amerikaner, der ihr zwar nichts tat – nur einmal hatte er sie sehr unangenehm am Arm festgehalten –, der sie aber bis zuletzt so misstrauisch beäugte, dass sie sich noch nach seiner Abreise beobachtet fühlte. Diese letzten Tage an ihrer alten Arbeitsstätte hatte sie in der ständigen Furcht verbracht, jeden Augenblick könnte jemand auftauchen und ihr unangenehme Fragen stellen. Und irgendjemand musste kommen. Es konnte nicht wahr sein, dass so ein Fall einfach unter den Tisch gekehrt wurde. Je länger sie in dieser Angst lebte, desto größere Schuldgefühle bekam sie, obwohl sie sich gar nichts vorzuwerfen hatte. Sie ertrug diese Spannung nicht. Um ganz sicherzugehen, dass niemand sie finden würde, hatte sie ihre SIM-Karte zerbrochen. Der nächste Schritt war, dass sie bei ihrer Freundin in Schöneberg auszog und sich ein anderes Zimmer suchte, möglichst weit weg von ihrer alten Gegend.

Das war schwierig bei den Preisen in Berlin. Aber dann hatte dieser alte Herr sie angesprochen, nachdem er sie bei einem Streit mit Vittorio in der Hall in Tränen hatte ausbrechen sehen. Er ließ sein Haus am Ostkreuz seit Jahren leer stehen. Dort konnte sie eine Zeitlang unterkommen. Noch nicht einmal Miete wollte er von ihr.

Ein ganz neues Berlingefühl. Das hatte sie zu ihrer Mutter am Telefon gesagt, als sie diesen Jobwechsel erklären wollte. Ein ganz neues Berlingefühl, Mama. Ich verdiene nicht ganz so viel, dafür ist die neue Gegend viel aufregender. Ein anderer Stil. Das junge, hippe Berlin. Und keine Sorge, alles wird gut. Der Spruch tat seine Wirkung, sogar auf sie selbst. Jung genug war sie, offen und flexibel. Froh, dass sie dieses Kind nicht bekommen hatte. Erstens hatte Vittorio es nicht ernst gemeint, zweitens war er viel älter, drittens nicht mehr ihr Freund, und außerdem wäre es mit einem Gör nicht so einfach gewesen abzutauchen. Allein war sie manövrierfähig. Erst hatte sie sogar überlegt, nach Ungarn zurückzugehen, aber sie wollte vor Eltern und Freunden ihr Scheitern nicht so offensichtlich zugeben. Sie erwarteten doch von ihr, dass sie in Berlin «Karriere» machte und, wenn überhaupt, dann nur mit viel Geld zurückkam. Abgesehen davon war Berlin wirklich aufregend. Vor einigen Tagen war sie vierundzwanzig geworden. Diese kleine Delle in ihrem Lebenslauf würde sie auch überstehen.

«Ein ganz neues Berlingefühl.» Wenn sie nicht mit ihrer Mutter telefonierte, sondern, gegen das Verbot des alten Herrn, den lichtundurchlässigen Vorhang beiseiteschob und aus dem Fenster schaute, bekam der Spruch eine ganz andere, ziemlich niederschmetternde Bedeutung. Sechs oder sieben Bahngleise zogen draußen dicht am Haus vorbei. Vom Ostkreuz kommend, schlängelte sich die S-Bahn heran. Ein

Vorteil war, dass sie notfalls zu Fuß zu ihrer neuen Arbeit am Ostbahnhof gehen konnte. Dennoch fühlte sie sich hier irgendwie abgehängt. Erst recht im Vergleich zu dem großen Hotel, das sie hatte verlassen müssen, mitten im Zentrum, dessen Fenster auf den Pariser Platz gingen. Beim Putzen setzte sie sich gern einen Moment auf die Fensterbank und schaute zwischen den schweren Stores auf die Touristenscharen dort unten, auf die gediegenen Gebäude der Dresdner Bank, der französischen Botschaft. Alles wirkte leuchtend hell und unaufdringlich imperial. Architektonischer Ausdruck eines Reiches, das sich ausgelebt hat. Ein bisschen wie in Budapest, allerdings nicht so verstaubt wie dort, sondern neu und modern, geladen von Energie und Zukunftswillen. Es schien Berlin zerreißen zu wollen.

Wo sie nun hauste, war alles geprägt von einem rastlosen Durchrauschen, nichts lud zum Innehalten ein. Unmittelbar vor dem Haus machte die Straße einen Knick. Eine Ampelanlage zerhackte den ewigen Strom der Autos. Der Kiez mit den Yuppies, den kinderreichen Doppelverdienern und Cafés begann nur wenige Seitenstraßen weiter. Wenn ihr hier am Rande der Stadt – wie ihr schien, dabei war es noch längst nicht der Rand – die Decke auf den Kopf fiel, ging sie manchmal hinüber. Sie staunte, wie viele Menschen an den Cafétischen saßen, den ganzen Tag über, als müsste hier niemand arbeiten. Sie selbst gab sich damit zufrieden, durch das Viertel zu flanieren und das Flair dieser anderen Gegend einzuatmen. Dann kehrte sie, von der Abwechslung leicht erholt, in ihr Zimmerchen zurück, das sie sich mit den paar Erinnerungen und Luxusdingen aus ihrem vorherigen Leben so wohnlich wie möglich eingerichtet hatte.

Niemand würde sie hier so leicht finden. Außer dem alten Herrn und ihrer Freundin in Schöneberg kannte keiner die

Adresse, offiziell war sie weiterhin in der Merseburger Straße gemeldet.

Sie schob den Vorgang wieder vor das Fenster. Der Hauseigentümer legte Wert darauf, dass niemand von außen Licht sah. Strom gab es noch, Wasser auch. Heizung nicht mehr, jetzt im Frühling kein Problem. Als sie sich zur Seite beugte, um den Vorhang zurechtzurücken, durchzuckte ein Schmerz sie vom Unterleib her, so heftig, dass sie sich am Fenstergriff festhielt.

*

Cowley hob den Blick von der roten Bierkiste mitten im U-Bahn-Gang und stellte fest, dass der Pole verschwunden war. Nach kurzem Schrecken beruhigte er sich. Der war möglicherweise aufgestanden und eine Tür weitergegangen, um am Hermannplatz näher an der Treppe auszusteigen. Theoretisch hätte er den Zug auch an einer anderen Station verlassen können, doch wozu? Das wäre etwas Neues gewesen, und Neues war das Letzte, was Cowley von diesem Mann erwartete.

Es war diese um eine Bierkiste versammelte Gruppe, die Cowleys Aufmerksamkeit abgelenkt hatte. Hemdsärmlige, kräftige Männer, die nicht nach Arbeitern im Feierabend aussahen. Arbeiter haben weiße Staub- und Zementflecken auf den Hosen, ein Zollstock ragt ihnen aus der Seitentasche. Diese hier hatten eher weiche, keine verdreckten Hände. Männerausflug. Er verstand die paar Brocken Russisch, die sie ausstießen. Schnell hatte er heraus, dass auch Polen darunter waren, sobald das Wort «kurwa» gefallen war. In dem Versuch, eine Flasche zu öffnen, hielt einer der Männer den Deckel an den Rand der Bierkiste und schlug mit der flachen

Hand darauf. Der Hals brach ab, das Bier lief wie Urin über den Boden des U-Bahn-Waggons. Sie brüllten böse, ganz außer sich, als wäre niemand sonst im Zug. Eine grazile Frau erhob sich, sie schien ihr Röckchen zu raffen und entschwebte durch den Waggon, um sich einen anderen Platz zu suchen.

Auf dem unteren Bahnsteig Hermannplatz konnte er den Polen nirgends entdecken. Als der Zug den Bahnhof verlassen hatte, verschaffte er sich einen Überblick. Ja, der Pole war weg. Cowley genoss den Kitzel, den diese kleine Panne erzeugte. Er fuhr mit der Rolltreppe hoch und ging den üblichen Weg. Er stellte fest, dass er selbst schon wie hypnotisiert war von der Routine dieser leeren Gänge, die er ungezählte Male getan hatte. Routine war gefährlich, sie schläfert die Sinne ein. Und er war fast überzeugt, dass der Pole heute das Gleiche tun würde wie immer.

Auf der Sonnenallee war es um diese Tageszeit ruhiger. Araber und Türken saßen vor den Cafés an ihren Wasserpfeifen. Jetzt, da er sein schwankendes Ziel nicht mehr im Auge behalten musste, konnte er diese Menschen in Ruhe betrachten. Was für ein himmelweiter Unterschied zu den grölenden Weißen in der U-Bahn! Das hier waren völlig andere Menschen als die, von denen er sich eben noch genüsslich-angewidert hatte ablenken lassen. Hier saßen sie ruhig, unterhielten sich wenig oder nur leise. Cowley wusste wieder, warum er ihre Sprache gelernt hatte. Er freute sich, dass er sich wenigstens in Ansätzen darin verständlich machen konnte. Manch einer merkte, dass Cowley ihn betrachtete, und sandte ihm einen aufmerksamen, tiefen Blick zurück. Die jungen Männer waren verspielt, im Kontrast zu dem weißen Baumwollstoff der lockeren Kleider wirkte ihre Haut noch dunkler. Von ihrem Anblick wurde ihm warm, er hätte sich jetzt gern auf einen Çay zu ihnen gesetzt.

Mit so einem jungen Mann einfach mal plaudern, und vielleicht ergibt sich etwas daraus … Er tat einen Schritt auf die Bordsteinkante, um zwei verschleierte Frauen durchzulassen. Wie Kohlen glühten die dunklen Augen in dem Schlitz, den das Tuch offen ließ. An den Augen konnte er sehen, dass es Frauen waren; aber im Grunde, dachte Cowley, kann jeder sich so ein Gewand überziehen und darin unerkannt herumlaufen. Eine ideale Maske. Die CIA hatte das in Pakistan auf der Suche nach Bin Laden genutzt.

Nikab-Träger waren hier noch die Ausnahme. Die meisten Frauen trugen den luftigen, legeren Haarschal der Türkinnen, andere verhüllten sich strenger, doch auch sie waren oft geschminkt und ließen wie im Widerspruch zur formal eingehaltenen Verhüllung weibliche Reize durchblicken, rote Lippen etwa, lackierte Fingernägel und hochhackige Schuhe.

In solchen Gedanken erreichte er die nächste Seitenstraße. Und da stand er auch schon: sein Pole, die wandelnde Garantie dafür, dass diese Welt in ihren Grundfesten Bestand haben würde. Einsamer Cowboy wartet an Berliner Ampel auf Grün. Dieses Zielobjekt war so was von berechenbar.

Und genau in dem Moment, als Cowley das dachte, passierte es.

Wie ein Reh sprang der Pole in die offene Mitteltür des Busses, der gerade neben ihm anhielt. Cowley hatte keine Chance.

*

Scheinwerfer unter den Baggerarmen fluteten die Baugrube mit grellem Weiß. Der Betonpodest in der Mitte lag da wie ein Boxring. Um ihn herum Nachtschwärze. Wenn ich ein paar Sekunden in die Dunkelheit blickte, sah ich die Fenster des Estrel-Hotels wie künstliche Sterne am Himmel. Auf dem Podest waren Baugeräte abgestellt – Presslufthämmer, eine kleine Dampfwalze, Schubkarren, einzelne Spaten. Niemand würde sie stehlen. In Deutschland. Am anderen Ende der Grube, im Halbdunkel, fiel gelbliches Licht aus den Fenstern eines Bauwagens. Dort vermutete ich den Wachdienst. Hinter mir kurvten Autos und Busse über die Umleitung. Es dauerte eine Stunde, bis die Türöffnung hell, dann wieder dunkel wurde und jemand sich unsichtbar auf den Weg machte.

Konrad hatte gescherzt, dass man im jetzigen Baustadium etwas ins Fundament schmuggeln müsste, eine Bombe *in situ* sozusagen, gern warf er mit Fachausdrücken um sich, Medizin hatte er auch mal studieren wollen, aber sein Notendurchschnitt reichte nicht. Und dann das Gebäude, sobald es stand, grandios in sich zusammenfallen lassen. Scherz nenne ich das heute, weil ich es damals nicht ernst nahm. Es war so hingeworfen wie alle anderen seiner Attentatsphantasien. Man könnte ja die Bombe für eine großangelegte Erpressung nutzen. Er schimpfte über die hektischen Investitionen in Berlin. Das Hotel Waldorf am Zoo, und das zweite Hochhaus gleich daneben, der Neubau, wo früher das Hostel und Beate Uhse waren. Warst du da jemals drin? Natürlich nicht, du verklemmter Katholik, war dir bestimmt zu peinlich. Du weißt wahrscheinlich gar nicht, was Frieda braucht, obwohl du dich angeblich ja bestens mit den Frauen auskennst. Erinnerst du dich, wie schön schmuddlig diese Passage war, mit den Imbissbuden zwischen den Betonträgern? Alles weg. Saubergefegt. Da muss viel Geld im Spiel sein. Und das nennst du Fortschritt?, fragte er, obwohl ich kein Wort gesagt hatte. Alles Geld wird in die tote Materie gesteckt. In aufragende Phallussymbole. Leere Hülsen. Für den Profit. Hundertvierzig Meter hoch an der East Side Gallery. Aber die Menschen wachsen nicht mit, sie landen als Abfall auf der Straße. Je höher die Gebäude, desto erniedrigter die Menschen. Schau, wie sie unter der dunklen Bahnbrücke vor dem Ulrich-Supermarkt stehen. Oder hier, die Schwarze, zusammengekauert auf Pappkartons, unter einem Baum direkt vor dem Eingang des Zoologischen Gartens. Die Leute müssen fast über sie hinwegsteigen. Die beiden Dinge laufen nebeneinanderher, voneinander weg. Dieses irre Bauen ist doch der Vorbote eines großen Krieges. Merkst du das nicht? Bevor etwas zerstört werden kann, muss es stehen. Möglichst hoch. Wie die Twin Towers. Vollständige Erektion, dann wird gebombt …

Konrad berauschte sich an seinen eigenen Worten. Mir hallten sie jetzt im Ohr. Ich hatte nicht die Hoffnung, ihn hier zu finden. Ich hoffte eher auf eine Eingebung, eine Art Duftspur. Wenn er so oft davon geredet hatte, konnte dieser Ort hier mit seinem Verschwinden zu tun haben.

Ich überquerte die Verlängerung der Sonnenallee, auf der anderen Seite lag ein großer, leerer Parkplatz. Ganz weit hinten, vor dem mit Maschendraht versperrten Durchgang unter dem Bahndamm, stand ein Polizeifahrzeug. Das wusste ich, weil ich zuvor in der Dämmerung die blau-weiße Lackierung erkannt hatte. Auf wen lauerten sie dort?

Ich ging nach links zur S-Bahn hoch. Da lag jemand auf dem Bürgersteig. Ein Kind oder eine alte Frau, jedenfalls eine kleine Gestalt. Hingefallen. Zusammengekrümmt. Sie bewegte sich, und die Leute machten einen Bogen um sie, wie um einen weggeworfenen Kaffeebecher. Oben fuhr die Ringbahn ein. Eh, sagte ich noch zu einem, der schräg vor mir ging und der Gestalt ebenfalls auswich. Er drehte sich knurrend um und verschwand. Kurz darauf strömten Menschen aus der S-Bahn an mir vorbei. Ich stand jetzt neben diesem Wesen.

«Eh, Polacke.»

Erstaunlich hell und fröhlich, diese Stimme, für das, was da am Boden lag. Mir fiel auf, wie klein sie war. Etwas an ihr kam mir vertraut vor. Nicht nur, weil ich sie schon mal gesehen hatte. Etwas sehr Altes war in diesem jungen Gesicht.

«Was ist passiert?», fragte ich.

«Geht dich einen Dreck an», erwiderte sie, rappelte sich auf und klopfte ihre Sachen ab, Bluse, Hose und Turnschuhe. Brünette Löckchen. «Nazis kriegen was auf die Fresse.»

Also doch.

«Gib mir mein Messer!» Ich folgte ihrem Blick und sah einige Meter weiter etwas auf dem Bürgersteig blinken. Ich ging hin, hob es auf. Sie betrachtete die Klinge im Licht der Straßenlaterne. Ließ sie zwischen den Fingern durchgleiten und musterte mit Befriedigung die dünne schwarze Spur, die auf ihrem Finger blieb. Sie ließ das Messer einschnappen.

«Erwischt!», sagte sie zufrieden.

«Wen?»

«Die Nazisau.»

«Du blutest», sagte ich.

Sie guckte auf ihren Ellbogen. Eine kleine Wunde, vom Hinfallen.

Wenn ich es nicht längst an ihrer Stimme erkannt hätte, war mir spätestens jetzt klargeworden, dass sie nicht aus meinem Land kommen konnte. Polinnen gucken anders. Sie flirten schon, wenn sie dich zum ersten Mal ansehen. Ihr scheinbar so züchtiger Silberblick ist in Wirklichkeit ein großes Männerfangnetz.

Dieses Mädchen hier war anders. Sie war offen. Geradeheraus … so wie … wie die Berliner Mädchen in der Landsberger Allee, in der Schwimmhalle, von deren Fenstern aus man auf die S-Bahn schauen kann. Du ziehst deine Bahnen in dem Wasser, das sein flirrendes Türkisblau aus den Kacheln des Beckenbodens saugt, du hörst die Frauen- und Kinderstimmen und die Tropfen, wenn dein Kopf beim Kraulen auftaucht, und weißt einen Augenblick lang nicht, wo die Wirklichkeit ist – in diesem hellblauen, beheizten Aquarium oder dort draußen im Berliner Nebel, den menschliche Gespenster durchhetzen.

Ich mochte diese Gegend. Sie hat etwas Proletarisches, Starkes. Kein Vergleich mit dem chloroformierten Westen, den Seitenstraßen des Ku'damms, wo alles seinem Ende entgegengeht. Allein das Geld von Russen und Saudis hält diese Viertel noch am Leben. Fährt man dagegen vom Alex nach Osten, dann wird es einfacher und dunkler und aufregender. Man merkt, wie die Tram sich schon ab Mollstraße mit einer anderen Bevölkerung füllt. Es hat auch gar nichts mit Ost oder West zu tun, ist eher eine Frage der sozialen Schichtung. Ebenso gern ging ich nachts zu Penny oben der Turmstraße, weil dort ein Mädchen an der Kasse saß und die Waren mit schmalen, langen Armen ans Lesegerät hielt. Die Arme ragten aus den Ärmeln ihres roten Kittels wie die einer Balletttänzerin. Sie lachte gern. Wenn ich mit einem Buch auf dem Bett lag und wusste, Frieda nebenan schläft nicht, wenn ihr vorwurfsschweres Schweigen durch die Wand bis zu mir drang und ich fürchtete, sie könnte gleich wieder mal über unsere Beziehung reden wollen, dann ging ich raus, irgendwo, aber am liebsten dorthin. Ich legte zwei Flaschen Bier aufs Band, durchschaubare Eintrittskarten dafür, dass ich sie einfach nur ansehen durfte.

Wie lange wird sie so bleiben?, fragte ich mich. Irgendein Arsch von Mann, der sich überfordert fühlt von ihrem Bewegungsdrang, ihrer tänzerischen Beweglichkeit, wird sie ruhigstellen wollen und ihr dabei, wie einem Schmetterling, aus Versehen die Brust eindrücken. Er schickt sie zum Arbeiten, und sie hält ihn aus, weil sie glaubt, ihn zu lieben.

«Was suchst du hier?», fragte Jana.

«Einen Freund von mir», sagte ich. «Ist verschwunden.»

«Hast du mir doch schon erzählt, Polacke. Du wirst vergesslich, Mann.»

Das war mir peinlich. Als sie wieder auf ihren Beinen stand und ihr Smartphone weggesteckt hatte, das bei dem Sturz zerbrochen war, sah sie mir zum ersten Mal länger in die Augen.

«Und wann?»

«Schon eine Weile her.»

«Das heißt?»

«Paar Wochen.»

Es waren zwei, mindestens.

«Und da suchst du immer noch? Hast du eine Vermisstenanzeige gemacht?»

Ich schüttelte den Kopf.

«Hast du denn eine Ahnung, wo er sein könnte?»

«Nein. Vielleicht in der Ukraine.» Das war meine jüngste Hypothese.

«Geil.»

«Was ist daran geil? Er ist völlig durchgeknallt.»

«Na dann», sagte sie und klopfte ihre Hose ab, «dann soll er dort draufgehen, oder?»

Nein, dachte ich.

«Ich finde es toll, dass mal einer loszieht, statt nur auf seinem Arsch zu sitzen.»

Zu viele Märchen gelesen, die Kleine. Von einem, der auszog … Wer weiß, was in den Mädchenbüchern von heute steht.

«Dein Freund scheißt aufs Überleben. Hat nichts zu verlieren. Er kämpft für die gerechte Sache.»

Du scheinst ja schon ganz schön viel über ihn zu wissen, dachte ich nur und fragte: «Gerechte Sache, aha. Das heißt?»

«Gegen die Faschisten in Kiew.»

Das läppische Geräusch, das mir über die Lippen blubberte, war mir selbst fremd. Vergiss es. Wieder nicht die Göttin, die ich suchte. Nicht die Frau, die ich nicht nur begehrte, sondern bewunderte und liebte. So eine Frau musste nicht unbedingt Nietzsche gelesen haben, sie war die deutsche Philosophie leibhaftig, als Tochter ihres Volkes. Nietzsche kann man *sein*, ohne ihn je gelesen zu haben. Solche Verkörperungen waren nur so selten geworden in dieser Nation. Die starken Menschen gehen immer zuerst drauf. Sie haben alle Kräfte der Geschichte gegen sich. Überall. In der russischen Revolution. Durch den deutschen Rassenwahn. Nietzsche war kein Antisemit, das habe ich damals sehr klar herausgearbeitet. Starke Menschen stoßen an. Sie ducken sich nicht, sie fallen im Kampf, reiben sich auf. Aber dieses Mädchen hier war wieder nur eine von den vielen Verlorenen dieser Stadt. Leicht meschugge.

Auf einen Schlag fühlte ich mich unheimlich alt und ausgelaugt. Aber hör mal, das ist doch Unsinn …, hätte ich früher ausgeholt. Jetzt fehlten mir sowohl die Lust als auch die Energie, mit ihr zu diskutieren, sie aufzuklären, sie zu befreien. Sie rauszuziehen aus ihrem geistigen Sumpf. Das hatte ich vor fünfzehn Jahren mit Friederike getan. Ohne mich hätte sie vielleicht bis an ihr Lebensende gekellnert, ich war ihr Funke gewesen, das Licht, das sie aus der Dunkelheit leitete. Und, was war aus ihr geworden? Ich hatte nicht den geringsten Ehrgeiz mehr, irgendetwas in dieser Welt zu verändern.

«Na, dann mal zu …», sagte ich.

Aber sie ließ nicht locker.

«Guck dir doch die schlaffen Typen an. Die verfaulen hier allmählich.»

«Klar. Seh ich.»

«Wenn du denen ins Gehirn guckst, siehst du, dass jeder sich für den Mega-Typen hält. Guck mal den da …»

Ein ahnungsloser junger Mann kam uns entgegen. Einer von diesen Milchbubis, die ihr weiches Gesicht hinter üppiger, gestutzter Bartwolle verbergen, im Schatten eines Snap Caps, das ihre Erscheinung noch eine Spur mehr verdümmlicht. Auf seinen Wangen glänzte der Sternenstaub des Smartphones. Er grinste demonstrativ, um zu zeigen, was für entzückende Nachrichten er gerade las.

«Glotzt du?!», schrie sie ihn an, als er vorbeiging. Der Junge drehte sich hektisch um und stolperte dabei. Ich zuckte vor Schreck zusammen.

«Bist du verrückt? Was hat der dir getan?»

Dumme Frage. Einen Splitter der Realität hatte sie ihm vorgehalten, einen abgebrochenen Flaschenhals. Janas Gesicht war böse, verzerrt. Eine Sekunde lang hatte ich einen ganz anderen Menschen vor mir.

«Selbstverliebte Säcke, die. Jeder von denen ist der King. Lauter Sieger, guck doch, wie sie durch die Straßen gehen. Erhobenes Kinn, wissendes Lächeln. Die fühlen sich wahnsinnig gut, da können ringsum alle verrecken. Würden die ihre reale Position im Weltall erkennen, müssten sie auf allen vieren kriechen. Aber sie stehen unter Drogen. In echt oder wenigstens geistig. Können ihre virtuelle Welt und die Wirklichkeit nicht mehr auseinanderhalten. Jeder hat sich abgesichert, wie mit MGs, Granatwerfern, Sprengfallen. An die kommt niemand ran. Uneinnehmbare Festungen. Totale Narzissten. Objektiv gesehen – Matsch.»

«Matsch?»

«Klar. Blumenkohl. Am ersten ist Fütterung. Verstehst du? Da traben sie alle zum Amt und holen ihre schmutzigen paar Euros ab. Wo lebst du denn?»

«Schmutzig?»

«Vom deutschen Staat, Rüstungsexporte, dreckige Autos nach China. Der ganze Umweltscheiß. Bei euch in Polen ist das anders, oder? Sonst würdet ihr nicht alle hier abhängen.»

Witzig, die Kleine.

«Aber dem Staat ist das recht. Er will es so. Alle sollen hübsch passiv bleiben. Mindestens bis zu den nächsten Wahlen. Die Bombe darf nicht vorher hochgehen. Milliarden, in den griechischen Arsch geschoben. Geld, das unsere Arbeiter schwer erwirtschaftet haben. Was meinst du, wie mein Vater schuften musste. Weißt du nicht, woran sie heimlich arbeiten?»

Nur ein kleiner Teil in mir, ein Splitter Hoffnung wollte mir noch weismachen, dass ich keine der üblichen Verrückten vor mir hatte.

«Und du weißt das alles? Du kannst das, ja?», fragte ich.

«Was?»

«Den Leuten ins Gehirn gucken?»

«Du stellst Fragen, Alter.»

«Wo ist dein Hund?»

«Geht dich 'n Dreck an. Mein Hund ist ein freier Mensch.»

Zum ersten Mal musste sie lachen und verschluckte sich sofort, mit rasselnder Kehle.

«Ich muss nach Hause», sagte ich.

«Warte», befahl Jana. «Nehmen wir mal an, du suchst wirklich jemanden.»

Habe ich dir doch gesagt, dachte ich und sah sie an.

«Warum suchst du dann nicht richtig? Ich meine, warum tust du nur so?»

«Was meinst du?»

«Du latschst stundenlang durch Moabit, du fährst nach Neukölln und stehst an der Baugrube und glotzt. Wie ein Rentner. Hast du den ganzen Tag nichts Besseres zu tun?»

«Du hast mich beobachtet?»

«Glaubst du, sie haben deinen Freund dort einbetoniert?»

Ich glaubte gar nichts. Ich dachte gar nichts mehr. Ich war überwältigt davon, dass diese lebendige kleine Person mir beim Leben zusah. Sie hatte ein Auge auf mich geworfen. Sie war das sonnenhelle Gegenteil von Friedas abgewandtem Blick.

Das letzte Mal hatte ich mich so angesehen gefühlt, als ich ganz klein war und noch an Gott glaubte. Der endlose lateinische Singsang des Priesters, das Niederknien der Erwachsenen, ihr böser Blick, wenn man selbst das versäumte, das Glöckchengeläut und der Weihrauch, der bis zu mir in die hinteren Holzbänke zog, in dieser prächtig ausgemalten Kirche. Als ich an jenem Sonntagmittag auf den Marktplatz trat, brach die Sonne durch die Wolken, durch die frisch gewaschene Luft, und ließ die Tropfen auf den Autokarosserien glitzern. Ich spürte, dass etwas mich erhob, eine Stufe über das normale Dasein hinaus. Als hätte Gott mich in diesem Augenblick angehört und gesehen.

«Ich behalt dich im Auge, Polacke», sagte Jana. «Geh jetzt.»

Sie drehte sich um und ging los.

«Wo gehst du hin?», rief ich ihr hinterher.

«Cool bleiben, Polacke! Und wehe, du läufst mir nach!»

«Wo finde ich dich?»

Ich konnte sie schon nicht mehr vom Dunkel unterscheiden. Da stand ich nun. Sie hatte mich wie einen Hund behandelt, und doch verbreitete sich mit dem nächsten Atemzug ein Stoff in meinen Adern, der sich anfühlte wie pures Glück. Ich stieg in den Bus und kletterte auf das Oberdeck. Die Sitzbänke vorne waren frei. Gebannt wie ein Kind schaute ich auf den rot glühenden Stau, der sich vor uns in Richtung Hermannplatz schob. Auf dem linken Fahrstreifen drehte ein getunter Mercedes seinen Motor auf und nutzte ein paar Meter fünfzig zum Posing. Die dicken Vorhänge in Evîns Wohnung waren zugezogen. Auf dem Hermannplatz eilte ich die Treppe in die U-Bahn hinab.

An der Jannowitzbrücke stieg ich die Treppe zur S-Bahn hoch. Unter der Brücke glitzerte das Wasser der Spree. Nichts zog mich nach Hause, ich wusste, was mich dort erwartete.

«Wieder Mädchen geguckt, im Supermarkt?», rief Frieda aus ihrem Schlafzimmer, als ich die Wohnungsschlüssel auf die Flurkommode warf.

*

Was hat er geantwortet?», fragte der Gesichtslose. Einzelne Kapillaren seiner vernarbten Wangenhaut waren geweitet, andere wächsern, der Blick flackerte. Er sog an seiner Zigarre. Den Kater töten, dachte er. Mich selbst töten.

«Nichts. Wollen Sie mal hören?»

«Nee. Interessiert mich nicht, dieser Privatscheiß. Ich find's widerlich, in Intimsphären rumzuschnüffeln.»

«Nichts hat er geantwortet. Schweigen auf dem Band. Ein paar Schritte, dann eine Zimmertür. Und Schluss. Szenen einer Ehe, sag ich Ihnen.»

Selten hatte Cowley in eine so wortkarge Wohnung reingehört. Da sind zwei Menschen, sogar verheiratet. Und alles, was man hört, ist ab und zu ein Rascheln, ein Schlurfen, eine

Tür, die Klospülung, gedämpft, dort haben wir keine Wanze. Ein Radio dudelt leise. Welcher Sender, ein ausländischer vielleicht? Eine Zehntelsekunde wurde der Gesichtslose hellhörig. Ach was, Radio Eins oder Deutschlandradio. Da schläfst du vor Langeweile ein. Ist schon ein Höhepunkt, wenn mal das Telefon klingelt und du zu verstehen versuchst, was sie sagt. Der Dienst im Frauenhaus ist verschoben, ach, wirklich?

*

Jana erwachte in der Küche, wie oft sehr früh, gegen vier Uhr. Vermutlich von dem fast schmerzhaften Nagen in der Magengegend. Ihr Vater schlief im Zimmer. Sie kannte dieses Rumoren, aber Hunger war es nicht allein. Es war Sehnsucht, die sich durch kein Essen stillen ließ. Wenn sie versuchte, dieses Nagen mit Alkohol zu betäuben, war es am nächsten Morgen mit doppelter Wucht wieder da. Seit sie bei ihrem Vater wohnte, verbat sich Alkohol von selbst. Sein Anblick war das beste Gegenmittel. Wie konnte sie sich fallenlassen, wenn einer neben ihr schon am Boden lag? Einer, der auch noch ihr Vater war. Ein einziges Mal waren sie gleichzeitig betrunken gewesen. Das war fast so eklig wie Inzest. Sie musste nüchtern bleiben.

Ihre Wut wuchs. Ohne das zu merken, kniff sie sich in den Unterarm und ließ erst ab, als es richtig schmerzte. Sie wollte sich nicht erneut verletzen, jemand anderen schon gar nicht. Sie wollte endlich den überlegten Schlag führen, wollte diese Fassade aufschlitzen und die wahre Welt zu Gesicht bekommen. Diesmal sollte es anders werden. Bis jetzt war es jedes Mal so gewesen, dass sie blind zuschlug, ohne zu wissen, wen sie treffen würde. Noch jedes Mal war ihre Wut stärker und schneller gewesen als ihr Verstand.

Ihr Vater verschluckte sich im Schnarchen. Sie zog sich an und ging.

Schon um diese Zeit konnte man spüren, dass der Tag warm werden würde. In den frühen Stunden war die Stadt noch ganz bei sich. Die bezahlten Kreaturen, die hier später Bevölkerung spielten, schliefen noch. Sie erschrak vom Rattern einer Metalljalousie und drehte sich um. Ein Mädchen ließ sich von einem Jungen dabei helfen, gebürstete Alutische auf den Bürgersteig zu tragen. Der Duft von frischem Gebäck zog auf die Straße. Ihr wurde leicht übel. In der Baugrube hinter dem Hotel wummerte eine schallgedämpfte Dieselmaschine los. Männer verschoben schwere Geräte. Das waren Menschen mit verständlichen Absichten, keine lungernden Statisten. Sie hatten konkrete Aufgaben. So kannte sie das von früher. Ihr Vater war auch so früh aufgestanden und zur Arbeit gefahren, und sie konnte noch zwei Stunden liegen, bis sie zur Schule musste. Oben hielt eine der ersten Ringbahnen. Sie hörte die ausgespuckten Menschen die Treppe hinunterkommen und sah sie kurz darauf aus dem Eingang strömen. Nie sind die Menschen so schnell wie um diese Stunde. Ihr Tempo besagte, dass sie genau wussten, wohin. Jana blieb stehen und lauschte dem Stakkato der Absätze, bis es verebbt war. Als sie die Augen wieder öffnete, hatte der größte Teil von ihnen die Straße überquert und stieg die Stufen zum Hotel hoch, von dem sie den Eindruck hatte, es sei nicht echt. Kein echtes Hotel, vermutlich weil dort immer diese geschniegelten Sänger auftraten, die Elvis Presley spielten.

Sie musste an diesen Polen denken. In der durchsichtigen, rauen Morgenluft kam ihr die Geschichte von dem verschwundenen Freund genauso fragwürdig vor wie all die anderen Lügen, die die Menschen hier im Laufe ihres hilflosen Gestrampels, Leben genannt, ausbrüten. Möglicherweise wollte er sich interessant machen. Vielleicht glaubte er selbst daran und war plemplem. Oder er hatte seinem Freund unrecht getan und log es sich zurecht. So viele Menschen verlieren nach jahrelangem, vergeblichem Kampf gegen das System die Orientierung, wie Ratten in einem ausweglosen Labyrinth. Das System gewinnt am Ende immer. Es macht sie mürbe. Macht sie verrückt, damit sie den Kampf aufgeben oder anfangen, sich selbst zu beißen, oder den falschen Feind bekämpfen. So wie ihr Freund Jurij. Der war kein richtiger Russe, obwohl alle ihn Jurij nannten. Sie wusste nicht, was er genau war. Er trank nicht, kiffte nur. Überall witterte er Verschwörungen und surfte nächtelang im Internet, von einer Spur zur nächsten. Bevor er eine Spur zu Ende verfolgt hatte, wurde er schon von einer neuen abgelenkt. Er ertrank in einem Meer von Fake News. Das sagte er selbst. Fake News war sein Lieblingsausdruck. Keine einzige seiner Entdeckungen hatte etwas zur Folge. Sonst hätte sie ihm längst geholfen, sie wollte etwas tun. Die eine Nacht, die sie bei ihm verbracht hatte, hatte sie nach dem kurzen, hilflosen Sex kein Auge mehr zugetan. Er musste von der Pritsche sofort wieder an einen Bildschirm. Der Geruch von Haschisch zog zu ihr her. Von seiner Wohnung im obersten, siebten Stock des Wohnhauses in Tegel hörte man das Strömen der Stadtautobahn. Miete bezahlte das Amt. Nebenbei verdiente er sich Geld mit seinen Rechnern dazu. Sagte er. Wie man mit Computern Geld verdient, verstand sie nicht.

Sie konnte nicht genau definieren, was an diesem Polen sie trotz allem interessierte. Jedenfalls war die Vorstellung, dass jemand in Berlin einfach so verschwinden kann, faszinierend. Wenn es stimmte. Es gibt Polizei und Feuerwehr, es gibt Leichenschauhäuser, es gibt herrenlose Hunde, die jeden

Toten auf den Baustellen, in den letzten Weltkriegsbrachen erschnüffeln würden.

Das wusste sie von Cox. Sie musste immer höllisch aufpassen, dass ihr Hund nicht irgendeinen Dreck im Gebüsch fraß, spitze Gerippe von Brathähnchen, Mist in Alufolie. Böse Menschen legten sogar vergiftete Köder aus. Bei dem Gedanken ging sie schneller.

Inzwischen war es fast sieben Uhr, der alte Kogan dürfte die Metalltüren zu seinem Autohof aufgeschoben haben. Nachdem die frühen Arbeiter sich in der Sonnenallee und vor dem Estrel verlaufen hatten, folgte sie dieser Richtung und ging den Weg am Kanal.

Sie hörte ihren Hund schon von weitem. Auch wenn sie noch weit von dem Verschlag entfernt war, jaulte er schon vor Ungeduld und Freude. Wenn sie den Schlüssel in das klobige Vorhängeschloss an dem Bretterverschlag steckte, schrammten drinnen schon die Krallen seiner Vorderpfoten am Holz.

Er umarmte sie im Stehen. Er war nicht groß, reichte ihr gerade bis zur Hüfte. Kogan aus der Autowerkstatt gleichen Namens, von dem sie nicht wusste, ob das sein eigener war, kam aus der Garage und wischte sich die Hände an einem dreckigen Lappen ab.

«Morgen!», sagte er. «Gut geschlafen, ihr beiden?»

«Ja», antwortete sie. «Und, hat er geweint?»

Der Garagenmann schüttelte den Kopf.

«Nur ein bisschen gemaunzt. Albträume wahrscheinlich», sagte er. «Zukunftsängste.»

Das mochte Jana an ihm, diese Wörter.

«Quatsch. Hunde wissen gar nicht, was Zukunft ist», lachte sie.

Sie mochte den bulligen Kerl. Bei ihm hatte sie das Gefühl, dass er keiner Fliege etwas zuleide tun konnte, es sei denn, sie ließ sich wirklich nicht anders verscheuchen. Deshalb hatte sie auch das Vertrauen, Cox jede Nacht hier einzusperren. Nach Hause konnte er nicht mehr, ihr Vater hatte ihn einmal im Suff getreten, seitdem geriet er bei seinem Anblick in Panik.

*

Ungefähr zu dieser Zeit begannen merkwürdige Dinge zu geschehen. Dem Gesichtslosen fiel zunächst auf, dass sich Cowleys Berichte veränderten. Er glaubte, das müsse mit dem Mädchen zu tun haben, über das er nur wenig Information hatte. Sie tauchte zwar nicht oft auf, aber sobald sie es tat, brachte sie eine bisher ungekannte Art von Unruhe in das Geschehen, es kam dann zu sprunghaften Ortswechseln, und ganze Stunden wurden unterschlagen. Das wäre ihm nicht aufgefallen, wenn Cowley in seiner Pedanterie zuvor nicht immer jeden Tag lückenlos abgebildet hätte.

Der Pole nimmt heute einen neuen Weg. Am Vormittag, ziemlich früh für seinen Tagesrhythmus. Er fährt mit dem Bus vom Hermannplatz. Die kurdische Geliebte lässt er links liegen. Statt an der Ecke ihrer Wohnung auszusteigen, fährt er die Sonnenallee weiter. Damit rechnete ich nach dem ersten Mal und wartete sprungbereit am hinteren Ausstieg. Hinter der großen Baustelle steigt er aus. Wendet sich nach links. Ganz neue Richtung. Er geht zögernd, bleibt immer wieder stehen, schaut sich um. Deprimierende Gegend hier. Er fingert eine Selbstgedrehte aus seiner Lederjacke. Ich hasse es, wie er dabei den Kopf hebt, Feldherr, der das künftige Schlachtfeld mustert. Furchtbarer Narzisst, dieser Kerl, müsste mal richtig eins auf die Fresse kriegen.

Ich kann nicht einfach mitten auf dem Weg stehen bleiben, muss an ihm vorbei.

Ein Mädchen mit Hund kommt ihm entgegen. Es ist das Mädchen.

«Gut, dass ich dich sehe», höre ich ihre Stimme hinter mir.

«Den Typen da …», sagte Paweł.

«Ja?» Ich höre am Klang, dass sie sich zu mir umdreht.

«Irgendwoher kenn ich den.»

Fünfzig Meter weiter gehe ich zur Tarnung in die Auffahrt des Estrel Hotel, warte unter Arkaden. Ich sehe noch, wie sie rechts in die Sonnenallee einbiegen. Dieser Hund zockelt hinterher. Um nicht weiter aufzufallen, lasse ich sie ziehen.

Und Schluss. Der Gesichtslose wunderte sich. Ist der Rest aus Versehen gelöscht worden? Warum lässt er sie laufen? Warum versucht er nicht herauszukriegen, wer das Mädchen ist? Der Gesichtslose drehte das Blatt um, um sich zu vergewissern, dass er nichts übersehen hat. Nein. Der Rest des Tages ist unterbelichtet. Ein blendend weißer, leerer Fleck.

Bei der Einsatzbesprechung am nächsten Morgen erwähnte er das nur beiläufig, um Cowley nicht misstrauisch zu machen.

«Die Kleine spielt keine Rolle. Sie kam zufällig dort vorbei. Ich hab die beiden gehen lassen und stattdessen einen Araber in Augenschein genommen, der vor dem Haus dieser Kurdin rumlungert», erklärte Cowley. «Den will ich noch abklären. Sie hatten vermutlich recht mit dem Verdacht in Bezug auf die libanesischen Clans.»

«Steht aber nichts drin über diesen Araber in Ihrem Roman.»

«Ich will erst noch mehr rauskriegen. Bin mitten in den Ermittlungen.»

Das klang wolkig. Aber der Gesichtslose unternahm

nichts. Für einen Führungsoffizier war er im Grund zu kraftlos, zu alt.

Tatsächlich war Cowley anschließend in eine ganz andere Richtung gefahren. Eine Spontanhandlung. Aus Überdruss, fast Unlust. Was konnten ein Mann und ein Mädchen schon miteinander anstellen? Der Pole hatte etwas, solange er einsam durch die Stadt streifte. Das Mädchen an seiner Seite nahm ihm dieses Etwas weg. Sollte er, Cowley, vielleicht stundenlang in einem Café hinter der Zeitung hocken und zugucken, wie sie reden, wie ihre Blicke länger werden und sie sich anschmachten? Sie werden sich verlieben, und die ganze triste Chose beginnt. *That's what it's gonna be.*

Cowley hatte sich umgedreht und war seiner eigenen Wege gegangen. Die Stadt lässt dir die Freiheit, wie eine großzügige Geliebte. Sie bietet dir Raum, du kannst sie quasi verlassen und dennoch bei ihr wohnen bleiben. Wenn du geschickt die großen Knotenpunkte meidest, laufen dir auch keine Bekannten über den Weg.

Er fuhr in den Norden. Möglichst weit weg von dem flachen Gebäude am Wannsee, weg von den wuchtigen Sandsteinquadern an der Clayallee und der Botschaft am Pariser Platz. Er nahm diese Richtung nicht ohne Grund: Im Norden hatte kurz nach dem Krieg seine Großmutter gewohnt. Von dort war sie nach Schöneberg zum Tanzen gefahren, wo sie ihren künftigen Mann, den GI Joseph Cowley, kennengelernt hatte. Der Enkel wollte sich diesen Teil der Stadt ansehen. Seine Großmutter hatte oft von einer Fleischerei erzählt, in der ihre Eltern Knacker und Hack kauften, am Nauener Platz. Genau dort trieb er sich an jenem Mittag, in der Beobachtungslücke, herum.

Aber in der Ladenzeile neben dem U-Bahn-Eingang, wo

die Fleischerei einmal gewesen war, befand sich nur ein türkischer Imbiss; daneben ein Wettbüro, eine Aufback-Bäckerei und noch ein Dönerladen. Cowley hatte sich ein tiefes, weiß gekacheltes Geschäft mit langer Glastheke vorgestellt, an der zwei Frauen in weißen Schürzen stehen und ihn nach seinen Wünschen fragen. Er würde den Blick auf ihre Gesichter heften und versuchen, die blutigen Handabdrücke auf ihren Kitteln zu übersehen. Ganz hinten würde der Blick durch eine helle Türöffnung in einen kühlen Raum gehen, wo schimmernde Metallhaken von der Decke hingen, manche leer, andere mit Tierhälften, deren weiße Rippen durch das rosige Fleisch scheinen. Diese Vorstellung war ihm von den Erzählungen seiner Großmutter geblieben.

Aus der Imagination trat er hinaus auf den Gehsteig. Er wurde umströmt von Menschen, die aus der U-Bahn kamen. Die Geschäfte hier gingen höchstens fünf Meter weit in die Tiefe, sie waren verspiegelt und bunt. Alles hier war flach geworden.

Was für eine Enttäuschung. Er hatte seiner Großmutter immer aufs Wort geglaubt. Wenn sie sagte, dass im Berlin von damals Pferde in den Turnhallen standen, hatte er ihr das abgenommen. Ihre Begeisterung machte jede Frage nach der Wahrheit ihrer Erzählungen überflüssig, ja anstößig. Cowley hatte neben ihrem Rollstuhl gehockt, als sie schon achtzig war, und zugehört. Ihre Augen strahlten, wenn sie sich an das alte Berlin erinnerte, an ihre Jugend im Sudetenland, an den Bund Deutscher Mädel, den Arbeitsdienst. Daran, wie sie eine Gans rupfen sollte und keine Ahnung hatte, wie das geht. Wie ihr jemand auf der Flucht aus Ostpreußen eine Pistole zusteckte, als Schutz vor den Russen. Wie sie dann irgendwo – genaue Orte und Zeiten waren schwierig aus ihr herauszubekommen – eine Schlange von Menschen sah, die an einem sowjetischen Kontrollposten angehalten wurde. Wie bei einem jungen Mann eine Pistole gefunden wurde und er auf der Stelle, vor ihren Augen, erschossen wurde und sie ihre eigene Waffe unauffällig ins Gras fallen ließ. Später fand sie in ihrer Manteltasche ein kleines Metallteil, das sie ihm schenkte. Ein Stück von der Waffe, behauptete sie, und ihr Blick ließ keinen Zweifel daran zu. Cowley konnte sich nie vorstellen, was an einer Pistole abgehen soll. Dennoch hütete er dieses Souvenir wie kaum ein anderes Ding.

Nie kam ihr Mann in den Erzählungen vor, alles endete 1945. Wenn Cowley nachfragte, murmelte sie eine unverständliche Erklärung und winkte mit sehniger, weißer Hand ab. Dabei hätte er gern mehr über seinen amerikanischen Großvater erfahren.

Jetzt wollte er nicht einfach den Rückzug ins Zentrum antreten. Wie aus Trotz, seiner Großmutter zu ihrem Recht zu verhelfen. Sie selbst wäre schmerzlich berührt gewesen, ihn hier so ratlos zu sehen, ihr Gesicht hätte, wie in ihren letzten Jahren so oft, leise gezittert. Und genauso stand Cowley jetzt vor dem, was einmal – wenn auch nur für kurze Zeit – ihr «Kiez» gewesen war.

An der Kreuzung war eine «Bar Polska» mit bunten Neonleuchten. Sein Pole würde sich nie hierher verirren. Gleich nebenan warb eine Pension. Auf dem zertrampelten Fleckchen Erde gegenüber, das einmal Wiese gewesen war, bauten oder renovierten sie etwas. Nichts lud dazu ein, hier zu verweilen. Aber gerade als Cowley weitergehen wollte, fand er einen handgeschriebenen Zettel mit abreißbaren Telefonnummern an einem Laternenmast, darauf stand: «Zimmer, klein, dunkel, zur Untermiete», mit Telefonnummer und sogar Adresse. Ein Zufall? Wohl kaum, eher ein Zeichen des Himmels. Cowley verstand es als heimliche Aufforderung.

Die Vermieterin war eine freundliche alte Dame. Sie musterte ihn mit einem kurzen, scharfen Blick. Er sei Amerikaner, beruflich in Berlin, sagte er, habe leider keinen Ausweis. Sie zerstreute seine Bedenken mit einem Kopfschütteln. Die Anzahlung, die sie verlangte, war bescheiden. Sie zeigte ihm das Zimmer im ersten Stock, händigte ihm den Schlüssel aus und ließ ihn in Ruhe.

Alles Weitere war damit schon vorherbestimmt, er wusste es nur noch nicht. Die Sache war zunächst nur eine Extravaganz, ein spontane Idee, in der er kein Risiko erkannte. Eine Art Huldigung, ein Blumenstrauß, niedergelegt für seine Großmutter. Auf dem Tisch in seinem Zimmer platzierte er das rostige Stück Metall, das von der Waffe stammen sollte.

Kurz darauf stand er draußen neben dem U-Bahn-Eingang, schloss die Augen und ließ den Ort auf sich wirken, als stünde er am Grab der Großmutter. Das war ein ganz irrationales Verhalten, begründet allein durch ihre geisterhafte Präsenz, die er deutlich spürte. Er fühlte sich hier wohler als jemals zuvor in Berlin.

«Bitte, für Essen!» Das war nicht ihre Stimme und auch nicht die einer speckigen Fleischverkäuferin. Sie stammte von einer untersetzten Frau von balkanischem Äußeren, die sein Dastehen als Chance erkannte. Mit zwei Fingern zeigte sie in ihren zahnlosen Mund. Seine Großmutter war immer hager gewesen, sie war ihr Leben lang nur einmal dicker geworden, als sie mit seinem Vater schwanger war.

Cowley schüttelte mit feinem Lächeln den Kopf.

Er stieg die Treppe zur U-Bahn hinunter, studierte auf dem Stadtplan, wo er sich befand und wie er von hier aus zu dem wuchtigen Bau aus der Zeit des Dritten Reiches gelangen konnte, dem ehemaligen Heizkraftwerk in der Nähe des Ostbahnhofs, von dem er schon viel gehört hatte.

Der Gedanke daran, dass der Pole die ganze Zeit unbeaufsichtigt war und tun konnte, was er wollte, kribbelte ihn nur wenig. Im schlimmsten Fall traf er sich gerade jetzt in diesem Augenblick mit dem Attentäter. Das Risiko bestand, aber ihn ganz zu verlieren, diese Sorge quälte Cowley nicht.

Vom Nauener Platz fuhr er bis zum Zoo und nahm dort die S-Bahn zum Ostbahnhof. Dort ausgestiegen, kam er an dem Hostel vorbei, in dem Zsuzsa arbeitete. Davon wusste er nichts.

Der große Bau wirkte von weitem wie ein Bunker, trotz der hohen, schmalen Fenster. Cowley schritt über einen brachliegenden, zertrampelten Platz vor einem Möbeldiscounter und fand den versteckten Seiteneingang so verschlossen wie den Biergarten gegenüber. Es war noch zu früh. So nah hatte er sich noch nie hier herangewagt, aus Furcht, seine Leute könnten es entdecken. Seine Orientierung war bekannt und akzeptiert, doch bestimmte Lokale und Verhaltensweisen blieben tabu. Jetzt, mit dem Stützpunkt in seinem kleinen Zimmer, von dem niemand wusste, fühlte er sich unbeobachteter, auch wenn es dafür überhaupt keinen vernünftigen Grund gab; finden würden sie ihn überall. Aber die Vernunft in ihm wurde immer schwächer. Cowley spürte dieses Andere, Stärkere, das langsam Besitz von ihm ergriff.

In heiterer Stimmung drehte er eine Runde um das furchteinflößende Gebäude. Es war später Nachmittag. Er wollte noch einmal zurück an die Sonnenallee.

*

Komm, du musst mir noch was erklären.»

Wir setzten uns auf das Gras am Kanal. Die Ufermauer war noch morgenkühl, die Luft schon warm. Auf der gebuckelten Steinbrücke ein paar Meter weiter hockten junge Leute im Schneidersitz. Deutsche und amerikanische Satzfetzen wehten, kräutersüß duftend, von dort herüber. Gelächter.

«Ich habe über deinen Freund nachgedacht.»

«Du … über meinen Freund?»

«Ja. Warum willst du ihn unbedingt wiederfinden?»

«Ich weiß, was du meinst. Eigentlich war er ein Arschloch. Aber irgendwie hab ich ihn gemocht. Verstehst du? Klar, er war ein Spinner. Aber wenn alle vernünftig und langweilig sind, tut so jemand ganz gut. Für mich war er das Salz der Erde.»

Ich war nicht sicher, ob sie die Anspielung verstand. Unsere Nationalschriftsteller kennt kein Schwein.

«Würdest du nicht nach einem Freund suchen, wenn er plötzlich verschwindet?»

«Keine Ahnung. Ich will einfach verstehen. Ob es sich lohnt, dass ich meine Energie in die Sache stecke.» Sie klang ein bisschen stolz auf ihre geschickten Formulierungen.

«Und du? Was machst du so den ganzen Tag?»

«Philosoph», sagte ich ernsthaft. Ich hatte mir längst abgewöhnt, lange und verquer darum herumzureden.

«Okay. Und was macht so ein Philosoph?»

«Du stellst Fragen.»

«Philosophieren, wa?»

«Ja, so ungefähr. Wozu ist das wichtig?»

«Du bist derjenige, der sucht, stimmt's? Also bist du wichtig.»

Ich schwieg und zerdrehte einen Grashalm zwischen den Fingern.

«Ich hab ein bisschen freie Kapazität», sagte Jana. «Ich könnte dir helfen, wenn du willst.»

Dieses Angebot musste sie Überwindung gekostet haben.

Eine ziemliche Öffnung für sie. Auf beide Ellbogen gestützt, drehte ich den Kopf zu ihr.

*

Metallzäune versperrten den Blick auf den Uferstreifen und die dort gestapelten Schrottteile. Irgendwo hier hatte Cowley am Vormittag den Polen ziehen lassen.

Er war naiv gewesen. Der kleine Ausflug in den Wedding hatte ihm neue Möglichkeiten aufgezeigt. Wenn du mutiger mit der Wirklichkeit umgehst, dann fügt sie sich. Du musst sie nicht immer nur beschreiben. Du kannst etwas mit ihr anstellen. Und sieh einmal, wie dankbar sie sich dann zeigt: Da kam die Kleine tatsächlich wieder angezockelt. Ohne den Polen. Es war fast zu schön, um wahr zu sein.

Cowley nahm das als Zeichen, dass seine Eigenmächtigkeit von einer höheren Instanz gebilligt worden war.

Kein Wort vom Nauener Platz, und niemand fragt.

Noch bevor ich sie richtig erkenne, fällt mir der schwarzweiße, strubbelige Hund an ihrer Seite auf. Irrtum ausgeschlossen. Sie ist schmal, fast jungenhaft, auch in ihrem Gang. Dunkler Kapuzenpulli. Jetzt geht sie am Estrel vorbei und die Straße zum Kanal runter. Hinter dem rostigen Wellblechzaun erhebt sich ein blauer Kran. Jetzt biegt sie in eine große Einfahrt und betritt ein Gewerbegelände, hinten ist so etwas wie eine Kfz-Werkstatt. Sie öffnet ein Vorhängeschloss und schiebt ihren Hund dort rein, der ohne Widerstand mitmacht, und schließt wieder ab. Er muss das gewohnt sein.

Hinter dem blauen Fischrestaurant an der Ecke biegt sie nach rechts ab. Auf der anderen Seite der Straße stehen Zäune, Hecken, ein Eingangstor mit Aushängetafel. Schrebergärten. Bald nähert sie sich einem hohen Haus, ein Dutzend

Stockwerke bestimmt. Ich folge ihr mit einigem Abstand und beschleunige kurz vor der Haustür, husche hinter ihr hinein. Wir stehen nebeneinander vor der Fahrstuhltür. Sie weiß, dass jemand neben ihr steht, guckt aber nicht her. Ich merke, wie zierlich sie ist. Kleiner als ich, und ich selbst bin nicht groß gewachsen. Der Fahrstuhl kommt, wir steigen ein. Sie drückt den elften Stock. Ich zur Tarnung den fünften. Unsere Finger nacheinander auf der Tafel mit abgewetzten Metallknöpfen, zwei rasche Züge auf einem Damebrett. Ich steige aus, wortlos.

Im trostlosen Flur des fünften Stocks Namen wie Hadzic, Konopke, Schierling, Strzeminski, Bulay an den Türen. Der ideale Ort, um Depressionen zu kriegen. Ich notiere mir die Hausnummer und den elften Stock. Verkneife es mir hochzufahren. Das hat Zeit.

Draußen plötzlich wieder ein Gefühl von Sinnlosigkeit. Statt endlich einmal in das furchteinflößende Haus am Ostbahnhof gelangt zu sein, war er in die Routine zurückgefallen und lief dem Mädchen nach. Es war ja überhaupt nicht klar, ob sie wichtig war. Der Gesichtslose war bestimmt ohnehin schon überfordert von der wachsenden Zahl der Akteure. Cowley überflog seine Notizen, zerriss sie und stopfte sich die Schnipsel in die Hosentaschen. Niemand wird danach fragen. Auf dem Weg zurück zur Sonnenallee warf er die Papierfetzen nacheinander in Drahtkörbe und Mülleimer, unauffällig und ohne System.

*

Christian L. kam ins Wohnzimmer. Seine weichen, etwas fülligen Glieder steckten noch im warmen Flanellschlafanzug. Er trat ans Fenster, zog die Gardinen auf und öffnete die Flügel zur Yorckstraße, um zu lüften. Statt frischer Luft kamen Autolärm und ein Schwall von warmem, unangenehm süßlichem Abgasduft herein. Sommer. Er wandte sich um, ließ den Blick durch den Raum schweifen, stolz auf die schöne Altbauwohnung mit dem Stuck und die alten Kirschholzmöbel, die er von seiner Mutter geerbt hatte. Nur die Decke auf dem Wohnzimmertisch lag schief. Er zupfte sie zurecht. Sein Blick wanderte auf das Gemälde an der Wand, einen Dejneka, sowjetischer Künstler, der starke Körper, lineare Muskeln unter rosiger bis braungebrannter Haut und strenge, entschlossen-frohe Gesichter liebte. Gegenüber hingen drei Fotografien von Aleksandr Rodtschenko. Das strahlende, stupsnäsige Gesicht eines «Studenten der Arbeiterfakultät», daneben Wladimir Majakowskis kahlgeschorener Schädel mit Zigarette im Mundwinkel; und eine Pionierin, deren Gesichtsausdruck ihn an seine eigene Mutter in ihrer Jugend erinnerte. Die zwanziger Jahre der Sowjetunion faszinierten Christian, der in eine gewaltlose und, wie er oft bedauerte, ereignisarme Zeit hineingeboren war.

Sein Arbeitszimmer ging auf den ruhigen Hinterhof. Auf dem Schreibtisch stapelten sich Bücher, Kataloge, Hefte und Kopien. Er arbeitete an einem neuen Buch über die Ideen zur völligen Neuerschaffung des Menschen in der Sowjetunion. Im Vorübergehen warf er einen Blick in dieses Zimmer, dann schloss er die Tür von außen. Er hatte tief geträumt. Wusste nicht mehr, was, aber der Eindruck war nachhaltig und bewegend. Es war schmerzhaft gewesen, dennoch war er geradezu glücklich erwacht, weil es wahr war. Aus dieser Welt hinaus und sofort an seinen Stoff zu gehen wäre gewesen, als würde er den Traum abwürgen oder ausschalten wie mit einem Lichtschalter. Lieber wollte er ihm nachhorchen.

Also setzte er sich mit einem Kaffee ans offene Fenster,

sodass er das Geschehen an der großen Kreuzung im Auge hatte. Unten quirlte, wie man sagt, das Leben. Aber diese Bewegung war nur Schein. Gefangen in den ökonomischen Zwängen des Systems, hetzten die Menschen zu ihrer Arbeit, saßen, wenn auch um diese frühe Stunde nicht sehr zahlreich, als selbstausbeutende Existenzen mit ihrem Laptop an Kaffeehaustischen und wähnten sich dabei großartig frei. Unter seinem Fenster war so ein Café, an dessen Tischchen es im Sommer wimmelte. Der Kapitalismus hatte sie alle in seinem unsichtbaren Netz gefangen, niemand begehrte dagegen auf. Er durchschaute das, er hatte die Ausläufer von 68, den Deutschen Herbst, als Kind noch mitbekommen, später viel darüber gelesen. Diese Epoche hatte ihn geprägt, auch wenn er heute mit einiger Ironie darauf zurückblickte. Glaubte man damals, die Erkenntnis wie die Tatkraft zu besitzen, die zur Veränderung der Welt erforderlich waren (und man tat auch tatsächlich etwas, Kaufhausattentate, RAF), so erstickte heute alles in Ungewissheit. Niemand wusste, was wahr ist oder was zu tun sei. Und weil sie es nicht wussten, benahmen sich alle wie willfährige, lebensgenießerische Sklaven.

Ich tue ja auch nichts, gab er sich zu und hob die Tasse an die Lippen. Was für ein Luxus, um diese Zeit untätig am Fenster zu sitzen. Aber mir ist wenigstens bewusst, was geschieht. Die Zeit arbeitet gegen mich. Vielleicht muss ich mir diese bedrückende, bleierne und dabei wie Bonbonpapier glitzernde Jetztzeit antun, um die nötige Motivation für den historischen Gegenentwurf zu finden – die Hoffnung der sowjetischen Anfangszeit war das leuchtende Gegenteil zur heutigen Stagnation. Damals stand das Volk staunend, weil ungebildet und bäuerlich geprägt, vor der grenzenlosen Freiheit, die sich ihm nach der Revolution eröffnete. Alles schien machbar, alles veränderbar. Trotzki wollte den Menschen am

Reißtisch neu entwerfen, wollte alles Alte hinwegfegen. Die Kunst brachte aufregende, völlig neue Werke und Blickwinkel hervor.

Man weiß nicht, woran dieser Aufbruch gescheitert war. Früh versandet, dann erstickt und von Stalin zerstückelt, die Reste später rückabgewickelt und von Jelzin, Gorbatschow kleingetreten. An die Oligarchen verscherbelt. Siebzig Jahre umsonst gelebtes Leben. Umsonst gekämpft. Heute herrscht in Russland der nackte Staatskapitalismus.

Er nahm einen weiteren Schluck vom abkühlenden Kaffee und bemerkte, dass die Begeisterung keineswegs brennend genug war, um ihn aus der Kontemplation am geöffneten Fenster ins Arbeitszimmer zu bewegen, wo es keine Ablenkung mehr gab. Es war ja auch nie der Gedanke allein gewesen, nie die reine Ideologie. Immer war alles auch getragen von der Körperlichkeit dieser Rotarmisten und Bauarbeiter, von ihrer rohen, unverdorbenen Kraft. Er schaute noch einmal auf die Reproduktionen an der Wand und stellte fest, dass sein Blick nicht leidenschaftlich, begehrlich war, sondern verkopft. Es war seine eigene Erfahrung gewesen, die den Bildern ihre zweite, geheime Ebene eingezogen hatte, aber dieser Kraftquell schien versiegt. Schon länger hatte er keinen lebendigen Körper mehr in den Armen gehalten. Das Ende seiner letzten großen Liebe hatte ihm doch mehr zugesetzt als gedacht. Das mochte etwas mit seinem Alter zu tun haben. Bei jeder neuen Bekanntschaft schoss ihm der Schmerz dieses Verlustes in den Sinn. Seit immerhin drei Jahren war ihm die Lust am Sex verdorben oder zumindest von allen Gefühlen abgetrennt. Er ging noch ab und zu in die Sauna, wo er Bekannte traf. Das war rein körperlich. Konrad war nicht zu ersetzen. Ihn hatte er wirklich geliebt, und er schämte sich nicht für das Wort. Seine große Angst war, es könnte die letzte Liebe seines

Lebens gewesen sein. In der Anfangszeit der Trennung hatte diese Angst wie ein Abgrund geklafft, der ihn ganz und gar zu verschlingen drohte.

Bereuen tat er nichts. Weder Hingabe noch Erniedrigung. Nie zuvor im Leben hatte er jemanden getroffen, mit dem er auch geistig so auf einer Wellenlänge war. Christian brauchte diesen geistigen Kontakt in der Liebe, sonst ließ es ihn leer und unbefriedigt. Aber diese Beziehung hatte ihren Preis. Der Bursche war ein bisschen wahnsinnig, er trieb seine Spielchen, hielt sich an keine Verabredung. Je deutlicher er merkte, wie abhängig Christian schon war, desto dreister wurde er. Dann krachte es und kam immer wieder zur großen, leidenschaftlichen Versöhnung. Irgendwann war Schluss. Christian hatte gefleht, der verrückte Kerl war einfach abgehauen.

Die lange Zeit ohne Partner hatte bei Christian einige Verwüstungen in Bezug auf das eigene Körpergefühl hinterlassen. Er besaß kein Gespür mehr für sich selbst, konnte nicht mehr einschätzen, wie attraktiv er noch war. Wenn man nicht ab und zu leidenschaftlich begehrt wird, verliert man dieses Gespür, nimmt immer mehr die hässlichen Seiten an sich wahr. Es hilft nicht, vor dem Spiegel den Bauch einzuziehen, um sich noch einigermaßen jugendlich zu finden. Christians Kopfhaar fiel halbkreisförmig aus, das fand er gar nicht sexy.

Es klingelte. Er wunderte sich. Alle paar Wochen einmal läutete der Postbote, um etwas für den Nachbarn abzugeben.

Als er öffnete, stand draußen einer, den er nie besonders gemocht hatte: Konrads Freund Paweł. Ein verklemmter und zum Ausgleich dafür ungemein selbstverliebter Mann, der sich viel zu viel auf seine Nietzsche-Kenntnisse und sein gutes Aussehen einbildete. Letzteres war Geschmackssache, bei Ersterem hatte er ihm öfter mal auf den Zahn gefühlt, mit sehr gemischten Ergebnissen. Nicht der preußische Junker, sondern der polnische Adlige sei das Vorbild für Nietzsches Herrenrasse gewesen, glaubte Paweł, und ganz bestimmt spielte dabei ein unterschwelliger Deutschenhass eine Rolle. Christian hatte sich immer gewundert, wie Frieda es mit dem Typen aushielt. Und er hatte stets den leisen Verdacht gehegt, dass Paweł sich in seine Beziehung mit Konrad eingemischt und irgendwie zu ihrem Ende beigetragen hatte. Neben Paweł stand ein ziemlich kleines Mädchen. Verdammt jung.

«Hi?», sagte Christian fragend. «Kommt rein.»

*

Lange nicht gesehen. Wie geht's Frieda?», fragte Christian und konnte es nicht lassen, bei dieser Frage nicht mich, sondern Jana anzusehen. Sofort war er mir wieder so unangenehm wie immer.

«Ganz gut. Das ist Jana. Assistentin von mir.»

Jana bewegte sich ungezwungen vom Flur ins Wohnzimmer, als wäre sie schon ganz in der Rolle der Privatdetektivin. Sie stand vor den Drucken, Plakaten und Bücherregalen, die an den hohen Wänden bis zur Zimmerdecke reichten.

«Wollt ihr einen Tee?», fragte er, und dann, als wir saßen: «Also, was gibt's?»

«Wann hast du das letzte Mal von Konrad gehört?», fragte ich.

«Weiß nicht. Ist was passiert?»

«Wieso glauben Sie, dass etwas passiert ist?», fragte Jana.

«Ich glaube gar nichts», lachte Christian. «Ich habe ihn fast ein halbes Jahr nicht gesehen.»

«Nun. Er ist verschwunden.»

«Ah.» Christian setzte die Tasse ab und schwieg theatralisch. Dann sagte er: «Das wundert mich nicht.»

«Was meinst du?»

«Na, er hat riskant gelebt. Kennst ihn ja. Er war mit sich selbst nicht im Reinen. Sein Job hat ihm nicht wirklich Spaß gemacht. Er hatte keine echten Freunde.»

«Und du?», fragte ich.

«Du weißt, wie das ausgegangen ist. In einer festen Beziehung zu leben, so wie du, das war der Horror für ihn. Er hat zwar diesen protestantischen Charakter und hielt sich von der Clubszene fern, dieses hedonistische Völkchen war ihm suspekt. Aber andererseits ließ er auch nichts anbrennen. Konrad war im Grunde ein Erbe der 68er. Sexuelle Freiheit ja, aber vermittelt über den Kopf. Ideen. Insofern auch Revolutionär.»

Christian wandte den Blick auf einen sowjetischen Bauarbeiter.

«Schaut doch mal nach, mit wem er zuletzt gechattet hat. Im Netz war er ganz gut unterwegs.»

Tolle Idee. Konrad war über Mail oder Chat seit langem nicht erreichbar. Also fragte ich zurück: «Hast du da was mitbekommen?»

«Auf Facebook, klar. Ein bisschen interessiert es einen ja doch. Er war nie besonders diskret. Im Gegenteil, eher exhibitionistisch. Auch in den Foren.»

«Gibt es Leute, mit denen er öfter zu tun hatte?»

«Da fragst du mich zu viel. Seine Kontakte wechselten ziemlich häufig. Im Grunde war er ein unglücklicher Mensch. Manchmal denke ich, er hat den letzten Ausweg gewählt.»

«Letzten Ausweg?», fragte Jana. Christian sah sie an und versuchte, aus dieser Naivität schlau zu werden.

«Da draußen, bei seinen feinen Amis, da hat er den witzigen, weltläufigen Deutschen gemimt. Gab den freien Mann mit Esprit. Aber was meint ihr, wie viel Kraft ihn das gekostet hat. Nachts tauchte er ganz erledigt wieder auf, und ich musste ihn trösten. Das habe ich oft erlebt.»

Jana fragte nach der Toilette. Christian wies in den Flur. Sie stand auf, ging und wollte die erste Tür öffnen, da schrie er mit hoher Stimme, fast piepsend: «Nein, nicht die, eine weiter!»

Ich sah ihn verwundert an.

«Sorry, ist unaufgeräumt bei mir. Nicht jedes Zimmer ist für Besucher gedacht.»

«Kein Problem. Hat Konrad nach dir eine feste Beziehung gehabt?»

«Weiß ich nicht», schnappte er.

«Kannst du dir denken, wo man noch nach ihm fragen könnte? Wo er gern hingegangen ist?»

«Geht mal in die Läden in der Motzstraße. Einmal habe ich ihn sogar im Tiergarten gesehen. Hab mich weggeduckt und bin weiter. Damals waren wir nicht mehr zusammen.»

Als wir aufstanden, fiel Christian noch etwas ein.

«Ihr könntet auch seine Kosmetikerin fragen. Sie war so eine Art Vertraute, ihr hat er immer alles erzählt. Wenn jemand etwas weiß, dann sie.»

«Wie heißt sie?»

«Melanie. Nachname … hab ich vergessen. Googelt Melanie in Wedding, davon gibt's bestimmt nicht viele.»

*

Was sollte das denn, eh?», schimpfte Jana, als wir unten standen.

«Ja, ich weiß auch nicht, was er da in dem Zimmer versteckt.»

«Nenn mich noch einmal Assistentin, und du kannst alleine weitersuchen.»

«'tschuldigung. Ich wollte nicht, dass er denkt …»

«Was?»

«Ich wusste ja nicht, wie ich dich nennen soll. Freundin? Ich weiß doch im Grunde gar nicht, wer du bist … warum du mir hilfst.»

«Weil du ein Versager bist.»

Ich schluckte und ging schweigend.

«Wenn du wenigstens ein richtiger Macho wärst. Niemand schnallt, was für ein Weichei du bist.»

«Jetzt lass mal», sagte ich. «Was hältst du von ihm?»

«Der ist nicht echt», sagte Jana. «Er lügt wie gedruckt.»

«Wieso glaubst du das?»

«Ist dir nicht aufgefallen, wie er dich angeguckt hat? Seine ganze Art. Der hat was zu verbergen.»

«Dazu diese komische Reaktion mit dem Zimmer.»

«Vielleicht versteckt er deinen Freund dort. Ist bei Sexspielen erstickt, und er hat ihn einbalsamiert.»

«Traust du ihm das zu?», lachte ich.

«Keinen Mord, aber ein Unfall, das schon. Und wenn man Mördern ansehen könnte, dass sie welche sind, wäre die Sache einfach.»

«Ich kann mir eher vorstellen, dass er ihm geholfen hat unterzutauchen», sagte ich.

Wir waren schon ein gutes Stück gegangen, ohne es zu merken. Die Amerika-Gedenk-Bibliothek ließen wir links liegen und standen nach ein paar Stufen, die hinter der großen Kirche zum Wasser hinunterführten, am Landwehrkanal. Nur für uns selbst hatten wir Augen und Ohren. Auf dem Gleis hoch über dem Ufer glitt eine gelbe U-Bahn dahin. Mit Jana wurde das Gehen und alles andere so selbstverständlich wie das Atmen.

«Übrigens, der Typ, der da immer rumlungert, weißt du …

der dir neulich aufgefallen ist, der wohnt in meinem Haus», sagte Jana.

«Wie kommst du darauf?»

«Er ist gestern mit mir im Fahrstuhl nach oben gefahren. Fünfter Stock.»

«Na, dann ist klar, warum er sich dort in der Gegend so oft rumtreibt.»

«Hier war ich noch nie», sagte Jana.

«Noch nie in Kreuzberg?», lachte ich.

«Was soll ich hier. Ist ja och nischt anders als bei uns.»

Ich wollte Jana etwas mehr über Konrad und unsere Freundschaft zu dritt erzählen, über seine schwierige Zeit mit Christian. Wie erklärt man das einem so jungen Mädchen? Ich beschloss, einfach alles so zu sagen, wie es war.

«Konrad saß nächtelang bei uns in der Küche und hat sein Leid geklagt. Christian wollte heiraten, oder wie sich das heute nennt. Konrad fand das scheiße, wollte ihm aber auch nicht weh tun. Das hat ihn viel Nerven gekostet.»

Jana nickte. Wir kamen am Alten Zollhaus vorbei, einem Restaurant, in dem ich einmal mit Frieda und ihrer Mutter essen gewesen war, vor Jahren. Ihre Mutter, aus Freudenstadt, war furchtbar verklemmt, ich hatte den Eindruck, sie mochte mich von Anfang an nicht, dazu das steife Essen, eine schreckliche Atmosphäre. Ich habe mich am Abend danach völlig betrunken, um die Spannung wieder zu lösen.

Als wir die Straße überquerten, musste ich Jana antippen, damit sie nicht vor ein Auto lief. Auf der Uferwiese vor dem Urban-Krankenhaus drehte ein Schäferhund ausgelassen seine Runden. Wir gingen ans Wasser.

«Konrad hielt nichts von den neuen, angepassten Schwulen. Wenn die einfach nur die Spießerideale der Heteros weiterleben, die wir eigentlich überwunden glaubten, sagte er, dann sind sie auch nichts Besseres.»

«Müssen sie denn was Besseres sein?»

«Ja, weißt du, das ist wieder ganz Konrad. Er wollte ja die Welt auf den Kopf stellen, war ein Phantast oder Revolutionär, ganz wie du willst. Für ihn sollten die Schwulen den geordneten Betrieb durcheinanderbringen. Kreatives Chaos und so was.»

Ich konnte es ihr nicht erklären, ich hatte es selbst nie zu Ende gedacht.

«Friederike hat ihm damals viel geholfen. Hat ihm Halt gegeben. Durch Zuhören, Redenlassen. Ist ja ihr Beruf.»

«Trotzdem, heiraten würde ich den auch nicht», sagte Jana.

«Christian? Warum nicht?»

«Mann, das ist vielleicht ein Papa.»

«Ich bin auch älter als du.»

«Es ist nicht das Alter. Er ist einfach ein Papa.»

«Und ich?»

Sie sah mich verspielt an. «Du …»

Vom Kanal her kam ein faulig-frischer Geruch, halb stehendes Wasser, halb Süßwasserfisch, dem bei der Hitze nicht wohl war. Pelzige Kätzchen sprossen aus den Zweigen der Weidenbüsche. Und dazu dieses langgezogene U, das in der Luft vibrierte, als hätte sie mit schräger Hand ein wenig Glanz vom Wellengekräusel abgeschöpft und dehnte ihn wie einen dünnen Silberfaden. Sie hielt das U in der Schwebe, bis ihr Atem versiegte.

«Hm?»

«Du …», hob sie erneut an. «Du bist ein großes Kind.»

Ich runzelte lachend die Stirn.

Vor dem bedrohlichen Doppelflügel des Spitals fuhr ein gelb-roter Krankenwagen vor, mit Blaulicht, aber ohne Sirene. Ob es das Einschüchternde des grauen Bauwerks, diese Lautlosigkeit oder das Wissen um das reibungslose Eingebundensein des Sterbens in einen funktionierenden Apparat war, der Anblick wirkte beängstigend.

«Ich muss nach Hause», sagte Jana plötzlich erschrocken.

«Zu deinem Vater?»

Sie nickte. Ich begleitete sie bis zum Kottbusser Damm. Es war Markttag, die Buden reihten sich am Maybachufer bis zur Brücke. Jana zeigte auf einen Laden mit moslemischer Mode und Brautkleidern.

«Hier kannst du dir einen Nikab kaufen», scherzte sie. «Bring morgen ein Foto von Konrad mit.»

Das klang so selbstverständlich aus ihrem Mund. Sie ließ sich überhaupt nicht einschüchtern von meiner Belesenheit, meinem Alter. Sie erteilte die Anweisungen. Und natürlich würden wir uns morgen wieder treffen, natürlich hätte ich ein Foto dabei.

«Und dann?»

«Dann laufen wir rum und fragen die Leute, ob sie ihn gesehen haben. So geht das.»

Es gefiel mir nicht, in Konrads Privatleben herumzuschnüffeln. Es mit Jana zu tun, gefiel mir dagegen sehr.

*

Wo soll hier ein Flüchtlingsstrich sein?», sagte Jana. «Quatsch.»

Wir hatten ein paar Schritte in den Park hineingetan und standen vor dem kleinen Chalet mit weißen Mauern, auf die jemand groß «HIV-Café» gesprayt hatte. Ein anderer hatte seine Handynummer für «oralsex-geile Männer» hingekritzelt. Das Bezirksamt warnte trotz strahlenden Frühlingswetters, dass hier kein Winterdienst stattfinde. Die Stahlgittertüren zu den Toiletten waren mit Fahrradschlössern versperrt. Vielleicht trieb sich deshalb niemand hier herum.

Jana hatte ihren Hund mitgenommen, Cox sollte unsere Legende sein: ein Pärchen, das sein Hündchen im Tiergarten ausführt.

In ihre letzten Worte hinein schlug eine Kirchenglocke, sehr klar und weit getragen.

Ein einziger Mensch war zu sehen. Ein Mann mit spitz vorstehendem Bauch wanderte den Weg zur großen Straße hinunter.

Erst als wir über die leere Wiese zur Kirche gingen, sahen wir diesen anderen, gar nicht dicken, weich wirkenden jungen Mann, der vor uns in derselben Richtung ging. Sein helles Sakko fiel auf. Als er sich auf einem Seitenweg entfernte, erkannte ich, wie seine bleichen Wangen bei jedem Schritt auf und ab hüpften. Sie schienen nicht richtig an den Gesichtsknochen befestigt zu sein. Auch so einer von diesen Typen mit bürgerlicher Fassade, die Schiss haben, es könnte rauskommen. Hat wahrscheinlich am Pissoir gewartet, und wir haben ihn dabei gestört.

«Guck mal», sagte Jana. «Da ist der wieder.»

«Wer?»

«Der aus Neukölln», sagte Jana. «Schon komisch, was der hier sucht.»

Hier gab es nichts mehr für uns zu tun. Wir stiegen am Hansa-Platz in die U-Bahn, fuhren zum Kurfürstendamm und drängelten in die U1 zum Nollendorfplatz.

Ich zog das Foto von Konrad hervor.

«Hm. Empfindsamer Typ irgendwie», sagte sie nur.

Ohne großen Enthusiasmus arbeiteten wir Christians Empfehlungen ab.

Gleich an der Ecke war der Laden, von dem er gesprochen hatte. Halbnackte Mannequins im Schaufenster führten Lederstrapse und andere Utensilien vor. DVDs mit Pornofilmen in Drahtständern, alles sehr adrett, sehr sauber und wenig provozierend.

«Wir gehen da rein und fragen», sagte Jana und fügte an, als sie mein Zögern sah: «Ja, da ziehen sie dich gleich in ihren Keller und ficken dich, ist klar. Jung und knackig, wie du bist.»

Sie stieß die Glastür auf.

Der Verkäufer nahm das Foto und sagte: «Ja, der Herr ist mir bekannt. Ich wüsste allerdings nicht, warum ich Ihnen mehr dazu sagen dürfte. Wir sind ja hier sehr diskret.» Und reichte uns höflich das Foto zurück.

«Enttäuscht?», fragte sie grinsend, als wir wieder draußen waren. Eine gut gelaunte Transe auf hochhackigen Schuhen stöckelte uns entgegen. Sie war einen Kopf größer als ich. Die grelle Schminke verbarg die Traurigkeit auf ihrem klugen Gesicht.

«Hallo, ihr Süßen», grüßte sie. «Sucht ihr was?»

Es fiel wohl auf, dass wir eine Spur zu langsam gingen.

«Ja», sagte Jana. «Wir suchen Konrad Mauser. Freund von uns.» Sie reichte ihm das Foto.

Der Transvestit schüttelte den Kopf. «Nie gehört, den Namen. Na, dann noch viel Spaß.» Und hob die im Gelenk geknickte Hand, als hielte er eine Straußenfeder darin.

Dafür, dass das hier ein Schwulenkiez sein sollte, war es nicht sehr aufregend. Drei Stufen führten zu einem Laden im Souterrain. Zwei Männer in schwarzem Leder gingen vorbei. Dazwischen führten stinknormale Rentner ihre Hündchen aus.

Am Eingang eines Gay Hotels standen zwei, als schienen sie auf uns gewartet zu haben.

«Das ist doch Konrad?», sagte der eine beim Blick auf das Foto. «Ist er tot?»

«Wie kommen Sie darauf?»

«Dachte nur.» Ein blödes Kichern.

«Verschwunden ist er.»

«Dann bestell ihm schöne Grüße, er schuldet mir noch sechzig Euro.»

«Das ist doch das Schwein», sagte der andere, «das den Klaus fast zu Tode geprügelt hat. Mit dem Kopf gegen die Heizung, Schädelbruch. Und dann einfach weggelaufen.»

«Unmöglich», sagte ich. «So etwas tut Konrad nicht. Höchstens in Notwehr.»

«Scheißegal warum. Jedenfalls erkenne ich den Typen.»

«Wann war das?»

«Fragst mich Sachen, Mensch. Schon 'ne Weile her.»

«Und wo finden wir diesen Klaus?»

«Welserstraße irgendwo. Seid ihr Bullen oder wie?»

Die Gegend wurde immer trister. An der nächsten Kreuzung duckte sich eine Pizzeria im Erdgeschoss unter viel zu hoch gestapelten Wohnungswaben, deren Pastellanstrich sie keine Spur fröhlicher wirken ließ. Am Ende der Straße erreichten wir einen großen, runden Platz, in dessen Mitte ein Granitdenkmal stand, Treppen führten zur U-Bahn hinunter.

«Vielleicht hat er wirklich jemanden verletzt», sagte ich zu Jana. «Hat Angst bekommen, dass derjenige tot sein könnte, und ist deshalb geflohen. Wäre doch möglich. Aber warum hat er uns nichts davon gesagt?

«Pause jetzt», seufzte Jana und lehnte sich gegen die Mauer. «Ich glaub, ich kann nicht mehr.»

«Was?»

«Wen suchen wir eigentlich? Ich habe zwar dieses Foto, aber sonst gar kein Bild von deinem Freund. Was ist er für ein

Mensch? Ich hab bisher noch keinen getroffen, der ihn wirklich gekannt hat. Von gemocht zu schweigen. Vielleicht war es das Beste, was ihm passieren konnte.»

«Nämlich was?»

«Weiß nicht. Egal. Alles besser als so ein graues Leben.»

«Du spinnst wohl!», sagte ich.

«Ein Niemand ist verschwunden. Niemand scheint ihn näher gekannt zu haben. Niemand interessiert sich dafür, wer er wirklich war. Ein weicher Papi zerfließt in Selbstmitleid. Ein anderer behauptet, er habe jemand den Schädel gebrochen. Alle denken nur an sich, keiner will wissen, wo dein Konrad jetzt sein könnte. Ich glaube, nicht einmal du interessierst dich noch dafür. Gib es doch zu: Du bist ganz froh, dass du ihn losgeworden bist. Ohne mich würdest du weiter am Bauzaun stehen. Boah, eh, Mann, da kriegt man ja selbst Depressionen.»

«Du siehst das zu einfach. Er ist als Person schwer zu fassen.»

Konrad und ein graues Leben? Sie kannte ihn nicht.

«Lass mal. Bin wahrscheinlich nur müde», sagte sie und setzte einen Fuß auf die erste Stufe zur Hochbahn am Nollendorfplatz. «Ich ruf dich an, Polacke.»

Ich sah ihr nach, wie sie mit ihrem Hund die Treppe hochstieg. Als Letztes verschwanden ihre Füße aus meinem Blick, und wie immer, wenn sie ging, beschlich mich eine neue, eine zusätzliche Art von Angst.

*

Das Handy gab seinen hässlich dumpfen Ton von sich und vibrierte. Mit verklebten Augen schnappte ich danach und hoffte, dass Friederike hinter der Wand nichts gehört hatte.

Mir tat der Kopf weh. Gestern Nacht waren es doch drei Dosen Bier geworden.

«Ich hab's», rief Janas Stimme, hell und kräftig.

Es war schön, sie zu hören.

«Was?»

«Wir müssen in die Wohnung.»

«Wie kommst du darauf?»

«Ich kann hellsehen. Haha, sorry. Kleiner Scherz. Dreizehn Uhr S-Yorckstraße?», rief sie.

Es war Donnerstag. Warmer Aprilregen fiel und machte Asphalt und Häuserwände grau und trist. Jana stand schon im Ausgang, sie war wieder ganz lebendig.

«Ich hab nachgedacht», erklärte sie. «Weiter rumlaufen bringt nichts. Sollen wir bei noch einem Kunsthysteriker Kaffee trinken und irgendwelche Tucken fragen? Die fühlen sich doch alle nur gebauchpinselt. Endlich mal jemand, der mit ihnen reden will. Nein. Die Lösung muss in der Wohnung sein.»

Bald standen wir vor Konrads Hauseingang.

«Am Tag kriegt niemand was mit. Kein elektrisches Licht, und die meisten Nachbarn sind weg. Wäre nicht die erste Wohnung, die ich knacke.»

Jana klingelte bei einem Namen ganz oben. Nichts. Sie versuchte einen anderen, der Türöffner summte.

«Werbung!», rief sie hoch.

Wir schlichen leise hinauf. Vor Konrads Wohnungstür, mittlerer Eingang, blieben wir stehen.

«Gib mal deine Kreditkarte!»

«Hab keine.»

«Wusste ich's doch.» Jana fummelte etwas Kartengroßes aus ihrer Jackentasche und führte es zwischen Tür und Rahmen. Sie schob hoch und runter, ruckelte, drückte gegen den Knauf, und irgendwann schwang die Tür lautlos auf.

Da stand ich in dem Flur, in dem ich gar nicht so oft gewesen war. Und hielt wirklich die Nase in den fehlenden Wind, ich wollte das Böse wittern, das in einem dieser Räume auf uns lauern mochte. Doch nichts Verfaultes lag in der Luft, kein Verwesungsgeruch, nicht mal vergammeltes Obst war wahrzunehmen. Auch muffig war es nicht, eher so, als wenn hier jemand regelmäßig lüften würde.

Links die Küche, rechts das Wohnzimmer mit dem schmalen Balkon. Ich öffnete ihn und blickte auf den Bahnhof Yorckstraße. Am Schreibtisch davor hatte Konrad gearbeitet. In dem zweiten, kleineren Zimmer stand sein Bett.

Jana inspizierte der Reihe nach die Zimmer, Küche, Klo, rasch und gezielt, als wäre so eine Tatortbesichtigung Routine für sie. Im Bad über dem Waschbecken ragten zwei Zahnbürsten aus einem geriffelten Glas. Ich strich über die Borsten. Angetrocknete Paste pulverte ab. Hier hatte lange niemand mehr die Zähne geputzt. Auch die Handtücher griffen sich trocken an. Nach überstürzter Flucht sah das nicht aus.

Die kleine Küche. Ein winziges Tischchen mit Stuhl. Der Kühlschrank fast leer, eine Dose Kondensmilch, nicht angestochen. Kein faulendes Gemüse, keine gebräunten Salatblätter. Hatte Konrad noch aufräumen können, bevor es passierte?

Auf der Bettdecke im Schlafzimmer lag der silbergraue Pyjama, ordentlich zusammengelegt, wie in einem Hotel nach dem Zimmerdienst.

«Hier ist er jedenfalls nicht mehr», sagte Jana. «Überleg mal, was sich verändert hat. Seitdem du das letzte Mal hier warst. Fehlt was?»

Ich drehte mich langsam im Kreise. Schwer zu sagen.

Dieses Foto. Er hatte irgendwo ein Foto von uns dreien gehabt. Silvester. Frieda mit Papphut und Papiergirlanden auf dem Kopf, eine Zigarette zwischen den Lippen, glänzender Blick in die Kamera, wir beide an ihren Seiten mit blöden, angetrunkenen Mienen. Aufgenommen in unserer Küche.

Da stand es, eingerahmt, im Bücherregal.

«Das ist sie?», fragte Jana.

«Ja, allerdings schon ein paar Jährchen her. Und hier, das ist Konrad.»

«Das ist ja ein viel besseres Foto als das, was wir haben. Das nehmen wir mit.» Jana nahm es aus dem Rahmen und steckte es umstandslos ein.

Ich trat noch mal an den Schreibtisch. Die furnierte Platte wirkte aufgeräumt. In der unteren Schublade steckte ein Schlüssel. Ich zog sie auf. Ein paar DVDs, Männer im Slip mit stark behaarter oder glatt glänzender Brust, nackte Schwarze mit gewaltigen Schwänzen.

Unter den DVDs mehrere geheftete Seiten. Eine Liste von Namen.

Die Namen klangen amerikanisch: Thompson, Joseph und Ann. Prescott, Alfred. Ingraham, Christopher und Eliza. Die meisten offenbar Ehepaare. Zu jedem Namen das Geburtsdatum und einige Bemerkungen. Medikamente. Medizinische Hinweise. Krankheiten, Operationen, Allergien. Sonstige Vorlieben.

Das dürfte seine letzte Reisegruppe gewesen sein. Hier stand sogar das Datum. Warum hat er das liegen lassen? Bei der Arbeit musste er das bei sich tragen, für alle Fälle, zum Nachsehen. Das hieß, dass er nach einem Einsatz noch einmal nach Hause gekommen war und sie in die Schublade gelegt hatte.

Ich ließ mich in einen Sessel fallen und sah mir die Liste genauer an. Alles ältere Leute. Diabetes. Herzschrittmacher.

Dann hörte man einen Schlüssel in der Wohnungstür. Ich

faltete rasch die Seiten und ließ sie in meine Jackentasche gleiten. Schritte im Flur. Aussichtslos, sich verstecken zu wollen.

Eine Frau in der Wohnzimmertür.

«Darf ich fragen, wer Sie sind? Ich muss sonst …»

«Sie müssen was?», fragte ich, ungewollt drohend.

«… die Polizei rufen.» Sie sprach energisch, hatte aber erkennbar Angst.

«Nicht nötig. Wir sind Freunde von Konrad», beschwichtigte ich.

«Das sagen sie alle.»

«Wer?»

«Da war schon mal einer hier.»

Die Frau war sehr misstrauisch, drehte sich um, um zu sehen, ob die Wohnungstür hinter ihr noch offen stand. Ein Luftzug vom Treppenhaus bauschte die Gardine zum Balkon hinaus.

«Wie sind Sie hier hereingekommen?»

«Wir haben uns Sorgen gemacht.»

«Hier geht jetzt jeder ein und aus, wie er will. Furchtbar», seufzte sie. «Herr Mauser hat mir die Schlüssel gegeben, damit ich nach dem Rechten sehe. Aber jetzt ist er schon so lange weg. Ich mache mir solche Sorgen. Darf ich fragen, wie Sie heißen?»

«Jana», antwortete sie, bevor ich etwas sagen konnte. «Und das ist Paul.»

«Sind Sie der Pole?», fragte die Frau. «Er hat manchmal von Ihnen erzählt. Er war so ein netter junger Mann.»

«Wieso war? Ich hoffe, er ist wohlauf», sagte ich. «Wir haben keinerlei Hinweise, dass er …»

«Aber nach so langer Zeit! Wo soll er denn hin? Er hat so zurückgezogen gelebt.»

«Wann haben Sie ihn denn zuletzt gesehen?», fragte ich.

«Na, vor guten zehn, elf Tagen.»

«Wer war dieser Jemand, der hier war?», fragte Jana.

«Der war ganz freundlich. Amerikaner, glaube ich. Nicht alt. Er hatte diesen breiten Akzent, sprach aber ganz gut Deutsch. Er hat gesagt, er ist von der Behörde und untersucht das Verschwinden von Herrn Mauser. Ich konnte ihm nicht mehr sagen als Ihnen jetzt.»

«Es tut uns leid, wenn wir Sie erschreckt haben», sagte ich und schrieb ihr meine Telefonnummer auf. «Wir müssen weiter. Sind Sie so nett und rufen mich an, wenn Sie etwas von Konrad hören?»

Sie steckte wortlos den Zettel ein.

«Was ist mit Post?», fragte Jana, als wir schon im Treppenhaus standen. «Haben Sie den Schlüssel zum Briefkasten?»

Die Frau sah mich fragend an, als würde ich für Janas kindische Ideen haften. Ich nickte.

«Den habe ich», sagte sie zögernd. «Aber da war nichts Wichtiges. Herr Mauser kriegt nicht viel Post. Ein einziges amtliches Schreiben war dabei.»

«Von wem? Können Sie uns das zeigen?»

«Ich weiß ja nicht … Das ist doch Postgeheimnis.»

«Geheimnis hin, Geheimnis her», sagte ich. «Formalien dürfen jetzt keine Rolle spielen. Ist es nicht das Wichtigste, Herrn Mauser zu finden? Es ist sicher in seinem Interesse, dass Sie uns das zeigen. Vielleicht hilft es weiter.»

«Warten Sie», sagte die Frau, «ich habe die Briefe bei mir.» Sie ging in ihre Wohnung und kam kurz darauf mit einem kleinen Stapel zurück. Einen Fensterumschlag fingerte sie heraus.

«Hier, das. Vom Polizeipräsidenten.»

Sie reichte mir das Schreiben.

«Sie haben es nicht geöffnet?»

«Natürlich nicht, ist doch für Herrn Mauser.»

«Wir müssen den Brief öffnen.»

Die Frau machte eine wegwerfende Handbewegung, etwas zwischen «macht doch, was ihr wollt» und «ich hab nichts gesehen».

Ich ritzte den Brief auf, fingerte das grauweiße Blatt heraus und faltete es auseinander.

Der Polizeipräsident von Berlin. Strafanzeige wegen Körperverletzung. Einleitung eines Ermittlungsverfahrens. Aufforderung zur persönlichen Stellungnahme. Die Frist war längst verstrichen.

Ich reichte Jana den Schrieb.

«Das könnte wichtig sein», sagte sie, als sie gelesen hatte. «Wahrscheinlich hat er sich deshalb abgesetzt.»

«Abgesetzt?», fragte die Nachbarin indigniert. «Er ist doch kein Verbrecher.»

«Aber weg ist er schon, oder?»

«Ach, es ist furchtbar», klagte die Frau und nahm Jana den Brief aus der Hand. «Sie werden entschuldigen.»

Jetzt wussten wir wenigstens, dass Konrad schon anderthalb Wochen nicht mehr zu Hause gewesen war.

«Hast du dir den Namen des Anzeigenerstatters gemerkt?», fragte ich Jana.

«Klar», antwortete sie. «Psiorz, Klaus.»

Die Lösung war einfach. Aus Angst vor der Strafverfolgung hatte Konrad das Weite gesucht. Fragte sich nur, warum er so spurlos abgetaucht war. Bei seinen Freunden hätte er sich doch melden können.

«Das muss der Typ aus der Welserstraße sein», vermutete Jana.

«Die Polizei wird uns keine Auskunft geben», sagte ich. «Wir müssen den Kerl selbst finden.»

Als ich am Abend meine Jacke über den Stuhl hängte, ragten die weißen Blätter aus der Innentasche. Ich zog sie heraus. Unter dem Briefkopf war eine Liste mit Namen aufgeführt. Ich legte mich aufs Bett und las sie noch einmal in Ruhe durch. McKency. Waterhouse. Koch. Das musste die Reisegruppe sein. Hatte Konrad sie noch betreut? Hatte er diese Menschen noch kennengelernt? Im Briefkopf stand die Adresse des Londoner Reisebüros.

Friederike lag hinter der Wand auf dem Bett. Wenn sie sich bewegte, knarrte die Matratze.

*

Ein Mann in kurzer schwarzer Sporthose und mit modischer Mütze öffnete einen Spalt weit die Tür im ersten Stock des bürgerlichen Wohnhauses.

«Guten Tag. Wir sind Freunde von Konrad.»

«Na toll. Wo steckt das Schwein?»

«Das wissen wir auch nicht. Aber wir würden uns gern mit Ihnen unterhalten.»

«Zehn Minuten, Pizzeria an der Ecke», sagte er nur und schloss die Tür.

Draußen schien die Sonne. Vor der Terrasse waren Stühle aufgestellt.

Psiorz kam bald, jetzt in einem hellen Leinenanzug, und schob sich mit Schwung einen Stuhl an den Tisch.

«Was für ein herrlicher Tag», sagte er und nahm die Mütze ab. An der Schläfe hatte er ein großes weißes Pflaster.

«Was ist mit Ihnen passiert?»

«Das wisst ihr doch. Jetzt lasst uns mal mit offenen Karten spielen. Euer Freund hätte mich fast umgebracht.»

«Und deshalb haben Sie ihn angezeigt?»

Er sah mich verwundert an.

«Hat er euch das gesagt?»

«Wir haben den Brief bei ihm gefunden. Er selbst ist spurlos verschwunden.»

«Und jetzt spielt ihr Emil und die Detektive, oder wie?»

«Wir machen uns Sorgen.»

«Ich kann mir denken, dass er vor Angst abgetaucht ist. Konrad war ein witziger Kerl, deshalb haben wir uns ja ab und zu getroffen. Nur leicht psychopathisch. Unberechenbar. Dass er handgreiflich werden würde, hätte ich nie gedacht.»

«Warum hat er es getan?»

«Ihr wisst doch, wie das ist. Man wird geil, man hat rumgespielt, aber dann stellt er sich plötzlich an. Hätte ja einfach nein sagen können, kam schon mal vor. Ich hab weitergemacht, da ist er ausgerastet. So aggressiv habe ich ihn noch nie erlebt. Dabei hat er mich so geschubst, dass ich gegen die Heizung geflogen bin. Ein paar Minuten lang war ich weg. Als ich zu mir kam, war er verschwunden.»

«Möglicherweise weiß er gar nichts von Ihrer Anzeige. Der Brief war noch ungeöffnet.»

Klaus sah uns mit großen Augen an.

«Vielleicht dachte er sogar, dass ich tot bin. Hat ziemlich geblutet. Und dann einfach abhauen ...»

«Haben Sie eine Ahnung, wo er sich verstecken könnte?»

«Nein. Wir kennen uns seit zwei Jahren. Er hatte eine längere Beziehung hinter sich und hat dann ziemlich wild durch die Gegend gevögelt. Nachholbedarf.»

«Und wie war er sonst so?», fragte Jana.

«Sage ich doch, ein Psychopath. Aber das merkt man bei Narzissten immer erst auf den zweiten Blick, er konnte jeden um den Finger wickeln. Außerdem ein Weltverbesserer.

Wir haben uns manchmal gestritten, wegen Amerika. Dabei konnte er keine drei Sätze sagen, ohne sich selbst zu widersprechen.»

«Wären Sie eventuell bereit, die Anzeige zurückzuziehen? Und alles gütlich beizulegen? Damit wir ihn vielleicht zur Rückkehr bewegen können?»

Psiorz schüttelte mit verkniffenen Lippen den Kopf.

«Er soll selbst kommen und sich entschuldigen. Dann vielleicht.»

Das Mädchen brachte die Rechnung. Psiorz machte keine Anstalten, nach seinem Portemonnaie zu greifen. Ich zahlte.

*

Noch am selben Tag sahen wir uns die Namen auf der Gästeliste näher an. Insgesamt dreizehn Personen. Sechs davon als Paare geführt, fünf männlich-weiblich, einmal zwei Frauen.

Ein einziger Reisender reiste allein, ein Mann von siebzig Jahren.

Jana wusste an der Hasenheide ein Internetcafé. Dort ging sie öfter hin, weil sie zu Hause kein Internet hatte und ihr Smartphone kaputt war. Dutzende Bildschirme in einem abgedunkelten Raum, die Plätze durch Pappwände getrennt. Wir setzten uns nebeneinander.

«Lies mal vor.»

Alfred Reed mit Ehefrau Carol.

«Alfred Reed. Komponist, hier, Wikipedia. Gestorben 2005.»

«Der ist es wohl kaum. Welche Alfred Reeds gibt es sonst noch?»

«Eine ganze Menge.»

Dann eben der Nächste. Joseph Prescott, Anwalt im Ruhestand, Ehefrau Laura.

Christopher Ingraham, Arzt, mit Ehefrau Margaret.

Die Suchmaschine warf unerschöpfliche Mengen von Bits und Bytes aus den Tiefen des digitalen Meeres auf den blassblauen Bildschirmstrand. Du gibst einen Namen ein und findest Dutzende von Menschen, die ebenso heißen, aber nicht der Gesuchte sind. Ungezählte Fotos, manche ähneln sich, daran erkennt man, dass es sich vermutlich um ein und dieselbe Person handelt. Dann wieder ein ganz anderes Gesicht, das einlädt, ihm nachzuspüren, bis auch dieses aus irgendwelchen Gründen ausgeschlossen werden kann. Alleine wie viele Evelyn Kochs es gibt! Das war eine Weile lang amüsant, aber irgendwann hatten wir genug.

«Stell dir vor, wir hätten einen von ihnen identifiziert. Bleibt die Frage: Inwiefern bringt uns das weiter?», sagte sie erschöpft.

Bei einem Einzigen waren wir uns ziemlich sicher, weil das Geburtsdatum übereinstimmte.

«Wir wissen noch nicht einmal, ob Konrad diese Menschen noch zu Gesicht bekommen hat. Vielleicht waren sie nur angekündigt, er hat die Liste in seine Schublade getan, und kurz darauf hat es ihn erwischt.»

«Was?»

«Egal was, Mann.»

Hätte Janas Gegenwart mir nicht so ungeheuer gutgetan, ich hätte längst aufgegeben. Schicksal, hätte ich gedacht. So ist das Leben. Weg ist weg.

Doch nun war sie neben mir.

Nach dem verrauchten Blau der Internet-Spelunke blendete sogar das Grau, das durch die Berliner Wolken sprühte. Wir hatten unsere Notizen eingesteckt und schlenderten durch die Hasenheide.

«Wir fragen einfach den Reiseveranstalter», sagte Jana. «Die müssen doch wissen, was passiert ist.»

Es gefiel ihr offensichtlich, dass die Suche sich jetzt in ganz neuen Kreisen, im Ausland, bewegte.

«Meinst du, die sagen dir was, und dann noch am Telefon? Kannste vergessen», sagte ich.

«Was glaubst du, was die Leute einem alles erzählen.»

Jana nahm die Nummer. «Gib mal dein Handy!»

Ich reichte ihr zögernd mein altes Nokia.

«Damit machst du alle Pferde scheu.»

Sie wählte die Nummer aus dem Briefkopf des Reisebüros und stellte laut. Ihr Englisch war ganz passabel.

«Wozu wollen Sie das wissen?», fragte eine harte Frauenstimme.

«Wir sind Freunde und machen uns Sorgen.»

«Wo er ist, wissen wir nicht, und ehrlich gesagt, interessiert uns das auch nicht mehr. Er hat eines der schlimmsten Vergehen begangen, das ein Tour Director begehen kann: Er hat seine Gruppe im Stich gelassen. Falls Sie ihn sehen, richten Sie ihm bitte aus: Er wird nie mehr eingesetzt werden. Wir mussten jemanden nach Berlin schicken, um unsere Kunden zurückzuholen. Herr Mauser war überhaupt nicht mehr zu erreichen. Unfassbar.»

«Wirklich unglaublich. Und Sie haben gar keine Ahnung, wo er sich jetzt aufhält?», fragte Jana noch.

«Wer sind Sie denn?» Sie wurde misstrauisch und legte auf.

«Echt spannend», begeisterte sich Jana. «Er hat seine Gäste einfach im Stich gelassen. Da muss wirklich was passiert sein. Wahrscheinlich haben sie ihn umgelegt.»

«Wer *sie*? Und warum?»

«Das ist die Frage. Vermutlich weil er zu viel wusste.»

Ich musste lächeln. Es gefiel mir, wie Jana die Wirklichkeit veränderte. Sie brachte Geheimnisvolles in Dinge hinein, die mir zuvor allenfalls Angst gemacht hatten. Es war ihre eigene Spannung, die sie an Konrads ereignisarmes Leben legte. «Weil er zu viel wusste.» Das klang so trivial und ließ mich dennoch aufzucken. Sicher, es passte zu ihren Verschwörungstheorien. Ihren Ideen, dass jemand alles steuert. Konrad war auf eine Spur gekommen und musste beseitigt werden. Aber so albern es auch klang, ich liebte ihre Begeisterung. Jana sah so viel Ungewöhnliches in die von meinem Blick abgeschliffene Wirklichkeit hinein.

«Und dazu diese Strafanzeige. Überleg mal. Vielleicht ist plötzlich im Hotel ein Bulle aufgetaucht, und er dachte, sie holen ihn.»

«Aber deshalb gleich abtauchen? Glaub ich nicht.»

Drei Typen, die uns entgegenkamen, gefielen mir gar nicht. Einer von ihnen hatte Mühe, seinen glänzend grauen Kampfhund an der Leine zu halten. Um die Begegnung zu vermeiden, nahmen wir eine Abkürzung über die Wiese.

*

Frieda kam mit einem Glas Rotwein aus der Küche, als Paweł die Wohnungstür öffnete und den Flur betrat. Er war klitschnass. Diesmal war es ihm ausnahmsweise recht, Frieda über den Weg zu laufen.

«Regnet's?», fragte sie.

«Ach wo, keine Spur. Können wir einen Moment reden?»

Er hängte seine Lederjacke an die Garderobe.

Frieda guckte erstaunt. «Klar.»

Sie dachte: Jetzt, wo alles zu spät ist. Prüfend sah sie ihm ins Gesicht. «Kannst du dich erinnern, wann du das letzte Mal mit Konrad gesprochen hast?»

«Wieso ist das wichtig?»

«Denk mal nach. Konrad muss was passiert sein, im Hotel Adlon», sagte Paweł.

«Wie kommst du jetzt darauf?», fragte Frieda.

«Wann haben wir ihn das letzte Mal gesehen? Das war kurz bevor er eine Reisegruppe bekam.»

«Trinkst du einen Schluck Wein mit?», fragte Frieda.

Paweł nickte.

«Erzähl mir noch mal, wie das mit seinem Anruf aus dem Hotel Adlon war.»

«Meinst du, es könnte mit seinem Verschwinden zu tun haben? Ich weiß gar nicht mehr, wann das genau war. Seine Leute waren gerade aufs Zimmer gegangen, er hatte ein bisschen Ruhe. Er lag in einem flauschigen weißen Bademantel auf seinem Bett, fix und alle, aber glücklich. Er genoss diesen kleinen Luxus.»

«Davon hast du mir nie was gesagt.»

«Ich konnte ja nicht wissen, ob es wichtig ist. Er hat öfter mal aus dem Hotel angerufen, wenn er das Bedürfnis hatte zu reden. Nach solchen Einsätzen ist er doch auch immer wieder abgetaucht, manchmal tagelang. Das weißt du.»

«Denk nach, wann das war. In diesem Fall ist es verdammt wichtig.»

«Wissen wir beide überhaupt noch, was wichtig ist, zwischen uns?»

Paweł wich die Luft aus der Lunge wie nach einem Schlag in den Solarplexus. Sie wusste, wie sie ihr Gift mischen musste. Diese Mixtur aus Selbstmitleid und Resignation, jedoch immer auch den kleinen Finger der Versöhnung ausgestreckt – wie übel ihm davon wurde. Inszenierte Fremdheit, ausgestellte Verlustangst, damit sie ihn an sich binden konnte. Ganz erstaunt beobachtete er, wie ruhig sein Atem blieb. Er steckte die Bemerkung weg, als wäre er geimpft. Nein, dachte er, wir wissen nicht, was wichtig ist zwischen uns. Aber auch das ist nicht mehr wichtig. Nur noch eine Reminiszenz, ein Nachhall früherer Ängste. Er war über sie hinaus. Er wusste jetzt, wofür es zu kämpfen lohnte. Das Mädchen glaubte an ihn. Sie war so unverdorben, so sonnenhell, so kostbar, dass Friedas Spielchen wie schlechter Atem an ihm vorüberwehten. Nur noch diese eine Information wollte er von ihr, mehr nicht. Sie, die Psychologin, missdeutete sein Interesse. Sie meinte ihn noch manipulieren zu können. Wie hatte diese Frau ihn jemals erregen können? Und doch hat sie.

Die Eifersucht, wenn Konrad mit ihr flirtete. Er konnte ja ungeheuer charmant sein. Frauen umflatterten ihn, auch wenn ihnen klar war, dass sie bei ihm nicht landen konnten. Wenn wir in der Küche zusammensaßen und redeten, gab es Momente, da machte eine kleine Bemerkung, ein Gesichtsausdruck mich hellhörig für ihre Komplizenschaft: sie als die zwei Deutschen, ich der Fremde, der Minderwertige. Die Eifersucht überfiel mich aus heiterem Himmel. Ich übertrank das, nach zwei, drei Bier ging alles wieder.

Wenn Konrad dann gegangen war, nahm ich sie mit der wütenden Leidenschaft der Eifersucht. Hielt sie den Kopf schief und wickelte eine Haarlocke um ihren Zeigefinger, dann wusste ich, ich hatte eine Chance. Wütend war ich wegen ihres Verrats, von dem sie selbst nichts ahnte. Oft phantasierte ich, ich wäre ein amerikanischer Soldat und hätte sie, die Nazibraut, nach dem Krieg gefangen genommen, und dann, in ihrer miefigen, kleinen Holzbude, von keinen Schergen mehr bewacht, kämen wir uns näher. Ihre unbeschriebenen weißen Flächen, von den Hüften bis unter die goldbraunen Achselhöhlen, anständige deutsche Frau, die mit sehnigen Armen so manchem vor Hunger taumelnden Häftling den letzten Schlag versetzt hätte. Der helle Körper, der nach Seife roch, weil sie immer lange im Bad verschwand, viel zu lange, reinwaschen wollte sie sich … von ihren Verbrechen, ihrer Gesinnung, die ich zu riechen glaubte.

In Wirklichkeit mochte ich diesen Achselschweiß, der gar nichts Zartes, Weibliches hatte, fremd war er, männlich, schillernd in allen Farben des Diamanten, spitz und säuerlich und bitter und hart und grau, und verlieh ihr zusätzliche Tiefe, ihr Geruch erregte mich, als würden plötzlich Höhlen und Tiefen sich öffnen und endlos verwinkelte Gänge klaffen, als würde sie mit einem Schlag drei- oder vierdimensional, und ihr wahres Wesen – sie liebte diese leeren deutschen Zauberworte – würde sich offenbaren. Sie würde Geheimnisse verraten, die sie am liebsten vor mir verborgen hätte. So bist du also, sagte ich erschrocken und begeistert zugleich, warum hast du mir das nie gesagt? Ich liebe dich doch, wie du bist, hab nur keine Angst, ich bin bei dir, wir stehen das durch, gemeinsam, stehen dafür ein, ich liebe dich doch. Weine nicht.

Denn manchmal weinte sie auch in meinen Armen. Diesen Anfang hat es zwischen uns gegeben.

«Du weißt ja nicht, was ich mir heute wieder anhören musste.»

«Erzähl doch.»

«Nein, ich kann nicht. Darf nicht.»

In solchen Augenblicken, früher, wäre es mein Traum gewesen, ewig mit ihr zusammenzubleiben. Wir zwei, so unterschiedlich wir auch waren, aus zwei aneinandergrenzenden und einander doch so fremden Ländern, würden uns immer lieben und solidarisch sein. Egal, was uns trennt. Zwei Aliens aus verschiedenen Welten, die sich lieben gelernt haben. Ich war sogar bereit, einen Teil der deutschen Schuld auf mich zu nehmen und gemeinsam mit ihr zu tragen. Wir Polen haben viel Platz auf unseren Schultern, wir sind ja immer die Opfer gewesen, nie die Täter, ich hätte ihr etwas abnehmen können.

Verdammt naiver Traum, das damals.

Mit ihr war das so: Sie war eine warme, wohlig vertraute Wohnung mit einem langen Flur, den kaum jemand einmal bis zu seinem Ende durchschritt. Wer beharrlich weiterging, stieß am Ende auf eine Tür, die zu einem leeren Raum führte, der fast nie betreten wurde, kühl und ungeheizt mit Holzbohlen, die mehrmals mit Bleifarben rot und grau überstrichen waren. Am Ende dieses Raumes gelangte man durch eine ausgehängte Tür in noch fernere Teile immer noch derselben Wohnung. Das alles war immer noch Frieda. Dahinter folgte eine weitere Tür und noch eine, und ganz weit hinten war eine Art Ballsaal, dort waren die Fensterscheiben eingeschlagen, und ein kalter Wind wehte herein, ohne dass man im vorderen, geheizten Teil der Wohnung einen Zug gespürt hätte.

Aber dieser ferne Raum, das war sie in Wirklichkeit. Und ich war ihr Entdecker.

Ich hätte sie lieber müde und dreckig gehabt, nach dieser Arbeit mit missbrauchten Mädchen und Frauen. Wie sie da auf ihrem harten Holzschemel saß und sich anhörte, was mit diesen Frauen geschehen war. Hat sie sie mal angefasst? Ist die körperliche Berührung in der Therapie gestattet? Hat sie ihnen zur Begrüßung die Hand gegeben oder ihnen einfach nur den Stuhl gewiesen? Hat sie ihnen wenigstens einmal eine Hand auf den Arm gelegt, wenn sie geheult haben? Dürfen die Therapeuten das, eine Missbrauchte anfassen? Ich erfuhr davon nichts. Nur ein Detail hat sie mir einmal erzählt, weil ich nicht lockerließ. Einmal hat ein Mädchen gleich beim Reinkommen eine Bierflasche an der Tischkante zerschlagen und sie bedroht. Friederike kam mit verbundener Hand nach Hause, der weiße Mull von ein paar Punkten Blut durchtränkt. Sonst hatte ich keine Ahnung. Wie sie sich fühlte, wenn sie sich deren Geschichten anhörte.

Nach der Arbeit wollte sie sauber sein. Steril. Vielleicht um diese Mädchen vor mir zu schützen.

Jetzt glaubte sie, ihren Stachel tief genug versenkt zu haben.

«Du weißt doch, er hat oft wochenlang nicht angerufen. Deshalb habe ich mir nichts dabei gedacht.»

«Und was hat er gesagt?»

«Ach, er war in toller Stimmung. Hatte am Nachmittag eine neue Gruppe vom Flughafen abgeholt. Da war ein älterer Herr, den er unheimlich sympathisch fand. Über siebzig, aber drahtig, bestimmt ein ehemaliger Militär, hat Konrad gesagt. Geistig hellwach, neugierig wie ein Junge. Dieser Mann war riesig aufgeregt, in Berlin zu sein. Stell dir vor, was aus mir geworden wäre, wenn ich so einen Vater gehabt hätte, schwärmte Konrad. Du weißt ja, er hat nie viel von seinem Vater gehalten.»

«Weißt du, wie der Mann hieß?», kürzte ich ab. Zwar lockerte mich der Wein, zum Plaudern war mir dennoch nicht zumute. Sie hob einen kurzen, erstaunten Blick.

«Keine Ahnung. Jedenfalls Amerikaner. Er wollte nach Jahrzehnten einen alten Jugendfreund aus Israel wieder sehen. Sie hatten sich für den nächsten Tag etwas ganz Rührendes ausgedacht. Hab ich dir das nicht erzählt?»

«Nein. Du hast mir gar nichts erzählt.»

«Jeder sollte von einer Seite ins Holocaust-Mahnmal hineingehen, der eine von den Ministergärten, der andere von der Behrenstraße, und dann wollten sie sich gleichsam überraschend über den Weg laufen.»

«Das alles hat er dir am Telefon gesagt?»

Frieda nickte, als stünde ihr das Gespräch erst richtig vor Augen, und nahm einen großen Schluck.

«Ja. Wir haben über eine Stunde telefoniert. Er lag im Hotel und ich …»

Sie stockte.

«Du lagst auch auf dem Bett?»

«Vermutlich. Du kamst wie üblich spät nach Hause. An dem Tag hatte er seine Gruppe ins Checkpoint-Charlie-Museum gebracht, und der alte Herr bekam dort plötzlich Nasenbluten. Genau.»

Ich war jetzt doch erstaunt, was für Geschichten da auftauchten.

«Konrad vermutete, es war dieses Schild. Da hing so ein großes Schild SIE VERLASSEN DEN AMERIKANISCHEN SEKTOR, und ganz in seiner Nähe hat der Amerikaner Nasenbluten bekommen. Er musste sich hinsetzen, nur kurz, wollte bald wieder weiter, doch jemand machte ihn darauf aufmerksam, dass sein weißes Hemd Flecken bekommen hatte. Er wollte ins Hotel, sich umziehen. Konrad setzte ihn in ein Taxi, eine jüngere Frau aus der Gruppe begleitete ihn. Nächster Programmpunkt war Mittagessen im Restaurant Nolle. Dort sollte der Taxifahrer die beiden wieder abliefern.»

Und, sind sie jemals dort angekommen? Die Frage verkniff ich mir, ich war wütend, dass Frieda die ganze Geschichte kannte, während Jana und ich wie zwei Idioten durch Berlin stolperten.

«Warum hast du mir nichts davon gesagt?»

«Du warst nicht da. Später hab ich's vergessen. Ich schlafe doch meistens, wenn du nach Hause kommst …»

«Was hat er noch gesagt?»

Frieda trank einen Schluck.

«Dieser alte Mann ... mit dem hat Konrad an der Bar gesessen. Deshalb war er auch ziemlich beschwipst. Der weiß unheimlich viel, hat Konrad gesagt.»

«Was zum Beispiel?»

«Irgendwas mit Maidan. Solche Sachen.»

«Dem Maidan? Dem Platz in Kiew, auf dem die ukrainische Revolution begann?»

«Hältst du mich für blöd? Konrad sagte, er weiß jetzt, wer den sogenannten Maidan angezettelt hat. Das was ich immer geahnt habe. Es waren die Amis.»

«Schwachsinn.»

«Eben nicht. Der alte Mann wusste Namen. Er kannte die alten sowjetischen Seilschaften. Er wusste, mit wem man bei dem Putsch zusammenarbeiten konnte und mit wem nicht.»

«Woher wollte er das wissen? Typisches amerikanisches Großmaul.»

«Du musst nicht immer sofort alles werten.»

«Egal. Und was noch?»

«Da war so ein junger Mann, Paul. Der saß auch mit an der Bar.»

Wer mochte das sein? Eine Bekanntschaft aus dem Hotel? Ein Paul stand nicht in der Gästeliste, überhaupt kein junger Mann.

«Und was hat er von diesem Typen erzählt?»

«Rassistische Schwuchtel, hat er gesagt. Weißes Hemd offen über der Hose. Dieser Paul hat damit angegeben, wie viel schwarzes Fleisch er schon im Maul gehabt hat. Ich musste erst nachfragen, was er damit meint.»

«Und, hat er sich von dem abschleppen lassen?»

«Sei doch nicht blöd. Für den war er viel zu alt. Außerdem war der so eine Art Aufpasser für den Alten. Politisch furchtbar, Alt-Right, pro Trump.»

«Und dann?»

«Wir haben lange geredet, wie immer. Irgendwann wurde Konrad müde.»

«Hat er etwas von der Polizei erzählt? Von einem Freund, dass er ihn schwer verletzt hätte?»

«Nein. Wieso?»

«Er hat einen schwulen Freund gegen die Heizung geschubst. Schädelbruch.»

«Welchen? Christian?»

«Nein, Psiorz heißt er. Wohnt in der Welserstraße.»

«Nie gehört», sagte Friederike.

*

Officer Cowley führte den Cursor und stoppte die Wiedergabe.

«Halleluja! Sie reden. Und zwar miteinander.»

Der Rücken des Gesichtslosen im grauen Anzug verdeckte die Mitte des Doppelfensters. Zigarrenrauch kringelte daneben hoch. Links und rechts sah man milchige Autolichter in der Dämmerung vorübertreiben, weiß und rot; ab und zu ein wütendes Hupen. Starker Rücken, dachte Cowley halb spöttisch, halb bewundernd. Am Ende hing ein Arsch, der, nach dem ausgeleierten Hosenboden zu urteilen, ziemlich faltig sein musste. Als junger Mann ist er bestimmt ein strammer Kerl gewesen. Das sieht man. Jetzt ist er am Ende. Und solche Leute versuchen, unsere Bewegung aufzuhalten.

«Zum ersten Mal seit längerer Zeit», begeisterte Cowley sich. «Sie kennt die ganze Story.»

Der Gesichtslose musterte die Fensterscheibe. «Und? Was ist Ihnen noch aufgefallen?»

Cowley schüttelte den Kopf. Sein Gesprächspartner sah es in der Scheibe.

«Haben Sie darauf geachtet, was sie gesagt hat? Dieses angebliche Kompromat über unseren Mann? Widerlich homophob, oder? Finden Sie etwas davon im Protokoll? Okay, vielleicht haben sie das rausgeschnitten, aus nachvollziehbaren Gründen. Aber dann … Nasenbluten im Museum? Vielleicht war das ein Symptom der Krankheit, an der er am anderen Tag gestorben ist. Davon hat uns doch keiner etwas gesagt? Oder von Informationen, die Jerry Katz über die ukrainische Revolution von 2014 gehabt haben soll? Nichts davon im Protokoll.»

Das Wort Kompromat kannte Cowley nicht. Er öffnete die Mitschrift des Gesprächs, das die CIA im Hotel abgehört hatte, und suchte nach dem Wort «Maidan», dann nach «Nasenbluten». Nichts.

«Warum sollte die Frau sich das ausgedacht haben?», fragte Cowley.

Der Gesichtslose schwieg lange, bevor er antwortete.

«Möglicherweise ist diese Frage falsch gestellt. Vielleicht sollte sie lauten: Warum haben sie Dinge, die sie gesagt haben, weggeschnitten? Ein und dasselbe Gespräch, einmal von den Wanzen aufgezeichnet, das andere Mal von einer Zeugin aus der Erinnerung wiedergegeben. Spontan würde man denken, die Aufnahme ist maßgeblich. Richtig? Technik ist unbestechlich. Die menschliche Erinnerung dagegen lückenhaft. Unterschiedliche Zeugen beschreiben ein und denselben Vorfall ganz unterschiedlich. Der eine spricht von einer roten Jacke, der andere von einer grünen. Auf Zeugenaussagen ist kein Verlass. Das Merkwürdige hier ist nur, dass die Zeugin mehr sagt, als auf den Aufnahmen drauf ist.»

«Sie dichtet etwas hinzu, meinen Sie.»

«Oder …?»

Cowley begriff.

«Schon denkbar, dass die Zentrale etwas weggelassen hat. Sie werden ihre Gründe haben. Sie wollen uns nicht mit zu viel Informationen verwirren. Vielleicht gibt es Gründe der Staatsräson.»

«Staatsräson, the fuck?», zischte der Gesichtslose leise, mit böse verschobenem Ober- und Unterkiefer. «Ein Staat, der auf Lügen basiert, macht es nicht lange. Als freier Mann entscheide ich selbst, was ich wissen darf und was nicht. Ich lasse mir die Wahrheit nicht löffelweise verabreichen.»

Wozu erkläre ich mich diesem jungen Spund, fragte er sich. Ein Kerl ohne Lebenserfahrung, mit nichts als seiner frischen, nicht gerade glänzenden Ausbildung und seinem einfältigen Glauben an die großmäuligen Versprechungen des Präsidenten. Dazu einer, der es mit der Wahrheit so wenig genau nimmt wie der Präsident selbst.

Schon klar, dachte Cowley. Er nahm das nicht einmal übel. Verbitterung des alten Mannes. Komplex des Verlierers. Opfer der zweiten Revolution.

«Nehmen wir an, dieser Russe war tatsächlich im Besitz von Informationen, die unserem Land schaden könnten: Dann musste er daran gehindert werden, sie weiterzugeben.»

«Unserem Land? Was meinen Sie damit noch mal? Unser Land besteht aus mindestens zwei Teilen», stieß der Gesichtslose spöttisch hervor.

Genau das ist dein Problem, dachte Cowley. Und es ist das Problem aller, die sich so erhaben fühlen über die Geschicke des kleinen Mannes in Amerika. Jetzt spürte er doch seinen Ärger und sagte:

«Gilt so ein mieses kleines Verräterleben Ihnen mehr als das Wohl der amerikanischen Nation? Vergessen Sie nicht, er war nur ein Russe. Nach seinem Namen zu urteilen, sogar ein … ich meine, ein Überläufer. Ein Mann ohne Treu und Vaterland. Diese Leute wissen, welches Risiko sie eingehen. Sie verraten ihre Heimat nicht aus Idealismus. Vielleicht hat er sich bei irgendeiner Beförderung zu Hause übergangen gefühlt. Oder es war Rache. Egal, was der Grund war, Respekt vor der Wahrheit jedenfalls nicht. Wer einmal Verrat übt, für den gibt es keine Wahrheit mehr. Er hätte die Seite jederzeit wieder wechseln können.»

Der Gesichtslose drehte sich um und verließ das Büro.

Cowley blieb am Fenster stehen und starrte auf die Clayallee hinaus. In der Nase kitzelte ihn der Zigarrenrauch.

*

Das also hatte sie gesagt. Frieda, eine Frau, die sprechen kann. Die folglich auch einen Mund haben muss. In dem sie Rotwein schwenkt, im Kelch ihrer Wangen. Jana hatte in einem Restaurant gesehen, wie der Kellner die Flasche, in eine weiße Serviette eingeschlagen, an den Tisch brachte und sie dem Gast vorzeigte. Einen Mund, der vom herben Wein vielleicht auch Lust auf andere Dinge bekommt, sagen wir, auf fremde Lippen, wenn sie ausgeredet haben. Paweł hat mit ihr an dem Tisch gesessen und ebenfalls getrunken. Wie ging das weiter? Ist einer von beiden am Ende aufgestanden und in sein Zimmer gegangen? Oder sind beide gemeinsam aufgestanden, haben kurz gezögert und sich dann schon in der Küche umarmt, wie alte Ehepaare das manchmal aus Sentimentalität noch tun? Jana ärgerte sich, dass sie plötzlich eifersüchtig war. Sie dachte sonst nie in den Kategorien von Haben und Besitz. Ihr Hund gehörte zu ihr, richtig. Aber er gehörte ihr nicht. Deshalb nahm sie ihn so ungern an die

Leine. Schrecklicher Anblick, die neurotischen Haustiere, die es verlernt haben, sich frei zu bewegen. Auch Menschen sollen freie Wesen sein. Sie hatte jetzt Lust, alles hinzuschmeißen.

«Wenn sie so viel weiß, dann such vielleicht besser mit ihr weiter.»

«Sag bloß, du bist eifersüchtig», sagte ich amüsiert.

«Leck mich.»

«Ich glaube, sie hat sich längst mit Konrads Verschwinden abgefunden. Am Anfang dachte ich sogar, sie könnte selbst etwas damit zu tun haben. Warum rückt sie erst jetzt mit all diesen Informationen raus? Was für ein Interesse sollte sie haben? Konrad war unser beider bester Freund.»

Jana wurde nachdenklich.

«Vielleicht hat sie ihm geholfen, sich zu verstecken? Oder er ist bei ihr im Bad verunglückt?»

Ich schüttelte den Kopf.

Wir gingen wieder in unser Internetcafé. Mit Mühe fanden wir einen freien Rechner. Jugendliche bildeten das Gros der Kundschaft, und die meisten spielten irgendwelche Kriegsspiele.

«Hier ist sie», sagte Jana.

«Wer sie?»

«Melanie.»

«Welche Melanie?»

«Hast du vergessen? Die Kosmetikerin. Im Wedding. Hier, die Adresse. Schreib auf.»

Das Foto zeigte eine aufgetakelte Frau um die vierzig. Die rot geschminkten, künstlich vollen Lippen zu einem Lachen gezogen.

«Melanie, gut und schön. Wichtiger ist der alte Mann, von dem Frieda gesprochen hat.»

«Wie viele davon gibt es in der Reiseliste?»

«Von was?»

«Alte Männer.»

«Alte? Solche wie du?»

«Witzig», schnaubte ich und nahm mir die Namen vor.

«Hier gibt es zwei um die siebzig. Nein, warte, drei.»

Jana nahm das Blatt.

«Und was auch interessant ist, kein junger Mann dabei. Wer könnte dieser Paul gewesen sein?»

Und wer der Ältere? Ein Mann um die siebzig, der mit Konrad an der Bar sitzt und erzählt. Entweder war es einer der Ehemänner. Dann ist seine Frau tolerant und lässt ihn abends an der Bar hocken. Oder es war eben dieser Katz. Der einzige Alleinreisende. Er braucht keine Erlaubnis.

«Versuchen wir den zuerst.»

Meinen Sie Jeremias Kac?, fragte die Suchmaschine. Endlich eine Maschine, die mitdenkt.

«Hier, das ist spannend. Der Name Jeremias Kac in lateinischen Buchstaben, in einem Meer von fremden kyrillischen.»

«Kannst du kein Russisch?», fragte Jana spitz.

Wir saßen gedrängt auf zwei Stühlen vor dem Bildschirm. Links und rechts von uns schlugen Geschosse ein, ratterten Panzer, holperten riesige Maschinengewehre durch zerstörte, apokalyptische Landschaften, explodierten ganze Häuser, klingelten die Gewinnbuttons. Hier in unserem kleinen Leben passierte nicht viel. Ihr Knie drückte gegen meinen Oberschenkel.

Sie zog es nicht weg. Entweder war sie ein Kind, dem die Berührung nichts bedeutet – oder sie war ihr angenehm.

«Ich habe einen Freund, der ist Hacker. Und der kann Russisch. Siemenssteg in Charlottenburg, dort hängt er immer rum.»

«Ich dachte, die wohnen alle in Hohenschönhausen.»
«Da denkst du falsch. Druck das aus.»

*

Die aufgetakelte Frau entwaffnete mich sofort durch ihren stimmgewaltigen Charme. Melanie empfing uns in ihrem Studio, einer Art kleinem Friseursalon.

Äußerlich entsprach sie ziemlich dem Foto. Die rauchige, harte Stimme passte sehr gut dazu. Sie hatte gerade keine Kunden und schien nicht im Geringsten überrascht, als wir unangemeldet in der Tür standen. Ich hielt diesen Besuch für überflüssig.

«Na, ihr beiden Hübschen? Wer von euch will als Erster dran? Oder wollt ihr beide zusammen? Sonderwünsche?»

«Eigentlich wollten wir gar nicht …», fing ich an. Jana versetzte mir einen Knuff mit der Faust, und ich sagte: «Okay, ich.»

Das schwarze Kunstleder des schweren Stuhls war an mehreren Stellen aufgerissen. Die Lehne ließ sich nach hinten kippen wie beim Zahnarzt. Ohne sich zu zieren, platzierte Melanie eine weiße Serviette um meinen Hals und band sie im Nacken fest. Gleich darauf hatte sie einen Lappen in die Schüssel mit heißem Wasser getunkt und fuhr mir damit sanft über das Gesicht. Die feuchte Wärme war angenehm. Auf alten Plakaten an den Wänden erkannte ich verblasste Prominente, Marianne Rosenberg, Hans Rosenthal. Daneben ein riesiger Haartrockner, bauchig rund wie ein Waschbottich, von dem die Farbe abblätterte, er schien seit Jahren unbenutzt.

Melanie verteilte eine Art Milch auf meinem Gesicht, ließ sie einwirken und rubbelte die abschilfernde Haut ab. Dann näherte sie sich mit einem langen Schlauch, aus dem warmer Dampf herausgezischt kam. Jana saß züchtig auf einem Drehhocker in der Ecke und sah zu. Und sie stellte die Fragen.

«Du machst es richtig, Kleine. Kerle muss man kurzhalten», sagte Melanie, während sie mein Gesicht nicht sehr zart mit kaltem Wasser abwusch.

«Konrad hat Sie uns empfohlen», sagte Jana.

So jung sie auch war, in ihren Fragen lag kein Hauch von Unsicherheit.

«Ah, Konni! Den hab ich schon eine ganze Weile nicht gesehen.»

Ich pfiff auf, weil sie mit einem Metallspachtel an Hautunreinheiten auf meinem Kinn herumdrückte.

«Wir auch nicht. Macht uns sogar ein bisschen Sorgen.»

«Ach wo, der fällt immer wieder auf die Füße. Vielleicht hat er wieder mal so einen hübschen Typen aus Amerika aufgegabelt ... Habt ihr seinen alten Freund Christian gefragt?»

«Der weiß auch nichts», antwortete Jana. «Typ aus Amerika?»

«Er hat doch immer diese Reisegruppen. Wenn da jemand Jüngeres dabei war, hat er sich gern verknallt. Oder der Zimmerboy aus dem Hotel. Was der mir immer erzählt hat ...»

«Haben Sie Kunden, die mit ihm befreundet waren?»

Melanie massierte meine Tränensäcke, die Wangen und Nasenflügel zum Hals hinunter.

«Befreundet war der ja mit niemandem so richtig. Hat er mir selbst gesagt. Er legte Wert auf Unabhängigkeit. Hat zwar viel rumgeturnt, sich aber nie gebunden.»

«Außer mit Christian.»

«Ja, aber ist ihm nicht gut bekommen. In der Zeit ging's ihm dreckig, psychisch, meine ich.»

«War es wirklich so schlimm?»

«Weiß auch nicht. Da ist er regelrecht eingegangen. Wie ’ne Topfblume ohne Wasser. Von wegen Schuldgefühle. Der Christian ist ja so ein passiv-aggressiver. Der klammert. Typ Intellektueller, wenn ihr wisst, was ich meine. Nicht der Richtige für einen jungen Wilden wie Konrad.»

Sie war inzwischen bei der Nährcreme, die sie mir mit ihren kräftigen Fingern in die Gesichtshaut klopfte.

«Kommt Christian noch vorbei?»

«Ach wo, überhaupt nicht. Den hat ja Konni erst hergeschleppt. Konni war die treibende Kraft. Ein bisschen Ananascreme? Schmeckt das Sperma danach besser.»

Ich schüttelte den Kopf. Als sie mit einer Pinzette an meine Nasenhaare wollte, schob ich ihre Hand sanft zur Seite.

«Na, dann vielleicht eine Sonderbehandlung?», rief sie fröhlich. «Ich erzähl euch mal was. Neulich rief einer bei mir an und fragte, ob ich Frischhaltefolie hätte», sagte Melanie, während sie mir irgendein stark riechendes Zeug auf die Haut klatschte. «Frischhaltefolie?, habe ich gefragt. Schon, aber wozu? Und einen Staubsauger brauchte er. Klar, hab ich. Am nächsten Tag kam er rum und wollte, dass ich ihn total in die Folie einwickle. Von oben bis unten. Splitternackt. Natürlich nicht hier, im Hinterzimmer. Und dann sollte ich die Luft unter der Folie wegsaugen, sodass er straff gewickelt ist wie ein Neugeborenes. Das hat mein Sauger nicht geschafft. Zu wenig Watt oder so, oder der Filter war hinüber. Der Kunde total sauer, steht eingerollt, fängt an zu brüllen. Kann sich aber nicht rühren. Hat getobt wie Rumpelstilzchen.»

In der Mitte des Wortes brach ihre Raucherstimme in ein Husten aus, dass man es in den Bronchien rollen hörte.

«So was Verrücktes hat Konrad nicht gemacht», sagte ich.

«Süße, dein Typ ist ein bisschen verklemmt, oder? Wie hältst du es mit dem aus?»

«Schwierig», sagte Jana. «Aber er hat auch seine guten Seiten.»

Als ich rauskam, brannte meine frisch gepellte Gesichtshaut. Jana konnte das Lachen kaum unterdrücken.

«Rausgekriegt haben wir von der nichts», stellte sie fest. «Aber du warst sehr tapfer. Und siehst jünger aus. Nicht mehr so ein katastrophaler Unterschied zwischen uns beiden.»

Wir nahmen die Ringbahn nach Charlottenburg.

*

Auf der Uferpromenade der Spree stand eine Mischung aus Lenin und Ostfriese, eine einfältige Bronzeskulptur mit Tabakpfeife in der Hand. An ihrer Kunst sollt ihr sie erkennen. Demokratisch geistesarm und flach ist die deutsche Kunst geworden, sie spiegelt den Zustand der Nation. Biedermänner bestimmen das Leben. Stell diesen betulichen Realismus neben einen Bernhard Heiliger, dann siehst du den Unterschied.

Jana wandte sich am Wasser zielstrebig nach rechts. Dort hinten führte eine Fußgängerbrücke zu hohen Klinkergebäuden am anderen Ufer. Süßlich verlockender Haschgeruch wehte mir schon von fern in die Nase. «Bleib stehen, ich geh vor», befahl Jana.

Bald darauf verstummte die gar nicht üble Rapstimme mit türkischem Akzent, die ihren eigenen Text zu einer amerikanischen Hip-Hop-Vorlage sang, auch das Wiedergabegerät wurde ausgeschaltet. Jana rief mich.

In einer Nische zwischen dem steinernen Brückenfuß und einem kleinen Anbau am Siemenssteg lungerten ein paar Jugendliche herum. Mädchen, Jungs. Türken und Deutsche. Durch die halb geöffneten Lamellen in einer Wand drangen ein dumpfes Dröhnen und der Geruch von erhitztem Dieselöl.

«Paweł», sagte Jana. «Freund von mir. Wisst ihr, wo Jurij steckt?»

«Pennt noch. Ist ja erst vier. Kannst ja nachsehen.»

«Der macht nicht auf», rief ein anderer. «Der lässt niemanden in die Wohnung.»

«Aber vielleicht deinen Opa!», rief einer uns nach, die anderen lachten.

Also fuhren wir weiter zum Jakob-Kaiser-Platz und liefen von dem vielbefahrenen Rondo eine schmale Straße neben der Stadtautobahn. Auf der staute sich das Blech, so weit das Auge reichte. Jenseits der Fahrbahn blinkte das Wasser eines Kanals.

Jurij wohnte im obersten Stock eines einzeln stehenden, gelben Hauses direkt oberhalb der Stadtautobahn. Es thronte da wie eine Festung. Wir klingelten; keine Reaktion. Die Tür ließ sich aufdrücken. Oben klopften wir lange. Es dauerte viele Minuten, bis sich hinter der Tür etwas regte. Jana rief mehrmals laut. Dann hörten wir einen Riegel gehen, schweres Metall klacken, ein Schlüssel wurde gedreht. Dann ging auch die Tür auf, wurde sofort wieder einen Spalt weit zugemacht, nachdem der Bewohner mich gesehen hatte.

«Wer ist der Typ?», fragte es ungemütlich durch den Spalt.

«Kein Thema für den Hausflur», sagte sie. «Lass uns rein.»

Drinnen war es so düster, dass man sich nicht sofort einen Eindruck von der Wohnung verschaffen konnte. Die Fenster waren zum Teil mit Tüchern verhängt, zum Teil angelehnt, sodass eine Brise durch die Räume zog. Wir folgten Jurij in das Zimmer, in dem Schreibtische, Computer und eine Pritsche dicht nebeneinanderstanden. Die Wände bepflastert mit Plakaten und Fotos. Ich glaubte so etwas wie Siegerurkunden von Sportwettkämpfen, Auszeichnungen zu erkennen. Kampfsport.

«Äh!», stieß Jana erschrocken aus, als sie eines der Fotos ins Auge gefasst hatte. «Was ist das wieder?»

Sie meinte den Farbausdruck eines Fotos: Ein Mann in Uniform lag im Schnee. Die weißgrauen Kristalle glitzerten im Blitzlicht der Kamera. Viel Blut an seinem Hals. Ein schwarzer Strich ging durch die sackartige Kehle, im Schnee daneben hatte sich Blut ausgebreitet. Am Hals war es fast schwarz, an anderen Stellen hellrot.

«Hast du doch schon gesehen», erklärte Jurij. «Ein russischer General im Donbas.» Er tat lässig, erforschte aber doch die Reaktion auf meinem Gesicht.

«Was ist ihm passiert?»

«Umgelegt.»

«Von wem?», fragte ich.

Jurij sah mich unfreundlich an.

«Darf der Typ Fragen stellen?»

«Ja, lass ihn», sagte Jana.

«Von den Ukrops. Hehe. Damit ich nie vergesse, was für Schweine das sind.»

Ich trat näher an die Wand und sah ein anderes Foto genauer an. Ein roter Autobus. Die Karosserie durchlöchert wie die Deckel der Konservengläser, in denen ich als Kind Regenwürmer zum Angeln trug. Die Fensterscheiben zersiebt, kleine Splitter noch in den Rahmen. Daneben hingen Fotos aus dem Innenraum. Menschen auf ihren Sitzen oder halb von ihnen heruntergerutscht. Keine sichtbaren Verletzungen. Ihre Gesichter waren ruhig, nur vielleicht etwas zu traurig, zu blass.

Ich zeigte mit dem Finger darauf.

«Angeblich eine Grad-Rakete aus der Volksrepublik Luhansk. Die Ukrainer haben einen großen Aufriss davon gemacht. Hab den Fall näher untersucht. Alle Indizien beweisen, dass es keine russische Rakete gewesen sein kann. Bei den Recherchen bin ich auch auf das fehlende Mädchen gestoßen.»

«Fehlendes Mädchen?»

«Ja. Elf Tote, angeblich. Die Namensliste steht im Netz. Aber der Schokoladen-Präsident erzählt in seiner Trauerrede etwas von einer Vierzehnjährigen, die auch ums Leben gekommen sein soll. Guckt euch die Liste der Opfer an, da ist keine Vierzehnjährige darunter. Fake.»

«Wozu?»

«Hass auf die Russen erzeugen. Kinder sind die besten Opfer. Sie bekommen das stärkste Mitleid, Mädchen ganz besonders. Das ganze Ding ist gefakt.»

«Es gibt zu jedem Mythos einen Gegenmythos. Sein Spiegelbild, sozusagen», schwadronierte ich, weil ich an Lisa aus Marzahn denken musste, das angeblich von einem Flüchtling vergewaltigte russisch-deutsche Mädchen.

Jurij guckte mich voller Misstrauen an. Ich konnte ihn vom ersten Augenblick an nicht leiden. Schon flatterte Friedas russophiler Seidenschmetterling an meiner Schädeldecke: Ach, hör doch auf! Ihr Polen immer. Nur weil er Russe ist! Ihr perpetuiert eure ewige Feindschaft und lasst es nicht zu, dass sich daran etwas ändert. Ihr braucht das geradezu, um euch selbst zu definieren! – Stimmt gar nicht, protestierte ich, er ist ja gerade kein Russe, er ist etwas viel Schlimmeres, nämlich eine Mischung: aus Deutschem und Russen. Sohn von Eltern, die vermutlich in den Neunzigern aus Kasachstan hierhergekommen waren. Sieh dir doch die Kampfsporturkunden an. Diese Sportschulen sind Putins fünfte Kolonne in Deutschland. Dieser Jurij ist eine Mischung aus den schlechtesten Eigenschaften beider Völker. Deutsche Obrigkeitshörigkeit, unangetastet von echter Aufklärung, ein Nichtdenken, das jahrhundertelang wie etwas Untotes überlebt hat, eingemottet in Kasachstan oder an der Wolga, gepökelt wie der Trockenfisch dort. Und die Spätfolgen dieser Mentalität vergangener Jahrhunderte, mariniert im russischen Suff, eingelegt in ostslawische Primitivität und Gesetzlosigkeit, die sehen wir heute. Mir schwante, dass diese Leute unser Land … unser Deutschland … um Jahrzehnte zurückwerfen könnten. Wenn wir nicht auf der Hut wären.

Jurij nahm unseren Ausdruck und las.

Alles Unsinn. Alles Oberfläche. In Wirklichkeit war mir der Kerl persönlich unangenehm. Als Typ. Er hatte den Fanatismus russischer Revolutionäre. Diese Großkotzigkeit, mit der sie Bildungslücken kaschieren. Säuerlich-bäurisches Aufstoßen statt ausformulierter Sätze. Schläue, die nicht wirklich denkend, sondern ewig nur nachahmend ist und deren einzige Leistung darin besteht, die schöpferischen Entdeckungen des Westens im eigenen Fanatismus bis aufs Blut auszuwringen. Sie denken nicht selbst und sind deshalb erst dann überzeugt, wenn sie Blut sehen. Ich musste an Trotzkis Lebensgeschichte denken. Seine idyllische Kindheit auf dem Land; aus dem Jungen hätte ein Ornithologe oder ein guter Landwirt werden können, aber nein, er will die Welt auf den Kopf stellen.

Und Jurij ist auch noch der festen Überzeugung, alles zu durchschauen. Bei jedem Ereignis der Weltgeschichte sah er geheime Mächte am Werk. Er glaubte alles, was die veröffentlichten Versionen in Frage stellte, ein willfähriges Opfer seiner eigenen Verschwörungstheorien.

Aber wir brauchten ihn.

Bevor er das Papier vor sein Gesicht hob, ließ er den Blick über die zertrampelte Fläche bis zum Kanal schweifen, wie um sich zu vergewissern, dass niemand sich seiner Festung näherte. Über diese Brücke müssen sie kommen, kicherte er tatsächlich. Ich verkniff mir die Bemerkung, dass wir von der anderen Seite gekommen waren, ohne dass er uns gesehen hätte. Allerdings schritt jetzt ein Mensch die gewundene Fußgängerüberführung hoch. Jurij folgte ihm ein paar Sekunden mit dem Fernglas, bis er den kleinen Hund entdeckt hatte, der vor ihm herlief. Ein harmloser Spaziergänger.

Jurij ließ sich effektvoll in eine Konstruktion fallen, die aus Stahlleisten und alten Matratzenfedern zusammengeschweißt war, lehnte sich zurück und studierte den Ausdruck. In aller Ruhe. Zwischendurch gab er uns einen legeren Wink, dass wir uns setzen könnten. Wir wussten nur nicht, wo. Nachdem er gelesen hatte, setzte er sich auf und loggte sich in einem der Rechner ein. Er klickerte auf der Tastatur, scrollte, irgendwann hörten wir ihn leise durch die Zähne pfeifen.

«Woher habt ihr das?»

«Im Netz gefunden», erklärte ich.

«Lasst die Finger von dem.»

«Wieso?»

«Der liebe Mister Jerry Katz heißt in Wirklichkeit anders. Deckname. Klarname ist nicht genannt. Hier, er ist Ende der Neunziger aus der Sowjetunion ausgereist.»

«Wer schreibt das?», fragte ich.

«Lebt seit achtzehn Jahren in den USA», fuhr Jurij fort. «Hat eine neue Identität bekommen. Wenn das hier alles stimmt. Ein Überläufer. Solche Leute leben per se gefährlich. Wie kommt ihr auf den Mann?»

«Sein Name stand in den Papieren eines Freundes, der verschwunden ist.»

«Ich kann nicht erkennen, von wem das Papier stammt. Wikileak leakt keine russischen Geheimnisse. Es ist also vermutlich eine Übersetzung aus dem Amerikanischen. Ich müsste nach dem Original recherchieren.»

«Was wollte er in Berlin?»

«Keine Ahnung. Aber Kinder, das ist eine Nummer zu groß für euch. Er wäre nicht der Erste, der dran glauben muss. Dieser Katz hat den Amerikanern Kontakte in der Ukraine verschafft. Er wusste aus seiner Zeit in der Sowjetunion und Russland, wer welche Laufbahn hinter sich hat. Wer ukrainischer Patriot ist und wer ein potenzieller Verräter. Auf wen die USA sich stützen können. Wahrscheinlich hat er dort auch eine ganze Menge Leute hochgehen lassen. In der Ukraine wimmelt es von Schläfern, die auf die Stunde x warten.»

«Das heißt?», fragte Jana.

«In Deutschland kann man so jemanden leicht erkennen. Wie deinen Freund hier mit seinem polnischen Akzent und seinen auffälligen Fragen. In der Ukraine sitzen sie wie die Löcher im Schweizer Käse. Dort kannst du einen Schläfer, wenn er keinen Fehler macht, nicht identifizieren. Oft sind sie im Staatsapparat beschäftigt, seit langer Zeit. Sind von der Sowjetzeit hinübergeglitten in die unabhängige Ukraine. Aliens im eigenen Land.»

«Du sagst doch immer, dort sind Faschisten an der Macht», sagte Jana.

«Hängt alles vom Standpunkt ab», sagte Jurij unangenehm grinsend.

«Ich verstehe trotzdem nicht, was so einer in einer amerikanischen Reisegruppe sucht. Was interessiert ihn an den Orten des Kalten Krieges in Berlin?»

«Vielleicht Sentimentalität. Ist ja nicht mehr der Jüngste, unser Katz.» Jurij scrollte. «Jahrgang 1953.» Er schwieg einen Moment. «Ihr wisst es nicht, und niemand will es glauben, aber der große Krieg ist längst im Gange. Nur in den Zeitungen steht nichts davon. Sie schwafeln wohlerzogen drum rum. Der Ausdruck Kalter Krieg ist das höchste der Gefühle.

Sie wollen's nicht wahrhaben. Ich habe keine Ahnung, seit wann dieser Bericht im Netz steht. Da ist von Trumps Wahl die Rede, also muss es danach gewesen sein. Wenn es nicht sowieso Fake ist. Ich fürchte fast, wenn so was schon über ihn zu lesen ist, hat er nicht mehr lange zu leben. Mehr kann ich euch auch nicht sagen.»

Jana bedankte sich, die beiden umarmten sich. Mir gab er nicht mal die Hand. Vom Wasser wehte ein kühlender, aber nicht frischer Wind. Mir war bewusst, dass Jurij uns sehen konnte, als wir jetzt in Richtung Fußgängerbrücke gingen.

«Hattest du was mit ihm?», fragte ich.

«Geht dich 'n Dreck an.»

«Von dem hast du dein Wissen über die Ukraine, oder? Faschisten in Kiew und so.»

«Er hat mir geholfen, als ich in der Scheiße steckte.»

«Ist mir auch egal. Dieser Katz war ein Überläufer. Wir wissen nicht, wie er in Wirklichkeit heißt. Wir wissen nicht, wo er jetzt ist. Bestimmt längst in den USA zurück. Was hilft uns das?»

«Also lassen wir die Finger davon?»

Ich sah sie ungläubig an.

«Du willst aufgeben?»

Ich drehte mich von ihr weg und ging schneller. Nicht nur wegen dieses Satzes, sondern aus Eifersucht. Sie blieb stehen.

«Eh!», rief sie, als ich fünfzig Meter weiter war.

Ich drehte mich um.

«Eh Mann, was glaubst du?» Sie schrie gegen den Autolärm an.

Sie lief mir nach, stand vor mir, klein.

«Glaubst du, ich turne hier zum Vergnügen mit dir rum?»

Ich warf einen Blick hoch zu den Fenstern des gelben Hauses mit den hässlich weißen Balkonen. Vermutlich, nein, sicher stand Jurij jetzt dort hinter der Jalousie und sah uns zu. Ich hätte das vielleicht sonst nicht getan: meine Arme um Jana gelegt. Sie ließ es geschehen. Wir standen reglos, unerwartet für uns beide. Dann zog sie mich noch näher und legte ihre Wange an meine.

«Ich brauche dich», sagte ich.

Ich sah mich nicht mehr um, als wir weitergingen, und genoss meinen kleinen Triumph über diesen Russen.

«Er hat das Papier behalten», fiel mir ein, um irgendetwas Praktisches zu sagen.

«War ja nur ein Ausdruck, oder?»

«Aber es gefällt mir nicht, dass Jurij die Daten hat. Er kennt den Namen, er weiß, woran wir arbeiten.»

«Schiss?», fragte Jana.

«Blöde Ossi-Frage», antwortete ich. «Einfach Bedenken. Wenn der solche wirren politischen Ansichten hat, tauscht er sich womöglich mit der Botschaft aus.»

«Mit welcher Botschaft? Wovon redest du?»

«Der russischen, natürlich.»

«Aber Jurij ist Ukrainer! Er heißt auch eigentlich Jurko.»

«Was?»

«Ja, klar.»

«Du hast gesagt, er ist Russe.»

«Nein, ich habe gesagt, er kann Russisch. Du musst mal genau zuhören, was ich sage. Er kann nicht mal richtig Ukrainisch, glaube ich. Er stammt aus Charkiw.»

«Aber er hat gegen die Ukrainer gehetzt!»

«Hat mich auch gewundert. Vielleicht war er bekifft. Oder weil er dich nicht kannte.»

«Also hören wir nicht auf?»

«Natürlich nicht.» Wir klatschten unsere Handflächen gegeneinander.

«So ’ne Wohnung habe ich noch nie gesehen», sagte ich. «MGs ganz oben, alles abgesichert …»

Sie lachte.

Vor dem vietnamesischen Imbiss an der S-Bahn setzten wir uns an ein Tischchen. Ich ging in den Laden und bestellte für uns beide Ente mit Reis. Der lebhafte Asiate mit einem so runzligen Gesicht, als hätte er Jahre in den Tunneln des Vietcongs verbracht, brachte uns das Essen heraus. Wenn er lächelte, legten seine Augenwinkel sich in noch dichtere Falten. Obwohl sein Land viel fremder ist, war mir dieser Vietnamese tausendmal sympathischer als der durchgedrehte Deutschrussenukrainer da in seiner vermüllten Hacker-Wohnung. Dieser hier gehörte in meine Welt, der andere nicht. Nicht, dass in meiner Welt viel los gewesen wäre. Vor dem Bahnhof hingen ein paar Leute ab, auf einer Mauer saß eine junge Chinesin mit Sonnenbrille zwischen zwei kurzgeschorenen Typen. Ihre glänzend gebräunte Kopfhaut hatte rote Flecken, als würden sie sich häufig stoßen. Die Chinesin turtelte scheinbar gut gelaunt mit ihnen herum. Einer stand auf und sprang in die Hecken. Der pinkelt da jetzt rein, dachte ich. Eine Frau in der Nähe rief ihm berlinernd hinterher: «Aber nich umbringen. Is so süß!» Da sah ich die fette Ratte huschen.

Jana ließ sich nicht irritieren und verschlang ihr Essen mit großem Appetit.

«Wie geht’s jetzt weiter?», fragte ich.

«Adlon», erwiderte sie mit vollem Mund.

«Ts! Glaubst du, die sagen uns was? So ein Haus achtet auf Reputation. Selbst wenn dort was passiert wäre, würden sie schweigen.»

«Aber ihre Reaktion», sagte Jana, kaute zu Ende und schluckte, «ihre Reaktion wird uns etwas sagen. Also, wann?»

«Heute nicht mehr.»

«Ach ja, hab vergessen. Paweł ist ein braver Junge. Muss nach Hause zu Mami.»

Ich zog einen letzten Geldschein aus der Gesäßtasche, warf ihn auf das gebürstete Aluminium und stand auf. Ihre Ironie war ich inzwischen gewohnt, aber das kränkte mich. Wenn sie mich als Mann lächerlich machte, war die ganze Aktion sinnlos. Ich wusste, wie kindisch das war, aber ich konnte und wollte es nicht trennen. Wenn sie mich als Mann nicht respektierte, konnte ich gleich hinwerfen. Konrad war gar nicht so wichtig, das wurde mir langsam bewusst. Konrad sollte meinetwegen irgendwo verrecken.

«Eh!», rief sie mir noch hinterher. «Eh!» war Frage und Befehl zugleich, sollte und konnte alles Mögliche heißen. Doch ich hatte meinen Stolz. Ich drehte mich nicht mehr um.

*

Paweł hätte sie wohl trotzdem bewundert, wenn er gesehen hätte, mit welcher Ruhe Jana aufaß und sogar noch eine Weile sitzen blieb. Als der Imbissbesitzer kam, reichte sie ihm den Schein, verzichtete großzügig auf Restgeld, erhob sich und ging den Weg zurück, den sie gerade mit Paweł gekommen war.

Oben öffnete ihr Freund sofort.

«Komm rein.»

«Was sollte das vorhin?»

«Was meinst du?»

«Na, dieses Gerede von den gefakten Überfällen, von dem fehlenden Mädchen, dieser ganze Schwachsinn.»

«Pass auf. Du schleppst mir hier einen total fremden Typen an. Höchstwahrscheinlich ein Spitzel. Du kennst ihn bestimmt auch erst seit ein paar Tagen. Obwohl du ihn schon abknutschst.»

Jurko war nicht der Typ, um eifersüchtig zu sein. Sex konsumierte er mit der gleichen Zerstreutheit, wie er seinen löslichen Kaffee trank. Ein blinder Griff nach dem Becher, der stehen musste, wo er immer stand. Wenn nicht, Pech für den Becher. Wenn der Kaffee alle war oder keine Freundin in der Nähe, auch egal. Seine ganze Aufmerksamkeit war absorbiert von dem, was in seinem Land geschah. Vom Krieg dort. Von hier aus, von Berlin wollte er diesem Land helfen. Auf ganz eigene Weise. Er mischte sich unter die Russen in Berlin, hörte sich unauffällig um, besuchte die Kampfsportschule, um diese Leute kennenzulernen, sammelte Informationen. Seine Wohnung war tabu. Dort ließ er niemanden hinein. Jana war die Erste und Einzige. Jedenfalls soweit Jana wusste.

«Er ist Pole, Mann. Ich hätte ihn nicht zu dir gebracht, wenn ich ihm nicht vertrauen würde.»

«Die Polen sind nicht besser als die Russen. Hassen tun sie uns alle, jeder auf seine Art. Und dass du ihm vertraust, reicht mir nicht. Du bist ein naives Mädchen. Und wahrscheinlich in ihn verknallt.»

«Aber was du uns über diesen Katz gesagt hast, stimmt?»

«Hast du gehört, was ich gesagt habe?»

«He?»

«Du bist also wirklich in ihn verknallt. Dann pass doppelt auf.»

«Er sucht seinen Freund. Ohne mich kommt er nicht weiter.»

Jurko schwieg.

«Dein Freund könnte verdammt gefährlich für mich werden», sagte er dann. «Wenn er nicht der ist, für den du ihn hältst.»

«Stimmt es, dass Katz ein Überläufer ist?»

«Er ist ein doppelter Überläufer, er hat beide Seiten verraten, und die Amis wollen ihn liquidieren. Er weiß zu viel darüber, wie die Amis bei uns in der Ukraine vorgehen. Vielleicht ist er längst tot. Wenn nicht: Vermeidet es auf jeden Fall, in seine Nähe zu kommen.»

«Ist das so kriminell?»

«Was?»

«Was die Amis in der Ukraine machen.»

«Kriminell für diejenigen, die keine freie und unabhängige Ukraine wollen …»

«Schon klar», unterbrach Jana ihn.

«Du hast ihm wahrscheinlich alles über mich gesagt, oder?»

«Quatsch. Ich rede absichtlich immer von den Faschisten in Kiew. Hast du mir doch selbst beigebracht. Paweł glaubt, du könntest für einen russischen Geheimdienst arbeiten.»

«Soll er ruhig denken. Ist mir ganz recht.»

«Aber reitest uns nicht rein?»

«Übernachtest du heute bei mir?»

Sie schüttelte den Kopf.

«Also echt verknallt.» Jurko hielt ihr die offene rechte Handfläche hin. Sie schlug ihre kleine Hand dagegen.

*

Beusselstraße stieg ich aus. Statt den dunklen Weg an den Gleisen entlang bis zur Oldenburger zu nehmen, ging ich geradeaus und machte einen Umweg über die Turmstraße, zu meinem Discounter. Nach diesem Stress brauchte ich ein kaltes Bier. Mehr als eins. Der Laden wirkte trostlos. Meine Balletttänzerin war nirgends zu entdecken, eine ältere Koreanerin saß an der Kasse. Ich stellte fest, dass ich nur noch wenige Münzen in der Tasche hatte, und musste zwei Dosen wieder zurückgeben. Beinahe gierig zog ich vor dem Laden die erste auf. Eine junge Frau mit Kopftuch wandte den Kopf zu mir. Sie stand mit einer Flasche in der Hand in der Eingangsnische.

Leise betrat ich die Wohnung. Im Bett vergewisserte ich mich, dass ich keine SMS von ihr überhört hatte. Nichts. Jana schien echt sauer zu sein.

Die kleine Zicke, dachte ich. Jana bestimmte, wann wir reden konnten. Wenn sie nicht wollte, war ihr Handy ausgeschaltet oder der Akku leer. Ich wusste ja nicht einmal, wo sie wohnte. Das war ihre Art, gegen meine Autorität und Erfahrung anzustinken. Wenigstens so konnte sie diejenige sein, die das Sagen hatte.

*

Heute schon was vor?, smileyte und simste es am anderen Morgen, und noch bevor ich antworten konnte, folgte die zweite SMS: Achtzehn Uhr Brandenburger Tor.

Versteht sich, dass ich schon kurz vorher auf dem Pariser Platz stand. Hier konnte man jeden von weitem erkennen. Dort hinten winkte sie, heute tatsächlich in einem blauen Kleidchen.

«Hi. Wir gehen da jetzt einfach rein, so als hätten wir dort ein Zimmer. Touristen. Luxussuite. So was.»

Sie reichte mir die Hand, damit wir aussahen wie ein verliebtes Pärchen.

«Das klappt nie», zögerte ich.

Sie drehte sich zu mir. «Natürlich nicht. Mit dieser Einstellung nicht. Jeder Boy sieht dir dein schlechtes Gewissen an. Jede Putzfrau hier hat mehr Selbstbewusstsein als du. Die merken sofort, ob du dazugehörst oder nicht. Marsch zurück. Neuer Anlauf.»

Wir kehrten um und drehten noch eine Runde, gingen einmal unter dem Brandenburger Tor durch.

«Jetzt bereit?», fragte sie.

Fröhlich schlenderten wir am Portier vorbei, Jana nickte ihm lächelnd zu, als wären wir gerade aus dem Museum zurück und wollten uns ein bisschen im Zimmer frisch machen.

Die beleuchtete Kuppel über der Halle, die Kassettenlichter in den halbrunden Deckenbögen wirkten imposant, ein wenig einschüchternd. Wir gingen an den hellblauen Sesselgruppen vorbei durch die Halle und zielstrebig auf die Fahrstühle zu. Messingpfeile auf dem halbrunden Ziffernblatt über den Türen zeigten an, in welchem Stockwerk der Aufzug sich gerade befand. Wir warteten. Als eine Tür aufging und ein luftig bekleidetes Paar mittleren Alters heraustrat, schlüpften wir hinein. Ich drückte fünfte Etage. Nichts rührte sich. Nach einigen Sekunden schob sich die Tür wieder auf. Ich drückte erstes Untergeschoss. Nichts.

«Mensch, hier muss man eine Karte ranlegen!», dämmerte es Jana. Zum Glück waren wir niemandem aufgefallen.

«Komm, wir trinken einen Kaffee und denken nach», sagte sie und zog mich an der Hand an besetzten Tischchen vorbei in eine Ecke mit drei freien Sesseln. Mehrere Kellner huschten umher, keiner von ihnen hatte es eilig, zu uns zu kommen. Vielleicht sahen sie uns an, dass wir keine hochwertigen Kunden waren. Bei den Preisen auf der Karte wäre ich eigentlich sofort wieder gegangen, doch Jana war aufgekratzt und erregt wie ein Kind. Das konnte ich nicht abbrechen. Deshalb bestellte ich bei einem rotblonden Kellner einen Kaffee und einen frischgepressten Orangensaft für Jana.

«Und einen Kuchen!», rief sie ahnungslos, worauf der Kellner freundlich das Angebot schilderte. Schokoladenkuchen sollte es sein.

Auf dem Tisch stand eine von falschem Goldlack schimmernde, pockennarbige Vase, eher orientalischen Geschmacks. Zwei Hyazinthenköpfchen ragten aus ihr heraus. Ich schnupperte daran, echte Blumen. Aus der Tiefe des Raumes kam Klaviermusik, und von einer dunklen Brunnenskulptur plätscherte ebenso unverbindlich das Wasser. Ich lehnte mich zurück. In diesem Milieu also hatte Konrad gearbeitet. Hier hatte er mit den reichen Touristen gesessen, über Politik geplauscht und über Berlins Geschichte, sich ihr Privatleben erzählen lassen, sich Probleme angehört. Die Leute um uns wirkten keineswegs einschüchternd vornehm, viele waren sommerlich leger gekleidet. Frauen in Shorts, mit Sonnenbrille und Hut; ich sah einen sehr großen Mann mit weißem Hemd über dem ungeheuren Bauch, der schweigend einem schmalen Jungen gegenübersaß. Irgendwann sagte er: «Na, wie läuft's?», und die Frage wirkte seltsam verspätet nach dem langen Schweigen. Sofort tat mir der Junge leid, der nicht wusste, was er dem Mann, sein Vater wohl, antworten sollte. So schlaksig war er in seinem tiefen Sitz und wand sich wie ein Regenwurm, hatte der massigen, gewaltigen Statur seines Erzeugers nichts entgegenzusetzen. Was er antwortete, konnte ich nicht verstehen. Dann schwärmte eine Gruppe von Mädchen in kurzen schwarzen Kleidern herein, der große Mann stand auf und umarmte sie, soweit sein Bauch das zuließ. In anderen Sesseln hatten sich ältere, weißhaarige Männer zurückgelehnt, die mir allein dadurch imponierten, dass sie hier so entspannt herumsaßen. Sie mussten alle viel Geld oder Einfluss haben. Sie konnten die Dinge dieser Welt mit wenig Aufwand lenken, sie schienen die Fäden der Marionetten geradezu spielerisch in ihren Händen zu halten.

Der Rothaarige brachte Saft, Kuchen und Kaffee. Dazu drei tropfenförmige Silberschalen – braune Tütchen mit braunem Zucker, schwarze Tüten mit weißem und Tütchen mit Süßstoff. Jana machte sich an ihr schaumiges Kakaogebäck. Sie aß wie ausgehungert und hielt ab und zu inne, um ihre Gier zu zügeln. Ich liebte sie da schon, aber doch eher noch wie ein Kind. Ein bisschen war sie in diesem Augenblick wie eine kleine Tochter, der ich die große weite Welt zeigte, und zwei Dinge taten mir plötzlich weh: dass ich keine eigene Tochter hatte und dass ich keineswegs in der Lage war, diesem Mädchen die Welt in all ihrer Größe und Pracht zu zeigen. Schon die Rechnung hier würde meine finanziellen Mittel für die nächsten Tage erschöpfen. Um Friederike um einen Vorschuss für den nächsten Monat zu bitten, würde ich mir überzeugende Gründe ausdenken müssen. Solche Gelegenheiten nutzte sie dann auch noch unangenehm, um mir ihre Macht zu demonstrieren, die Macht dessen, der bei uns das Geld verdiente.

Als der Kellner auf mein Zeichen herangekommen war, fragte ich ihn: «Sagen Sie, darf ich Sie etwas fragen?»

«Aber bitte sehr, der Herr.»

«Wir suchen einen Freund, der hier öfter als Reiseführer gearbeitet hat. Für amerikanische Gruppen.»

«Wie ist der werte Name Ihres Freundes?»

«Konrad. Konrad Mauser. So ein Blonder, nicht sehr groß.»

Der Kellner richtete sich aus seiner gebückten Haltung auf und sprach auf einmal sehr von oben herab.

«Dazu kann ich Ihnen gar nichts sagen, mein Herr.»

«Haben Sie ihn gekannt?»

«Er ist schon längere Zeit nicht mehr hier gewesen.»

«Wir vermissen ihn auch. Und Sie wissen nicht, was mit ihm los ist?»

Der Rothaarige drehte sich um, als fühlte er sich beobachtet.

«Warten Sie bitte einen Augenblick.»

Ich sah Jana an. Das klang vielversprechend. Ich nahm den letzten Schluck meines Kaffees.

Zehn Minuten später eilte eine schwarzgelockte junge Frau quer durch den Saal an unseren Tisch und richtete uns aus, ihr Kollege habe Schichtende. Ob wir die Rechnung wünschten.

«Siehst du», sagte Jana. «Komm, wir probieren noch etwas», meinte sie, als wir enttäuscht bezahlt hatten. «Wir gehen zum Fahrstuhl und steigen ein, wenn gerade jemand reingeht. Und fahren in dieselbe Etage.»

Als jemand zum Fahrstuhl schritt, standen wir auf und gingen zügig hinterher. Der Gast fuhr in die dritte. Wir stiegen mit ihm aus und spazierten den langen Gang auf dem weichen Teppich hinunter. Ein Angestellter mit Rollwagen kam uns entgegen und wünschte einen guten Abend.

Es war sinnlos. Außer Atmosphäre war hier für uns nichts zu finden.

«Wir gehen Behrenstraße raus», sagte ich im Erdgeschoss. «Dort ist das Holocaust-Denkmal, da wollten die beiden sich doch treffen.»

Unbehelligt durchquerten wir den langen Tunnel durch das Haus, vorbei an Séparées und taghell erleuchteten Veranstaltungssälen, durch eine Rotunde mit aufgebautem Buffet, silbernen Kaffeekannen und Mineralwasserflaschen, das so unbewacht dastand, dass man am liebsten davon genascht hätte. Aber wir trauten uns nicht. Als wir die klimatisierten Räume verließen, spürten wir die drückende Schwüle in der Stadt.

«Wir haben jetzt gar nicht an der Rezeption gefragt», sagte ich.

«Die hätten uns nichts gesagt.»

«Wollen wir durchs Denkmal gehen?»

Die großen Betonstelen hatten mich immer beeindruckt. Ich fragte mich, was eine Neunzehnjährige vom Ausmaß des Verbrechens wissen konnte und wollte. Wäre sie meine Tochter gewesen, hätte ich sie fragen können, was davon sie im Unterricht durchgenommen haben.

«Ein Filetgrundstück im Zentrum der Stadt, der Verwertungsgewalt des Kapitals entrissen», versuchte ich es. «Großartiges Zeichen!»

«Fang mich!», rief Jana und rannte davon.

«Warte!», rief ich und hätte viel lauter rufen müssen, dass man in so einem Mahnmal nicht rumrennt. Ich sah geradeaus durch den Gang. Jana war nicht mehr zu sehen. War er überhaupt realistisch gewesen, dieser Plan des Israeli und Katz, sich quasi zufällig mitten zwischen den Stelen zu treffen? Wie leicht kann man sich dort verfehlen und lange herumirren.

Jana blieb verschwunden. Es war inzwischen dunkler geworden und nicht mehr so einfach, eine Gestalt in den Gängen auszumachen.

«Hu!», stürzte sie plötzlich hinter einer Stele hervor und prallte mit voller Wucht gegen mich. «Ich bin der Mörder von Jerry Katz. Und du mein nächstes Opfer …»

Reflexhaft hatte ich die Arme gegen sie erhoben, im nächsten Augenblick hielt ich sie darin gefangen. Wir beide bewegten uns nicht mehr. Zum zweiten Mal an zwei Tagen. Wir standen einfach da. Sie war klein und warm.

«Du könntest mich für eine Nacht in das Hotel einladen», sagte Jana. «Das würde die Ermittlungen voranbringen.»

Wieder so eine nicht ernst gemeinte Anspielung, die ihre Wirkung auf mich dennoch nicht verfehlte. Gefährliche Spiele.

«Komm, ich zeig dir lieber ein paar Steine», lenkte ich ab. Wir ließen die US-Botschaft rechts liegen und rannten hinüber in den Tiergarten. Dort hinten ruhten sie – riesige geschliffene Felsblöcke aus allen Erdteilen. Wir umrundeten sie im Dämmerlicht. Über uns blinkten winzige Sterne gegen die friedlichen Flakscheinwerfer der Metropole an. Hier und dort lagen Menschen und Paare im Gras. Wir hörten sie mehr, als dass wir sie sahen. Ein fast unsichtbarer Jogger huschte auf dem dunklen Weg vorbei. Stimmen drangen aus dem Gebüsch. Wir legten uns irgendwo am Rand auf die Wiese.

«Diese Steine hat ein alter Mann abgelegt, der als Schiffbrüchiger auf dem Ozean ein Nahtoderlebnis hatte. Als er schon das Licht am anderen Ende des Tunnels sah, hat ihn ein Kreuzschiff aus dem Wasser gerettet. Seitdem ist er von dem Gedanken beseelt, der Welt etwas zurückzugeben. An bestimmten Tagen spiegeln die Steine die Sonnenstrahlen so, dass diese sich mit ihren Partnersteinen in anderen Erdteilen verbinden und ein Netz über der ganzen Welt bilden.»

«Manchmal habe ich das Gefühl, er muss ganz in der Nähe sein», sagte Jana.

«Wer?»

«Konrad!»

«Wie kommst du darauf?»

«Überleg mal. Wir liegen hier mitten im Zentrum von Berlin. Dreihundert Meter von dem Hotel entfernt, in dem Konrad verschwunden ist. Und gleich daneben dieser ungeheure Friedhof ohne Tote. Gruselig.»

Sie schmiegte sich in nur halb gespielter Furcht an mich. Ich konnte nicht anders, musste meine Arme um ihre Schultern legen. Es ging mir ein bisschen zu schnell.

«Was ist eigentlich mit deiner Frau?», fragte sie.

«Was soll mit ihr sein?»

«Wundert sie sich nicht, wenn du so lange wegbleibst?»

Ich überlegte, wie viel ich Jana von unserer Beziehung sagen sollte.

«Wahrscheinlich schläft sie schon. Sie steht morgens früh auf, Arbeit.»

«Was arbeitet sie?»

«Psychotherapeutin.»

«Kann sie dich denn nicht auch therapieren?»

Ich musste lachen.

«Glaubst du, das ist nötig?»

Sie guckte mich schief an.

«Du bist doch ein komischer Vogel. Viele Freunde hast du nicht. Gibst dich mit kleinen Mädchen ab. Arbeitest nichts.»

Erst die letzte Bemerkung verdarb mir die Laune.

«Wonach willst du das beurteilen? Nur weil ich gerade kein Geld habe? Geld ist läppisch. Meinst du, es ist eine Kunst, Millionär zu werden? Ist nur eine Frage der Prioritäten. Ich arbeite an wichtigen Sachen, auch wenn ich nicht dafür bezahlt werde. Ich hatte gehofft, dass wenigstens du das verstehst.»

«Schon gut. Lass dich doch nicht provozieren. Brauchst dich nicht verteidigen. Gefällst mir gerade so, wie du bist. Was hast du denn gemacht, bevor Konrad verschwunden ist?»

«Oh, da haben wir viel zusammen gemacht.»

«Zum Beispiel?»

«Wir wollten den Chef der Deutschen Bank umlegen. Michail Chodorkowski befreien. Irgendwann hat es Konrad sich dann immer anders überlegt. Plötzlich war Chodorkowski für ihn ein Vertreter des westlichen Neoliberalismus …»

«Pläne, okay. Aber gemacht. Was habt ihr gemacht?»

«Na ja, weißt du, gemacht …»

«Ich muss nach Hause», sagte sie.

«Zu deinem Papa?», vermutete ich.

Sie nickte. «Er hat mich den ganzen Tag nicht gesehen. Da wird er unruhig. Und du, geh zu deiner Frau.»

«Ich würde jetzt gern die ganze Nacht mit dir hier liegen.»

«Vergiss es», sagte sie im Aufstehen, und ich hörte ein Echo dieses Songtextes: Glaubst du, ich vermiss dich. Verpiss dich.

Am Brandenburger Tor brachte ich sie zur S-Bahn, wartete, bis sie abgefahren war, und stieg die Treppen wieder hoch. Stand auf dem Platz. Ich war ich, und dieses Ich war ohne Angst. Niemand sah mir zu, nur Jana und die Sterne über Berlin.

Etwas begann, das spürte ich.

*

Für Officer Cowley dagegen endete etwas – ein ziemlich deprimierender Nachmittag. Diese erste richtige Ermittlungspanne verschwieg er in seinem Bericht. Aber das half nicht gegen die persönliche Kränkung. Er hatte versucht, gleich hinter Paweł und Jana ins Hotel zu schlüpfen, doch dem Pagen war etwas an ihm aufgefallen, möglicherweise die Hast. Der Page hatte ihn nicht aufgehalten, sondern einfach nur höflich gefragt, nach seinen Wünschen. Etwas an Cowleys Antwort muss ihn misstrauisch gemacht haben. Also erkundigte er sich nach der Zimmernummer, dann dem Namen der Person, mit der verabredet war. Auf solche Fragen war Cowley nicht vorbereitet und drehte sich wortlos um. Er war in ein Café gegenüber gegangen und hatte von dort den Eingang des Hotels observiert, bis zum Einbruch der Dämmerung. Nach drei Americanos und mehreren Gläsern Leitungswasser war die Vermutung immer schwerer von der Hand zu weisen, dass die beiden sich ein Zimmer genommen hatten. Genau das, was er befürchtet hatte. Die großartige Kraft des Mannes wird eingeengt, kanalisiert, sie entlädt sich im Körper einer blutjungen Frau, bis die auch noch schwanger wird. Aus die Maus.

Verdammt langweilige Geschichte. Besonders, wenn mit Gefühlen verbunden.

Als es dunkel wurde, gab er auf.

*

Nur wieder dieses Wort: «Komm.» Wie ins Ohr gehaucht.

Evîn. Fast vergessene Freundin.

Ich ging vom Hermannplatz zu Fuß,

Evîn griff mir gleich wieder an der Tür ins Hemd. Ich wehrte mich.

«Was ist?», fragte sie, schnell und überraschend ernsthaft.

«Ich kann nicht», antwortete ich. Das entsprach der Wahrheit. Irgendetwas war blockiert. Der Reichtum der Frauen, dieses unübersehbare Blütenfeld, von dem ich immer nur beiläufig zu pflücken brauchte, ein Feld, das mir früher in seinem Reichtum wie das Paradies erschienen war und mich gerade dann, wenn ich mit einer Frau glücklich war, schon wieder unwiderstehlich zu der nächsten zog, zu neuem Liebestaumel – diese Wiese war mit einem Mal zu einem Minenfeld geworden, das mir bei einem falschen Schritt um die Ohren fliegen konnte. Ich durfte mich nur auf Zehenspitzen bewegen. Weil – Jana. Statt ihr das zu sagen, was ich mir selbst kaum erklären konnte, schwieg ich. Weil – ich Jana liebte? Weil – ich Jana beschützen musste?

Also sagte ich: «Ich befürchte, Konrad ist etwas Schlimmes zugestoßen. Er ist nicht einfach nur weg.»

Jetzt war sie meine Schwester. An der Wand im Flur hing

eine dreieckige, gelbe Flagge mit rotem Stern darin und den Buchstaben YPG. Die war neu.

«Oh! Was ist das?», fragte ich.

«Braucht dich nicht zu interessieren», erwiderte Evîn. Sie schien doch etwas verletzt zu sein.

«Aber wenn du es unbedingt wissen willst – das ist die Flagge der Volksverteidigungseinheiten. Aber jetzt komm, erzähl.» Sie zog mich ins Wohnzimmer.

Und ich berichtete. Von der Reisegruppe im Adlon. Dass er sie einfach im Stich gelassen hatte und spurlos verschwunden war. Dass ich nicht wusste, wie man herausfinden könnte, ob es eine polizeiliche Anzeige gegeben hatte. Dann sah ich dort, wo die Pistole immer gelegen hatte, ihren Laptop stehen. Stumme Bilder zuckten über den Bildschirm. Ein Computerspiel.

«Kein Spiel», widersprach sie, als hätte sie meine Gedanken gehört. «Weißt du, was das ist? Ziemlich miese Qualität, aber echt. Nicht unsere lauwarme Neuköllner Scheinwelt. Jeder glaubt hier, wenn er den Kopf in den Sand steckt, wird alles gut. Aber dort kämpfen sie. In Echtzeit.»

«Und was ist das?»

«Assads Söldner haben versucht, unsere Kämpfer zu vernichten. Willst du sehen?»

Ich nickte ohne große Überzeugung, nur froh, dass wir nicht mehr über Sex oder Nicht-Sex diskutierten.

Da war ein weißes Fadenkreuz, das suchend über wegrennenden oder noch ahnungslosen hellen Menschenfigürchen kreiste, als könnte es sich nicht entscheiden. Manchmal waren da nur Punkte, die sich durchs Gelände bewegten. Man fieberte geradezu mit, bis endlich jemand in der fernen Kommandozentrale auf den Knopf drückte. Sobald er das getan hatte, wirbelten Staubwolken auf, möglicherweise auch Gesteinsbrocken, Metall und Körperteile. Für Genaueres war es zu unscharf.

«Russische Söldner», erklärte Evîn. «Die sogenannte Gruppe Wagner. Brutale, primitive Killer. Machen die Drecksarbeit für Assad. Guck dir nur mal diese Visagen an, haben sich das halbe Gehirn weggesoffen. Der hier, zum Beispiel … Auf Facebook. Es gibt auch eine russische Seite: VKontakte. Ach, der ist auch schon tot. Na schön. Manche von ihnen haben vorher in der Ukraine ihr Geld verdient. Diese Gruppe in Syrien ist von den Amis vollständig ausradiert worden. Deir ez-Zor. Sagt dir bestimmt nichts, oder? Ich habe es auf Endlosschleife gestellt. Besser als Bildschirmschoner. Heitert mich ein bisschen auf.»

Evîn beugte sich vom Laptop hoch.

«Aber wer erschießt die da? Die Amis? Wie kommen die da hin?»

«Erstens sind sie schon da. Und zweitens lenken einige von ihnen das aus den USA, per Computer. Alles vernetzt. Amerika ist ein fortschrittliches Land.»

«Morden per Computer, ja? Mit dem Joystick?»

«So ungefähr.»

«Ich dachte immer, du bist unpolitisch?»

Sie stutzte.

«War ich auch. Aber wenn ich sehe, wie jetzt alle unsere Leute dort verraten, kriege ich das Kotzen. Die Türken sowieso. Die Amis bald auch. Sie benutzen uns im Kampf gegen den IS, aber bald werden sie uns im Stich lassen.»

Zum ersten Mal redete sie über solche Dinge.

«Dein Mann ist doch auch Türke», sagte ich.

«Ja, Dinçer ist ein kluger Mann. Kein Islamist, kein AKP-Idiot. Aber das geht dich überhaupt nichts an.»

Weil ich schwieg, sagte sie nach einer Weile zart, doch vorwurfsvoll: «Du musst nicht alles wissen. Du bist doch Philosoph. Hauptsache, du kannst dein bequemes, kleines Leben in Ruhe zu Ende führen.»

Diese Bissigkeit machte mir schon fast wieder Lust auf Sex.

«Woher hast du das Video?»

«Gefunden, im Netz.»

Ich heftete den Blick erneut auf diese immer wieder von vorn anfangenden Szenen mit rennenden Urtierchen, Elementarteilchen, Lichtblitzen, Wüstenstürmen. Kein Blut, keine Knochen, nichts außer ein paar gleißenden Explosionen, ein Zucken auf dem Bildschirm. Es war ein Déjà-vu. Im Internetcafé ballern sie aus virtuellen Schnellfeuergewehren. Jurij belauert vor seinen Rechnern den Krieg in der Ukraine. Und jetzt auch noch Evîn mit ihrem Video aus Syrien. Alle schauen sie den anderen beim Sterben zu. Sie scheinen das zu brauchen, erregen sich daran, finden es abstoßend, schrecklich – aber empfinden selbst keine Schmerzen dabei, vielleicht gar nichts, sind ja alles nur Bilder, Filme. Das Auge des Hurrikans ist starr nach außen gerichtet. In ihm selbst herrscht Ruhe. Das Auge beobachtet den Rand der Welt. Der Sturm, der draußen tobt, spiegelt sich auf seiner Netzhaut wie ein Abglanz ferner Ereignisse.

Mir kam eine Idee.

«Sag mal. Wenn du dich so auskennst, kannst du mir vielleicht helfen.»

«Worum geht's?»

«So eine Art Register. Eine Statistik von Morden oder Todesfällen und Notrufen, so was in der Art. Das muss es doch geben. Und wenn du so gut im Internet unterwegs bist … Ich brauche so was für ein oder zwei Tage in Berlin.»

«Du meinst wegen Konrad? Okay, kann ich versuchen. Du

bist mein Freund. Sag mir das Datum, den Ort. Alle Namen, Alter. Alles, was du weißt.»

Evîn war ein Kumpel. Vielleicht war das zwischen uns doch mehr als Sex.

*

Als der Pole das Haus in der Sonnenallee betreten hatte, griff der Libanese nach seinem Handy und rief Ahmad an, der sich in der Nähe bereithielt. Er saß mit Freunden bei einer Shisha. Dieses Mal ging Ahmad nicht in den Hof. Er wartete in dem Falafel auf der gegenüberliegenden Straßenseite und quatschte mit dem Bekannten, der an der Theke arbeitete und aus Syrien stammte. Von dort aus bekam er gerade noch mit, dass auch Cowley den Hinterhof betrat.

Eine knappe Stunde später verließ Evîns Liebhaber das Haus durch den Vordereingang. Mit raschen Seitenblicken vergewisserte er sich, dass die Luft rein war, und huschte unter dem Vordach des Blumenladens über die schmale Seitenstraße. Dann ging er weiter die Sonnenallee hinunter. Ahmad wartete gespannt und wurde nicht enttäuscht. Keine halbe Minute später verließ der Amerikaner das Haus und folgte dem Mann. Ahmad nickte dem Libanesen zu und setzte sich in Bewegung. Er blieb auf der anderen Straßenseite.

Der Pole ging weiter geradeaus, so wie die letzten beiden Male, die sie ihn beobachtet hatten. Nicht in Richtung Hermannplatz, sondern die umgekehrte. Der Amerikaner hielt sich immer fünfzig bis hundert Meter hinter ihm, in wechselndem Abstand. Ahmad hatte Mühe, das Tempo der beiden zu halten. Jetzt näherten sie sich einem Fahrzeug, das mit laufendem Motor am Rand stand. Im Hauseingang wartete ein Freund von Ahmad. Ein zweiter saß am Lenkrad. Es musste schnell gehen, und ohne Geschrei. Der Pole durfte nichts mitbekommen. Der Freund von der anderen Straßenseite sah zu Ahmad und deutete unauffällig auf Cowley. Ahmad nickte. Kurz darauf spürte Cowley einen heftigen Schmerz im Nacken, dann sackte er zusammen. Der Mann schleppte ihn zum Auto und schob ihn auf die Rückbank. Er drückte sich neben ihn und zückte ein Messer.

Der Fahrer legte an der nächsten Straßenmündung eine scharfe Wende hin. Das fiel in Neukölln nicht auf. Ahmad sprang auf den Beifahrersitz. Sie fuhren die Sonnenallee hinab.

«Wenn das ein Bulle ist, gibt's Ärger», sagte Ahmad auf Arabisch. Cowley war bei Bewusstsein und verstand das.

«Es ist keiner, Mann. Ich habe unseren Mann im LKA gefragt. Die haben hier keinen zu laufen. Muss ein Privatdetektiv sein. Er spioniert Evîns Freund nach.»

Stöhnend tat Cowley so, als käme er gerade zu sich, und blinzelte den Mann an, der ihm das Messer an den Hals hielt.

Cowley konnte nicht sehen, in welche Richtung sie fuhren. Der Mann auf dem Rücksitz drückte seinen Kopf nach unten. Es roch nach einem scharfen Zeug, Reinigungsmittel oder Ähnlichem. Er wehrte sich nicht. Erstens war es sinnlos und zweitens nicht unerträglich. Er spürte sogar fast eine gewisse Erregung in dieser wehrlosen Position.

«Wer bist du?», fragte einer.

Cowley antwortete nicht. Eine flache Hand schlug ihm ins Gesicht.

«Mach deine Taschen leer.»

In seiner unbequemen Position leerte er erst seine Jackentaschen, dann auch die Hosentaschen: der Schlüssel des Zimmers in Wedding, der Schlüsselbund der Dienstwohnung in Zehlendorf. Ein U-Bahn-Fahrschein. Ein Foto von Paweł, längst überflüssig. Er kannte sein Gesicht, seinen Rücken, seinen Gang auswendig. Das Handy war tot. Ein Druck auf die richtige Taste durch den Stoff des Jacketts, und nur die Technikspezialisten der Agency würden es wieder ins Leben zurückholen können.

«Für wen arbeitest du?», fragte Ahmad.

Cowley überlegte fieberhaft. Die Antwort musste der Wahrheit so nah wie möglich kommen, damit er sich nicht in Widersprüche verstrickte. Sie musste glaubhaft klingen, und zugleich musste sie Lichtjahre von der Wahrheit entfernt sein.

Den Polen hatten sie nicht angerührt, sie hatten sich auf ihn, Cowley, konzentriert. Er selbst war gemeint. Es durfte nichts Politisches sein. Er wusste zu wenig über diese Leute. Vermutlich Feinde Israels, doch nicht einmal das war sicher.

«Ich soll diesen Polen im Auge behalten.»

«Glaubst du, wir haben Tomaten auf den Augen? Dein Name, Mann!»

«Cunningham, Tom.» Der Geburtsname seiner Mutter und der erstbeste Vorname, der ihm einfiel.

«Du bist Ami, Tom?»

Er fürchtete die nächste Frage. Sie würde lauten, ob er Jude sei.

«Ja, aber meine Großmutter war Deutsche. Sie kam aus Berlin. Sie hat einen Ami geheiratet und ist in die Staaten gegangen.»

«Kein Problem, Mann», sagte Ahmad versöhnlich. «Die Deutschen sind in Ordnung. Hitler war guter Mann. Hat nur nicht fertig gemacht. Zu viele Juden am Leben gelassen. Wenn er ganze Arbeit gemacht hätte, wäre Palästina heute das Paradies. Und unsere Leute müssten nicht hier abhängen.»

«Also, für wen arbeitest du?», fragte jetzt der, der neben ihm saß. Er schien aggressiver als der andere.

Cowley wusste so gut wie nichts über Evîn. Ein einziges Mal hatte er sie mit dem Polen am Tisch sitzen sehen und ihnen zugehört. Er wusste, dass sie mit einem Türken verheiratet war, der auch die deutsche Staatsangehörigkeit besaß. Der ziemlich oft unterwegs war. Er hatte keine Ahnung, ob diese Leute hier mit Evîn verwandt waren, ob sie Sympathien für die Kurden hegten oder nicht. Jede Behauptung in diese Richtung war riskant. Daher blieb nur eine Antwort:

«Für seine Frau. Standardauftrag. Sie ist eifersüchtig. Ich soll ihren Mann observieren.»

Ahmad pustete die Luft aus. «Hab ich mir gedacht. So was Langweiliges, eh. Schmeiß ihn raus, Jassir.»

Arabische Allerweltsvornamen, aber Cowley speicherte.

Der Mann, der ihn im Nacken gepackt hatte, ließ los.

«Wo ist dein Büro?»

«Wedding.»

«Warum läufst du ohne Papiere rum?», fragte Ahmad.

«Wegen solcher Situationen wie jetzt», antwortete Cowley. «Inkognito ist in meiner Arbeit absolut wichtig.»

«Adresse?»

«Reinickendorfer Straße 18.»

Jassir wischte auf dem Smartphone.

«Gibt so was nicht», sagte er. «Er lügt.»

«Glaubst du, ich steh im Branchenverzeichnis?»

Sie fuhren immer noch. Cowley hatte versucht, nach draußen zu schauen, hatte ein paar Blicke erhascht, aber identifizieren konnte er nichts. Keine Gegend, die er kannte. Seinem Gefühl nach waren sie immer geradeaus gefahren, ohne abzubiegen.

Endlich erreichten sie einen schummrig erhellten Platz, auf dem unbeleuchtete Straßenbahnen standen, bogen in eine kleine dunkle Straße ab und stießen ihn aus dem Auto.

«Verpiss dich. Deine Auftraggeberin kann dir gar nicht so viel zahlen, wie dir dein Leben wert ist. Wenn du ihr oder Evîns Mann ein Wort sagst, bist du tot. Wir finden dich am Ende der Welt.»

«Okay», sagte Cowley und hob stolpernd die flache rechte Hand wie zur Abwehr oder zum Take Five, ein bisschen, dachte er absurderweise, auch wie zum Hitlergruß. Er tappte über den Bordstein in ein Gestrüpp.

Nichts hatten sie bei ihm gefunden. Keine Papiere, keine Adresse, keine verräterische Tätowierung. Vielleicht glaubten sie ihm.

*

Als er allein am Rand dieser Straße stand, weit entfernt vom Zentrum, beinahe schon außerhalb Berlins, irgendwo östlich, die Luft roch anders, frischer, mehr nach Land, aber anders als am Wannsee – da hatte er zum ersten Mal das Gefühl, in dieser Stadt etwas Wahres zu erleben. Er stand zwar ganz gut auf seinen zwei Beinen, aber am liebsten hätte er sich hingesetzt, so zittrig war er. Endlich etwas Wahres. *Something true.* Vielleicht war es der Schreck gewesen, die körperliche Bedrohung, das Adrenalin. Er hatte sie belogen und hatte doch eine Art Wahrheit dafür bekommen. Die Gewalt war wahr? Komisch, dachte er, sie haben mich geschlagen. Sein Vater hatte ihn auch geschlagen, solange er noch zu Hause war. Als er verschwand, schlug niemand ihn mehr, und das war nicht unbedingt besser. Der fünfjährige Cowley hatte Sehnsucht nach seinem Vater, er hätte die Schläge in Kauf genommen, wenn er nur zurückkäme.

Vielleicht war es das. Er war gesehen worden. Sie hatten ihn ernst genommen.

Das aber bedeutete, dass diese Stadt lebte. Diese Stadt war plötzlich wach geworden, hatte sich aufgebäumt, ihren Rücken gestreckt wie ein großes schwarzes Tier, ihre Muskeln zitterten nach dieser Dehnung, und wenn man ihrer Flanke nahe kam, konnte man den Herzschlag durch die Haut spüren. Das erste Mal, seit er hier auf Station war, spürte er ihre körperliche Hitze. Die Hitze des Zentrums, einer zentralen Maschine, des wahren Antriebs, heiß wie der Arsch eines Mannes, nicht die schweißgekühlten Stirnen der sogenannten Analytiker, die sich aufspielen mit ihren superintelligenten Recherchen. Sie tun so, als würden sie alles durchschauen. Als könnten sie die Dinge von einer höheren, politischen und soziologischen Warte aus beurteilen. In Wirklichkeit schreiben sie nur aus den Analysen von anderen ab. Niemand von ihnen war hier vor Ort, so wie er. Diese Eierköpfe in der Botschaft, die bleichen Intellektuellen in dem Sandsteingebäude in Zehlendorf oder in der Zentrale in Virginia, sie lebten alle in einer Blase. Sie ahnten nichts von diesem Tier, das er eben hautnah erlebt hatte. Sie hatten weder mit einem deutschen Arbeiter gesprochen geschweige denn ihn gefickt; noch mit den Arabern der Stadt. Die ängstlichen Jungs dort in den Staaten saßen an ihren Steuerpulten wie die Hochtechnologiesoldaten, die den fernen Gegner in Syrien mit gelenkten Waffen dezimieren, als spielten sie Computerspiele. Sie haben keinen blassen Schimmer von dem Land; oder von dieser Stadt, in der seine Großmutter auf die Welt gekommen war.

Das Auto war nicht mehr zu sehen. Er arbeitete sich aus dem Gestrüpp heraus und sah eine Straßenbahn-Endstation im gelblichen Licht. Er lehnte sich gegen einen Verteilerkasten. Erleuchtung – in der Baptistenkirche in der Sycamore Street hatte er das Wort oft gehört. Und nie richtig verstanden, was es bedeuten sollte. Es musste so etwas wie jetzt sein. Die Stadt hatte ihm ihr Gesicht gezeigt.

Es gab keine Übersichtskarte an der Haltestelle. Vielleicht war er sogar im Osten, in Karlshorst, von wo seine Großmutter vor den Russen in den Westen geflohen war, vielleicht auch in Adlershof. Er hatte kein Geld für ein Taxi. Die zwei Telefonsäulen vor einem Bistro waren dunkel von lauter Graffiti, die Hörer abgerissen und das Plexiglas sorgfältig aus dem Metallrahmen herausgetrümmert. Selbst wenn er noch ein paar Münzen gehabt hätte, es hätte ihm nichts geholfen. Es war ihm peinlich, von drei offenbar ganz gutmütigen, nicht wirklich gefährlichen Jungs, die Gangster spielten, in so eine Lage gebracht worden zu sein; so wollte er sich niemandem zeigen. Er musste selbst zurück ins Zentrum und nach Dahlem finden. Es wurde ein langer Weg.

Nach einer S-Bahnüberführung las er an einer großen Kreuzung das Wort «Friedrichshain» auf einer Tafel über der Straße.

Don't you touch it! Das war die meistgebrauchte Wendung seiner Mutter. Die hasste die Kriegserzählungen ihrer Schwiegermutter. Er als kleiner Junge hatte auch nicht viel davon verstanden. Jetzt, in diesem Augenblick, bekamen ihre Erzählungen einen Sinn. Er war ungehorsam gewesen und hatte es angefasst. Es hatte diese Fremden gebraucht, ihn zu erleuchten. Diese Menschen, selbst hierhergespült von Kriegen, die andere angezettelt haben, Menschen, die nicht alle freiwillig hier waren. Plötzlich ging große Freude in ihm auf. Er war ihnen dankbar. Er war froh, dass er gerade ihre Sprachen studiert hatte. Die Erkenntnis, die sie in ihm ausgelöst hatten, befreite ihn und war stärker als alle körperlichen Schmerzen. Er war stolz, so wie er hier ging und die kalte Nachtluft in die Lungen zog, viel frischer als im Zentrum, geprügelt, hungrig, an einem unbekannten Straßenrand in ihrer Stadt. Er stellte sich vor, seine Großmutter könnte ihn jetzt sehen. Junge, lass dich nicht kirre machen, hörte er sie sagen. Und er rief ihr zu, sehr befriedigt: *Mamaw, I touched it.*

Haufen von Kleidern und Schlafsäcken lagen in einer dunklen Ecke. Bewegten sich auch, als er vorüberging. Er sah es im Augenwinkel und war schon vorbei. Die breite, vierspurige Straße führte immer geradeaus.

Die Großmutter lag in ihrem Grab auf dem kleinen Friedhof in Jackson. Cowley war Baptist und glaubte an Gott, aber an Gespenster eher nicht. Sie konnte ihn nicht sehen. Ihr schmaler, fast knochiger Leib war längst vermodert. Und dennoch, auch im Alter von achtzig Jahren hatte ihr altes Gesicht sich noch seine jugendliche Spannung bewahrt. Ihre Erzählungen von Berlin, von Deutschland, wurden mit den Jahren eintöniger und schablonenhafter, das merkte er schon als Kind. Immer wieder diese Geschichte mit der Fast-Erschießung am sowjetischen Kontrollpunkt. Immer wieder die Pferde in der Turnhalle, die er bis heute nicht verstand. Aber wenn sie von Deutschland sprach, kam Leben in ihre Züge.

Er sah die grellroten Preisziffern einer Tankstelle und überlegte für einen Augenblick, dort ein Taxi rufen zu lassen. Bezahlen könnte er in Dahlem. Seine Beine taten weh, der Nacken war steif, weil der Araber ihn so lange nach unten gedrückt hatte. Nein, er wollte jetzt allein bleiben, und humpelte weiter. Der dunkle Kanal unter der Brücke erinnerte ihn an den Fluss in seiner Kindheit, den North Fork Kentucky River, und er sah wieder seine Großmutter, die neben ihm im Schaukelstuhl saß. Er war vielleicht fünf, sie konnte noch gehen. Die Eltern hatten sich wieder einmal gestritten.

Junge, lass dich nicht kirre machen.

Es roch nach Kohle. Diesen Geruch hatte er in Berlin bisher nur einmal, östlich vom Frankfurter Tor, wahrgenommen. Er war so erschöpft, dass er kurz daran dachte, sich hinter einem Maschendrahtzaun in die Dunkelheit zu schlagen und einfach ein paar Stunden zu schlafen. Weit hinten über dem Feld fuhr eine erleuchtete S-Bahn vorbei. Wenn die Bahn fuhr, musste es schon gegen fünf Uhr sein.

Ein Bus raste auf der Gegenfahrbahn, das Jaulen von Polizeisirenen verzog sich in der zunehmenden Entfernung.

Als er siebzehn war und aufs College gehen sollte, trugen sie seine Großmutter in einem schwarzen Foliensack aus dem Haus. Die Mutter saß im ersten Stock und bekam bestimmt nicht einmal mit, dass ihre Schwiegermutter nicht mehr am Leben war.

Irgendwann las er orange leuchtend «Park Center» auf einem Haus, dann McDonald's und all die tristen Namen der Einkaufsparadiese, die des Teufels sind und mit dem Paradies überhaupt nichts zu tun haben. Rechts ging eine Straße ab, in deren Flucht er grelleres Licht und einen Hochhausturm erkannte. Als er wieder geradeaus in die dunklere Straße blickte, sah er am Ende den Fernsehturm blitzen wie einen schmalen, mit weißen Kunstlichtern geschmückten Weihnachtsbaum. Er schlug sein Wasser hinter einer Platane ab und hinkte weiter. Bald sah er den Turm deutlicher. Die Kugel ragte wie eine Christbaumspitze. In einem Schleusenbecken stauten sich Laub, Papierabfälle und Algen. Und plötzlich belebte sich alles. Stundenlang war er eine Straße entlanggelaufen, auf der ihm außer ein paar nächtlichen Radfahrern niemand begegnet war. Jetzt standen da Leute vor bunt erleuchteten Eingängen zu unauffälligen Vergnügungsorten, mit Bierflaschen in der Hand, rauchend. Späte, letzte Clubgäste. Er las das Wort Barbie, und seine Stimmung hellte sich auf. Er war zurück in der Zivilisation. Und wer sagt es? Vor der Hochbahn, endlich, leuchteten Weiß auf Blau die Worte «Bagdad Bistro». Er hatte kein Bedürfnis, dort hineinzugehen. Rings um den Platz war es belebt, als würde nicht gleich die Sonne aufgehen. Über einer Straße leuchtete der Mond, beinahe rund und voll. Cowley wandte sich nach rechts, er ließ sich locken von einer Art grellrotem, noch größerem Gegenmond und kam an ein Ufer, das wie aus einem Traum schien, dem Traum einer anderen Stadt. Der Kunstmond ruhte auf einer hohen Stange, und am gegenüberliegenden Ufer war eine phantastische Lichtkulisse aufgespannt. Weiß glitzernde, hohe Fensterfassaden nahmen das ganze Ufer ein, der Stern einer deutschen Automarke drehte sich groß und träge, rote und gelbe Ballons zierten Terrassen, die zu einem Restaurant gehören mochten. Auf der Steintreppe zum Wasser lagerten junge Mädchen und rauchten. Cowley ging die paar Stufen hinunter und sprach sie an. Sie waren erst erschrocken von dem blauen Fleck unter seinem Auge, aber als sie sein amerikanisches Deutsch hörten, lachten sie und reichten ihm ihren Joint. Er nahm einen tiefen Zug.

Diese Stadt war ein Traum. Sie war besser als Bagdad und Beirut, sie hatte alles, was es dort gab, und viel mehr. Die dunklen Ränder mit ihren menschenleeren Straßen, die weit ins Nichts des Ostens hineintasteten. Die Viertel, in denen der ganze Nahe Osten quirlig versammelt war und wo die Menschen das Sagen hatten, die ihn heute ernst genommen hatten. Anders als die eingesessene Bevölkerung, die irgendwie in sich zusammengesunken war, als hätte sie jede Hoffnung fahren lassen, und die höchstens noch betrunken randalieren konnte; freundliche Menschen wie die Blumenverkäuferin vor Evîns Haus oder die sturen Frauen vom Ordnungsamt, die vor ernsthafter Konfrontation zurückscheuten – anders als diese bleichen, erschlafften Deutschen ließen die Araber sich nicht mit Illusionen abspeisen. Sie waren neugierig, sie wollten wissen, wer er war. Aber mein Gott, das wusste er ja selber nicht. Spätestens nach einer Nacht wie heute wusste er nicht mehr, wer er war. Er brauchte jetzt Ruhe, wollte zurück in die nachtkühlen Gegenden im Südwesten, wo seine Dienstwohnung auf ihn wartete und bestimmt schon jemand bemerkt hatte, dass er überfällig war. Cowley fieberte leicht. Er war übermannt von diesem Feuerwerk von Licht und Leben an dem breiten, glitzernden Fluss. Leicht taumelnd wanderte er zurück zu der Hochbahn und wollte von hier nach Dahlem kommen. Vor einer Bar standen junge Männer. In seinem unsicheren Gang rempelte er einen von ihnen an, nur leicht. Dann spürte er, wie eine Hand ihn am Kragen packte. Und Cowley funktionierte noch. Die Abfolge seiner Griffe machte er sich nicht einmal bewusst, er stellte nur fest, dass da ein Mann vor ihm auf dem Pflaster lag und die anderen erschrocken zurückwichen.

Es dauerte lange, bis er am Oskar-Helene-Heim aus der U-Bahn stieg. Hier duftete die Luft wirklich anders. Der Wachposten am Gittertor musterte ihn erstaunt. In seinem Zimmer warf Cowley sich auf das Bett. Der höllische Schmerz über dem Jochbein fühlte sich an, als wären da weder Haut noch Fleisch auf dem Knochen. Er nahm einen großen Schluck Korn aus der Flasche, die er im Kühlschrank hatte. Damit beschädigte er das Gefäß, als das er sich selbst betrachtete, das Gefäß des Herrn, das immer rein bleiben sollte, damit der Heilige Geist sich darein ergießen konnte. Aber an diesem Morgen gab es einen besonderen Anlass. Der Herr würde ihm verzeihen. Der Herr hatte ihn erleuchtet. Der Schmerz ließ nach.

Die Angst vor der Reaktion des Gesichtslosen, die Sorge um seine dienstliche Laufbahn, das schlechte Gewissen vom

Alkohol – all das verblasste angesichts der Erleuchtung, die ihm gekommen war. In diesem Augenblick war Jonathan Cowley glücklich. Und es war ein Augenblick wie ein ganzes Leben.

*

Evîn. Keine SMS, ein Anruf. Ich erschrak. Wir hatten uns ja gestern erst gesehen.

«Ich hab noch nichts für dich», flüsterte sie ins Telefon. «Aber ich muss dir was sagen: Du wirst beobachtet.»

«Was?»

«Deine Frau hat einen Detektiv auf dich angesetzt.»

«Blödsinn!»

«Ich hab's dir gesagt. Ich muss Schluss machen, mein Mann kommt!»

Sie legte auf.

Das war völlig absurd. Frieda war zwar manchmal eifersüchtig, aber einen Detektiv anzuheuern, passte nicht zu ihr. Geld auszugeben, um herauszufinden, was sie ohnehin wusste? Da hätte sie mich auch gleich rauswerfen können. Einmal hatte Evîn auf unserem Festnetz angerufen, und Frieda hatte abgehoben. Sie hatte mir nur beiläufig mitgeteilt, dass da ein Mädchen angerufen habe, und gefragt, wer das sei. Eine Freundin in Neukölln, hatte ich gesagt.

Dennoch beobachtete ich Frieda nun genauer. Die merkwürdige Nachricht brachte eine zusätzliche Unklarheit in unsere Beziehung. Der Detektiv konnte nur etwas mit Evîn zu tun haben. Jana war keine Geliebte, sie war eine Freundin. Dachte ich jedenfalls.

*

Es wurde sommerlich. Jana und ich suchten weiter und irgendwie auch nicht, wir streunten durch die Stadt, saßen in Cafés, vor allem aber redeten wir. Frieda verblasste so sehr, dass sie fast aus meinem Leben verschwand. Wenn ich nachts nach Hause kam, schlief sie schon oder tat so. Falls ihr irgendein Detektiv etwas von dem jungen Mädchen berichtete, mit dem ich den Tag verbracht hatte, dann ließ sie sich jedenfalls nichts anmerken. Selbst ihre spöttischen Bemerkungen wurden seltener. Berlin hatte für mich eine neue Bedeutung bekommen, durch einen einzelnen Menschen, durch dieses Mädchen. Ich vernachlässigte alles andere. Auch Evîn.

Dass Jana einen Körper hatte, ja dass sie ein Körper war, fiel mir zum ersten Mal an einem warmen Tag im Freibad richtig auf, als sie neben mir auf dem Rücken lag, flach und kurvenarm. Der hellblaue Bikini etwas knittrig. Lange hatte sie auf dem Bauch gelegen, ich wunderte mich schon ein bisschen. Als sie sich umdrehte, sah ich diese merkwürdigen, querlaufenden Schrammen auf ihren Unterarmen.

«Was ist das?», fragte ich.

«Indianerspiele. Marterpfahl. Hast du nie so was gemacht?»

Ich fuhr mit zwei Fingern darüber und schüttelte den Kopf.

«Sieht richtig echt aus.»

«Hat auch schweine geblutet. Du hast immer nur an Bauzäunen gestanden und geglotzt?»

Um uns war es voll. Die Menschen lagen im Gras oder hatten Handtücher auf den aufgewärmten Fliesen ausgebreitet. Andere liefen vorbei, platschten durch die flachen Fußbecken, kamen tropfenspritzend aus der Dusche oder stiegen aus dem Schwimmbad. Die Sonne brannte. Über dem Freibad schwebte ein fröhliches Stimmengewirr wie umfassendes menschliches Vogelzwitschern. Hinter Pappeln blinkte das wassergrüne Becken. Die hellen Brandmauern Kreuzberger Häuser rahmten das Bad ein.

«Es geht dir eigentlich ganz gut ohne Konrad, oder?», fragte Jana.

«Na ja», antwortete ich. «Wenn du da bist, schon.»

Sie drehte den Kopf weg.

Ich spürte, wie sie kämpfte. Gegen ihre Gefühle, für mich.

«Komm, ich hol uns Eis, oder?», fragte ich.

Jana sah ihm nach, wie er zu dem kleinen Café ging. Die knappe schwarze Badehose wirkte verloren auf dem großen Körper, der wie von einem starken und doch biegsamen Draht gehalten zu werden schien. Ein bisschen Speck war da auch, an den Hüften, aber das hüpfte nur leicht, wie neckischer Zierrat. Der mächtige, muskulöse Rücken dominierte alles und entschied den Eindruck. Sie kämpfte, allerdings nicht mit Gefühlen, sondern mit ihrer zunehmenden Gereiztheit. Sie wollte diesen gemeinsamen Tag nicht verderben und versuchte zu begreifen, was genau an dieser Situation sie nervte. Erst denken, dann handeln, wiederholte sie sich den Ratschlag dieser blöden Kuh von Therapeutin, bei der sie vor einem Jahr gewesen war. Was nervt dich an diesem gutaussehenden, starken Mann mit dem schamlos sich ringelnden schwarzen Brusthaar, der neben dir im Gras liegt, der dich offensichtlich nicht nur als Assistentin bei der Suche nach seinem Freund braucht? Sondern der auch gern mit dir zusammen ist. Und dennoch …

Weil es knallend heiß war, hatten sie spontan beschlossen, heute ins Prinzenbad zu gehen. Die Anregung war sogar von ihr gekommen. Vielleicht war das alles hier zu filmmäßig, zu schön. Um wahr zu sein.

Paweł gefiel ihr, das wusste sie ja längst. Aber sie liebte ihn auf andere Art. Nicht als einen, der mit seiner Freundin im

Freibad abhängt. Er war jetzt auf einmal so zufrieden. Zu zufrieden. Das war es.

Paweł kam mit zwei Fürst Pückler zurück.

Sie mochte diese Art Waffeleis nicht. Die Bemerkung konnte sie sich nicht verkneifen, obwohl ihr Ärger gar nicht dem Eis galt.

«Gab kein anderes mehr», sagte Paweł. Sie knabberte lustlos daran.

Ein zufriedener Pole ist kein guter Pole. Paweł war anders geworden. Das war doch das Erste gewesen, was ihr an ihm imponiert hatte – diese sture Einsamkeit, die Art, wie er allen Widrigkeiten standhielt und nicht aufgab. Dass er kämpfte. Und jetzt bringt dieser Mann dir ein Eis ans Handtuch. Es begann schon, zwischen den Waffeln herauszutropfen. Sie sagte Paweł nichts von ihren Gedanken. Stattdessen fragte sie:

«Schade, dass dein Freund nicht hier sein kann, oder?»

Paweł brummte. An diesem wolkenlosen Tag hatte er keinen Gedanken an Konrad verschwendet. Sehnsucht? Keine Spur. Er vermisste ihn nicht. Auch jetzt machte ihm die Erinnerung an den alten Freund keine gute Laune. Hatte er überhaupt je gern an Konrad gedacht? Wenn Frieda ihn wieder einmal wie selbstverständlich eingeladen hatte, nahm er das widerspruchslos hin. Wenn Konrad wieder mit einer neuen, spinnerten Idee ankam oder anrief, kam das wie eine Naturgewalt. Alle paar Wochen, wie Regen. Und es verging genau so. Aber Begeisterung? Konrad gehörte eben dazu, Frieda und er feierten fast nie zu zweit.

«Tsss … ja.» War alles, was er sagte.

Sie versuchte, ihre Gedanken zu verjagen, indem sie aufsprang, komm! rief und zum Schwimmbad lief. Sie sah den Bademeister auf der anderen Seite des Beckens, der sie schon zweimal ermahnt hatte, nicht vom Rand zu springen, und tat es doch. Paweł war mit einem Satz auf den Beinen und lief ihr nach. Er war ein guter Schwimmer. So tobten sie herum, bis sie erschöpft waren und sich wieder ins Gras legten.

Ein schöner Tag, eigentlich.

«Morgen gucken wir uns Rudis Wohnung an», sagte Paweł zum Abschied.

*

Ungläubig las der Gesichtslose die Nachricht, die vor einer halben Stunde aus dem für sie zuständigen Directorate des Headquarters eingetroffen war. Er las die knappe Weisung, die Beschattung von Paweł Urbaniak einzustellen, jetzt zum zweiten Mal. Die Analyse der bisherigen Berichte habe ergeben, dass die Berlin Station auf einen Blender hereingefallen war. Arbeitsloser Pole in Berlin wirft mit Nietzsche-Zitaten um sich und spielt sich auf, hat aber nicht den geringsten Schimmer, wo der Täter und was überhaupt passiert ist. Wer dort in Berlin war so unbedarft oder so leicht beeinflussbar, dass er auf diesen narzisstischen Charakter hereinfällt? Diese Frage sollte geklärt und das gesamte Vorgehen evaluiert werden.

Bei diesem Lieblingswort der Administratoren in den Staaten grunzte der Gesichtslose nur böse. Er staunte selbst, wie ruhig er auf die Anordnung reagierte. Denn niemand anders als er selbst hatte die Observierung angeordnet.

Nächster Absatz: Die Berichte von Officer Jonathan Cowley werfen Fragen nach seiner psychischen Verfassung auf. Zur Abklärung wird er in die Staaten zurückbeordert.

Meinetwegen, dachte der Gesichtslose. Kann ihm nur guttun.

Dritter Absatz: Eine erneute und gründlichere Obduktion

hatte die wahre Todesursache von Jeremias Katz ergeben. Es war eine Hirnembolie, verursacht durch ein nicht mehr zu stoppendes Vorhofflimmern. Vermutlicher Auslöser war der starke Alkoholgenuss an der Hotelbar am Abend zuvor, unter Medizinern auch *Holiday Heart Syndrom* genannt, und die Tatsache, dass ihm offenbar schon zuvor seine Medikamente ausgegangen waren. Officer Paul hatte einen letzten, leeren Blister Verapamil in der Innentasche seiner Jacke gefunden. Die Ärzte trafen zu spät ein.

Also kein Attentat.

Alle Versuche, ein Gift im Organismus des Toten nachzuweisen, waren vergeblich gewesen. Man wusste, dass die Russen weiter an der Entwicklung von Toxinen arbeiten, die schwer oder gar nicht nachweisbar sind. Von der anfänglichen Übelkeit, Benommenheit und dem später folgenden Atemstillstand hatten sie zunächst auf Gelsemium elegans geschlossen. Damit war zum Beispiel ein Informant namens Perepilitschny in London umgebracht worden. Man fand aber keinen Nachweis dieser hochgiftigen Pflanze im Magen oder Urin von Katz. Die Spuren des Schlaganfalls waren dagegen eindeutig: ein Gerinnsel in einem der lebenswichtigen Hirngefäße. Damit war die Todesursache geklärt.

Da es sich nicht um einen Mord handelte, erübrigt sich auch die weitere Fahndung nach dem Attentäter.

Verstehe, dachte der Gesichtslose, das ist der wahre Grund ihrer Entscheidung. Und mal wieder ihre typische Art, die eigenen Fehler zu kaschieren. Erst fahren sie große Vorwürfe gegen die Berlin Station auf und geben dann, am Ende, beiläufig ihren eigenen Irrtum zu. Diese aufgeblasenen sogenannten Analysten.

*

Im Dunkeln gestolpert?», fragte der Gesichtslose, als Cowley am Nachmittag auftauchte. Der zuckte nur mit den Schultern.

Der Gesichtslose sah Cowleys blasses Gesicht mit den weißen, weichen Wangen. Der Tränensack unter dem rechten Auge war türkisblau angelaufen. Cowley hatte versucht, es mit Puder zu überdecken, es schimmerte trotzdem durch. Der Gesichtslose musterte ihn gnadenlos und entdeckte auch eine Verdunklung an der Kinnlade.

«Sie können sich jetzt erholen. Die Observierung wird beendet. Der Pole ist nicht mehr interessant.»

«Was ist passiert?»

Der Gesichtslose fasste die Meldung aus Virginia zusammen.

Cowley protestierte.

«Die irren sich. Mir ist gestern etwas zugestoßen, das das Gegenteil besagt.»

«Und zwar?»

«Ich bin überfallen worden, von Mitgliedern eines Clans, und zwar genau in dem Moment, als ich den Polen beobachtet habe. Mit Sicherheit kein Zufall. Sie hatten recht mit Ihrer Vermutung: Die Kurdin hängt mit so einem Clan zusammen. Und nicht nur das. Vielleicht führt die Spur in eine ganz andere Richtung. Nicht Russland. Oder aber – Russland nur indirekt. Russland im Hintergrund. Russland instrumentalisiert diese Migranten als Waffe. Es steuert die Flüchtlingswelle, auch durch sein Eingreifen in Syrien. Ein Krankenhaus mehr bombardiert, und schon stauen sich die Flüchtlingstrecks an der türkischen Grenze. Wir sind kurz vor einer großen Entdeckung. Wir haben in ein Wespennest gestochen.»

«Cool bleiben», sagte der Gesichtslose. «Die Zentrale hat andere Erkenntnisse.»

«Die Zentrale», äffte Cowley ihn fast nach. «Die Partei hat immer recht, oder wie? Wir hier vor Ort, wir sollten es doch besser wissen, nicht wahr?»

«Kündigen Sie und machen Sie auf eigene Faust weiter», witzelte der Gesichtslose, ohne die Spur eines Grinsens im Gesicht. «Gründen Sie ein Sicherheitsberatungsunternehmen.»

Cowley wusste nicht, ob er diesen schlaffen, alten Mann jetzt hassen oder Mitleid mit ihm haben sollte. Der lebte doch in einer Welt von Theorien und Richtlinien, die mindestens ein halbes Jahrhundert auf dem Buckel hatten. George Kennan, Zbigniew Brzeziński. Kalter Krieg, kalter Kaffee. Von der heutigen Realität hatte er keinen blassen Schimmer. Die damalige Konfrontation der Blöcke war passé. Den Ostblock gibt's nicht mehr. Die Fronten überschneiden sich. Du observierst einen polnischen Emigranten, weil er der beste Freund eines paranoiden Killers ist, der einen russisch-jüdischen Überläufer ermordet hat. In wessen Auftrag auch immer. Russisch-jüdisch, dachte Cowley genüsslich, ohne es auszusprechen. Er dachte das guten Gewissens, denn Antisemit war er bestimmt keiner. Nur die Israel-Politik seines Präsidenten hielt er für verfehlt. Einer seiner wenigen Fehler. Es war eindeutig sein Schwiegersohn, der ihn in diese Richtung drängte. Dabei wäre es für die USA viel wichtiger, Verbündete in der arabischen Welt zu gewinnen. Rein strategisch gedacht; ein Antisemit war Cowley nicht.

Die Sache war allerdings schon verworren: Weil du diesen Polen observierst, wirst du von einer Gruppe arabisch-kurdischer Clan-Gangster entführt und zusammengeschlagen. Merkwürdiger Zufall, nicht wahr? Diese Araber hassen die Juden und finden Hitler, salopp gesagt, toll. Der Feind unserer Feinde ist unser Freund. Mit dieser Komplexität, das wusste er, war der Gesichtslose völlig überfordert. Er hatte Hammer und Sichel vor der Pupille, und alles sah er durch dieses Muster.

«Für Sie geht es erst mal zurück in die Staaten», eröffnete der Gesichtslose ihm.

«Wozu?»

«Nachschulung.»

Von der Begründung kein Wort.

*

Am nächsten Tag erschien Cowley nicht zum Dienst. Weder pünktlich am Vormittag noch, wie so oft, verspätet am Nachmittag. Der Gesichtslose zögerte noch, Meldung zu machen. Es bedeutete unangenehme Fragen für ihn. Aber irgendwann, und zwar sehr bald, würde er nicht mehr darum herumkommen. Ein paar Stunden hatte er noch, wenn er nicht selbst seine Dienstpflicht verletzen wollte.

Noch am Abend zuvor hatte Cowley seine wichtigsten Sachen gepackt. Hatte in Dahlem Geld abgehoben, so viel der Automat ausspucken wollte, und war in sein kleines Zimmer gezogen.

Sein Diensthandy hatte er gar nicht erst als zerstört gemeldet, sondern einfach zertreten und von einer Brücke in die Spree geworfen. Er kannte die Möglichkeiten seiner Leute.

Keine Romane mehr. Du schreibst «Araber», und niemand will es lesen.

Der Raum im Wedding war spartanisch und klein. Die Mieter teilten sich Bad und Toilette. Er durchsuchte seine Sachen, hob Matratze und Teppich an und drehte die Glühlampen aus den Fassungen. Nichts. Erst dann warf er sich rücklings auf das Bett.

Der Tag hatte grau begonnen. Die Geräusche vom Platz wurden allmählich gleichförmiger. Nichts in diesen frühen Stunden deutete darauf hin, dass der Tag das Ende seiner Karriere markierte. Er aber wusste es. Er war gesprungen. Diesmal nicht in die ausgebreiteten Arme seiner Mamaw, wie so oft im Spiel als Kind, wenn er vom Steg hüpfen sollte, zu ihr, die unten im Wasser stand. Nein.

Diesmal flog er. Und es gab kein Zurück. Selbst wenn er es sich jetzt noch überlegen sollte, wenn er am Abend reumütig wieder angekrochen käme, sie würden ihm nie mehr ganz trauen. Sie würden ihn tausenderlei psychologischen und sonstigen Tests unterziehen, die er gar nicht bestehen konnte. Mit diesem einen Tag zerstörte er alles: die anstrengenden Jahre des Studiums, Hunderte Stunden im Sprachlabor, Arabisch, das ganze Einmaleins seines Handwerks. Das sportliche Training, der Dauerlauf, der ihn die meiste Überwindung gekostet hatte. Er hasste das Laufen. Die Einstellungstests, die Gespräche, die kleinen Lügen, die nötig waren, um durchzukommen, die lange und mühevolle Prozedur. Die große Freude, als er angenommen worden war. Der Schmerz, als ihm klarwurde, dass er diese Freude mit niemandem teilen konnte. Gern hätte er es seinem Vater gesagt. Aber der war verschwunden, vielleicht gar nicht mehr am Leben. Auch seiner Großmutter hätte er es sagen wollen, sie war schon tot.

Das alles für nichts und wieder nichts. Warum?

Weil Gott es so will.

Dieser Satz stand von ganz allein plötzlich in seinem Kopf.

Gott will den Menschen so stark haben, wie er selbst ist. Der Mensch ist sein Geschöpf, er hat ihn nach seinem Bilde geschaffen.

Es darf nicht sein, dass menschengemachte Institutionen, die fehlbar sind wie jeder einzelne Mensch auch, einem Mann vorschreiben, was er zu tun hat. Wenn eine Lüge im Raum steht, muss ein Mann im Zweifel die Kraft in sich finden, dagegen aufzubegehren, auch wenn er ganz für sich steht. Er muss sich gegen die Bewegung der Masse stemmen, die wie eine Herde Säue zum Abgrund drängt. Muss stark genug sein, diesen einen, winzigen Wink ernst zu nehmen, vor dem alle anderen die Augen verschließen.

Wenn in der Bilanz auch nur ein einziger Penny fehlt, darf der korrekte Buchhalter nicht darüber hinwegsehen. Und hier sollte ganz offensichtlich etwas viel Größeres vertuscht werden.

Er griff nach der Flasche Korn auf dem Tischchen und stellte sie gleich wieder zurück. Später. Er musste das Gefäß jetzt reinhalten. Erst wollte er seinem Gehirn die Arbeit ermöglichen. Er lag auf dem Bett und grübelte, ob er nun verrückt geworden war oder echte Gründe hatte.

Auf die erste Merkwürdigkeit waren sie am Anfang der Ermittlungen noch gemeinsam gestoßen. Das Abhörprotokoll, das die CIA von Mausers Telefonanruf bei Frieda Honegger gemacht hatte, wies Unterschiede zu dem mündlichen Bericht der Frau selbst auf. Vielleicht hatten sie in der Zentrale nicht damit gerechnet, dass sie die Wohnung abhören und das Gespräch zwischen dem Polen und seiner Frau aufzeichnen würden.

Diese Frau – nur so dachte Cowley von Paweł Urbaniaks Ehefrau Friederike, versachlichend, geringschätzig, sie war keine Geliebte, da war kein Sex im Spiel, sie war eine Unterhaltspflichtige. Die mehrtägige Abhöraktion der Wohnung hatte ihn in diesem Urteil bestätigt. Diese Frau also hatte erwähnt, dass Jeremy Katz vom Maidan gesprochen habe. Eine hochbrisante Information. Im schriftlichen Protokoll der Zentrale stand davon kein Wort. Diese Frau hatte Konrads abfällige Äußerungen über den Operations Officer Paul zitiert, der in der Darstellung der Zentrale als Held wegkam. Er soll versucht haben, Mauser im letzten Moment noch zu ergreifen. In der Darstellung dieser Frau stand er – so Konrads angebliche Worte – als «rassistische Schwuchtel» da. Diese Frau hatte die Episode am Checkpoint Charlie erwähnt, Katz' Nasenbluten und die Taxifahrt in Begleitung von Susette zurück zum Hotel. All das war neu für die Berlin Station; und das Protokoll schwieg davon. So musste man es formulieren – das Protokoll verschwieg diese Dinge, die doch wohl Tatsachen waren. Dafür sprach der Reichtum an Details im Bericht der Frau; je mehr Details, desto wahrscheinlicher ist, dass etwas wahr ist. Wer sich eine Geschichte nur ausdenkt, fasst sich knapp, weil jedes falsche Detail ihn der Lüge überführen könnte.

Die Zentrale, so viel stand fest, hatte ihnen ein zensiertes Abhörprotokoll untergeschoben. Hatte sie wie Kinder behandelt, die nicht die ganze Wahrheit erfahren dürfen.

Er lächelte bitter bei der Erinnerung, wie er selbst noch versucht hatte, die Auslassungen gegenüber dem Gesichtslosen zu verteidigen: Wenn ein russischer Verräter kurz davor ist, Geheimnisse über unsere Politik in der Ukraine auszuplaudern, und damit die Interessen der USA gefährdet, dann ist Zensur gerechtfertigt.

Nächster Punkt. Wie kann sich ein Obduktionsergebnis nach Wochen noch ändern? Er selbst hatte die Kopie der Gästeliste in Konrad Mausers Wohnung getragen, hatte sich für die Schreibtischschublade als passenden Ort entschieden. Die Liste sollte Köder und Hinweis für mögliche Mittäter oder Mitwisser sein, die in die Wohnung kamen. Solche wie den Polen oder andere, die möglicherweise Beweismittel vernichten wollten. Während er damals vom Schreibtisch durch die Baulücke auf den Bahnsteig geblickt hatte, waren mehrere Züge ein- und ausgefahren. Er hatte die Atmosphäre der Wohnung auf sich wirken lassen und die Liste noch einmal in aller Ruhe durchgelesen. Dann kam diese Frau in die Wohnung, die er mit viel Mühe beruhigen musste.

Die medizinischen Hinweise sagen dem Reiseleiter, was bei jedem Gast zu beachten ist, und ermöglichen ihm im Krisenfall eine rasche Orientierung. Cowley erinnerte sich sehr genau, dass bei Jeremy Katz nichts gestanden hatte: Unter der Rubrik medizinische Risiken, Vorerkrankungen und regelmäßig eingenommene Medikamente war kein Eintrag; einzig und allein eine Nussallergie war erwähnt. Jeremy Katz mit seinen sechsundsechzig Jahren war kerngesund, achtete auf sich, wurde regelmäßig ärztlich untersucht; er war als Quelle einfach zu bedeutend.

Und nun behaupteten sie auf einmal, Katz sei an einem durch Vorhofflimmern verursachten Schlaganfall gestorben, weil er am Vorabend gesoffen hatte und ihm die verordneten Medikamente ausgegangen seien. Spätestens mit diesen Medikamenten hatten sie sich verraten. Kein Wort davon in der Gästeliste; nicht einmal Aspirin zur Gerinnungsvorbeugung nahm er. Oder aber – sie hatten es schon in der Kopie getilgt.

Ein weiteres Detail – die Ärzte. Angeblich trafen sie zu spät ein. Im bisherigen Bericht war von Ärzten überhaupt nicht die Rede gewesen. Da war jemandem in der Zentrale wahrscheinlich die Phantasie durchgegangen. Zwar war ein Arzt im Ruhestand Mitglied der Reisegruppe gewesen, doch der hatte an besagtem Vormittag mit seiner Frau und den übrigen Gästen eine Besichtigung unternommen. Topographie des Terrors. Katz hatte nicht mitgewollt, war als Einziger im Hotel geblieben.

Schlussfolgerung: kein Mord.

Über jede einzelne dieser kleinen Unstimmigkeiten hätte man hinwegsehen können. Wenn die große Argumentationslinie stimmig ist, kann man über einzelne Holprigkeiten hinweggehen, daran mögen Irrtümer, Schlampereien schuld sein. Aber wenn zu viele Details fragwürdig sind? Dann muss man genau hinsehen, jeden Zweifel am Zipfel packen und nicht mehr lockerlassen. Genau das tat Officer Cowley jetzt.

Hatten sie ihnen nicht genau das in der Ausbildung beigebracht? Die Fahndung nach bin Laden war ein Fallbeispiel gewesen. Wie war die CIA schließlich auf seinen Aufenthaltsort gekommen? Nach langer, vergeblicher Suche nach dem al-Qaida-Führer persönlich konzentrierten sie sich ab 2006 auf mögliche Kuriere. Der im Irak gefangene al-Qaida-Mann Hassan Ghul sagte aus, bin Laden habe einen persönlichen Kurier namens Abu Ahmad al-Kuwaiti. Weshalb fand gerade diese Information, die ebenso eine falsche Spur hätte sein können wie Hunderte andere Fake-Hinweise, die Aufmerksamkeit der CIA? Warum gingen sie gerade ihr nach? Weil andere gefangene al-Qaida-Mitglieder, die den Boten ebenfalls kennen mussten, auch unter Folter behaupteten, al-Kuwaiti sei 2011 mit bin Laden in den Tora Bora Bergen umgekommen oder – wie Khalid Sheikh Mohammed, den sie in einem geheimen CIA-Gefängnis in Polen einhundertdreiundachtzig Mal bis kurz vorm Ersticken unters Wasser gedrückt hatten – er sei eine unbedeutende Figur und nicht mehr aktiv.

Genau dieselben kleinen Diskrepanzen und Unstimmigkeiten, mit denen sie sich jetzt hier verrieten.

Es machte ihm beinahe Angst, den Gang seiner eigenen Gedanken zu beobachten. *Sie* verrieten sich? Wer sie? Seine eigenen Leute? Die Agency? Das würde heißen, dass er einen aussichtslosen Kampf führte. Gegen sie hätte er keine Chance.

Zudem hatte er keine Ahnung, warum sie das taten. Der Gesichtslose war ja selbst erstaunt gewesen über die Abweichungen zwischen Abhörprotokoll und Live-Telefongespräch. Ihm, einem Eierkopf der Demokraten, hätte er noch zugetraut, etwas unter den Tisch zu kehren. Aber die Sache völlig umzudrehen? Welchen Grund sollte er dafür haben? Nein, der Mann war dafür zu kraftlos.

Wer aber dann? An dieser Stelle kam er nicht weiter. Seine Gedanken gingen im Kreis, und darüber schlief er ein.

Er erwachte, als die Wohnungstür zufiel und Schritte durch den Flur hallten. Draußen war es dunkel geworden, das Licht der Straßenlaternen fiel in sein Zimmer. Der oder die Unbekannte blieb vor seiner Tür stehen. Er kannte noch keinen seiner Zimmernachbarn. Das Haus war alt, die Wohnung sehr hellhörig. Das Rohr der Toilettenspülung schien genau neben seinem Kopfkissen zu verlaufen.

Cowley drehte die Flasche auf und nahm einen Schluck. Mit seinen jetzigen, beschränkten Möglichkeiten konnte er nicht mehr viel ermitteln. Sinnlos, wie ein hypnotisiertes Kaninchen weiter dem Polen hinterherzulaufen. Dabei würden sie ihn auch sofort schnappen. Die Wege und Orte des Polen waren längst bekannt. Allerdings, die Rolle von zwei Frauen in seinem Leben waren Cowley noch unklar:

Das junge Mädchen, das so oft mit ihm unterwegs war. Und die Kurdin in der Sonnenallee, die er ab und zu besuchte. Der Gedanke an ihre Wohnung ließ ihn seit der Bemerkung des Gesichtslosen nicht mehr los. Und die Araber hatten ihn angegriffen, als er ihr Haus verließ. Was verbarg sich dort?

Das Problem war, dass er sich jetzt nicht mehr in die Sonnenallee traute. Ein zweites Mal würde es dort nicht so glimpflich abgehen. Mit einem, zweien hätte er es noch aufgenommen. Aber das war eine ganze Sippe. Ihnen gehörten

Häuser und Restaurants in der Umgebung, sie hatten überall ihre Stützpunkte und Informanten. Jeder Kebab-Verkäufer konnte einer von ihnen sein. Die deutsche Polizei war machtlos im Kiez. Er wusste nicht viel über diese Strukturen, hatte auch keine Informationen dazu aus der Zentrale. Eine Heerschar von Agenten hätte man aufbieten müssen. Und er stand allein, sie würden ihn sofort schnappen.

Entspannung wäre jetzt gut. Er wusste, wo er sie bekommen konnte. Aber er war Baptist, und zuerst wollte er sich das Mädchen vornehmen. Erst die Arbeit, dann das Vergnügen.

*

Was für ein tolles Bett!», rief Jana und warf sich juchzend auf das Federzeug. Sie trug das T-Shirt mit der Aufschrift «Öko-Sex», das ich ihr gerade geschenkt hatte. Es passte wie angegossen. Sie warf mit einem Kissen nach mir. Ich sprang hinterher.

Ich hatte ein paar alte Shirts im Schrank gehabt, die ich nicht mehr trug. «Spreeufer für alle» stand auf dem einen, auf dem anderen «Öko-Sex», irgendwann mal von der taz bekommen. Sie waren eingelaufen oder von Anfang an zu klein gewesen. Das «Öko» war ursprünglich hellrot, der «Sex» grau auf dem weißen Hemd. Seitdem Frieda es einmal in die Buntwäsche gesteckt hatte, hatte alles einen rosa Stich. Jana hatte sich gefreut und fand die Aufschrift lustig. Was bedeutet das?, fragte sie. Öko-Sex. Na, umweltfreundlicher Sex, sagte ich. Wir lachten.

Rudi war für zwei Wochen nach Thailand gereist und hatte mir seinen Schlüssel dagelassen. Rudi und Konrad kannten sich nur vom Sehen; wir hatten nicht den geringsten Anlass, in der Kreuzberger Wohnung Spuren von Konrad zu vermuten. Dennoch kamen wir beide her, als hätten wir hier etwas zu erledigen. Und das hatten wir auch. Wir wussten, worauf unser Besuch hier hinauslaufen würde.

«Und wenn wir ihn nun niemals finden?», fragte Jana, als wir danach nebeneinanderlagen.

«Nicht schlimm, solange du bei mir bist.»

«Wenn wir ihn nicht mehr suchen, brauchen wir einen Ersatz.»

«Da wüsste ich etwas», antwortete ich.

«Sag mir, was du im Leben noch erreichen willst!», rief Jana.

«Ich? In meinem Leben?», wunderte ich mich. «Manchmal habe ich das Gefühl, mein Leben geht einfach zu Ende.»

«Auch möglich», sagte sie trocken.

«Und du?»

«Ich will die Wahrheit herausfinden.»

«Die Wahrheit über Konrad?»

«Quatsch. Die ganze Wahrheit.»

«Und was hindert dich daran?»

«Das System.»

«Wer soll das sein, das System?»

«Tu nicht so blöd. Das System steht über den Menschen. Du kommst da unbedarft an, willst etwas verändern, willst leben, willst kämpfen, und nach einer Weile stellst du fest: Das System hat dich geschluckt. Du bist in ihm drin und merkst es nicht einmal. Du bist ein Bestandteil von ihm geworden. Die arbeiten nie frontal, da ist nichts mit Kampf. Die sind raffinierter. Sie spinnen dich ein.»

«Du meinst den Kapitalismus, oder was?»

Sie zuckte mit den Schultern.

«Auch. Das neoliberale Schweinesystem. Alles. Ausbeutung. Konsumzwang. Die langsame Vernichtung unserer

Kultur. Das internationale Kapital. Überfremdung. Weißt du doch.»

«Nee, wusste ich nicht so genau. Und was bringt dir die Wahrheit?»

«Um kämpfen zu können, musst du klar sehen. Um deine Kräfte zu bündeln. Was grinst du, Idiot?»

Ich merkte, dass ich lächelte.

«Ich meine … Meinst du denn, es gibt das – *die* Wahrheit, die eine Wahrheit?»

«Na klar.»

Ich musste ungeheuer vorsichtig mit ihr sein. Sie war ein Rohdiamant. Die Welt lag nackt vor ihren Augen. Durch ihre Linsen wurde alles wieder so scharf und pulsierend und energetisch, wie es am ersten Tag gewesen war. Ihr Blick fing das Licht dieser Welt ein und war stark genug, es auch zu ertragen. Sie blinzelte nicht.

Vorsichtig legte ich meine Hand auf ihren Bauch und zog sie enger an mich. Und wir schliefen aneinander ein.

Irgendwann wachten wir auf. Draußen war stockdunkle Nacht.

«Ich hab von dir geträumt», sagte ich. In Wahrheit war der Traum mehrere Tage alt, aber ich fand es glaubwürdiger, ihn so zu erzählen, als hätte ich ihn gerade eben, an ihrer Seite, geträumt.

«Aha. Woher weißt du, dass ich es war? Stand mein Name im Abspann?»

«Hör zu …»

«Boah», stöhnte sie, wälzte sich auf die Seite und presste sich die Hände auf die Ohren.

«Also pass auf. Ein schmales Boot, darin ein junges Mädchen, das auf dem Rücken liegt. Ihr langes, blondes Haar über die Holzplanken des Bootsrumpfes gegossen.»

«Bin ich nicht!», fuhr sie hoch und hielt mir eine ihrer brünetten Strähnen entgegen.

«War gefärbt. Starke Strömung zerrt am Boot und will es vom Ufer losreißen. Ich stehe halb im Boot und mit dem anderen Bein noch auf dem Land. Wenn ich loslasse, könnte es uns flussabwärts tragen, ins offene Wasser, wo wir nichts mehr kontrollieren können, dort, wo Stromschnellen, schäumende Wehre, Staudämme und steile Wasserfälle kommen – und ausgerechnet in dem Moment, in dem meine Angst sich fast überschlägt, stoße ich mich leichten Fußes vom Ufer ab. Du kennst doch diese paradoxen Handlungen, wider jeden Vorsatz? Ich spürte sofort die Kraft, die uns beide ergriff. Und ich ließ uns treiben.»

Ich erzählte das ohne Hemmungen, die Träume gehören nicht uns, sie kommen von außen, nicht wir sind dafür verantwortlich. Ich schämte mich nicht für die Gefühle, die darin vielleicht zum Ausdruck kamen.

Jana reagierte nicht.

Ich tat ein paar Atemzüge. Dann beugte ich mich über sie, suchte nach einer Reaktion. Beugte mich über die glatte Haut ihres schmalen Rückens, die zarten Schulterblätter, zierlich wie Hühnerknochen, über die grau glitzernden Stoppeln im ausrasierten Nacken. Das allein hätte mir genügt, ewig so liegen zu bleiben und sie in meiner Hüftbeuge zu halten. Ausschließlich am Geruch ihres Körpers hätte ich mich berauschen können. Aber jetzt wollte ich wissen, was sie von meinem Traum hielt. Ich drückte behutsam Nase und Lippen auf ihren Nacken. Keine Reaktion. Ich atmete aus. Behutsam schob ich eine Hand auf ihre rechte Schulter. Mir schien, sie hielte die Luft an.

Wo war ihr Gesicht? Ihre Stimme? Diese raue Mädchenstimme, die so überraschend kraftvoll und entschieden aus den Tiefen der zierlichen Brust kam. Als wäre sie schon viel weiter als ich, klüger und älter.

Mist, dachte ich, ich habe mich verliebt. Ich bin abhängig davon, was sie von mir denkt. Schon nach dem ersten Mal.

Als ich endlich eine Handfläche auf ihre Wange legte, sagte diese Stimme: «Lass mich mit deiner Welt in Ruhe.»

Sie sah mich nicht an dabei.

Jähe, schmerzhafte Angst. Angst vor der eigenen, endgültigen Vernichtung. Gerade eben waren wir noch eins gewesen. Ich hatte mit ihr verschmelzen wollen, was auch für eine Weile geschah, eine kurze Weile, bis die Begeisterung abschwoll, nachließ, rausflutschte, erlahmt, ermattet zwar und tief befriedigt, aber doch mit einem Hauch Enttäuschung, dass zum Höhepunkt nicht die ganze übrige Welt zur Hölle gefahren war. Dass wir in der Hitze der Vereinigung nicht auf immer und ewig zu einem Klumpen dunkler Materie verschmolzen waren. Hart wie Diamant und ebenso unteilbar. Jetzt der Rauswurf: deine Welt! Weshalb deine oder meine, es gibt doch nur die eine?

Ich hatte schon viel zu hoch gepokert. Bei ihr durfte ich nichts vermasseln. Sie war meine letzte Chance. Wenn Jana und ich getrennt würden, dann wäre nicht nur sie für mich verloren, mein ganzes Leben wäre verspielt. Und wenn wir in zwei verschiedenen Welten lebten, dann waren wir getrennt. Ich durfte das nicht zulassen.

«Warum meine?»

«Weil du total verknallt bist.»

«Was?»

«Ich hasse abhängige Jungs.»

«Abhängig?»

«So wie du von deiner Frau.»

«Was weißt du denn von der?»

«'ne ganze Menge. Musst dich mal hören, wie du von ihr redest! Ich will nicht so werden wie die.»

Nackt und schmal stand sie auf und ging zu dem Stuhl, auf den sie Jeans, T-Shirt und Jacke geschmissen hatte. Achtlos und ärgerlich streifte sie sich die Sachen über.

«Mensch, mein Vater! War die ganze Nacht allein. Ich hab ein ungutes Gefühl.»

«Du kannst jetzt noch nicht los», sagte ich. «Da draußen treiben sich um diese Zeit alle möglichen Typen rum.» Sie lachte verächtlich.

«Jurij hat mir ein bisschen Kampfsport beigebracht. Und du, melde dich, wenn dein Tief vorbei ist.»

Der letzte Satz beruhigte mich. Es sollte also noch nicht das Ende sein. Sie ließ mir Hoffnung. Ich drehte mich auf den Rücken. Nachdem sie die Tür zugeschlagen hatte, lag ich lange mit geschlossenen Augen da. Das Tintenschwarz da draußen schien sich in Wasser zu ergießen, es verquirlte, verdünnte sich langsam, diese Mischung hellte am Ende taubengrau auf und schimmerte als Blau durch die Lider. Es war Tag geworden über der Stadt. Irgendwo schlugen schwere, tiefe Kirchenglocken. Fünf Mal. Dieser Klang beruhigte und freute mich. Tröstliche Laute waren das. Sie besagten, dass noch nicht alles eingestürzt war. Später lärmte eine Kinderschar vorbei. Erneut Stille. Dann weckten mich schwere Stiefelschritte, die die Eisentreppe hinabpolterten. Wer weiß, wer noch einen Schlüssel zu dieser Wohnung hatte. Ich schlief wieder ein.

*

Jana hätte jetzt keine Ruhe für den öffentlichen Verkehr gehabt. Jeder Blick eines Fremden in dem geschlossenen

Waggon, ohne Fluchtmöglichkeit, hätte ihr Herz rasen lassen, jede Geste hätte sie als Bedrohung oder Beleidigung gedeutet und überreagiert. Sie hätte um sich geschlagen. Das wusste sie. Ein regelrechter roter Schleier hing vor ihren Augen. Lieber ging sie zu Fuß, auch wenn es weit war. Sie musste jetzt zuerst zu ihrem Vater, der Hund konnte warten. Der Rhythmus des Gehens löste ihre Wut aus der Formlosigkeit und machte Bilder daraus.

Wütend, das war sie von allem. Darüber, dass sie ihrer Lust nachgegeben hatte. Der Sex, klar, war Spaß. Sonst hätte sie es ja nicht getan. Aber der Sex hatte sie auch wehrloser und offener diesem Polen gegenüber gemacht, als sie je sein wollte. Die Rollen stimmten nicht mehr. Sie fühlte sich selbst nicht mehr, kannte ihre Grenzen nicht. Genau genommen konnte sie nicht einmal sagen, ob es ihr wirklich Spaß gemacht hatte. Da war so eine Taubheit.

Er war die ganze Zeit über so unsicher und nachgiebig gewesen, dass sie die Rolle der Bestimmerin übernommen hatte. Darf eine Bestimmerin sich hingeben?

Aus Selbstsucht, vielleicht. Für ein bisschen Vergnügen; der Gedanke tröstete sie.

Die Läden hatten noch nicht auf. Sie kam an einem Asia-Imbiss vorbei. Musste auf einmal an die Würzsoßen denken, die dort in Flaschen auf den Tischen stehen.

Musste denken: Diese Schlitzaugen zocken einen auch ab, wie sie können. So eine Flasche Chilisoße kostet im Großhandel vielleicht zwanzig Cent. Also nahm sie so eine Plastikflasche und drückte den ganzen Inhalt über dem miserablen Reisfraß aus, der ihr soeben vorgesetzt worden wäre. Nicht nur ein paar Kleckser, sondern alles, mit mehreren demonstrativen Pforzern. Sie wollte es ihnen zeigen. Der Teller ertrank unter braunroter Lava. Das war nur das erste Signal für das, was sie jetzt gleich tun würde. Die kleine Chinesin oder was das war hinter der Theke, hatte es gesehen und schreckte hoch, begann lauthals zu protestieren in ihrer quäkenden Quengelsprache. Jana zog in aller Seelenruhe ihre Waffe, entsicherte und gab zwei Schüsse ab. Eins Kopf, zwei Brust. Das zweite Geschoss durchschmetterte auf seiner Bahn ein leeres Cola-Glas auf der Theke. Das Miststück sank dahinter zusammen. Viel Leben war nicht in ihr gewesen. Vom Lärm alarmiert, stürzte der Besitzer aus dem Magazin, wo er sein Geld hortete. Ein asiatischer Dagobert Duck auf Bergen von Golddukaten. Noch viel größeres Geschrei. Die Chinesen, hart und vertrocknet, wie sie sind, leben einzig und allein ihrem Besitz. Nun stand er da und starrte entsetzt auf das schiefe Häufchen Glieder, das von der Frau, seiner Frau vielleicht, übrig geblieben war. Sie ließ ihm Zeit. Er sollte sich das in Ruhe ansehen. Sein Grauen musste langsam wachsen. Als er den Blick hob, flehend erschrocken, mit verständnislos ausgebreiteten Armen, ließ sie ihm auch diese paar Sekunden noch. Erst als er die Lähmung überwand und auf sie zustürzen wollte, erledigte sie ihn seelenruhig mit den restlichen Patronen, die in der Pistole waren. Anschließend schob sie die Waffe in ihre Jeansjacke zurück, stand auf und verließ den Imbiss. Jetzt ging es ihr besser.

Wie aus einem Nebel stiegen vor ihr die Häuser am Moritzplatz auf. Die rohen Holzbalken eines im Ausbau befindlichen Dachgeschosses schimmerten rosig im Licht der Sonne, die sich in diesem Moment über der Oranienstraße erhob. Sie hatte nicht gemerkt, wie weit sie schon gelaufen war. Ihre ganze Wut war verflogen, hatte sich verlaufen. Ohne sich Gedanken zu machen, stieg sie zur U-Bahn hinunter. Das wollte etwas heißen, denn dort unten wartete menschliches Gewühl.

Ein bisschen tat ihr dieser Pole jetzt leid. So gebildet, so groß, so alt und dabei so verloren. Vielleicht ist das wirklich ihre Krankheit, diese unheilbare Romantik. Vielleicht hatte sie ihn zu hart behandelt. Aber sie fürchtete, dass er sich verliebt hatte. Sie wusste, wie das mit Jungs endet, die sich in sie verliebten. War noch nie gut ausgegangen.

*

Etwa um die Zeit, als Jana unterwegs nach Hause war, ungefähr um fünf Uhr morgens, verließ Jonathan Cowley ein finsteres, bunkerartiges Gebäude einige hundert Meter nördlich der Spree. Völlig ausgepowert, schwankte er leicht vor angenehmer Erschöpfung. Vor wenigen Minuten hatte er seine Bekleidung aus dem Müllbeutel gezogen, in den er sie bei der Ankunft hatte stopfen müssen. Er hatte sich angezogen und vergewissert, dass alle wichtigen Sachen wohlbehalten darin waren. Es war eine Grenzerfahrung gewesen, zwischen Leben und Tod. Umgebracht hatte er in den dunklen Winkeln des Hauses niemanden, nein, das nicht. Auch er selbst war nicht umgebracht worden. Aber wenn man einen Mann so vögeln kann, dass es fast einem Mord gleichkommt, dann hatte er das getan. Er hatte dem Typen eine Kette um den Hals gelegt und sie straffgezogen. Nicht richtig fest. Aber er stellte sich vor, wie er ihn gleich strangulieren würde. Eisenketten hingen dort genug von der Decke. Böcke standen herum, wie in einer Turnhalle. Da waren sie, die Pferde, von denen seine Großmutter immer erzählt hatte. Ein viereckiger Rumpf, mit Leder bezogen, auf staksigen Holzbeinen.

Andere Männer standen in der Halbdämmerung um sie herum und wichsten. Geredet wurde nicht viel, man hätte bei der laut wummernden Musik auch kein Wort verstanden. Cowley wollte auch gar nicht reden. Er wollte ficken. Als er kam, verfestigte sein Blick sich auf die zwei dicken, schwarzen Autoreifen, die ein paar Meter weiter auf dem Boden lagen, Lkw-Reifen waren das, und einige Sekunden lang sah er im Winkel seines hartwerdenden Blicks das verzerrte, bläulich angelaufene Gesicht des anderen. Das war der Schlussakt von mehreren Stunden, die er in diesen Räumen verbracht hatte. Er war bald nach hinten in den dunklen Keller gestiegen und hatte sich von oben anpissen lassen durch das Eisengitter, das im Boden eingelassen war. Der warme Urin tropfte auf sein Gesicht, den Hals, auf die nackten Schultern.

Es war nicht so, dass er hier Ersatz für den Polen finden wollte. Im Gegenteil, er wollte sich ablenken durch die Vielfalt der Körper, egal ob jung oder alt, mit Bart oder ohne, mit Bauch oder Muskeln. Er wollte sich vergessen in dieser Herde von nackten und halbnackten Männern. An den Geruch von Achselschweiß in dieser Intensität hier musste er sich erst gewöhnen. Er selbst war am Eingang darauf hingewiesen worden, dass er mit seinem Deogeruch beim nächsten Mal nicht wieder reinkommen würde. Cowley würde gehorsam sein.

Völlig leer ging er zum Ostbahnhof und fuhr zum Alex. Genau das hatte er gebraucht, nach dieser Geheimaktion bei Mario Kretschmann. Das Verbotene daran hatte ihm die Erregung ganz anderer Aktionen wieder in den Sinn gerufen.

*

Wie immer zögerte die Fahrstuhltür beim Aufgehen, bevor sie Jana rausließ. Dafür bekam sie einen Fußtritt. Jana hatte es eilig. Sie ging, nein, rannte zur Wohnung. Die Tür war nicht im Schloss, nur angelehnt. Ihr Vater lag seitlich auf dem Bett, zur Hälfte ins Laken gewickelt, getrocknetes Blut unter der Nase.

Sie schrie. Was passiert sei? Er kam lange nicht zu sich.

«Die Zigeuner, oder?!», rief sie.

Die Schublade im Küchenschrank stand noch halb offen. Alles Geld war weg, die Papiere auch.

«Wer war das?», schrie sie.

Ihr Vater schüttelte nur stumm den Kopf.

Sie nahm ein Kartoffelmesser aus dem Küchentisch, lief aus der Wohnung und rannte nach unten.

Sie waren erst zwei Hauseingänge weiter. Grasten hier wahrscheinlich in aller Ruhe die Wohnungen ab. Klopften bei alten Leuten, die sich nicht wehren konnten. Drei junge Frauen mit bunten Tüchern, glattem schwarzem Haar, dunkelbraunen Gesichtern. Sie wusste nicht, wo sie – wenn überhaupt irgendwo – wohnten, doch gesehen hatte sie die hier schon öfter. Sie war fast sicher, dass genau die damals ihr Rad geklaut hatten.

Ohne weiter nachzudenken, stürzte sie sich auf sie und holte mit dem Messer aus. Mehrmals. Die Frauen kreischten, rannten, eine bekam sie am Arm zu fassen. Sie wand sich, Jana fuhr ihr mit dem Messer quer übers Gesicht. Rot klaffte es da auf der Wange. Das zu sehen war sehr befriedigend, tausendmal besser, als sich selbst zu schneiden. Aufregender. Angst machender. Andere, auch arabische Frauen mit Kopftüchern, kamen dem Opfer zu Hilfe. Alles schrie durcheinander.

Ihr wurde schwarz vor Augen, wie sie da tobte und schrie. Sie sah nichts mehr. Stürzte. Jemand trat ihr in den Rücken. Sie lag, wurde festgehalten. Irgendwann drangen Sirenen durch ihre und die Schreie der anderen. Die Polizei fuhr über den Rasen auf den Bürgersteig und kam neben dem Sandkasten zum Stehen. Männer in Uniform sprangen heraus und packten sie.

«Lasst mich! Ich muss zu meinem Vater!», schrie sie, fast blind. «Die haben ihn überfallen!»

Sie wurde in den Wagen gesteckt und weggefahren.

Dann war alles dunkel. Ein Psychiater kam und sprach mit ihr. Einen Tag lang blieb sie in einem geschlossenen Raum und bekam Beruhigungsmittel. Am Tag darauf war der Termin beim Richter.

*

Cowley breitete seine Ausbeute auf dem Schreibtisch aus wie Muscheln vom Strand des Pazifiks. Zum Glück war alles sicher in der Garderobe gewesen; irrsinnig leichtsinnig, dachte er jetzt mit einem ihm selbst unerklärlichen Grinsen auf dem Gesicht. Aber er hatte keine Lust gehabt, vorher in den Wedding zu fahren, dazu war er zu aufgeregt und zu geil.

Durch das gardinenverhängte Fenster sah er hinaus auf den Platz. Er stand noch einmal auf und vergewisserte sich, dass die Zimmertür verschlossen war und der Schlüssel steckte. Dann nahm er seine Beute in Augenschein.

Das wichtigste Beweismittel war eine simple gelbgrüne Plastikkarte – der Personalausweis auf den Namen Mario Kretschmann. Mario wie Adorf, den er aus amerikanischen Filmen kannte. «Sierra Charriba» von Sam Peckinpah, zum Beispiel. Oder «The Dirty Game», ein Spionagethriller, der bei ihm als Jugendlichem das Interesse an dem Metier endgültig gefestigt hatte. Sich verstecken, verstellen. Schauspielern. Das fand er spannend. Adorf war keiner seiner Lieblingsschauspieler, er liebte mehr die Extreme, Klaus Kinskis spielerische, lauernde Bösartigkeit. Seine Wutausbrüche. Er übte lange, diese hinter der Unterlippe bohrende Zunge nachzumachen. Vor dem Spiegel. Gut wurde er nie darin.

Dieser Mario hier war laut Personalausweis in Dresden geboren, damals noch DDR. Seine Tochter lief mit dem besten Freund des Attentäters herum und half ihm bei der Suche. Sie half nicht nur, sie war es erst, die ihn auf bestimmte Spuren brachte, und insgesamt auf Trab. Wieso tut ein junges Mädchen das?

Dann eine zweite Mahnung der GEZ. Fernsehgebühren würde ich auch nicht bezahlen, dachte Cowley. Ein Brief der Krankenkasse. Bescheid des Jobcenters für Jana Kretschmann über die Kürzung der Zuwendungen wegen Versäumen eines Beratungstermins. Sie stecken alle in einem Netz von staatlichen und halbstaatlichen Zuwendungen, müssen Gebühren zahlen für scheißlangweiliges Programm. Freiheit, Freiwilligkeit, auch Initiative und Unternehmergeist, das haben sie sich längst abgewöhnt. Für Zuckerbrot mit Peitsche. Und hier, ein handschriftlicher Brief. Von einer Karin Kretschmann. Aus dem Poststempel konnte er das Wort Stuttgart entziffern. Cowley faltete ihn auseinander. Eine deutliche, schülerhafte Handschrift.

«Lieber Mario!
Ich glaube, es ist Zeit, dass ich mich mal melde. Wie kommt ihr klar? Wächst die Kleine prima? Manchmal habe ich schon ein bisschen Sehnsucht, das muss ich gestehen. Aber es ging ja nicht mehr. Du weißt es selbst. Mein Job am Band bei Mercedes ist wieder verlängert worden. Wenn ihr mal knapsen müsst, sagt Bescheid. Ich schicke euch was. Hast du inzwischen Arbeit gefunden? Ehrlich gesagt, ich finde es unmöglich, dass du dich so gehen lässt. Das hat dich und mich fertiggemacht. Und die Kleine auch …»

Cowley ließ das Blatt sinken. Das tonlose Gemurmel der deutschen Sätze rief etwas in ihm wach. Worte, die er kannte. Er konnte es nicht definieren. Das war die Sprache seiner Großmutter, und der deutsche Klang transportierte auch sie selbst durch die Zeit zu ihm. Es war nicht wichtig, dass die eine 1924 geboren war und die andere bestimmt Jahrzehnte später. Durch die Sprache waren beide Frauen miteinander verbunden, bis hinein in einzelne Formulierungen.

Dass Kretschmann in der DDR geboren war, konnte Zufall sein. Oder aber es war ein Hinweis auf tiefere Verbindungen, die hinter dem Attentäter standen. Ein einsamer, naiver Phantast wie Mauser wäre von allein vielleicht auf die Idee gekommen, einen russischen Überläufer um die Ecke zu bringen – aber er hätte es nie zu tun vermocht. Das Mitglied einer Reisegruppe, mit deren Betreuung er schließlich sein Brot verdiente und für deren Wohl er verantwortlich war. Solche linken Spinner sind meist unfähig zur Tat. Da konnte er noch so antiamerikanisch und antikapitalistisch sein. Nein, auf solch eine Aktion wird man lange vorbereitet. Attentäter werden subtil gesteuert. Ideologisch, mental, technisch. Und durch wen? Kretschmann war natürlich, bieder und einfach, wie er ihn sich vorstellte, kein hochrangiger Agent. Aber vielleicht ein gutgläubiger Verbindungsmann zu der eigentlichen Organisation. Einem feindlichen Dienst.

Cowley nahm sich vor, in den Datenbanken der Agency nach Kretschmann zu recherchieren, überlegte dann aber, ob er damit auffliegen könnte. Falls er nicht bereits gesperrt war. Das große Auge blendete er bei dieser Aktion aus.

Dass die Agency in sich gespalten war wie ein Schizophrener, war ihm schon seit einigen Tagen klar. Bester Beweis bin ich ja selbst, dachte er und kicherte lautlos. Sie hatten ihn nie wirklich aufgenommen. Er spürte doch, wie die anderen ihn dort behandelten. Klar, die offizielle Linie war tolerant, es gab sogar informelle Homosexuellengruppen in der Agency. Auf den ersten Blick alles ganz fortschrittlich. Aber man durfte nicht glauben, dass das ernst gemeint war. Hier in Berlin konnte er sich überzeugen, dass die Toleranz nicht sehr weit ging. Immer wieder fing er Blicke ab, mit denen sie sich wortlos über ihn verständigten; belustigte Blicke, freche oder obszöne. Auch der Gesichtslose nahm ihn nicht ernst, er mokierte sich ja zum Beispiel über die Länge seiner Berichte. Weil sie eben keine Ahnung haben. Weil sie nicht wissen, dass jedes Detail irgendwann etwas bedeuten kann. Irgendwann. Das kleinste Detail.

Räumen Sie dort ordentlich auf, hatten sie in der Zentrale zu ihm gesagt, als sie ihn nach Berlin schickten. Diese schulterklopfenden, ein bisschen herablassenden Ermunterungen für den Anfänger. Wirkten trotzdem: Genau wie der Präsident bei sich in Washington wollte er den Sumpf in der Berlin Station trockenlegen. Jedenfalls seinen Beitrag dazu leisten. Er war auch gleich fündig geworden. Die falsch abgelegten Vorgänge waren zwar harmlose Fälle von Sabotage, aber er hatte nicht feststellen können, dass seine Meldung darüber irgendwelche Veränderungen zur Folge hatte. Niemand wurde zur Rechenschaft gezogen. Kein Wunder, dass er jetzt erleben musste, was Sabotage im großen Ausmaß war: die Einstellung einer Untersuchung, die irgendjemandem – ob hier in Berlin oder in den Staaten – zu heiß geworden war.

Wenn er jetzt einen Rückzieher machen und einen entsprechenden Bericht schreiben würde, würden sie alles runterspielen. Würden wieder überheblich lächeln. Er musste im Untergrund bleiben, bis er die Sache restlos aufgeklärt hatte. Das Risiko der Illegalität in Kauf nehmen. Weiter ermitteln, bis er etwas Handfestes fand; Beweise, die sie nicht mehr leugnen konnten.

Irgendwann würde er den Bericht dann liefern, würde aus seinem Untergrund auftauchen. Aus taktischen Gründen noch nicht jetzt.

Cowley wusste nicht, dass er das nie nachholen würde. Er hatte in seinem Leben gelernt, das große Auge auszublenden. Das erste Mal war das vor langer Zeit geschehen, vor etwa zwanzig Jahren, auch wenn er sich nie gern daran erinnern wollte. Damals war er sieben oder acht gewesen. Sein Vater war schon fort, niemand hatte ihm gesagt, wohin und warum. Seine Mutter kümmerte sich wenig um ihn, und er war nach der Highschool oft in den hügeligen Wäldern der Umgebung herumgestreunt. Das war aufregend, eine Gegenwelt zur adretten, aufgeräumten Siedlung mit ihren Häusern und Veranden, die an der schmalen, hellen Straße aufgereiht waren wie in einem Modellbaukasten. Vom Elternhaus in der River Street musste er zuerst zu der Brücke, dann über den Fluss, den North Fork Kentucky River, und dann war er auch schon im Wald. Eine ganze Weile ging es dort bergan. Oben angekommen, konnte er den Talkessel des kleinen Ortes überblicken. An jenem Tag hatte er sich besonders weit vorgewagt, weiter als je zuvor. Er hatte einen selbstgeschnitzten Bogen und Pfeile dabei, aus Angst vor wilden Tieren. Aber statt eines Bären hatte er nur junge Wühlmäuse entdeckt, in einem versteckten Nest aus Laub und Erde. Er hob eine heraus und spürte die kleine, drängende Bewegung in seiner hohlen Hand. Er legte das Tier wieder zurück. Dann zündete er mit den Streichhölzern, die er immer bei sich trug, aus trockenen Zweigen und Gras ein kleines Feuer an. Nahm wieder eine Maus aus dem Nest, warf sie ins Feuer und hörte ein kurzes Quietschen. Dieses Quietschen fand er unwiderstehlich. Wollte es noch einmal hören. Er nahm eine zweite Maus, behielt das winzige, mit kleinen Beinchen wühlende Fellbüschel eine Weile in der Hand, spürte seine Macht über dieses Leben und warf es ebenfalls in die Flammen. Er fühlte sich da schon geradezu süchtig nach dem Quietschen. Süchtig wie seine Mutter nach süßem Essen, die zu Hause vor dem Fernseher saß, Marshmallows und anderes in sich hineinstopfend, während ihre Schwiegermutter oben in ihrem Dachzimmer saß und einsam vor sich hin dachte. Sie sprach nicht mehr viel, saß einfach nur stundenlang reglos da und war in ihren Gedanken. Cowley wollte das Quietschen immer und immer wieder hören. Bald war das Nest leer, keine Maus mehr übrig. Als er das feststellen musste, wurde Cowley traurig und hilflos. Er fühlte sich verraten und sehr allein. Er bereute, nicht wenigstens eine Maus für sich aufgehoben zu haben. Nur das bereute er, nicht aber, dass er gegen das Fünfte Gebot aus der Bibelschule verstoßen hatte: *Thou shalt not kill.* Aber Gott war fern. Hierher in den Wald konnte der gar nicht sehen. Und sein Vater war weg und sah ihn auch nicht. Cowley tötete also. Er tötete weit entfernt von seinem Elternhaus, in einer besonderen Zeitzone. Hier auf dem Hügel, zwischen dürren Sträuchern, hätte er alles tun können. Er blendete das Auge Gottes aus. Niemand sah ihn.

Das war damals so gewesen und war jetzt wieder so. Als er gestern den Hauseingang betreten hatte und den Fahrstuhlknopf drückte, fühlte er sich ebenso weit weg von allem. Er war inoffiziell hier und fühlte sich unbeobachtet. Diese Person, Jana, war noch nicht mit Namen in seinen Berichten aufgetaucht, nur als «das Mädchen», ein paarmal an der Seite des Polen. Sie war nicht aktenkundig, insofern gar nicht real. Vor der Haustür suchte er nach dem Zettel, auf dem er das

Stockwerk notiert hatte, das das Mädchen damals gedrückt hatte, konnte ihn aber nicht mehr finden. Cowley fragte sich, ob der Zettel vor seinem Besuch in dem dunklen Haus noch in der Tasche gewesen war. Jedenfalls war es ein Knopf in der oberen Reihe gewesen, daran erinnerte er sich. Er drückte die Elf. Als die Fahrstuhltür oben sich sadistisch langsam aufzugehen bequemte, stand er in einem tristen Flur, von dem die Wohnungstüren abgingen. Er blieb stehen und horchte in den Flur hinein. Die Fahrstuhltür schloss sich, etwas ruckelte, vom Spielplatz unten drang Kindergeschrei, Frauenstimmen, Autohupen. Alles sehr verdünnt, sehr entfernt. Hinter den Wohnungstüren schien Stille zu herrschen. Als er aber genauer hinhorchte, vernahm er doch etwas. Eine dumpfe Stimme. Eine schimpfende Frau, kurz und laut. Ein Poltern. Alles gedämpft.

Er wusste, dass das Mädchen nicht zu Hause war. Aber möglicherweise ihre Eltern, ihr Freund, Vater oder Mutter. Er trat an die erste Tür und las den Namen. Cemal, dann Özkaya, dann Dordevic. Henze. Er konnte nicht einschätzen, ob das Mädchen eine Deutsche war. Eher ja. Er klingelte. Hinter der Tür war etwas wie Fernsehlärm zu hören, aber es hätte auch aus einer anderen Wohnung kommen können. Niemand öffnete.

An der nächsten wurde aufgemacht. Eine Frau, balkanisch, dunkles, zurückgebundenes Haar, strenge Züge. Misstrauisch.

«Haben Sie etwas Zeit für ein Gespräch über Gott?», fragte Cowley.

Die Frau schüttelte wortlos und traurig den Kopf und wollte die Tür schließen. Er setzte den Fuß hinein und sagte hastig: «Warten Sie, Ihre Tochter …»

«Ich habe keine Tochter!» Sie schrie fast.

Wer jetzt hier zu Hause war, musste es gehört haben und war gewarnt.

Cowley klingelte an der nächsten Tür. Kretschmann. Nichts. Er wartete, horchte. Als er sich schon abwenden wollte, kam von drinnen ein Schlurfen. Dumpfe Bewegungen, ein Stoß gegen etwas.

Dann öffnete ihm ein Mann im Unterhemd, mit gerötetem Gesicht.

«Haben Sie ein bisschen Zeit für ein Gespräch über Gott?», fragte Cowley.

Der Mann nickte wortlos. «Ich weiß schon», sagte er und ließ ihn ein.

Cowley betrat den kleinen Flur, von dem links ein dunkles Zimmer und geradeaus eine kleine Küche abgingen. Der Mann führte ihn in die Küche und bot ihm einen Stuhl an dem winzigen Tisch.

«Tut mir leid, bisschen eng hier», sagte er. «Sind die Zeiten. Möchten Sie was trinken?»

«Eigentlich hatte ich erwartet, Ihre Tochter hier zu treffen, wie heißt sie doch gleich?»

«Jana», erwiderte der Mann. «Sie kennen Jana? Ist nicht da. Oh, sie macht mir große Sorgen. Seit ihre Mutter weg ist … Ich schaffe das alleine nicht. Die Erziehung. Sie treibt sich die ganze Zeit rum. Lassen Sie uns lieber über Gott sprechen. Das ist ein angenehmeres Thema. Er ist so weit weg. Wir in der DDR sind ja sowieso ohne ihn aufgewachsen, wissen Sie. Aber manchmal denke ich, jetzt könnten wir bald einen gebrauchen. Ich rede manchmal auch gern mit solchen wie Ihnen. Neulich waren zwei Frauen hier, aus dem gleichen Verein.»

«DDR. Dann können Sie Russisch?», fragte Cowley.

«Lernen mussten wir das alle, aber können tat es keiner richtig», antwortete Janas Vater. «Und die Russen … Die haben uns fallen lassen wie heiße Kartoffeln, mit ihrer Scheiß-Perestroika. Sind einfach abgehauen. Haben uns im Stich gelassen. Wer solche Freunde hat, braucht keine Feinde mehr.»

Cowley nickte zustimmend.

«Dann halten Sie nicht viel von ihnen?»

«Na, die Amis sind auch nicht besser», erwiderte Kretschmann, jetzt hellhörig geworden. «Aber die Russen hatten den ersten Mann im All. Apropos, weil Sie doch über Gott reden wollten. Gagarin hat im Weltall vergeblich nach ihm Ausschau gehalten.»

«Ach so», sagte Cowley, seine Gedanken liefen in einer ganz anderen Richtung.

«Kommen Sie aus Amerika?», fragte Kretschmann vorsichtig. «Sie haben ein bisschen diesen Akzent.»

Cowley nickte bedächtig. «Ja, ist aber nicht schlimm.»

«Was … nicht schlimm?»

«Was Sie über Amerika gesagt haben.»

«Hm», sagte Kretschmann.

«Sie wissen nicht zufällig, womit sich Ihre Tochter gerade beschäftigt?»

Kretschmann schüttelte den Kopf.

«Das wäre aber besser», mahnte Cowley. «Die Kinder sind die Speerspitze Gottes. Die Macht des Herrn wirkt klarer und frischer in ihnen als in uns alten Sündern. Wir sind schon verbraucht. Die Kinder sind unsere Zukunft.»

«Ich hab kein Einfluss auf sie», rief Kretschmann unbeherrscht. «Die macht doch, was sie will. Seit ihre Mutter weg ist.»

«Und seit wann kennt sie diesen Polen?», fragte Cowley.

«Jetzt auch ein Pole noch? Ach du lieber Gott! Davon weiß ich nichts.»

Cowley seufzte schwer.

«Sie sollte eigentlich längst zu Hause sein. Ihr Handy nimmt sie nicht ab.»

Cowley wurde klar, dass der alte Mann tatsächlich keine Ahnung hatte, was seine Tochter trieb. Wenn er in dieser Sache drinsteckte, wurde er benutzt – von ihr, von anderen.

«Geben Sie mir mal ihre Handynummer.»

Kretschmann nahm sein Telefon und diktierte sie ihm.

Cowley stand auf und sah sich in der Küche um.

«Sie erlauben», sagte er und öffnete die Tür des Küchenschranks.

«Was soll das?», rief Kretschmann hilflos. «Was suchen Sie denn da?»

Er erhob sich, streckte ebenfalls den Arm aus und berührte Cowleys Ellbogen, um ihm helfen oder ihn zu hindern, das war nicht klar. Cowley drückte den Arm weg und packte ihn am Handgelenk. Der Mann schwankte, wie betrunken. Cowley führte ihn die paar Schritte in das andere Zimmer und stieß ihn aufs Bett. Dort blieb er liegen, zusammengekrümmt wie ein Embryo.

«Dein ist die Kraft und die Herrlichkeit in alle Ewigkeit», sagte Cowley. Er ging zurück, zog die Schubladen auf, fand einen Personalausweis und ein paar andere Papiere. Dann stieg er auf einen Stuhl und fuhr mit der Hand oben über den Küchenschrank. Dort lag ein Brief. Das Geld ließ er in der Schublade. Er hatte seine Ehre.

Als er draußen auf dem Flur war, besann er sich, kehrte noch einmal um und nahm die paar lächerlichen Scheine an sich. Das sah natürlicher aus. Geld, das bei einem Einbruch zurückgelassen wird, weckt unnötige Fragen. Wobei, der deutschen Polizei traute er so viel Scharfsinn ohnehin nicht zu.

*

Wir haben die Kontrolle über ihn verloren», sagte der Gesichtslose.

Der stellvertretende Station Chief, offiziell Presseattaché der Botschaft, schwieg. Er schwieg gezielt, um seinen Untergebenen zu verunsichern.

«*He's kind of* Querschläger», versuchte es der Gesichtslose.

Sein Gegenüber ließ sich nicht anmerken, ob er das Wort kannte oder nicht. Oder empört war, dass der Gesichtslose ihn wie einen grünen Jungen behandelte.

«Er weiß natürlich genau, wie wir nach ihm fahnden. Die Methoden haben wir ihm ja selbst beigebracht.»

«Am Leben ist er?»

«Ja. Gestern hat er etwas in unseren Datenbanken gesucht. Und er recherchiert weiter im Fall Mauser.»

«Woher wissen Sie, dass er es war? Irgendjemand kann ihm die Kennwörter abgenommen haben.»

«Der letzte Zugriff kam von einem Internetcafé in Neukölln. Dasselbe, in dem der Pole immer ins Netz gegangen ist. Das spricht dafür, dass er es war. Er geht seine üblichen Wege. Wir sperren seinen Zugang nicht, um wenigstens noch Hinweise zu bekommen, woran er arbeitet. Offenbar sucht er weiter hartnäckig nach einer russischen Spur in dem Fall. Gestern hat er nach irgendeinem Kretschmann geforscht, dem Vater einer Freundin von Urbaniak.»

«Vielleicht weiß er mehr als wir?»

«Dieser Kretschmann ist ein armes Schwein aus der DDR. Ganz unwahrscheinlich, dass er irgendetwas mit dem Fall Katz zu tun hat.»

Der Gesichtslose nahm einen Ausdruck und hielt ihn so nah vor seine Augen, als wollte er die Buchstaben einzeln aufklauben.

«Jahrgang 1959. Geboren in Brandenburg. POS, das heißt

Polytechnische Oberschule, Lehre als Kfz-Schlosser. Abendschule. Abitur. Dann NVA, Nationale Volksarmee. Ingenieursausbildung. Wechsel in einen Betrieb in der Nähe des Wohnworts, Eilenburg. Während der Wende Betriebswechsel. 1992 Erkrankung. Was für eine, steht nicht da. 1993 Tätigkeit in der Marktforschung. Klingt gut, nicht wahr? Aber wissen Sie, was es heißt? Sie laufen von Tür zu Tür und lassen sich dieselbe vor der Nase zuschlagen, oder Sie stehen in der Fußgängerzone und fragen die Leute, welches Shampoo sie benutzen. Ab 2000 dann Verkäufer und Versicherungsvertreter. Mehr steht nicht in unserer Datei.»

«Möglicherweise hat die Biographie Lücken.»

«Ganz gewiss sogar. Aber selbst wenn er IM gewesen ist oder sogar Stasi-Mitarbeiter ... Nein, unwahrscheinlich. So einer würde nie als Verkäufer arbeiten, die haben ihre Seilschaften. Von dieser DDR-Biographie auf russische Verbindungen zu schließen, würde bedeuten, dass man die gesamten neuen Bundesländer unter Generalverdacht stellt. So denkt nur ein junger, unbeleckter Officer, der keine Ahnung von Deutschland hat. Die Russen sind in dieser Stadt sowieso überall. Das wissen wir beide. Leider, muss ich jetzt fast sagen, war ausgerechnet der Tod von Jeremias Katz ein natürlicher.»

«Was treibt Cowley dann an?»

«Wollen Sie meine ehrliche Meinung hören? Es ist eine Obsession ganz persönlicher Art. Fall für die Psychopathologie. Familiäre Disposition. Dieser Überfall, von dem er mir erzählt hat, angeblich Araber, in Neukölln, den hat er sich vermutlich ausgedacht. Ist irgendwo abgesoffen, in einer Schwulenbar, wer weiß, was da passiert ist, und er brauchte eine plausible Erklärung für die Blutergüsse. Beweise hatte er keine. Wie er es erzählt hat, muss es da schön sadomasochistisch hergegangen sein. Passt zu ihm. Haben Sie mal in seine Personalakte geguckt? Bis zu seinem sechsten Lebensjahr wurde er ständig vom Vater geprügelt. Und ausgerechnet so einer läuft seit Tagen diesem Polen hinterher. Er ist fixiert. Homosexuell. Er kann oder will jetzt einfach nicht mehr loslassen.»

Der Chef verriet mit keiner Miene, was er davon hielt. Diese jungen Schnösel haben einfach Angst, sie könnten etwas Falsches sagen. Und diese Unsicherheit machen sie noch durch Frechheit wett.

«Und außerdem …» Der Gesichtslose tastete im Nebel der Nicht-Reaktion behutsam nach Worten.

«Ja?»

«Außerdem hat er diese deutsche Großmutter. Sie muss ihren Führer geliebt haben, wie alle damals. Sie war beim Bund Deutscher Mädel, und dann geht so eine ausgerechnet mit einem US-Soldaten in die Staaten.»

«Ja, und?»

«Manchmal scheint mir, Cowley rächt seine Großmutter. Er wird in diese Stadt geworfen, bekommt den Geruch Berlins in die Nase und flippt aus. In umgekehrter Richtung, verstehen Sie? Zwei Generationen hat das gehalten, die Vernunftwerdung. Wobei wir nicht einmal wissen, was mit seinem Vater war. Und jetzt dreht die Kompassnadel wieder um 180 Grad.»

«Absurd», sagte der stellvertretende Station Chief, «Ihre hausgemachte Psychologie. Überlassen Sie das unseren Spezialisten.»

Durch die Lippen des Gesichtslosen blubberte kraftloser Widerspruch.

«Entscheidend ist, dass Sie die Verantwortung für ihn tragen. Es ist Cowleys erster Auslandseinsatz. Der Mann ist unerfahren», sagte der Chief.

«Ich würde sagen, es war schon ein Fehler der Zentrale, so jemanden hierherzuschicken.»

Der stellvertretende Station Chief klappte irgendeinen Aktendeckel zu, den er nur geöffnet hatte, um bei Bedarf den Blick vom Nicht-Gesicht seines Untergebenen abwenden zu können. Mit keinem Halbsatz hatte er nach Mauser gefragt. Das fiel dem Gesichtslosen aber erst auf, als er den asphaltierten Weg zum Parkplatz hochging. Konrad Mauser schien gar keine Rolle mehr zu spielen. Er war eines natürlichen Todes gestorben: eingegangen an mangelndem Interesse. Oder aber, und dieser Gedanke kam ihm jetzt zum ersten Mal, sie wussten dort in Virginia längst, wo er war.

*

Jana blieb zwei Tage verschwunden. Das Handy meldete «vorübergehend nicht erreichbar». Paweł machte sich Sorgen.

Sie war vierundzwanzig Stunden in Haft. Untersuchung durch eine Ärztin des sozialpsychiatrischen Dienstes. Dann ein kurzer Termin vor dem Amtsrichter. Bewährungsstrafe mit der Auflage: Anti-Aggressionstraining. Sie durfte nach Hause.

«Ich habe dich gerächt», sagte Jana ein bisschen stolz, als sie ihren Vater sah. «Die trauen sich nie mehr hierher.»

«Wer – die?»

«Na, die Zigeunermädchen.»

«Es war ein Mann», sagte ihr Vater.

«Was?!»

«Ja. Er sah aus wie ein Zeuge Jehovas, so ein grauer Anzug, da hab ich erst nichts Böses geahnt. Er sah ganz nett aus. Von denen waren ja schon mal welche da. Er kam rein, hat sich im Zimmer umgeguckt, hat mich gar nicht beachtet und angefangen, alles zu durchsuchen. Hat mir eins auf die Schnauze gegeben, als ich ihn davon abhalten wollte.»

«Warum hast du das nicht gleich gesagt?»

«Hast mich ja nicht ausreden lassen. Nach dir hat er übrigens auch gefragt.»

«Der Zeuge Jehovas hat nach mir gefragt? Was wollte er wissen?»

«Was du so treibst.»

«Und, was hast du geantwortet?»

«Ich weiß nichts.»

Jana nahm die Ringbahn und stieg am Innsbrucker Platz aus. In dieser Gegend war sie noch nie gewesen. Sie ging an der rasenden Stadtautobahn entlang und bog in eine schmale Straße ein, die schnurgerade auf ein altes, rundes Gebäude zuführte. RIAS stand in großen Lettern auf dem Dach. Links davon musste die Adresse sein, die sie aufsuchen sollte.

Sie stieg in den ersten Stock und klingelte an der dunkel gestrichenen Tür einer Altbauwohnung. Eine Frau in Weiß öffnete. Fragte nach ihrem Namen, bat sie, Platz zu nehmen, notierte sich etwas. Außer ihr wartete niemand hier. Nach einer Weile kam eine größere Frau herein und bat sie in ihr Zimmer, die Praxis oder was das war. Die Frau hatte ein ruhiges, flächiges Gesicht. Irgendwie kam ihr dieses Gesicht bekannt vor. Helle Haut vom Typ der Sommersprossigen, aber ohne solche. Brünettes, leicht gewelltes Haar. Schöne, braune Augen. Der Blick erst vorsichtig taxierend, dann offen und freundlich. Eigentlich ein schönes Gesicht. Nur die Lippen vielleicht eine Spur zu schmal, so als hätte sie nicht viel zu lachen im Leben. Sie nahm auf einem Stuhl vor dem

Schreibtisch Platz, die Frau saß dahinter. Diese Psychologin sollte ihr ihre Wut austreiben.

Sie könnte meine Mutter sein, dachte Jana.

«Da hast du dir ja ganz schön was geleistet», sagte die Frau mit der Andeutung eines Lächelns.

Jana zuckte mit den Schultern.

Die Frau blätterte in irgendwelchen Papieren.

«Du warst ja vor einem Jahr schon mal bei einer Kollegin von mir, sehe ich.»

Jana zuckte böse mit den Schultern.

«Erzähl mir doch bitte einfach mal, was passiert ist.»

«Mein Vater ist überfallen worden, ich musste ihn rächen.»

«Kannst du mir beschreiben, was du dabei empfunden hast, als du dieses Mädchen geschlagen hast?»

«Ph», pfiff Jana verächtlich. «Sie hat meinen Vater ausgeraubt. Hat seine Hilflosigkeit ausgenutzt. Zigeunerfotze vom Balkan, lebt hier von Sozialhilfe wie ihre ganze Sippe, kein Einziger von denen geht arbeiten. Bin ich eben ausgerastet.»

Die Frau brauchte nicht zu wissen, dass es tatsächlich ein Zeuge Jehovas gewesen war. Das hätte sie auch gar nicht geglaubt. So ein religiöser Freak soll einen Diebstahl begehen? Statistisch gesehen war es eine Zigeunerin, und deshalb saß sie ja auch hier.

«Soweit ich weiß», die Therapeutin blätterte, «lebst du selbst auch von staatlicher Unterstützung.»

«Ich? Das ist ja wohl was anderes. Ich bin nicht extra in dieses Land gekommen, um Sozialhilfe abzuzocken. Ich bin hier geboren. Ich gehöre dazu. Mein Vater hat sein Leben lang malocht. Außerdem arbeite ich.»

«Aha. Was tust du?»

«Geht Sie nichts an.»

«Hör mal, wenn wir beide hier weiterkommen wollen, sollten wir offen miteinander reden. Du lebst bei deinem Vater?»

«Oder er bei mir, wie Sie wollen.»

«Kommt ihr gut miteinander aus?»

«Wunderbar.»

Lief der Therapeutin ein Kichern am Gaumen entlang, oder kam ihr das nur so vor?

«Meinst du nicht, du hättest das Problem auch anders lösen können?», fragte die Frau. Sie schrieb etwas auf.

«Wie? Mit gutem Zureden? Diese Penner streunen ständig überall rum und schauen bloß, was sie mitgehen lassen können. Die Polizei tut denen gar nichts, aber mich machen sie an, wenn ich meinen Hund ohne Leine laufen lasse. Mein Fahrrad ist mir schon hundert Mal geklaut worden.»

«Wir werden vor allem darüber reden müssen, wie man solche Konflikte ohne Gewalt löst.»

«Klar, ohne Gewalt, immer schön runterschlucken, immer nur reden, alles so laufen lassen. Hauptsache, kein Ärger. Ihr hier könnt das vielleicht, euch geht es ja sowieso gut. Aber irgendwann kommt der große Knall.»

«Wen meinst du mit *euch*?»

«Euer scheiß bürgerliches Milieu hier.» Sie machte eine Handbewegung über die Bücherwände. Die Psychologin notierte sich etwas. Dann hob sie den Blick und fragte:

«Und der *große Knall*. Was verstehst du darunter?»

«Krieg.»

«Was denn für ein Krieg?»

«Der steht kurz bevor. Sieht doch jeder.»

Jana war das so sonnenklar, dass sie sich jedes Mal fragte, wie man das nicht sehen konnte. Sie kannte nur Eilenburg und Berlin, aber das waren schon eine Menge Menschen, und die wurden alle immer aggressiver und ungeduldiger, das konnte jeder merken. Niemand glaubte mehr daran, dass die Regierung irgendetwas unter Kontrolle hat. Merkel faltet immer nur ihre Hände und wartet ab. Stück für Stück bricht alles auseinander. Über allem zieht sich so etwas wie eine dunkle Gewitterwolke zusammen. Und die muss sich irgendwann entladen. Es war nur eine Frage die Zeit.

Das Gespräch strengte sie an. Und auf ihre Antworten ging die Frau gar nicht ein, sie schrieb die ganze Zeit nur.

Zum Abschied reichte sie ihr ein Kärtchen. Jana schob es achtlos in ihre Jackentasche. Sie war stinksauer, ohne genau zu wissen, warum. Vielleicht war sie zu lange gezwungen gewesen, sich zusammenzureißen. Normal zu reden. Vielleicht war die Frau schuld gewesen, ihre Art oder das, was sie gesagt hatte. Diese eine Stunde, die sie über sich ergehen lassen musste, um die Auflagen des Richters zu erfüllen, hatte so viel Wut in ihr angestaut, dass man das Ganze auch als Aggressionsaufbautraining hätte bezeichnen können. Muskelaufbau, Aggressionsaufbau, lachte sie. An der Imbissbude am Innsbrucker Platz kaufte sie sich eine Flasche Schultheiss. Der erste kalte Schluck aus der Glasöffnung, die die Lippen so schön rund macht, wirkte wie eine zusätzliche Dosis Sauerstoff im Blut. Warum hatte sie nur so lange auf dieses einfache, harmlose Mittel zur Entspannung verzichtet? Sie nahm sofort einen weiteren großen Schluck und stieg zur S-Bahn hoch. Der Zug Richtung Sonnenallee fuhr ein. Sie schaltete ihr Handy ein und rief Paweł an.

«Wo bist du?»

«Das fragst du mich?», rief er empört, aber glücklich.

«Ich hab echt die Wut!», sagte sie.

In der Bahn fiel ihr die Visitenkarte wieder ein. Friederike Honegger-Urbaniak. Gestalttherapeutin, las sie. Frauen mit Doppelnamen fand sie schon mal prinzipiell bescheuert.

Statt sich mit der Tatsache abzufinden, dass sie ein einzelner, bestimmter Mensch sind, für den dann auch ein Name reicht, müssen sie ihre Bedeutung durch einen zweiten Namen unterstreichen. Schade, dass man sich nicht drei oder vier Nachnamen zulegen kann. Dann könnten sie sich spreizen wie die Pfauen mit lauter bunten Nachnamen. Und ihr kleines, dummes Pfauenköpfchen in dieser Federpracht verstecken.

Aber diese Frau hier war tatsächlich wichtig, kein Zweifel. Denn es war Pawełs Frau.

Sie bekam leichtes Herzklopfen. Mann, Pawełs Frau. Zufall oder arrangiert? Sie kombinierte blitzschnell. Dass sie die Zigeunermädchen schlagen würde, hatte niemand vorher wissen können. Das war ihre freie Entscheidung, ihre Tat gewesen. Sogar wenn die ihren Vater nicht ausgeraubt hatten – die hatten genug anderes auf dem Kerbholz. Kerbholz, auch so ein Wort von ihrem Vater. Sie fragte sich, ob Paweł vielleicht von dieser Therapie wusste oder etwas davon erfahren konnte? Vermutlich nicht. Schweigepflicht. Erzählen durfte die Frau Paweł nichts. Außerdem wusste die Frau ja gar nicht, wer sie war. Jana war für sie nur eines von vielen Mädchen, die in ihre Beratungsstelle kamen. Ihr Name konnte ihr gar nichts sagen. Jetzt atmete sie erleichtert auf.

Es sei denn, Paweł hätte von ihr erzählt.

Nachdem sie sich beruhigt hatte, überkam sie ein seltsames und erregendes Gefühl, plötzlich ein Geheimnis vor Paweł zu haben: dass sie nun seine Frau kannte. Damit stand er jetzt ganz schön dumm da. Immer hatte er einen Vorsprung gehabt. Seine Frieda im Ärmel. Frieda mit ihrem Rotweinmund. Sie sah übrigens gar nicht so alt aus, wie Jana sie sich nach Pawełs Erzählungen vorgestellt hatte.

Er konnte jederzeit zu seiner Frau zurück. Jana blieb draußen. Sie musste damit rechnen, dass Paweł ihr nie die ganze Wahrheit über seine Ehe erzählte. Was er mit seiner Frau machte, was nicht. Ob sie noch vögelten. Ehrlich gesagt, interessierte sie das einen Scheißdreck. Viel spannender fand sie, worüber sie sich unterhielten. Vielleicht sogar über sie, Jana. Du, würde Paweł zu Frieda sagen, ich hab da so ein junges Ding kennengelernt, die fährt total auf mich ab. Ich kann sie jetzt nicht enttäuschen, nimm's mir nicht übel. Sie hat Vertrauen zu mir. Lass mich diese Erfahrung mit ihr machen. Als meine langjährige Ehefrau wirst du wohl Verständnis dafür haben.

Und als Psychologin auch!, kicherte Jana. Frieda würde wortlos nicken, im Innersten aber doch verletzt, und etwas runterschlucken. Sie schluckt sowieso die ganze Zeit, davon hatte sie sich eben überzeugen können. Und dann würde sie sich selbst analysieren.

Immer war er es gewesen, der mehr wusste, und sie war auf ihn angewiesen. Auf sein Wissen. Jetzt sah das anders aus. Sie beschloss, dieses Geheimwissen erst einmal sorgsam zu hüten.

*

Wenn Cowley nachts im Schutz eines Kapuzenpullis durch seinen neuen Kiez schlenderte und an einem der vielen Friseursalons vorüberkam, blieb er gern stehen und warf einen Blick in diese hell erleuchteten Wohnzimmer, denn viel mehr war es ja nicht. Auf Frisierstühlen und oft ganz normalen Sitzbänken hockten dort junge Männer herum. Manchmal konnte er zusehen, wie sich gleich zwei Haareschneider, Männer mit Messern oder Scheren, einem Kunden widmeten, während ein Dritter danebenstand und ihnen zusah. Die Männer achteten nicht auf Abstand, sie schienen die vertraute Nähe sogar zu genießen. Das Haareschneiden diente ihnen offensichtlich als Anlass zum geselligen Austausch. Cowley betrachtete die dunklen Schädel und versuchte zu begreifen, was das Ziel dieses Rituals war. Die kurz rasierten Schläfenseiten und die exakte Trennlinie zum dichten, schwarzen Haupthaar schien für sie ein Attribut wahrer Männlichkeit zu sein. So einer trat dann mit aufgefrischter Frisur zugleich als neuer Mensch an die Luft hinaus, gewissermaßen als erneuerter Mann. Tatsächlich waren neben den Wettbüros die Friseure das erkennbar blühendste Gewerbe um Cowleys selbstgewähltes Versteck herum. «Sportwetten» prangte an jedem dritten Laden.

Am ersten Abend war ihm auch wieder die große, bunte Neonreklame am Eckhaus über die Kreuzung aufgefallen. Neben dem Namen des Cafés stand «Polska». Als er das las, wurde Cowley bewusst, dass er immer noch viel an diesen Polen dachte. Dann war er dort eingekehrt und hatte einen Kaffee bestellt. Über der Theke hing ein roter Schal mit der Aufschrift «Bóg, Honor, Ojczyzna». Die wenigsten Barhocker waren besetzt. Vor einem Spielautomaten saß ein kräftiger Mann, der das Gerät mit beiden Armen packte, als wollte er es zu Tode rütteln, wenn es jetzt nicht sofort einen Haufen Münzen ausspuckte. Bei der Mehrzahl der Gäste handelte es sich um sportliche Kerle, Arbeitertypen, die aussahen, als ob sie nach Feierabend ihr Bierchen hier tränken. Auf einer Bank am Fenster, unter großen Palmwedeln, saß eine deutsche Rentnerin mit dünnem, weißem Haupthaar und rauchte. Eine Sekunde lang fragte Cowley sich, ob seine Großmutter auch so dagesessen wäre, wenn sie nicht von hier in die Staaten gegangen wäre. Ob hier oder auf dem Dachboden des Hauses in Jackson, das spielte eigentlich keine Rolle. An den Wänden leuchteten jetzt im Mai noch knallbunte Reste einer

Silvesterdekoration. Die runde Kellnerin sprach ihn auf Polnisch an, schaltete aber freundlich ins Deutsche, als sie merkte, dass er kein Wort verstand. «Was steht auf dem Schal?», fragte er. «Gott, Ehre, Vaterland», erklärte sie. Cowley fand zu seiner Enttäuschung hier nichts, nicht einmal einen Hauch dessen, was ihn an Paweł Urbaniak faszinierte. Die Anziehungskraft dieses Mannes konnte nichts typisch Polnisches sein. Auch von der nackten, alkoholisierten Verzweiflung, die er bei so vielen Männern an den U-Bahnhöfen beobachtete, war in diesem Lokal nichts zu spüren. Im Gegenteil, hier ging es so freundlich und bieder zu wie in jeder Berliner Eckkneipe, nur die Sprache war eine andere. Sobald er seinen Kaffee ausgetrunken und begriffen hatte, dass hier keine Spur vom Reiz seines Objekts zu finden war, dass sich auch dieser Mann niemals hierher verirren würde, zahlte Cowley und ging.

Nach dem Besuch in dem großen dunklen Haus war er entspannter als in der Zeit zuvor. Das dort Erlebte hatte seine Phantasie und Lust erst richtig angefacht. Er hatte Dinge gesehen, die er noch nie im Leben getan hatte. Am liebsten wäre er am nächsten Tag sofort wieder hingefahren, um derlei auszuprobieren.

Gestern war er in einem Café mit einem jungen Mann ins Gespräch gekommen. Auf sein Zimmer konnte er ihn nicht mitnehmen, die Wohnung war zu klein und zu hellhörig. Der spanische Macho hätte protestiert, und die Vermieterin hätte ihn, bei aller Sympathie, vielleicht doch rausgeworfen. Aber schließlich war er auch nicht dazu hier im Wedding untergetaucht, um sich ein schönes Leben zu machen. Er hatte eine Mission: Er wollte das schmutzige Geheimnis dieses Falles aufklären, wollte herausfinden, wer hier was zu verbergen versuchte.

Dass der Besuch bei Janas Vater so unergiebig gewesen

war, konnte er sich nicht vorwerfen. Es hatte ihn auch nur vorübergehend entmutigt. Immerhin kannte er nun den Vornamen des Mädchens. Die Trophäen der Begegnung waren noch auf dem Tisch aufgereiht, neben dem Metallteil von seiner Großmutter. Er wusste nicht, ob das Mädchen überhaupt etwas von seiner Visite mitbekommen hatte. Möglicherweise fand sie ihren Vater öfter mal so hilflos auf dem Bett vor, und vielleicht hatte er ihr aus Scham nichts erzählt. Am Tag darauf hatte Cowley die Handynummer gewählt, die der alte Kretschmann ihm auf einen Zettel gekritzelt hatte. Gleich nach dem ersten Ton wurde abgehoben, und eine Mädchenstimme sagte «Hallo?». Er fragte «Jana?» und erhielt keine Antwort. Beim zweiten Versuch hatte sie gar nicht mehr abgehoben, beim dritten meldete der Provider die Nummer als «nicht erreichbar».

Cowleys Bewegungsfreiheit war durch die Tatsache eingeengt, dass er jetzt im doppelten Sinne *undercover* arbeiten musste. Die eigenen Leute waren hinter ihm her. Sie wussten alles über ihn; noch dazu ging ihm allmählich das Geld aus. Seine Bankkarte war gesperrt, der Automat hatte sie geschluckt, als er – zur Sicherheit in einem entfernten Bezirk – versuchte, noch einmal Geld abzuheben.

Ausgerechnet vor dem Ort, den er unbedingt in Augenschein nehmen wollte, nämlich die Wohnung in der Sonnenallee, fürchtete er sich seit dem Überfall. Fürchtete sich wie ein Tier, das irgendwo geschlagen wurde und sich jetzt auch mit Gewalt nicht wieder dorthin zerren lässt. Diese Angst wurmte ihn selbst. Er deutete sie aber auch als Zeichen, dass diese Wohnung ihn nicht grundlos anzog, dass dort etwas Wichtiges verborgen sein musste. Die Frage des Gesichtslosen, ob der Gesuchte sich vielleicht dort verstecken könnte, ging ihm nicht aus dem Kopf. Der hatte das vermutlich einfach so hingeworfen, um seinen Operations Officer in die Enge zu treiben. Doch selbst wenn Mauser sich nicht dort versteckte, wusste möglicherweise irgendjemand in der Wohnung, wo er zu finden war. Der Ehemann der Kurdin war Türke. Es wäre kein Problem für ihn gewesen, Mauser außer Landes zu bringen, in den Nahen Osten.

Cowley hätte ein Taxi bis vor die Haustür nehmen können, aber bestimmt hätten sie ihn sofort beim Aussteigen entdeckt. Und sie würden ihn nicht so sanft anfassen wie beim ersten Mal. Nein, hier war eine originelle Lösung gefragt. Und Cowley hatte auch schon eine todsichere Idee.

*

Aus unerfindlichen Gründen war Jana super gelaunt. Ihr Vater schlief noch, als sie aufstand und überlegte, was sie anziehen sollte. Sonst fragte sie sich so etwas nie. Normalerweise angelte sie mit verklebten Augen irgendwas aus dem Haufen über und neben dem Stuhl. Heute hatte sie Lust auf etwas Besonderes. Es war erst die zweite Sitzung, aber das Spiel mit der Therapeutin, die Pawełs Frau war, begann, ihr zu gefallen. Es war eine Art Boxkampf, der sie dort erwartete, oder besser noch ein Tanz, und sie dabei in keiner schlechten Position. Sie wusste, wer die Frau war, die aber wusste nicht, wer Jana war.

Ihr fiel das T-Shirt mit dem Aufdruck «Öko-Sex» in die Hände, das Paweł ihr geschenkt hatte. Der Mann war wirklich ein armer Hund. Seiner Freundin ein gebrauchtes T-Shirt zu schenken. Aber es war frisch gewaschen und irgendwie witzig.

Die Frau war heute so entspannt, dass Jana sicher war, dass Paweł ihr nichts erzählt hatte.

«Wir beide können wohl offen reden», sagte Frieda. «Von Frau zu Frau gewissermaßen.»

«Tsss …», kicherte Jana durch die halb geschlossenen Lippen.

«Was findest du daran lustig?»

«Nichts. Mir fiel nur gerade was ein.»

«Sagst du mir, was?»

«Besser nicht.»

«Warum fällt es dir so schwer, Vertrauen zu mir zu fassen? Ich will dir helfen.»

Eine halbe Sekunde lang war Jana versucht, ihr das zu glauben. Vom Alter her hätte die Frau ihre Mutter sein können, und diese halbe Sekunde lang überwältigte sie die Sehnsucht nach dieser Mutter, die einfach abgehauen war. Es war aber sofort wieder vorbei. Im nächsten Augenblick stellte sie schon erschrocken fest, wie leichtgläubig sie war. Dass sie sich wieder einwickeln ließ. Ihre Sehnsucht schlug um in ihr exaktes Gegenteil, in den mühsam erarbeiteten Hass, metallisch hart wie Silvesterblei aus dem Wasser – die aus Schmerz geronnene Verachtung für ihre Mutter, die sie einfach alleingelassen hatte.

«Ich verstehe. Ihr Job, oder?»

«Vielleicht mehr. Vielleicht ein bisschen Sympathie für dich. Um deine Impulse zu verstehen, wäre es für mich hilfreich, möglichst viel über dich zu erfahren. Erzähl mir ruhig alles. Auch was du für unwichtig hältst. Ich würde gern wissen, ob sich in deinem Leben in letzter Zeit etwas Wichtiges ereignet hat. Etwas, was dein Leben sozusagen durcheinandergewirbelt hat.»

Jana stellte sich dumm.

«Läuft eigentlich wie immer», brummte sie.

«Es war also nur dieser Zwischenfall mit deinem Vater?»

«Was heißt hier, verdammte Scheiße, nur! Sie haben ihn verletzt.»

«Was genau ist passiert?»

«Er blutete aus der Nase. Er lag hilflos auf dem Bett.»

«Du hängst sehr an deinem Vater, nicht wahr? Gibt es noch andere Menschen, die für dich eine ähnliche Bedeutung haben?»

Das hätte sie wohl gern gewusst.

«Mein Hund», antwortete Jana. «Und Sie?»

«Ich habe keinen Hund.»

«Aber einen Mann schon, oder?»

Sie spielte mit dem Feuer. Sie konnte nicht garantieren, wie sie auf Pawełs Namen reagieren würde.

«Nett von dir, dass du fragst. Aber das spielt hier erst mal keine Rolle.»

Klar hat sie einen Hund, dachte Jana. Und der Hund heißt Paweł.

Irgendwie kamen sie über den Rest der Stunde. Ihre Konzentration ließ nach, Frieda machte sich Notizen. Es zog sich hin. Am Ende wurde Jana wieder wacher und sagte:

«Soll ich ganz ehrlich sein? Eigentlich komme ich doch her, um mir meine Aggressionen abzugewöhnen. Aber wenn ich bei Ihnen rauskomme, bin ich so was von tierisch sauer. Sie trainieren mir meine Aggressionen nicht ab. Bei Ihnen tanke ich nur zusätzliche Wut.»

Die Frau hatte ihr Gesicht ganz gut unter Kontrolle. Nach kurzem Zucken des Mundwinkels war es ruhig.

«Das hat vielleicht gute Gründe», antwortete sie. «Wir sprechen hier nämlich über Dinge, die sehr tief in dir stecken, ohne dass du davon weißt. Verstehst du? Das können wir nicht alles sofort aufarbeiten. Aber eines kannst du bei mir lernen – wie du damit besser umgehst. Wie du es kontrollierst.»

Aufarbeiten, leck mich, dachte Jana.

Und Frieda sagte: «Schickes T-Shirt.»

«Geschenk von einem Freund, Hausbesetzer», sagte Jana errötend. «Sex interessiert mich nicht.»

Frieda nickte wie immer verstehend. Das war ihre Art. Diesmal notierte sie sich nichts.

«Leck mich!», rief Jana draußen noch einmal, diesmal laut, und schlug die geballte Faust in die linke Hand. Die Frau war Teil des Systems, völlig klar. Vielleicht wusste sie es selbst nicht. Sie meinte es gut. Das war ja der Trick des Systems, auf diese Weise missbrauchte es die Menschen, und das taktische Ziel war, Jana ruhigzustellen. Diese Frau war das Werkzeug. Wenn sie schon zu ihrem Vater kamen, um ihn auszufragen, war Jana vermutlich auf einer gefährlichen Spur.

Zu Hause suchte Frieda in Pawełs Kleiderschrank nach dem T-Shirt. Später, als sie ihn nach Hause kommen hörte, klopfte sie an seine Zimmertür.

«Ich will eine Altkleiderspende machen, hast du nicht noch was, was du nie trägst?», fragte sie.

Paweł war schlecht gelaunt. Er hatte Jana den ganzen Tag nicht erreichen können. Für so was habe er jetzt keinen Kopf, murrte er.

«Dieses T-Shirt, das so grau geworden ist, weißt du doch, Öko-Sex, wo ist das? Das trägst du doch nie. Einverstanden, dass ich es weggebe?»

«Mach ruhig», log er und beschloss, Jana das Hemd bei nächster Gelegenheit abzunehmen und in den Schrank zurückzulegen.

*

Wo warst du so lange? Warum ist dein Handy aus?», schimpfte ich beinahe und umarmte sie zugleich. Ich war froh, sie wiederzusehen. Wir hatten uns in einer Kebab-Bude am S-Bahnhof Sonnenallee verabredet.

Ihr Körper fühlte sich bei dieser Umarmung anders an. Steifer.

«Friedhof.»

«Was, Friedhof?»

«Meine Mutter. Gestorben. Stuttgart. Musste ganz plötzlich hin.»

«Mein Beileid», murmelte ich. «Scheint dich aber nicht sehr getroffen zu haben.»

«Hat's auch nicht. Egoistische Kuh. Ging ganz schnell. Krebs. Und auf einer Beerdigung darf man nicht telefonieren. Stell dir vor, dein Handy klingelt am offenen Grab: Anruf aus dem Jenseits.»

Sie kicherte blödsinnig.

«Was redest du zusammen? Was ist mit dir los? Du hättest wenigstens Bescheid sagen können.»

«Okay, hast recht. 'tschuldigung. Hast recht. Und bei dir?»

Diese Fahrigkeit war neu. Jana hatte sich verändert. Das machte mir Angst.

«Was meinst du – bei mir?»

«Na, deine Suche? Bist du weitergekommen?»

Meine Suche? Weitergekommen, ohne sie? In den drei, vier Tagen, in denen sie verschwunden gewesen war, hatte ich überhaupt nichts erreicht. Aber das eigentlich Schlimme war, dass es plötzlich *meine* Suche sein sollte.

«Sie sind hinter mir her», sagte Jana.

«Wer *sie*?», erschrak ich.

«Erst ein Zeuge Jehowas. Hat bei meinem Vater nach mir gefragt.»

«Vielleicht haben die schon früher mal mit ihm gesprochen, und er hat ihnen von dir erzählt.»

«Kann sein. Aber dann war da dieser anonyme Anrufer.»

«Was wollte der?»

«Er hat einfach nur ‹Jana?› gesagt.»

«Und du?»

«Aufgelegt. Dann hat er noch mal angerufen. Beim dritten Mal hab ich mein Handy weggeschmissen.»

Wir warteten auf unsere Bestellung. Der Türke säbelte. Angeröstetes Fleisch schuppte auf das metallglänzende Sieb, das fleckig war von Rost und altem Blut. Und dann dachte ich, ich sehe nicht richtig. Plötzlich spritzt ein dünner Strahl Wasser aus dem Torso. Der Türke drückt das Messer flach dagegen und versucht, die glasklare Blutung zu stillen. Vergebens. Es läuft und läuft, da muss sehr viel Flüssigkeit drin sein. Wasser im Inneren eines Kebab? Versteckter Brunnen? Betrug? Schon ein wenig hektisch, schnitt er jetzt an der Stelle, wo es herausschoss, tiefer hinein, um die Quelle zu finden und trockenzulegen. Ebenfalls ohne Erfolg.

Ich wandte den Blick ab. Aber Jana hatte es auch schon gesehen. Wir guckten weg, jeder in seine Richtung.

Als ich unsere Bestellungen endlich an der Glastheke abgeholt hatte, war mir der Appetit vergangen. Ich biss einmal zu und legte das Essen dann vor mich hin. Jana hielt den dicken Brotpacken mit beiden Händen und stopfte ihn sich in den Mund.

«Was is?», fragte sie. «Keinen Hunger?»

Ich schüttelte wortlos den Kopf. Ein verdammt trauriger Moment. Wir saßen hier – und das, was zwischen uns wichtig gewesen war, schien plötzlich kaputt. Als hätten wir unser gemeinsames Kind verloren. Blöder Vergleich, ich weiß. Jedenfalls etwas Wichtiges.

«Und sonst?», fragte Jana.

Sie sagte nicht: Deine Frau versucht, mich ruhigzustellen, und du lässt es zu. Nicht mal vor deiner eigenen Frau kannst du mich beschützen. Was soll erst bei richtigen Feinden werden? Du Versager, du.

Nein, sie fragte: «Und sonst?» Und kaute.

In dem Moment summte mein Handy.

«Komm!», schrieb Evîn.

Als ich den Kopf hob und Janas Blick nicht ausweichen konnte, sagte ich: «Meine Frau.»

«Musst weg, wa?», fragte sie mit schiefem Lächeln.

«Ja, besser.»

«Besser.» Sie hob die rechte Hand und bewegte sie auf und ab, als wollte sie den Ball flach halten oder einfach tschüs sagen.

Ich stand auf und ging. Draußen fiel mir ein, dass ich sie nicht nach dem T-Shirt gefragt hatte.

*

Ich fuhr mit dem Bus an Evîns Wohnung vorbei bis zum Hermannplatz, stieg die Treppe in die U-Bahn hinab, stellte mich ein paar Minuten reglos hinter eine Säule, ließ zwei Bahnen durchfahren und behielt die Rolltreppe im Auge. Ich wollte sichergehen, dass Jana mir nicht folgte. Als die dritte Bahn ihre Passagiere aus dem Bauch herauspresste, bewegte ich mich im Gedränge rasch zu einem anderen Ausgang und fuhr mit der Rolltreppe wieder nach oben. Machte einen Schlenker in die Weserstraße und lief weiter bis zu Evîns Seitenstraße. Niemand folgte mir.

«Bist du allein?»

«Was?», fragte ich verwundert.

«War niemand auf der Treppe, oder draußen?»

Ich schüttelte den Kopf.

«Okay. Komm rein.» Evîn schob den Türriegel hinter sich zu.

«Wen meinst du denn?», fragte ich.

«Egal. Ich hab was für dich», sagte sie.

Sie griff ins Regal und reichte mir einen Ausdruck, zwei aneinanderhängende Seiten. Der perforierte Rand grün liniert, die Schrift aus winzigen blassen Punkten. Offenbar arbeiteten sie bei der Polizei noch mit Nadeldruckern. Ich setzte mich auf die Couch und las.

Viel stand da nicht. Wenige Spalten, Datum und Uhrzeit. Anruf auf der Notrufnummer 110. Name und Dienstgrad des aufnehmenden Beamten. Unter Name des Anrufers: «Anonym. Weibliche Person. Display zeigt eine ungarische Mobilfunknummer. Person mit ausländischem Akzent meldet (sehr aufgeregt) einen Toten im Hotel Adlon. Als der Einsatzbeamte Näheres erfragen will, legt sie auf.» Gesprächsdauer: 0 Minuten 42 Sekunden.

Darunter ein Kasten mit der Beschreibung der weiteren Ermittlungen:

Ein Rückruf der Polizei bei der Rezeption bringt keine Bestätigung. Das Hotel will keinen Notfall gemeldet haben. Dennoch werden sicherheitshalber zwei Beamte losgeschickt. Beim Concierge weiß man nichts und glaubt an einen Irrtum oder Telefonstreich. Den Beamten wird gestattet, sich im Haus umzusehen, in Begleitung der Hausdame. In der Wäscherei im Keller finden sie in einem Stahlwagen blutbefleckte Laken. Der Hausdame ist dieser Fund sichtlich peinlich, aber sie kann alles erklären: Sexspielereien von Gästen. Vermögenden Gästen, denen man vieles durchgehen lässt, damit sie sich wie zu Hause fühlen, wird dergleichen diskret auf die

Rechnung gesetzt. Außer dem Blut nichts Auffälliges an der Bettwäsche.

Die Beamten fragen, ob sie auch ungarische Gäste haben.

Gewiss doch, und nicht wenige. Sie würden jedoch bestimmt verstehen, dass man die nicht einfach so aufstören und befragen könne. Es sind Persönlichkeiten darunter, die man nicht grundlos behelligen darf. Zumal der Anruf, wie Sie sehen, keinen ernsthaften Hintergrund hatte. Kein Toter, kein Notfall.

Ende des Berichts.

«Mist», sagte ich. «Ich meine, danke, Evîn. Das heißt wahrscheinlich, Konrad ist tot. Woher hast du das Papier?»

«LKA.»

«Die Polizei? Die geben dir einfach so eine Unterlage raus?», fragte ich.

«Stell keine Fragen, Mann. Du weißt von nichts. Von mir hast du das nicht. Sonst kriegst du Ärger, und ich noch viel mehr. Denk nicht, dass das einfach war. Sobald es dir wieder besser geht, komm vorbei, okay? Ich vermiss dich.»

Ich nickte und merkte, dass mich schon diese freundschaftliche Aufforderung erregte. Aber da war Jana. Doch noch immer Jana.

Konrad war ermordet und seine Leiche beiseitegeschafft worden. So viel war jetzt klar. Kein Wunder, dass er die Gruppe im Stich gelassen hatte. Ein toter Tour-Director ist kein Tour-Director mehr. Die Frage war, warum er ermordet worden war. Und wer war die Anruferin? Warum hatte sie sich nicht zu erkennen gegeben?

Mir wurde kalt in den Fingerspitzen. Schlaff lehnte ich an der Couchlehne und ließ meinen Blick über die hellen Kiefernholzregale wandern. Die Stelle, an der die silberne Pistole gelegen hatte, war leer.

«Wo ist sie?», fragte ich mit einer Kopfbewegung.

Sie zeigte auf eine Beule an ihrer Hüfte und näherte sich tänzelnd.

«Wenn sie dich dabei stört, lege ich sie gern ab.»

Sie stand jetzt dicht vor mir und drückte ihren Schoß an mein Gesicht.

«Evîn … Jetzt nicht. Später. Ich werde dir alles erklären.»

«In Ordnung, Mann. Respekt. Weißt du doch.»

Draußen entfernte ich mich in Richtung Hermannplatz, bog in die nächste Seitenstraße ein und wählte die ungarische Nummer. Eine Stimme meldete sich, in einer unverständlichen Sprache, und danach: *Number not assigned.*

*

Mit der Telefonnummer aus dem LKA-Bericht ging ich zuerst in das Internetcafé an der Hasenheide. In unser Café. Viel mehr tun als die Nummer googeln konnte ich nicht. Mal mit «00», dann mit «+», dann ganz ohne Vorwahl. Sämtliche Variationen. Ohne Ergebnis. Es hätte mich auch gewundert. Googeln kann die Polizei auch.

Hier hatte ich mit Jana gesessen, hier in dem engen Kabuff vor dem blauen Bildschirm ihre Nähe gespürt. Alles, was ich jetzt tat, war kontaminiert mit ihr. Ich suchte nur noch für Jana. Ohne sie, die gar nicht mehr da war, hätte ich es längst aufgegeben.

Ich tat das alles, um sie zurückzugewinnen. Ihr zu beweisen, dass ich ein Mann bin. Den Inhaber der Telefonnummer fand ich nicht.

Ich musste mich sehr überwinden, aber ich sah keinen anderen Weg, als zu Jurko zu fahren. Jurko hatte die entscheidende

Entdeckung mit Katz gemacht. Vielleicht konnte er auch jetzt helfen.

Vom Bahnhof Jungfernheide nahm ich den gleichen Weg, den wir damals zurückgegangen waren. Die Alutische vor dem Imbiss standen leer, es nieselte. Nicht einmal eine Ratte lief durchs Beet. Draußen an der Straße lehnte ein Fahrer an seinem Bus und rauchte. Die Tristesse des Ortes traf mich aus heiterem Himmel und dafür umso schmerzlicher. Hier waren wir gemeinsam gewesen. Hier hatten wir noch Hoffnung gehabt, und das war erst wenige Tage her.

Betont langsam schritt ich die Windungen der Fußgängerbrücke über das Wasser. Ich wollte Jurko mit meinem Besuch nicht überraschen.

«Oh», sagte der nur, als er die Tür öffnete. «Allein?»

Ich nickte. Er ließ mich rein.

«Wo ist Jana?», fragte Jurko.

«Keine Ahnung», antwortete ich. «Ich hatte gehofft, du weißt es.»

«Du solltest auf sie aufpassen! Ich habe euch gewarnt. Diese Sache ist kein Spiel.»

«Aber ich kann sie nicht erreichen. Sie hat ihr Handy weggeworfen.»

«Gar nicht gut», sagte Jurko.

«Ich brauche deine Hilfe», sagte ich. «Ich hab hier eine Telefonnummer. Von der wurde die Polizei angerufen, nach einem Mord. Wenn ich weiß, wer das war, kriegen wir vielleicht auch raus, wer hinter der ganzen Sache steht. Die Frau, die diese Nummer gewählt hat, ist eine Zeugin.»

Erst nach Sekunden nahm er mir den Zettel ab, den ich ihm hingestreckt hielt.

«Die Polizei hat's nicht rausgekriegt?», sagte er nach einem Blick auf das Papier.

Ich wusste, das würde ihn motivieren.

«Haben sich wahrscheinlich keine Mühe gegeben. Solche falschen Alarmrufe gibt es viele. Na, lass mal sehen. Kann ein bisschen dauern.»

Ich setzte mich auf einen Ikea-Hocker. Während er an seinem Rechner saß, fiel mir auf, dass sich an der Fotogalerie an der Wand einiges getan hatte. Neben dem russischen Offizier mit dem durchgeschnittenen Hals hingen jetzt zwei neue Fotos, Großaufnahmen von Männern, die eindeutig nicht mehr lebten. Geschorene Schädel, große Wunden.

«Bist du irgendwie pervers?», fragte ich ihn.

Er hob den Blick von seinem Bildschirm.

«Das sind Trophäen», sagte er langsam. «Du weißt doch, diese Geweihe und Hörner, die Großwildjäger an die Wand hängen. Ich schieße nur nicht auf Tiere. Ich sammle Leute, die wir zur Strecke gebracht haben. Und wenn du nur ein Wort darüber quatschst, wirst du auch an dieser Wand hängen.»

«Aber …», setzte ich an und musste schlucken. «Was haben dir diese Leute getan? Und wer ist wir?»

«Jana hat mir gesagt, man kann sich auf dich verlassen. Je weniger du weißt, desto besser für dich. Das hier sind alles Feinde meines Landes, die den Tod verdient haben.»

«Der Ukraine, oder was?»

«Ja.»

Ich guckte wieder auf die Fotografien. Gesichter von unrasierten Männern, einige hatten die eisigen Augen geöffnet, bei anderen waren sie zugedrückt. Bei manchen waren gar keine Verletzungen zu erkennen, andere trugen Wunden, von Einschüssen oder Splittern.

«Bist doch Pole?», fragte Jurko. «Ihr habt auch lange für eure Unabhängigkeit gekämpft.»

Mag sein, dachte ich. Aber damals war ich noch ein Kind.

Jurko tippte, suchte, wartete. Mir wurde so schwindlig, dass ich mich kurz auf der Drahtkonstruktion hinlegte, die er vor Tagen benutzt hatte. Und ich dämmerte weg.

Dann weckte mich ein spitzer Pfiff.

«Hier», sagte Jurko. «Agatha Kollér. Das ist die Frau, die du suchst.»

Die Frau, die ich suche. Ja, welche Frau suchte ich denn? Ich musste erst einmal zu mir kommen.

«Wie hast du das rausgefunden?»

«Kompliziert zu erklären. Es gibt so Datenbanken. Sie hat diese Nummer bei einem Einkauf im Netz hinterlegt, ein einziges Mal, dann nie wieder. Wohnt in Schöneberg, Merseburger Straße. Hast du was mit Jana?»

Ich zuckte blöde mit den Schultern.

«Dann sei vorsichtig mit ihr. Sie ist wertvoll.»

Eine seltsame Definition. Sie war vielleicht Jurkos Herkunft geschuldet, vielleicht benutzte er die deutschen Wörter doch ein bisschen anders, und gewiss hallten in ihnen die mir unbekannten Bedeutungen seiner Muttersprache nach. Aber seine Auskunftsfreude tat mir wohl. Er war sanfter zu mir als beim ersten Mal. Vielleicht aus Mitleid.

Seine Entdeckung sprach dafür, dass es kein Hotelgast war, der angerufen hatte. Eine Frau aus Schöneberg steigt nicht im Adlon ab. Und ein Hotelgast wäre zuerst zur Rezeption gegangen und hätte den Vorfall dort gemeldet, er hätte sich beschwert, dass da einfach irgendwo ein Toter herumliegt.

«Kann ich ein paar Stunden bei dir pennen?», fragte ich.

Jurko nickte. Gleich danach schlief ich wieder ein. Einmal wurde ich noch kurz wach, als er eine Wolldecke über mir ausbreitete. Ich spürte das angenehme Kratzen an meiner Wange, mir wurde gleich wärmer, und dann war ich wieder weg. Später in der Nacht wurde ich noch einmal wach, hörte das sinnlose Rauschen der Autobahn und wusste nicht, wo ich war.

«Aufstehen», sagte Jurko am anderen Morgen. «Ich muss arbeiten.»

Ich durfte mich waschen und sogar bei ihm rasieren.

«Ich sage dir nur eins. Wenn Jeremy Katz wirklich der ist, der ich glaube, dann kriegst du bald was auf die Fresse. Sobald sie merken, dass du auf der richtigen Spur bist.»

«Wer *sie*?»

«Die Amis.»

*

Ein bürgerliches Haus. Ich klingelte bei ihrem Namensschild. Jemand betätigte den Summer, ohne zu fragen. Ich stieg die Treppen hoch. Im zweiten Stock war die Tür angelehnt. «Komm rein!», rief eine Frauenstimme. Ich blieb draußen stehen.

«Oh ... Entschuldigung. Ich erwarte einen Freund, ich dachte ...»

«Ich suche jemanden», sagte ich. «Ich habe eine SMS von dieser Telefonnummer bekommen.»

Die Frau sah auf den Zettel. Sie war etwa dreißig und trug auffällige rote, mit Pailletten besetzte Schuhe zu blauen Jeans.

«Wieso glauben Sie, dass ich das gewesen sein soll? Das ist nicht meine Nummer.»

«Aber ...», fing ich an und riss mich sofort zurück, um mich nicht zu verplappern.

Sie musterte mich misstrauisch. Ich war zwar frisch rasiert und geduscht, aber mein Hemd war zerknittert. Auf meiner Lederjacke Spuren von getrocknetem Lehm. Andererseits verschaffte mir das, überlegte ich schnell, eine gewisse

Glaubwürdigkeit. Weder Polizei noch Detektive würden in so einem Aufzug bei ihr aufkreuzen.

«Ich hab irgendwo im Internet gefunden, dass das Ihre Nummer sein soll.»

Sie sah sich die Ziffern genauer an.

«Ach so. Ich weiß schon. Das war die Nummer einer Kollegin. Kann ich Ihnen erklären. Ich brauchte irgendwo im Netz bei einer Bestellung eine Telefonnummer, und meine eigene wollte ich nicht nehmen. Man weiß ja nie, wo das landet und was die damit anstellen. Da habe ich Zsuzsas genommen. Ihr war es egal. Die ist nämlich sowieso anonym. Eine in Ungarn gekaufte SIM-Karte, verstehen Sie? Deshalb steht mein Name daneben. Gehört gar nicht zusammen. Mich wundert nur, dass man das noch findet. War für einen einzigen Einkauf, und ist 'ne Zeit her. Komisch. Jedenfalls habe ich Ihnen keine SMS geschickt.»

«Zsuzsa aus Ungarn», wiederholte ich langsam. «Na klar. Wo finde ich sie denn?»

Sie begriff, dass sie mir schon zu viel verraten hatte.

«Sie hat gekündigt. Hatte Ärger mit dem Concierge und wollte nicht, dass irgendjemand sie findet. Was hat sie Ihnen denn überhaupt gesimst?»

«Eine Art Hilferuf. Deswegen mache ich mir ja Sorgen. Sie bat mich, mich sofort zu melden.»

«Hm. Und woher kennen Sie sich?»

«Ich habe in der Küche des Hotels gearbeitet, in dem sie auch angestellt war.»

«Verstehe … Ich glaube, sie hat mir sogar von Ihnen erzählt. So ein gutaussehender Typ, hat sie gesagt.»

Ich lächelte bemüht.

«Deshalb wäre es nett, wenn Sie den Kontakt herstellen könnten. Ich heiße Paweł.»

«Paweł, und weiter?»

«Honegger. Paweł Honegger.»

«Komischer Name, oder?»

«Ja, ja. Ziemlich komplizierte Geschichte dahinter», ich schüttelte den Kopf.

«Ich muss Zsuzsa fragen, ob ich ihre Adresse weitergeben darf», sagte sie.

«Es ist echt dringend», beharrte ich.

«Haben Sie denn versucht, sie zurückzurufen?», fragte die Frau.

«Natürlich, gleich als Allererstes. Aber der Anschluss ist tot, das beunruhigt mich ja gerade.»

«Also, ich gebe Ihnen jetzt die Adresse, aber absolut unter uns, okay? Sie dürfen sie niemandem weitergeben. Irgendwie habe ich so ein Gefühl, dass ich Ihnen vertrauen kann», lächelte sie dann. «Nur deshalb.»

Sie fischte in meinem Blick nach etwas wie dem Versprechen, dass ich das auch verstand.

*

Es gab Tage, an denen sich Cowley nicht einmal aus seinem Zimmer am Nauener Platz wagte. Am Vormittag klopfte die Vermieterin so lange, bis er ein Lebenszeichen gab. Dann war sie beruhigt und stellte ihm den Kaffee vor die Tür. Eine Porzellankanne und einen Becher auf einem Tablett, mit weißer Spitzenserviette. Irgendwie mochte sie diesen viel zu blassen, erschöpft wirkenden Mann, der offenbar Probleme hatte. Jeder hat mal Probleme. Sie wollte es ihm erleichtern.

Heute war er erst um fünf Uhr nach Hause gekommen. Die alte Dame hatte gehört, wie er den Schlüssel in der Tür drehte, lauter als sonst, und wie er im Flur gegen die Kommode stieß.

Cowley war ins Bad getappt und hatte sich unter die Dusche gestellt. Um den Abfluss hatte sich ein rostbrauner Rand gebildet. Er hatte noch den alten Mann in der Badewanne vor Augen, in den hinteren Räumen des großen Hauses, in dem er heute erneut gewesen war. Als der Mann ein Bein in die Wanne setzte, sah Cowley sein faltiges, kleines Gesäß. Er musste bestimmt siebzig sein, aber seine Haut war gebräunt und glatt wie Leder, und er war hager wie ein kleines Äffchen. Dann saß er in dieser Wanne und schnüffelte an benutzten Papiertüchern, die andere Männer dort hineinwarfen, nachdem sie in den Toilettenräumen und dunklen Nischen Gleitgel oder Sperma damit abgewischt hatten. Mit der einen Hand hielt er sich die Tücher vor die Nase, mit der anderen wichste er. Niemand beachtete ihn.

Der Mieter im Zimmer neben dem Bad hämmerte gegen die Wand. Ein Bauarbeiter aus Spanien, ein unangenehmer und frecher Kerl. Cowley stellte das Wasser ab, trocknete sich rasch ab und schlich so leise wie möglich in sein Zimmer. Er legte sich aufs Bett und konnte nicht einschlafen.

Er spürte Gottes Gegenwart. Aber Gott war im Augenblick ebenso ratlos wie er. Wenn überhaupt noch etwas zu retten sein sollte, mussten sie sich zusammentun. Gerade jetzt, da er in dem großen Haus ganz bewusst alle früheren Hemmungen abgelegt hatte, jetzt, da er mit einem leichten Rausch auf dem Rücken lag und glücklich war, kamen, wie zur Strafe, die alten protestantischen Selbstzweifel zurück. Die Vorwürfe, nicht alles getan zu haben, was in seinen Kräften stand. War seine Entscheidung doch nur eine Laune gewesen? Er war doch der Lösung des Falls keinen Schritt näher gekommen. Dabei war sie das Ziel dieser Entscheidung gewesen, die einem Sprung in den Abgrund gleichkam. Noch flog er. Aber wenn er nicht bald die Wahrheit herausfand, würde dieser Sprung ein Todessprung sein. Außerdem, so absurd das war, quälte ihn die Vorstellung, er hätte den Polen alleingelassen. Er war schließlich nicht der Aufpasser dieses Mannes, er hatte keine Fürsorgepflicht. Paweł Urbaniak sollte ihn auf die Spur des Attentäters führen, mehr nicht. Und dieser Attentäter war inzwischen gar nicht mehr als solcher klassifiziert. Alle Zweifel am eigenen Vorgehen kondensierten in der Vorstellung, dass er den Polen schuldhaft aus den Augen verloren hätte. Und wenn Cowley ehrlich mit sich war, war das nicht nur eine Frage der Moral. Nein, er vermisste den Mann. Er vermisste den stundenlangen Gang hinter dem tigernden Rücken in der schwarzen Lederjacke. Den immer nur flüchtigen Blick auf das unrasierte Profil mit der ausgeprägten Nase. Dieser Mann war ein verlorener Sohn. Ohne Cowleys wachsamen Blick würde er endgültig vor die Hunde gehen. Jedes halbwegs attraktive Mädchen war in der Lage, ihn abzulenken und die einsame Stärke dieses Wesens auf die Ebene des banalen Geschlechtstriebs herunterzuziehen, um sie dort einzuschläfern.

Dann die Entdeckung, die er am Vormittag gemacht hatte.

Verkleidet mit Sonnenbrille und Pudelmütze, hatte Cowley einen Spätkauf im Wedding betreten, der sich in der Leuchtreklame auch als Internetcafé reklamierte. Hinter den Regalen mit Bierflaschen und Süßigkeiten hatte er versucht, in Konrad Mausers Mailbox zu kommen. Es gelang. Das Passwort war unverändert, was ihn sofort alarmierte. Für so dumm hielt er seinen alten Arbeitgeber nicht, dass er an ein Versehen geglaubt hätte. Nein, sie ließen ihn an der langen Leine weitersuchen. Im ersten Reflex wollte er den Rechner ausschalten. Aber da er schon einmal drin war und die Spur ohnehin hinterlassen hatte, sah er sich um. Jemand hatte aufgeräumt und alte Mails gelöscht. Dadurch war Platz für neue

Post frei geworden, nichts Wichtiges darunter. Nur im Spam entdeckte er die Werbemail eines Reiseanbieters: «Konrad, es gibt neue Last-minute-Angebote nach Kiew!»

Die Mail verriet, dass Konrad Mauser zumindest mit dem Gedanken gespielt hatte, nach Kiew zu reisen, und dass er nach Flügen oder Hotels gegoogelt hatte. Tatsächlich geflogen war er dann nicht, sonst hätten sie das in ihren Datenbanken gefunden. Möglicherweise war er mit der Bahn gefahren. Die Zentrale musste das längst wissen, und nun wussten sie auch, dass Cowley es wusste.

Plötzlich bekam ihr ganzes Versteckspiel einen Sinn. Die wichtigste zensierte Information aus Mausers Telefongespräch mit Friederike war das Wort Maidan. Auf diesem Platz in Kiew hatten 2014 die Proteste gegen das korrupte, prorussische Regime begonnen. Wenn sie glaubten, dass Jerry Katz in betrunkenem Zustand Informationen über ihre Pläne in Kiew an Konrad Mauser ausgeplaudert hatte, dann war klar, warum sie ihn verfolgten. Sie würden ihn jagen, egal wie Katz gestorben war. Sie suchten diesen Mann dann nicht als Killer, sondern als jemanden, der zu viel wusste. Für solche Aufgaben waren andere Leute in der Agency zuständig, Spezialisten, von denen Cowley bisher nie einem begegnet war. Wenn Mauser noch am Leben war, würden sie ihn kriegen. Sie würden ihn an einen einsamen Ort verschleppen. Von dort würde er mit ausgedehnten Gedächtnislücken wieder auftauchen. Wenn überhaupt, dachte Cowley und erinnerte sich an Fälle, in denen die CIA Leute liquidiert hatte, die ihren Plänen irgendwie, absichtlich oder unabsichtlich, in die Quere gekommen waren. Ein geschickt arrangierter Verkehrsunfall. Ein Fenstersturz unter LSD-Einfluss, der Fall Frank Olson. Viele weitere ungeklärte Fälle. In der Ausbildung hatte ihm imponiert, wie sie so etwas inszenierten, ohne Spuren zu hinterlassen. Die Zeiten haben sich geändert, gewiss. Er befürchtete dennoch, dass sie Mauser sehr hart anfassen würden. Bevor sie den Erfolg der Ukraine-Mission riskieren, nehmen sie den Tod eines unfreiwilligen Zeugen in Kauf. Die unglaubwürdige Wende, der neue Obduktionsbefund wären dann ein Zeichen, dass sie die Berlin Station aus der Sache raus haben wollten, um in Ruhe ihren Plan zu realisieren.

Kurz darauf hatte er das Internetcafé verlassen. Wenn sie an ihm dran waren, hatten sie die IP-Nummer des Rechners und den Standort in wenigen Minuten ermittelt. Zwanzig Minuten gab er ihnen, bis sie da wären.

*

Im Hinterzimmer eines Spielsalons in Neukölln saßen Ahmad und einige wenige Freunde. Vor ihnen lag die Kopie des Polizeiberichts, den ihr Mann im LKA, der eine Frau war, aus Gefälligkeit für Evîn besorgt hatte. Evîn selbst war schon dazu befragt worden. Sie hatte ihnen, behauptete sie, alles gesagt, was sie von Pawełs Suche wusste: Sein Freund sei verschwunden, er wolle ihn finden. Mit euch hat das nichts zu tun, braucht euch nicht weiter zu interessieren.

Naive kleine Evîn, dachte Ahmad. Ihre Naivität grenzte fast an Unzurechnungsfähigkeit. Möglicherweise hatte Paweł Urbaniak sie um den Finger gewickelt, um noch an ganz andere Informationen heranzukommen. Richtig misstrauisch waren sie geworden, als sie festgestellt hatten, dass auch noch ein Dritter sich für diesen Paweł interessierte. Denn dieser Dritte hatte sie belogen. Es gab keinen Privatdetektiv mit dem Namen Tom Cunningham im Wedding. Sie hatten Leute hingeschickt und unter der angegebenen Adresse herumgefragt. Es gab dort keinen Mann mit diesem Namen, überhaupt keinen Detektiv. Dieser Mann wusste sehr gut, warum er sich seitdem nicht mehr in ihrem Revier blicken ließ.

Mit den Informationen aus dem Polizeibericht konnten sie nichts anfangen. Sie waren ein kleiner, halbkrimineller Verein, kein großer Clan. Ein paar Familienmitglieder, paar gute Freunde. Ihr Geld verdienten sie mit eigenen Kebab-Häusern und Wettbüros und bisschen was dazu mit höflich verlangten Schutzgeldern von benachbarten Läden. Zwar gab es bei ihnen Leute, die den Ehrgeiz hatten, das Aktionsfeld über Neukölln hinaus auszudehnen. Kürzlich hatten sie ein Restaurant an einer belebten Ecke in Charlottenburg gekauft. Aber das Adlon? Das Adlon war eine andere Liga. Die größeren, berüchtigten Clans, die sich stolz in Presseberichten wiederfanden, hatten schon viel grandiosere Dinger gedreht. Den Raubüberfall auf den Spielsalon am Potsdamer Platz. Den Diebstahl der riesigen Goldmünze aus dem Bode-Museum. Was hatten sie mit einem angeblichen Tod im Adlon zu tun? Das Adlon war außerdem ein gefährliches Pflaster, es wimmelte dort von Amis, Juden und reichen Russen.

Und dann die ungarische Anruferin. Sie hatten keine Ahnung, wer das gewesen sein konnte. Aus dem Bericht ging auch nicht hervor, wer der angebliche Tote war. Sie standen vor einem Rätsel. Das Einzige, was sie wussten, war, dass Evîns Geliebter Paweł Urbaniak sich für diesen Vorfall interessierte. Und der Amerikaner, der sie angelogen hatte, wiederum interessierte sich für Paweł.

Das waren zu viele Unbekannte für Leute, die gern wissen, mit wem sie es zu tun haben. Die sehr genau prüfen, wem sie vertrauen können und von wem Gefahr droht. Ihre Eltern und Großeltern hatten ihre Geschäfte hier in langen Jahren aufgebaut, und sie versuchten, jedes Risiko zu vermeiden.

Evîns Umgang war zu einem Risiko geworden. Dieses

Risiko konnten sie nicht einschätzen, daher mussten sie es wenigstens eingrenzen. Und der Einzige, der Evîn dazu bringen konnte, den Polen nicht mehr ins Haus zu lassen, war ihr Ehemann Dinçer Vural. Sie wollten Evîn nicht bestrafen, hatten durchaus Respekt und Sympathie für diese kleine, mutige Frau. Deshalb konnten sie Vural nicht sagen, dass Evîn ein Verhältnis mit dem Polen hatte.

Also riefen sie Dinçer an und sagten ihm nur, es gebe Probleme mit Evîn. Was für Probleme? Sie treffe sich draußen mit Leuten zum Tee, die nicht ganz durchsichtig seien. Plötzlich hänge da auch eine Flagge der kurdischen Selbstverteidigungseinheiten in ihrem Flur. Sie wollten hier nichts mit Politik zu tun haben. Er solle doch einmal ein ernsthaftes Wörtchen mit ihr reden, bei nächster Gelegenheit.

Dinçer hielt sich aus ihrem Clan heraus. Er war auch kein AKP-Anhänger, im Gegenteil. Er praktizierte den Islam nicht, stammte aus einer laizistischen Familie, die Kemal Atatürk verehrte. Als sie ihn erreichten, war er gerade in Baku unterwegs, hatte den Zuschlag für eine große Partie Bauholz bekommen. Die Geschäfte liefen nicht mehr so glatt, die chinesische Konkurrenz wurde immer stärker. Die Chinesen exportierten Holz nach Europa, das sie im russischen Ostsibirien schlugen. Da die Russen ihre Wälder zu einem Spottpreis verpachteten, war dieses Holz billig. Jetzt war Dinçer alarmiert. Wenn Evîns Bekannte anriefen, musste es etwas Ernstes sein. Er brachte seine Geschäfte rasch zum Abschluss und buchte einen früheren Rückflug nach Berlin.

Etwa zur gleichen Zeit am Abend wagte sich Zsuzsa im Schutz der Dunkelheit nach Schöneberg, um bei ihrer Freundin Post abzuholen, die sich unter der offiziellen Adresse gesammelt haben konnte.

«Da hat jemand nach dir gefragt», sagte Agatha Kollér.

«Was?», fragte Zsuzsa.

«Ja. So ein großer Schwarzhaariger, Franzose oder Italiener. Ziemlich runtergekommen.»

«Hast du ihn gekannt?»

«Nein. Aber er war ausgesprochen nett. Kollege von dir aus dem Adlon, sagt er. Kein Bulle oder so. Ich habe ihm deine Adresse gegeben.»

«Du hast was?!», schrie Zsuzsa.

«Ja entschuldige, was hätte ich denn tun sollen? Er sagt, du hast ihm einen Hilferuf geschickt.»

«Das war gelogen!»

Da waren sie wieder, die Amerikaner. Von wegen Franzose oder Italiener. Agatha war so was von dumm. Zsuzsa fuhr sofort nach Hause, zu dem leerstehenden Haus am Ostkreuz. Sie wollte schnell ihre Sachen packen. Weg aus Friedrichshain.

*

Heute ein anderes T-Shirt? Das vom letzten Mal hat mir eigentlich gut gefallen. Mein Mann hat genau so eins.»

Jana errötete leicht.

«Ich dachte, Sie wollen nicht über Ihren Mann reden.»

«Jetzt schon. Vielleicht ist das jetzt nämlich wichtig. Nicht psychologisch, sondern praktisch. Ganz praktisch. Er hat nämlich dieses T-Shirt nicht mehr.»

Jana wurde richtig rot.

«Was interessiert Sie das überhaupt? So wie Sie Ihren Mann behandeln ...»

«Und da weißt du so genau Bescheid?», fragte Frieda und sah ihr in die Augen. «Na dann.»

Sie wandte sich um und nahm eine Flasche Cognac aus dem Aktenschrank.

«Ich trinke keinen Alkohol», sagte Jana.

«Aber du hast nichts dagegen, wenn ich einen Schluck nehme, oder? Ist ja doch ein kleiner Schock für mich. Die Therapie erkläre ich erst einmal für beendet. Dafür können wir jetzt wirklich von Frau zu Frau reden. Wahrscheinlich findest du Paweł ganz toll, so ein einsamer Wolf, oder?», fragte Frieda.

«Ach was. Er ist ein ganz normaler Mann.»

Beißend war der Cognac Friedas Kehle hinabgeronnen. Das zweite Schlucken musste sie ein paar Sekunden zurückhalten.

«Ihr habt euch also schon ganz gut kennengelernt, ja?»

«Kann man so sagen.»

Frieda schluckte.

«Was verbindet euch?»

«Wir verstehen uns. Wir haben ein … ein gemeinsames Ziel. Wir durchschauen dieses ganze Theater hier, und wir sind auf einer heißen Spur. Wir geben nicht auf, bis wir die Wahrheit herausgefunden haben.»

«Von der Wahrheit hast du mir ja schon viel erzählt. Im Ernst, ich finde deinen Idealismus toll. Menschen wie du können die Welt verändern. Junge Menschen, die noch Kraft haben. Aber es gibt Dinge, die du auch wissen solltest. Die ganze Wahrheit», sagte Frieda. «Sonst riskierst du, dass du auch dieses Mal wieder eine große Enttäuschung erlebst.»

«Was für Dinge?»

«Paweł ist ein richtiger Kerl, da hast du recht. Oft sogar mehr, als gut ist. Weißt du, dass er eine Geliebte hat? Eine kleine Kurdin in Neukölln? Sie treffen sich, wenn ihr Mann wegfährt. Ein ahnungsloser Türke, verreist oft für mehrere Tage, geschäftlich. Paweł ist bestimmt kein Kostverächter.

Früher hatte er manchmal sogar mehrere Geliebte gleichzeitig.»

Frieda spürte die Wut und den Ekel, die bei diesen Worten in ihr aufstiegen. Ekel vor sich selbst. Scham über das eigene Verhalten. Das hier war längst ein offener Kampf. Sie, oder zumindest ein Teil von ihr, wollte dieses junge Mädchen erniedrigen, hätte sie am liebsten vielleicht sogar vernichtet. Sie gegen Jana. Oder: Sie gegen Paweł. Außerdem wurde ihr jetzt schlagartig klar, dass es bei Paweł nicht nur früher so gewesen war, mit den Geliebten.

Nur, warum musste sie so plump vorgehen? Ohne therapeutische Raffinesse? Jahrelange Erfahrung einfach über Bord geworfen! Ihre Unbeherrschtheit ärgerte sie. Sie wusste, dass sie damit eher das Gegenteil erreichte, und konnte trotzdem nicht anders. Jana saß da und schwieg.

«Aber andererseits ... vielleicht hast du das auch schon gemerkt, er hat ganz weiche Seiten. Wenn man ihn so sieht mit seiner Lederjacke, seinem kantigen Gesicht, denkt man: ein *Mann aus Eisen.* Deshalb hast du dich wahrscheinlich auch in ihn verliebt. Du kennst den Film?»

Jana schüttelte wortlos den Kopf.

«Aber in Wirklichkeit ist er ganz unsicher. Er tröstet sich mit all diesen Frauen nur darüber hinweg, dass er im Innersten ein ziemlich schwacher und feiger Typ ist.»

Jana senkte den Blick. Frieda ließ sie schweigen und schaute ihr forschend ins Gesicht.

«Du musst ziemlich verliebt sein. Entschuldige, wenn ich dich jetzt verletzt habe ...»

Jana hob plötzlich den Kopf:

«Nein, nein. Nicht schlimm. Nur ... Wenn Sie so von ihm denken ...»

«Ja?», fragte Friederike.

«Ich meine … Wenn Sie das alles von ihm denken, ihn für einen solchen Versager halten – was wollen Sie dann eigentlich noch von ihm?»

Friederike war sprachlos.

Jana stand auf, nahm ihre Jacke vom Stuhl und ging zur Tür.

«Mach im Vorzimmer einen neuen Termin», sagte Frieda.

Die Tür knallte zu. Frieda blieb sitzen und kippte den Rest des Cognacs auf einmal runter.

Was sie von Paweł wollte? Dumme Frage. Dass die jungen Dinger immer so primitiv denken, immer so nach messbaren Kategorien, Vorteil, Nachteil. Daran sind die Medien schuld, dieses ganze Promi-Theater mit dem ewigen Beziehungs-Auf-und-Ab. Serielle Monogamie. Dass es auch komplexer zugehen kann, können die sich gar nicht vorstellen. Dazu halten sie es gar nicht mehr lange genug in einer Beziehung aus. Um das zu begreifen, muss man lange Zeiträume miteinander durchstehen, Höhen und Tiefen. Erstmal war es ja vor allem so, dass Paweł von ihr abhängig war. Rein finanziell. Aber das zu erklären, war wirklich nicht ihre Aufgabe.

Irgendwann einmal, ja, war sie verliebt gewesen. Natürlich, total verknallt. Damals in dem Bierlokal hatte er so allein am Tisch gesessen, unter all den hemdsärmligen Deutschen und den grölenden Touristen, die ihr hinterherbrüllten, sie wollten noch ein Bier. Er war ihr sofort aufgefallen. Dunkelhaarig, schmaler als heute, so jung. Sie hatte sofort etwas für ihn empfunden. Am Anfang war da vielleicht auch ein bisschen Kümmerinstinkt. Sobald sie ihn näher kennenlernte, war es um sie geschehen. Er war wild und gleichzeitig verspielt, war charmant, witzig mit seinem komischen Akzent. Er hatte für alles, was ihr selbstverständlich vorkam, einen neuen Blick. Er zeigte ihr die Welt so, als wäre sie gerade erst in sie hineingeboren worden. Das tat ihr gut, gerade damals. Sie war mit überzogenen Erwartungen nach Berlin gekommen und ziemlich hart aufgeschlagen. Die große Stadt empfing sie mindestens gleichgültig, wenn nicht feindselig. Vielleicht wusste sie als Mädchen aus der Provinz auch einfach nicht, wie man sie anpackt. Paweł war die Rettung. Er machte sie größer und stärker, allein durch seinen Blick. Er sah etwas in ihr, sah sie groß. Er erzählte von Büchern und Autoren, von denen sie nie gehört hatte. Und war stolz, wenn sie dann etwas las und verstand. Er wollte nicht, dass sie ihr ganzes Leben nur jobbte. Sie machte das Abitur am Berlin-Kolleg nach und ging an die TU, schrieb sich in Psychologie ein. Das war eine gute Zeit, damals. Er jobbte, eine Zeitlang sogar als Eisenschleifer in einer Fabrik, damit sie das Studium abschließen konnte. Wenn sie von den Vorlesungen nach Hause kam, wartete er schon auf sie und hatte gekocht, damit hatte er keine Probleme. Er war immer gut gelaunt. Das Wichtigste aber war die Kraft, die er ihr einflößte, indem er an sie glaubte.

Bei diesen Gedanken spürte sie einen jähen, heftigen Schmerz, der wie eine Stricknadel vom Kehlkopf durch den Brustkorb nach unten in den Bauch stach. Sie goss sich noch einen Schluck Cognac nach.

Irgendwann waren sie zusammengezogen.

Ihre Eltern aus dem Schwarzwald kamen nicht zur Hochzeit. Mit einem Polen? Sie sagten nie ein offenes Wort dagegen, aber sie kamen auch nicht.

Und dann, im Laufe der Jahre. Was war da passiert? Es geschah unmerklich. Sie entwickelte sich weiter, er blieb stehen. Sie machte ihren Abschluss als Gestalttherapeutin, begann, in einer Praxis zu arbeiten. Er las weiter viel, er redete weiter viel. War noch immer viel gebildeter als sie. Immer noch bezaubernd. Lebendig. Aber er kam … auf keinen grünen Zweig.

Sie hasste diesen Ausdruck, weil es ein Ausdruck ihres Vaters war. Dein Paweł, hatte der in einem Telefongespräch gesagt, kommt wohl auch auf keinen grünen Zweig. Paweł verteidigte sich, er sei eben einfach unfähig, Geld zu verdienen. Und hier in Deutschland würden die Menschen sowieso nur daran gemessen, ob und wie viel Geld sie verdienen. Er stamme nun mal aus einer anderen Kultur, er weigere sich, diesen Konkurrenzkampf mitzumachen. Und dann seine Fremdheit hier, andere Sprache, die Unterschiede in der Mentalität. Alles Ausreden. Das wusste sie. In seinem Kopf ging einiges durcheinander. Sie hatte längst aufgegeben, da Ordnung hineinzubringen. Einerseits die Verehrung für einen der reaktionärsten deutschen Philosophen, Friedrich Nietzsche, einen Wegbereiter der Nazis. Wenn Paweł vom kämpferischen, beweglichen Typus des Deutschen schwärmte und behauptete, der sei heutzutage so gut wie ausgestorben, berief er sich auf Nietzsche. Deutschland heute sei Flachland – plattgemacht von der US-Unkultur. Vielleicht hatte Konrad ihm so was eingeredet, die beiden steckten sich oft gegenseitig an. Nur wenn es ihn, Paweł, selbst anging, war von Kämpfertum nicht mehr die Rede.

Kind? Vor einem Kind hatte er sich gedrückt. Ein Kind hätte ihn zu mehr Verantwortung gezwungen.

Jetzt hat dieses junge Ding mich dazu gebracht, über meine Vergangenheit nachzudenken, gar nicht schlecht, Therapieumkehr, dachte Frieda. Sie ist ja auch bestimmt nicht dumm. Schlau auf ihre verschlagene, proletarisch-kleinbürgerliche Art. Ich kann mir schon vorstellen, wie sie Paweł rumgekriegt hat. Besonders hübsch ist sie nicht, aber eben jung. Und hat dieses Blitzen in den Augen. Der Cognac löste sie. Sie fand die ganze Sache jetzt fast erheiternd.

*

Jana war längst draußen in der blendenden Sonne. Sie taumelte leicht. Zum Ausgleich steckte sie die Hände in die Hosentaschen und begann zu pfeifen. Das hatte sie schon ewig nicht getan. Erst nach einigen Metern fand sie in ihren Schritt zurück. Sie hatte die Tür hinter sich zugeknallt und auf die Frage der Vorzimmerpute nach dem Termin gerufen: «Können Sie sich in den Arsch schieben!» Durch das erschrockene Gesicht der Vorzimmerfrau leuchtete Friederikes kluges, verständiges, geduldiges Frauengesicht, dessen heller Teint keine Emotionen erkennen ließ. Sie hatte die ganze Zeit geschauspielert. Hatte so getan, als würde sie sich für sie interessieren, als wäre da «Sympathie». Alles gelogen. Nur ein Spiel mit ihr. Auf einmal erkannte sie die brutale Wahrheit: dass man sie hier wieder nur ruhigstellen wollte. Nur das. Sie sah, wie Friedas Gesicht böse wurde. Wie das Böse sich aus ihrem Gesicht herausbohrte wie ein kleiner Schlangenkopf, gefolgt von einem immer dickeren, ekligeren Schlangenleib. Dieser Anblick war so erschreckend und körperlich, dass sie sich vor Angst umdrehte, ob die Therapeutin ihr nicht mit erhobener Axt nachlief.

Sie wusste plötzlich sehr genau, dass sie noch nicht sterben wollte. Nicht wegen so einer blöden Sache, nicht wegen dieses Polacken, dachte sie erschrocken. Zum ersten Mal besaß das Wort keine zärtliche Bedeutung mehr für sie. Sie musste sich wehren. Sie ging jetzt rasch weiter und geriet aus Versehen mit den Händen in das üppige, blonde Haar der Frau, die hinter ihr her war. Packte sie an diesem langen Haar, wirbelte es mit ein paar Bewegungen zu einem Knoten zusammen und stieß den Kopf mit dem Gesicht gegen die nächste Hauswand. Friederike blieb erst steif und aufrecht daran kleben, dann knickten langsam ihre Beine ein, sie sank zusammen. Jana ließ einige Sekunden los, dann griff sie erneut nach dem

Haarknoten. Zog sie hoch und schrubbte dieses Gesicht erneut über die rau verputzte Wand, dann drehte sie es zu sich: Die feinen Sandkörner hatten blutige Streifen in die Haut gekratzt. Ein schönes Graffito. Endlich was Originelles nach den phantasielosen, witzlosen Wandmalereien ihrer Freunde, die in ihrem hilflosen Protest nur die Massenproduktion des Systems zementierten. Sie packte den Kopf und schlug ihn noch einmal an die Wand und schrubbte wieder nach unten wie mit einem Wischmopp. Am Ende lag die Frau reglos da. Sie stand über ihr und wartete, ob sie noch eine Regung tun würde. Dann hob sie den Kopf an und sah, dass das Gesicht gar nicht mehr existierte. Es war vollständig abgerieben, abgeschmirgelt wie eine Plastikbeschichtung an dem glasharten Wandputz. Jetzt ließ sie von ihr ab.

An der Ampel bei der Ausfahrt der Stadtautobahn hielt jemand sie sanft an der Ellenbeuge zurück, weil sie bei Rot mitten in den Verkehr laufen wollte. In der Trance ihrer affigen Selbstverzückung fuhren diese Idioten ungebremst auf die Kreuzung hinein. Als sie grün bekam, trat sie einem der haltenden Autos gegen den Kotflügel, dass es krachte. Der Fahrer öffnete die Tür, er trug einen hellen Trenchcoat, der über seinem Bauch spannte, machte ein entsetztes Gesicht, als hätte sie nicht sein Blech, sondern seine Eier getreten, er wollte ihr schon nach, aber hinter ihm hupten Autos, die losfahren wollten; sie hörte seine Schritte und rannte hoch zum S-Bahnsteig. Der Dicke hatte keine Chance, er musste zu seinem Schätzchen zurück, das führerlos dastand. Dem Haufen Blech. Seinem Ein und Alles.

Sie wollte Paweł nie wiedersehen. Es widerte sie an, dass er ihre Beziehung durch diese hasserfüllte und neidische Frau verunreinigte. Durch seine Frau. Vielleicht hatte Paweł sie nicht selbst auf sie gehetzt, aber er schützte sie jedenfalls auch nicht vor ihr. Was war das für ein Mann? Sie wollte ihn nie im Leben wiedersehen.

*

An diesem Dienstagmittag wurde Jonathan Cowley von mehreren Personen am Maybach-Ufer gesehen. Es war nicht verwunderlich, dass er auffiel, denn trotz des warmen, wenn auch verregneten Wetters trug er eine Pudelmütze und eine große Sonnenbrille. Vom Kottbusser Tor kommend, hatte er die Brücke überquert und war an den Marktständen entlanggeschlendert, hatte hier ein Benzin-Feuerzeug ausprobiert, dort ein Tuch angehoben und durch zwei Finger gleiten lassen, um am nächsten Stand wie sachverständig einige Bronzekerzenständer in der Hand zu wiegen. Der türkische Stoffhändler hatte ihm den Preis pro laufendem Meter gesagt und ihm, als er weitergehen wollte, nachgerufen, er könne auch noch runtergehen. Beim nächsten Stoffhändler hatte Cowley nach bestimmten Farben gefragt und war dann ebenfalls weitergegangen. Zwei Stände dahinter sah er sich indische Räucherkerzen und Schmiedewaren an, bis er schließlich das Ende der Uferzeile erreichte und an dem Stand mit afrikanischen Speisen eine Art exotischer Kürbissuppe bestellte. Wartend schaute er einem Saxophonisten und einem Mann mit bunter Rassel zu, die sich am Ufer produzierten. Als die Suppe nach zehn Minuten offenbar immer noch nicht heiß war, ging er ohne ein Wort weiter. Die füllige Schwarze hinter der Theke keifte ihm wütend etwas hinterher. Cowley drehte sich nicht einmal um. Er bog in eine Seitenstraße ein und verschwand. Er öffnete die Tür einer Schneiderei, die im Schaufenster Schleier und islamische Gewänder zur Schau stellte. Die Inhaberin war die Einzige, die sich an ihn erinnern würde. Sie händigte ihm ein in braunes Packpapier eingeschlagenes Päckchen von der Größe eines zusammengefalteten Bettlakens aus, Cowley reichte ihr zwei Geldscheine. Ohne noch einmal ans Maybach-Ufer zurückzugehen, nahm er die kleine Straße geradeaus und stieg am Ende die Treppe zu der U-Bahn-Station hinunter, über die die Linie 8 zum Alexanderplatz verläuft.

Mehrere Personen lagen oder saßen auf der blassgrünen Wartebank und rauchten. Ein junger Mann mit weißem Gesicht schielte misstrauisch zu ihm her. Neben sich auf der Bank hatte er ein ganzes Sammelsurium von Tabletten, Spritzen und schwarzen Gummibändern ausgebreitet. Vor ihm stand ein stämmiger kleiner Typ, der, wie Cowley nach seiner spitzeren Nase urteilte, aus dem Irak stammen mochte, zählte in seiner Hand Euroscheine ab und hörte auch dann nicht auf, als er Cowleys Blick längst bemerkt hatte.

Niemand von ihnen wusste, wer Jonathan Cowley war, und niemand von ihnen hätte eine Stunde später noch sagen können, wen er da eigentlich gesehen hatte und warum er ihm aufgefallen war. Das war der große Vorzug dieses Agenten, der keiner mehr war.

*

Das Haus stand ziemlich einsam an einer engen Kurve der Straße, die sich nach links zur Tram-Haltestelle schlängelte. Einsam kann ein Haus auch mitten in der Großstadt wirken, wenn es wie der Bug eines Schiffes in die belebte Kreuzung hineinragt. Alle Fenster der drei Stockwerke waren mit Pappe oder Stoffen verhängt. Spuren menschlichen Lebens verriet nur noch die sogenannte Spielothek im Erdgeschoss, die aber ebenfalls geschlossen schien. Auf dem silberfarbenen Klingelschild prangten Firmennamen, jemand hatte mit schwarzem Filzer etwas dazugekritzelt. Eine Zsuzsa war nicht darunter. Ich drückte der Reihe nach auf die Knöpfe. Niemand öffnete.

Über der Straße lag ein aufgeräumter Platz. Dort setzte ich mich auf eine Bank, sodass ich den Hauseingang im Auge behielt. Trotz des warmen Nachmittags war die Grünanlage leer. Eine Ampel zerhackte den Autoverkehr, der sich in der engen Kurve vor dem Haus staute. Hinter dem Gebäude rauschten S-Bahnen und Züge vorbei.

Ich wartete zwei Stunden. Das Klappern von Absätzen machte mich munter. Eine junge Frau näherte sich klackernd, und noch bevor sie die Kreuzung überquert hatte, hatte sie mich entdeckt. Sie trug ein sandhelles Kostüm mit kurzem Rock und eine große Schultertasche. In dieser Tasche fing sie jetzt hektisch an zu graben.

«Augenblick mal!», rief ich und rannte zu ihr.

«Lassen Sie mich in Ruhe, oder ich schreie um Hilfe!», sagte sie und versuchte verzweifelt nach ihren Schlüsseln.

«Wir kennen uns aus dem Adlon. Ich bin Paweł.»

«Ich kenne keinen Paweł. Warum lauern Sie mir auf?»

«Ich habe in der Küche gearbeitet. Bin rausgeflogen.»

«Ja und? Da habe ich doch nicht alle gekannt.»

Die Frau schien große Angst vor mir zu haben.

Ich legte ihr eine Hand auf den Unterarm.

«Warten Sie mal. Ich tue Ihnen doch nichts …»

«Ich weiß nichts», wehrte sie ab. «Ich weiß ja nicht mal, wer Sie sind.»

«Sehe ich so aus, als wollte ich Ihnen etwas Böses?»

Sie warf mir einen misstrauischen Blick zu und guckte weg.

«Wie haben Sie mich gefunden?»

«Durch Ihre Telefonnummer.»

«Die können Sie gar nicht haben», rief sie mit diesem singenden Akzent, der die Umlaute noch runder und umlautender machte, als sie im Deutschen sind.

«Sie haben die Polizei von einer ungarischen Handynummer angerufen.»

Wieder wollte sie sich losreißen.

«Warten Sie. Ich will doch nur rauskriegen, was mit meinem Freund passiert ist.»

«Welcher Freund?»

«Sie müssen ihn kennengelernt haben. Konrad Mauser. Er war als Reiseleiter einer amerikanischen Gruppe im Hotel Adlon.»

«Ach, der weggelaufen ist …»

«Weggelaufen?»

Zsuzsa sah sich suchend um, schien sich innerlich aufzubäumen, um dann endgültig zu erschlaffen. Sie gab die Suche in den Tiefen ihrer Handtasche auf.

«Und Sie sind kein Amerikaner?», sagte Zsuzsa. «Lassen Sie uns irgendwo hingehen, wo Menschen sind. Unten an der Bucht ist eine Bar.»

Wir gingen hinauf zur großen Straße. Ich rechnete damit, dass sie sich losreißen und einfach weglaufen würde. Aber sie schritt brav neben mir her. Am Bahnhof Ostkreuz ragte der Schattenriss eines alten Wasserturms vor der untergehenden Sonne auf. Zsuzsa ging vor mir, sie wusste den Weg zwischen den aufgestellten Drahtzäunen zum Wasser. Eisgrau glitzerte die Bucht. Zwischen Gebüsch und Maschendraht türmte sich wilder Abfall. Blaue Plastiktüten, Tragetaschen, leere Flaschen.

«Obdachlose», erklärte mir Zsuzsa, als müsste sie sich für ihre Nachbarschaft rechtfertigen, und zeigte auf ein paar kleine Zelte.

Ich nickte. Die Stimmung zwischen uns sollte gut bleiben.

An Gartentischen, die einen halben Kilometer weiter aufgestellt waren, saßen Leute beim Bier. Zsuzsa bestellte einen Weißwein. Nach dem ersten Schluck atmete sie tief durch.

«Also, als Allererstes will ich mal wissen, wer Sie sind.»

«Sagte ich doch, ein Freund von Konrad. Von dem Mann, der spurlos verschwunden ist.»

«Was machen Sie?»

«Ich … bin Philosoph.»

«Aha.» Zum ersten Mal trat so etwas wie ein Fünkchen Koketterie in ihre Augen. «Ich dachte, Koch. Und was macht so ein Philosoph?»

«Ich habe über Nietzsche gearbeitet.»

«Nietzsche», nickte sie anerkennend. Den Namen hatte sie schon mal gehört. Sie nahm noch einen Schluck.

«Also, was wollen Sie wissen?»

«Mein Freund ist an einem Tag aus dem Adlon verschwunden, als er dort eine Reisegruppe betreute. Da war so ein alter Mann, Jeremy Katz.»

«Die Namen der Gäste kannte ich nicht. Aber ich erinnere mich.»

Sie nahm einen großen Schluck Wein.

«Sie erinnern sich an den Tag, als Konrad verschwunden ist?»

«Selbstverständlich. Das war eine mittlere Katastrophe.»

Ich brauchte gar nicht mehr viel zu fragen. Sie schien jetzt selbst begierig, mir alles zu erzählen.

«Sie saßen zu dritt oder viert in der Halle und waren bestens gelaunt. Dieser ältere Amerikaner, eine junge Begleiterin und Ihr Freund, wenn er das war. So ein Rotblonder, Blasser, richtig? Irgendetwas dauerte sehr lange mit der Bestellung, da wollte ich in der Küche nachfragen, aber dieser andere Amerikaner versperrte mir ziemlich grob den Weg. Regelrecht weggeschubst hat er mich. Bald darauf kam er selbst mit der Tasse an, wie ein Kellner. Das hat mich schon gewundert.»

«Was war das für einer?»

«Der Amerikaner? Ein junger Typ, charmant, aber auch unheimlich aggressiv. Er hat die Gruppe betreut oder gehörte selbst zu ihr, ich weiß nicht. Er gab Katz – das war doch der Name? – die Tasse. Er stellte sie nicht einfach auf den Tisch, sondern gab sie ihm in die Hand. Danach ging alles sehr schnell. Nach den ersten Schlucken wurde Katz übel. Er stand auf und konnte kaum noch das Gleichgewicht halten. Atmete schwer. Der Reiseleiter, also Ihr Freund, nahm ihn am Arm und ging mit ihm zum Fahrstuhl.»

«Haben Sie mitbekommen, worüber die beiden gesprochen haben, kurz bevor Katz schlecht wurde?»

«Eher so Smalltalk. Katz wollte ja nach dem Tee raus zum Holocaust Denkmal und diesen Freund dort treffen. Er war gut gelaunt. Alle haben viel gelacht.»

«Und dann?»

«Sie nahmen den Fahrstuhl. Die Hausdame sagte zu mir, ich solle mal hinterher und nachsehen, was da passiert. Ich musste kurz auf den zweiten Fahrstuhl warten. Im vierten Stock steige ich aus. Gehe den Gang runter. Die Zimmertür von Jeremias Katz steht offen. Er liegt auf seinem Bett, der Hemdkragen ist geöffnet, Ihr Freund beugt sich über ihn, ich sehe seinen Rücken, er redet zu ihm. Ich frage ins Zimmer hinein, ob ich helfen kann. In dem Moment höre ich schwere Schritte und drehe mich um. Der Amerikaner kommt aus dem Fahrstuhl. Er hatte etwas in der Hand, ich war überzeugt, dass es eine Waffe war. Dann stürzte der Deutsche aus dem Zimmer und rannte weg. Ihr Freund lief zur Feuertreppe. Der Amerikaner sah ins Zimmer und lief ihm dann hinterher.»

«Hat er geschossen?»

«Nein. Ich habe nichts gehört.»

«Und da haben Sie die Polizei gerufen?»

«Nicht gleich. Die Tür stand ja noch auf. Als die beiden verschwunden waren, bin ich rein. Katz atmete nicht mehr. Ich habe seinen Hals angefasst und ihm den Puls gefühlt. Als ich verstanden habe, dass er tot war, bin ich weggegangen und erstmal ziellos durchs Haus geirrt, wusste nicht, wohin. Ich war total geschockt. Es gibt da so ein Séparée im obersten Stock, mit Aussicht – dort habe ich erst mal ein paar Minuten gesessen und auf den Pariser Platz runtergeguckt, um meine Gedanken zu sortieren. Bis mir klarwurde, dass das Ganze keine Einbildung gewesen war, sondern echt, und dass ich etwas tun musste. Dann habe ich von meinem Handy die Polizei gerufen. Ich wollte anonym bleiben.»

«Und Sie sind sicher, dass mein Freund weggelaufen ist? Dass dieser Amerikaner ihn nicht erwischt hat, zum Beispiel?»

«Das weiß ich nicht. Aber man hätte ihn ja sonst gefunden. Er ist zur Feuertreppe, und dann habe ich ihn nicht mehr gesehen. Der Amerikaner ist vor der Treppe umgedreht und wieder zum Fahrstuhl. Ich denke mir, er wollte ihn im Erdgeschoss abfangen. Aber der Fahrstuhl kam nicht gleich.

Als ich im vierten Stock zurück war, treffe ich erneut den Amerikaner. Er hat mich am Arm gepackt und mir sehr böse in die Augen geguckt. Das war eigentlich so ein Hübscher, wissen Sie. Schlaksiger Typ. Mit so einem verschleierten Blick und irgendwie weichem Gesicht. Nur in seinen Augen war etwas Böses. Er hat auf mich eingeredet: Ich solle mir keine Sorgen machen, es sei überhaupt nichts passiert, mit Katz sei alles in Ordnung, nur ein Schwächeanfall. Er komme ins Krankenhaus. Er wollte mich beruhigen, aber er selbst war so zittrig, dass er genau das Gegenteil bewirkte. Ich wusste ja, dass das nicht stimmen konnte, der alte Mann hatte keinen Puls mehr. Aus Angst habe ich die ganze Zeit genickt und so getan, als glaubte ich ihm.

Die Polizisten kamen ziemlich spät. Sie fragten unten an der Rezeption, als ich auch schon dort stand. Man sagte ihnen, alles sei okay. Der Rezeptionist wollte wissen, wer angerufen habe, sie hatten aber nur diese ungarische Handynummer. Meine. Komisches Gefühl, mit dem Handy in der Tasche danebenzustehen und nichts zu sagen. Ich hatte es ausgeschaltet. Die SIM-Karte hatte ich damals im Internet bestellt, in Ungarn. Dort konnte man Fake-Namen angeben. Stellen Sie sich vor, auf den Namen eines Obdachlosen waren zwanzigtausend SIM-Karten bestellt worden. Die Polizisten vermuteten, es könnte einer unserer ungarischen Gäste gewesen sein, aber die Rezeption weigerte sich, die Gäste zu befragen. Sie hatten ja auch recht, es gab gar keinen Anlass, also, ich meine, keine Leiche. Ich hörte nur, wie einer der Beamten sagte: ‹Sie hatte einen ausländischen Akzent.› Ich stand da und schwieg, der Amerikaner dicht neben mir. Ich spürte seinen Anzugstoff an meiner Seite. Als die Polizisten weg waren, ging ich noch einmal in den vierten Stock. Katz' Zimmer war leer. Sogar das Bett war gemacht, obwohl die übliche Reinemachtour schon durch war. Die Bettdecke war glattgestrichen. Ich wäre beinahe irregeworden bei diesem Anblick.»

«Haben Sie eine Ahnung, wer ihn weggebracht hat und wohin?»

«Nein. Es muss passiert sein, als ich oben war und bei der Polizei angerufen habe. Also sehr schnell. Und nicht durch den Haupteingang.»

«Kann man eine Leiche so einfach aus Ihrem Hotel verschwinden lassen?»

«Es ist nicht mein Hotel. Nicht mehr. Dabei war ich sehr stolz darauf, dort zu arbeiten. Ein großes Haus, Tradition. Ja, geht bestimmt. Vielleicht durchs Untergeschoss. Dort sind die Wäscheräume, da fahren immer wieder Wägen von fremden Firmen rein. Oder sie haben ihn in ein Auto in der Tiefgarage verladen. Und ab geht's, hinten raus.»

«Haben Sie mit irgendjemandem darüber gesprochen, später, nach Ihrer Kündigung?»

Sie schüttelte den Kopf.

«Sobald die Amerikaner abgereist waren, habe ich gekündigt. Habe meine Prepaidkarte weggeworfen; man hört ja immer wieder, dass Leute durch ihre Mobiltelefone geortet werden. Bin umgezogen. Ich hatte schreckliche Albträume. Konnte nicht mehr schlafen. Hab mich nicht mehr in die Nähe dieses bösen Zimmers getraut. Verstehen Sie? Ich arbeite jetzt in einem kleinen Hostel, gleich hinter der Warschauer Brücke. Was für Easy-Jet-Touristen. Unter uns gesagt, fürchterlich. Im Nebenhaus hängen ausländische Kinder aus dem Fenster und grölen bis spät auf dem Hof rum. Dort passiert auch viel, aber mehr im Suff. Ganz schöner Absturz nach dem Adlon. Morgens ist die Brücke voller Müll, Bierdosen, Weinflaschen, man muss aufpassen, dass man nicht auf Kotze ausrutscht. Partytouristen, vor allem aus England.»

Sie schniefte.

«Haben Sie denn gar nichts von Ihrem Freund gehört? Ich hoffe, er hat's geschafft.»

«Das hoffe ich auch.»

«Ich muss los», sagte Zsuzsa. «Habe Nachtschicht.»

«Geben Sie mir Ihre Handynummer? Für alle Fälle.»

Sie zögerte. Dann sagte sie:

«Ach, Sie haben doch sowieso schon alles von mir.»

«Alles noch nicht», sagte ich so freundlich wie möglich. «Wenn Sie erst einmal über diese Sache hinweg sind, dann gehen wir ins Hotel Adlon und trinken einen Kaffee.»

Diese Idee fand sie süß von ihm. Sie hatte zwar Angst, dort dem Vater ihres ungeborenen Kindes, dem Concierge Vittorio, zu begegnen. Aber mit diesem Polen an ihrer Seite würde sie sich das vielleicht sogar trauen. Er würde sie beschützen. War zwar nicht mehr der Jüngste, auch ein bisschen ungepflegt. Aber vielleicht hatte er auf der Suche nach seinem Freund tatsächlich einiges durchgemacht und lange nicht geschlafen. Er hatte dieses gewisse Etwas. Vielleicht kein Zufall, dass sie sich begegnet waren in dieser großen Stadt! Ein Mann, zu dem sie instinktiv Vertrauen fassen konnte. Sie wollte auf ihre innere Stimme hören. Es war doch so: Immer wenn du denkst, es geht nicht mehr, kommt von irgendwo ein Lichtschein her. Sie bekreuzigte sich. Und spürte ein leises, noch unsicheres Glücksgefühl.

Vom Hostel aus rief sie Agatha an und entschuldigte sich. «Du weißt gar nicht, was du für mich getan hast. Ich fühle mich, als hätte ich einen Beschützer», sagte Zsuzsa. «Du hast ihn ja gesehen. Diese männliche Art. Stell dir vor. Er will mich ins Adlon einladen! Wie verrückt ist das denn!»

*

Geradezu euphorisch kam ich abends nach Hause. Ein Riesenerfolg. Ich hatte eine, vielleicht die einzige Augenzeugin des Vorfalls im Hotel Adlon ausfindig gemacht. Und was für eine Zeugin das war: eine inspirierende junge Frau. Alles hellte sich auf. Ich freute mich, Frieda davon erzählen zu können.

Sie empfing mich schreiend im Wohnungsflur. Sie schien auf meine Rückkehr gelauert zu haben.

«Dass du auch noch pädophil bist, hätte ich mir in meinen schlimmsten Träumen nicht vorstellen können!»

Sie schlug mich nicht, hob nicht einmal die Hand. Dennoch war das wie ein Schlag vor den Kopf. Zsuzsa konnte sie ja nicht meinen.

«Was redest du?»

«Spar dir deine Lügen! Ich habe mit ihr gesprochen.»

«Mit wem?»

«Mit deiner … mit dieser Jana.»

«Du hast …? Aha, verstehe. Dein Privatdetektiv.»

«Was für ein Detektiv?! Bist du jetzt völlig durchgedreht?!»

«Ich weiß Bescheid. Und, was hat er dir von mir und Jana erzählt?»

«Paweł, hör mal zu! Wie kommst du auf einen Detektiv? Sie ist bei mir in Behandlung.»

«In Behandlung? Warum?»

«Auflage des Gerichts. Antiaggressionstraining.»

«Wieso das denn?»

«Sie hat eine Roma aus Bulgarien übel zugerichtet. Tiefe Schnitte mit einem Küchenmesser im Gesicht, am Hals, an den Händen. Das Mädchen kann von Glück sagen, dass sie nicht verblutet ist.»

«Und warum?»

«Angeblich, weil sie ihren Vater ausgeraubt hat, als der betrunken in der Wohnung war.»

Jetzt begriff ich, wovon Jana erzählt hatte.

«Du verletzt das Patientengeheimnis.»

«Spar dir deine Ratschläge. Brauchst du solche Kinder, um dein Überlegenheitsgefühl zu pflegen?»

«Wieso Kind? Sie ist neunzehn.»

«Von wegen. Sie ist erst siebzehn. Ein halbes Kind.»

«Ich habe kein Überlegenheits-», setzte ich an.

«Mit so einer suchst du nach Konrad?!»

Das war es, was sie so wütend machte. Dass ich so ein Gör in unsere Dreierbeziehung hineingeholt hatte, in unsere langjährige Freundschaft mit Konrad.

«War sie vielleicht Konrads beste Freundin? Hat sie nächtelang mit ihm in der Küche geredet? Kennt sie seine Gewohnheiten in- und auswendig? Hat sie auch nur einen Schimmer, wo er stecken könnte? Geht es sie überhaupt irgendwas an, dass Konrad verschwunden ist? Einen Dreck geht es sie an! Wer ist die überhaupt?»

Ich war kurz davor zu sagen, dass Jana für mich die wertvollste Frau ist, die mir je im Leben begegnet war. Stattdessen sagte ich:

«Sie ist jung, sie hat einen unbefangenen Blick. Ein Riesenvorteil. Sie hat Energie. Sie selbst hat mir angeboten, beim Suchen zu helfen. Du hast doch gar nicht die Zeit dafür.»

«Und dafür musst du sie gleich ficken, oder?»

Ich kalkulierte, ob ich eine Chance hätte zu leugnen. Einen Versuch war es wert.

«Stimmt überhaupt nicht.»

«Es reicht mit deinen Lügen! Sie hat es mir selbst gesagt!»

Friederikes Stimme überschlug sich. Sie lief in ihr Zimmer und knallte die Tür mit solcher Wucht zu, dass die Wände erbebten. Drinnen zertrümmerte sie auch noch irgendetwas aus Glas. Ein Aufheulen. Danach trat Stille ein.

Ich zog meine Jacke über und ging raus. Ohne Gedanken an die Richtung trieb ich mich zittrig die Turmstraße hinunter, machte einen Schlenker zu Penny und wanderte durch die engen Gänge, meine Kassiererin fand ich nirgends. Im Café in der Gotzkowskystraße saßen türkische Männer an

Tischen. Auf der Beusselbrücke kamen mir drei Jugendliche entgegen, ein Mädchen fragte mich nach Feuer. In dem Moment fiel einem Jungen mit schwarzen Dreadlocks hinter ihr eine Flasche aus der Hand, er schrie wütend und trat mit seinen Stiefeln auf den knirschenden Splittern herum. Ein Radfahrer sprach ihn an und entging mit Mühe einem Angriff. Offenbar ist an diesem Abend nicht nur Friederike so schlecht drauf, dachte ich. Irgendetwas liegt in der Luft. Ich stellte mich an das Geländer der Beusselbrücke und starrte auf die Gleise. Die Brücke bebte, wenn ein großer Bus auf sie fuhr und anhielt. Von Osten näherten sich zwei grelle Scheinwerfer aus dem Dunkel. Eine Lok zog leere Containerwaggons unter mir hindurch. Ich fing an zu zählen. Verlor irgendwann den Faden, es waren viele. Neben mir hielt der Flughafenbus, und ich dachte daran, dass ich keine Ahnung hatte, ob Konrad die Stadt überhaupt verlassen hätte, und wenn ja, ob er vielleicht von Tegel geflogen war. Auf den S-Bahnsteigen bewegten sich Menschen wie Figuren in einer Modelleisenbahn. Irgendwann konnte ich nicht mehr länger dort stehen. Unten an der Brücke ging ich in den Beussel-Grill, dort haben sie ein schönes, schummriges Hinterzimmer mit vielen Tischen. Es war so gut wie leer. Nur ein weißhaariger älterer Mann saß dort, über sein Smartphone gebeugt. Er hob nicht einmal den Kopf, als ich eintrat. Ich bestellte ein Bier. Wollte Zeit verstreichen lassen, damit Friederike sich beruhigen konnte. Sie war doch vernünftig. Nach dem zweiten Bier ging ich lichtscheu die Siemensstraße an den Bahngleisen zurück, bis zu dem altmodischen grünen Chalet mit seinem schneckenförmigen Eingang, und wanderte die Oldenburger hoch. Die Oldenburger Klause warb mit einem alten Schultheiss-Schild, doch noch ein Bier würde auch nichts ändern. Ich konnte der Auseinandersetzung nicht aus dem Weg gehen.

Zu Hause zog ich mich gar nicht erst aus, sondern haute mich aufs Bett, wie ich war. Kurz darauf kam Frieda herein und versuchte es auf die ruhige Art.

«Du hast dir da eine höchst problematische Geliebte ausgesucht. Sie ist völlig durcheinander.»

«Seit wann sprichst du so über Klientinnen?»

«Ah, du willst es wissenschaftlicher? Redet ihr manchmal auch miteinander? Dann hättest du gemerkt, dass sie eine schwere Persönlichkeitsstörung hat. Dazu eine Idée fixe. Eine Obsession in Bezug auf die sogenannte Wahrheit. Ihre Vergötterung dieser Wahrheit ist total paranoid. Religionsersatz. Sie versteht nicht, dass es eine absolute Wahrheit gar nicht geben kann. Alles hängt vom Standpunkt ab. Dazu ihre Verschwörungstheorien: Irgendjemand – natürlich kann sie auf Nachfrage nicht sagen, wer – steuert alles, was passiert, von ganz oben, von langer Hand. Wenn ich frage, wer das sein soll, sagt sie nur ‹das System›. Und dieses System ist es auch, das ihr die Wahrheit vorenthält. Es speist sie mit Illusionen ab, mit Scheinwahrheiten.»

«Vom System haben wir früher auch geredet.»

«Aber doch wohl mit mehr theoretischem Background. Wir hatten die großen Denker, Marx und Engels. Adorno. Wir hatten Ideale. Dieses Ding ist ahnungslos. Sie phantasiert sich alles zusammen, wie es ihr gefällt. Sie will etwas gegen das System unternehmen, rührt aber gleichzeitig keinen Finger, weil sie Angst hat, das System könnte jede ihrer Handlungen zu seinem eigenen Nutzen umfunktionieren. Instrumentalisieren, sagt sie dazu. Eigentlich gar nicht ihr Wortschatz. Wahrscheinlich hast du ihr von Petra Kelly erzählt.»

Keine Frage. Frieda war eine kluge Frau. Aber all ihr Scharfsinn, ihre Belesenheit, ihre Beobachtungsgabe waren nur ein bleicher Mond im Vergleich zu Jana.

«Das ist, um das Mindeste zu sagen, schwer neurotisch. Dazu ihre Gewalttätigkeit. Steht sie beim Sex auch auf Sadomaso?»

Ich hatte Mitleid mit ihr.

«Jetzt hör mal auf. Früher hast du nie so über deine Klientinnen geredet.»

Friederike erschrak ein bisschen.

«Das hier ist etwas anderes. Hier geht es um mich», sagte sie mit belegter Stimme. «Um mein Leben. Ich spreche ausschließlich mit dir darüber.»

«Danke für die Diagnose. Das wird mir beim Umgang mit ihr helfen.» Mir schmeckte meine Ironie selbst nicht.

«Ich sehe doch, wie sehr du ihr imponierst. Kein Wunder. Du bist älter, erfahrener. Belesener ... Du kannst ihr alles Mögliche einreden. Ist dir bewusst, was für eine Verantwortung du für sie trägst?»

«Lass mich jetzt ...»

Der Gesichtslose hatte Cowleys Verzeichnis geöffnet und den mit einer langen Ziffernfolge bezeichneten Stream angeklickt, von dem er nicht wusste, was er enthielt. Da schrillte ihm nun diese weibliche Stimme ins Ohr. Er hörte Friedas Worte, hörte Pawełs beschwichtigende Widerrede, er spürte das Bemühen dieses Mannes, die Ruhe zu wahren, und verstand nicht viel von dem, was sie sagten. Er wusste nur, dass dieser Mann ihm leidtat. Irgendwie, instinktiv. Wir sind ihm seit zwei Wochen auf den Fersen, und jetzt wird er auch noch von seiner Frau gequält. Ein- oder zweimal hörte er den Namen Konrad. Aber Jana? Wohl das Mädchen, von dem Cowley am Anfang berichtet hatte. Die hatte nichts mit Jeremias Katz zu tun, oder?

Nach erneutem Türengeknalle trat Ruhe ein.

Am anderen Morgen ging es weiter.

«Habt ihr über mich gesprochen?»

Paweł schüttelte den Kopf. «Nur ganz nebenbei.»

Sie forschte mit einer Mischung aus Angst und Wut in seinem Gesicht.

«Sehr schmeichelhaft. Was heißt das genau? Was weiß sie von mir? Hast du ihr gesagt, wo ich wohne?! Wo *wir* wohnen?!»

«Nein, wieso?»

«Weil solche Mädchen gefährlich werden können. Wenn sie aufhören, sich selbst zu verletzen, und ihre Aggression gegen andere richten. Dann sind sie unberechenbar. Die bringt es fertig und kommt hierher. Die lauert mir auf.»

*

Jana dachte überhaupt nicht daran, irgendjemandem aufzulauern.

Ihr Vater saß in Hemd und Unterhose am Küchentisch und starrte über die halbhohe Milchverglasung in die bläuliche Abenddämmerung. Draußen schrien enttäuschte Amseln und aufgekratzte Kinder.

«Wo warst du?»

«Draußen.»

«Früher warst du nie so lange weg.»

«Hab 'n Job.»

«So», sagte er, eher als Feststellung. «Und was machst du da?»

«Ermittlungen», sagte sie. «So was wie Polizei.»

«Bist aber jetzt nicht bei den Wessi-Bullen, oder?» Er sah sie an, dann nahm er ihre Hand und zog ihr Gesicht zu sich.

«Hast wieder geraucht?»

«Lass das.» Sie gab ihm eins auf die Finger, mehr zart als hart.

Sie machte sich Sorgen. Ihr Vater war so sanft geworden.

Sie stellte den Wasserkocher an. Leises, langsam lauter werdendes Sirren erfüllte die Luft.

«Wann fahren wir nach Hause?», fragte er.

«Was meinst du – nach Hause?»

«Wo wir früher waren.»

«Du meinst Eilenburg? Warum sollen wir dorthin zurück?»

Er zuckte ängstlich zusammen.

«Leg dich jetzt ins Bett.»

Fast wäre es ihr lieber gewesen, dass er ausrastete und sie anschrie, wie früher. Meinetwegen betrunken und rot im Gesicht, aber stark.

Als er im Bett lag und sie ihn zugedeckt hatte, sagte er:

«Heute waren zwei Frauen hier, die haben gesammelt.»

«Gesammelt, wofür?»

«Für den Weltuntergang …»

Er musste selbst kichern.

«Bist du verrückt? Sie haben dich schon einmal ausgeraubt, und du redest mit denen? Wenn die noch einmal hier auftauchen, schmeiß ich sie eigenhändig die Treppe runter, das versprech ich dir.»

«Aber wieso? Sie waren sehr nett. Wir haben Kaffee getrunken.»

«Du hast sie in die Wohnung gelassen?»

Er zuckte mit den Schultern, machte einen trotzigen Mund. Diese runden Lippen mit den rosig hellen Innenseiten mochte sie gar nicht. Sie waren der anschaulichste Ausdruck seiner Willensschwäche.

Dann fiel ihr etwas ein. Jana stieg auf den Stuhl und fuhr mit der Hand oben über den Küchenschrank.

«Hast du den Brief weggenommen?», fragte sie ihren Vater.

«Was für einen Brief?»

«Ach, nichts», sagte Jana.

Sie zog die Matratze hinter der Tür hervor, zog Jeans und Pulli aus und warf sich rücklings darauf. Seine Wutausbrüche war sie gewohnt. Diese Traurigkeit aber war viel schlimmer. Reiß dich zusammen!, hätte sie schreien wollen. Fang ein neues Leben an! Steh auf, geh raus! Such dir eine neue Frau! Du bist noch nicht mal sechzig! Aber dann sah sie ihn vor sich, wie er am Tisch saß, in Unterwäsche, mit den schlaffen Venen an den Waden, die Füße mit den geröteten Zehengelenken in Plastiklatschen, die rechte Hand um eine Flasche Bier gelegt, das Einzige, was noch rund war, und sie wusste, jede derartige Erwartung an ihn war eine Illusion.

«Das mit den Aral-Tankstellen hast du dir nur ausgedacht, oder?», rief ihr Vater aus seinem Zimmer.

Sie zuckte zusammen. Dieses Wort, *ausgedacht*, war einfach grauenhaft. Es färbte auf alles andere ab, wie ein schwarzes T-Shirt in der Waschmaschine. Auf sein Leben, ihr Leben. Es war, als hätte ihr Vater eine ähnlich dunkle Ahnung wie sie selbst: dass dieses Leben nur eine Illusion sei. *Ausgedacht* machte alles grau, was sie jemals im Leben gedacht, gefühlt und erlebt hatte. Der ausgedachte Weihnachtsmann, okay, die Enttäuschung war längst weggesteckt. Der ausgedachte liebe Gott, meinetwegen. Aber das ganze Leben – nur ausgedacht? Dieser Pole – *ausgedacht*? Das war unerträglich. Sie musste dieses Leck, durch das das Nichts eindrang, stopfen, sie musste die Welt wieder heil machen, deshalb war sie kurz davor zu rufen: Doch, wohl, es stimmt. Es ist wahr! Diese blöden Tankstellen, die gibt es wirklich, du kennst doch die blauen Lichter, mit denen sie im Dunkeln leuchten, wie Raumschiffe. Alles hätte sie jetzt bestätigt, alles wahr gemacht, die ganze

Welt neu erschaffen, sie war bereit, für ihren Vater zu Gott zu werden, nur um ihm neues Leben einzuhauchen. Doch ihr Vater kam ihr zuvor.

«Ich glaube nicht, dass sie noch zurückkommt», sagte er.

Da klappte sie endgültig zusammen.

Jana zog ihre Jacke über.

«Ich muss noch mal los», sagte sie und ging zur Tür. Er reagierte nicht.

Unten lief sie an den Schrebergärten vorbei, überlegte kurz, ob sie einfach noch mal darüber schlafen sollte, sich in eine dieser Parzellen schlagen und die Nacht unter freiem Himmel verbringen; aber da war sie schon an dem Holztor vorbei. Sie bog links in die Straße am Kanal ein, dessen Wasser ihr schwarz und verführerisch zuglitzerte. Tagsüber hatte sie dort diese ekligen grünen Algen gesehen. Wasser kam sowieso nicht in Frage, dazu konnte sie viel zu gut schwimmen. Und erst musste sie ihren Hund freilassen. Sie stieß die kleine Pforte in der großen Schiebetür auf, ging über den Hof und öffnete den Verschlag. Ein Nachtwächter löste sich aus dem Dunkel und fragte barsch, was sie hier zu suchen habe. Sie erklärte es. Auch Cox schien überrascht, um diese Uhrzeit Besuch zu bekommen, wedelte aber freudig mit dem Schwanz.

«Du bist frei», sagte Jana, als sie draußen waren. «Hau ab.»

Cox sah verständnislos zu ihr hoch. Das Wort «frei» hatte Jana noch nie zu ihm gesagt. Mit der Freiheit konnte er nichts anfangen. Er wollte ihr, ganz im Gegenteil, keinen Schritt von der Seite weichen. Sie schimpfte ihn aus, einmal trat sie sogar nach ihm, um ihn zu verscheuchen. Er fasste das als Spiel auf, sprang an ihr hoch, dann lief er einfach weiter neben ihr her.

Sie ging über die Straße zu dem leeren Parkplatz. Heute wartete dort im Dunkel kein Polizeiauto. Niemand lenkte sie ab, und sie konnte niemanden mit ihrem Taschenmesser ritzen. Sie fand das Loch im Drahtverhau und zwängte sich durch. Dann kletterte sie zu den Gleisen hoch, dorthin, wo die Bahn einen Bogen fuhr und der Fahrer sie nicht sofort sehen würde. Sie legte sich quer über das Gleis, die Füße gegen die eine Schiene gestemmt, den Kopf auf die andere gebettet. Sie spürte das kalte Metall unter der kurzgeschorenen Haut. Und Cox saß bei ihr und wartete.

«Hau ab!», sagte sie noch einmal, mit schwacher Stimme.

*

Was hast du Jana eingeredet?», schrie ich.

Frieda starrte zurück. Mit bleichem Gesicht. Fassungslos.

Seit zwei Tagen konnte ich sie nicht erreichen. Frieda musste die Adresse kennen, aber sie verriet sie mir nicht.

«Etwas stimmt da nicht! Was hast du mit ihr gemacht?.»

«Jetzt begreifst du endlich, was du angerichtet hast. Ich habe keine Ahnung, wo sie ist. Zur Therapiestunde ist sie nicht erschienen. Solche Mädchen sind suizidgefährdet.»

«Jetzt plötzlich suizidgefährdet?», höhnte ich. «Erst lauert sie dir auf, dann will sie sich umbringen? Was von beiden denn nun?»

«Beides», schrie Frieda. «Eins nach dem anderen. Du hast ja keine Ahnung. Aber fängst ein Verhältnis mit einer Klientin von mir an.»

«Dann hör mit der Behandlung auf», sagte ich. «Sie braucht das gar nicht. Außerdem hab ich kein Verhältnis. Das nennst du ein Verhältnis, wenn ich sie seit Tagen nicht erreichen kann?»

«Ich soll meinen Beruf aufgeben? Wegen so einem Flittchen? Unter anderem finanziere ich auch dich damit, falls du es vergessen hast. Ich habe ja schon viel toleriert. Aber dass du jetzt mit meinen Klientinnen vögelst, das geht zu weit! Du zerstörst meine Existenz! Ich will, dass du ausziehst!»

Die Idee war mir auch schon gekommen. Sie war gut.

«Okay, gib mir ein paar Tage, bis ich meine Sachen gepackt habe. Die Bücher und …»

Ihr böses Lächeln. Er würde das nie auf die Reihe kriegen. Ein paar Tage. Lachhaft. Sie kannte sein Zeitgefühl.

Ich verließ die Wohnung. Fuhr zum Hermannplatz und ging die ganze Sonnenallee hoch, in der Hoffnung, Jana zu begegnen.

Als ich am späten Abend wieder nach Hause kam, passte mein Schlüssel nicht mehr. Vor der Tür eine Reisetasche mit Sachen von mir.

In seinem Büro an der Clayallee hörte der Gesichtslose, wie jemand von draußen gegen die Tür hämmerte. Frieda hörte es auch, aber viel massiver auf dem dünnen Holz, hinter dem sie stand. Paweł schrie, sie solle aufmachen. Frieda stand da und schwieg. Ihr Schweigen war eisern, protestantisch, deutsch, und ihr Gesicht hatte den passenden Ausdruck dazu.

«Sie hat ihn rausgeschmissen», sagte der Gesichtslose ein bisschen erstaunt. Er wandte sogar den Kopf vom Bildschirm, obwohl außer ihm niemand im Raum war. Er hätte den Flur runtergehen und es jemandem erzählen können, der zu dieser Zeit noch im Büro war, aber mit diesem Fall waren nur Cowley und er befasst gewesen. Die ganze Geschichte zu erklären, wäre zu aufwendig gewesen. Das war der übliche private Bodensatz, der bei solchen Operationen aufgewirbelt wird. Das interessierte niemanden, der nicht in dem Fall drinsteckte. Der Gesichtslose knetete lange und sinnlos seinen Zigarrenstummel und vergaß am Ende, ihn noch einmal anzustecken.

Als das Rufen und Hämmern verstummt war, wartete Frieda noch eine Stunde. Dann schlich sie an die Tür, guckte durch den Spion und vergewisserte sich, dass niemand mehr davorstand. Mit gedämpfter Stimme rief sie eine Nachbarin an, mit der sie eigentlich nie viel zu tun hatte. Aber jetzt brauchte sie jemanden. Sie hatte Angst, Paweł könnte zurückkommen. Sie wusste, wann ihre Grenzen erreicht waren, und jetzt stand sie kurz vor dem Zusammenbruch.

*

In solchen Situationen zeigt sich, wie wenig man auf Freunde zählen kann. Sogenannte Freunde. Noch am selben Abend klingelte ich bei Lisiecki. Der musste malen und brauchte seine Ruhe. Rudi war zwar von seiner Reise zurück und ließ mich auch in die Wohnung, aber nur um mir die Löcher zu zeigen, die wir angeblich in das Bastgeflecht eines Wohnzimmerstuhls gemacht hatten. Außerdem war das Bettlaken mit Rotwein bekleckert. Ich hatte nach Janas abruptem Aufbruch vergessen, nach einem sauberen Laken zu suchen. Aber die Löcher waren nicht von uns. Nach kurzem Streit verließ ich die Wohnung.

Die Nacht über hockte ich in einer Kneipe, in der ich auch mit Konrad manchmal gewesen war. Zsuzsa hob nicht ab. Gegen vier Uhr morgens machte das Lokal zu, und ich taumelte als letzter Gast auf die Kreuzberg Straße hinaus. Von der Brücke über den S-Bahngleisen ging mein Blick im silbrigen Morgenlicht bis zu den Hochhäusern am Potsdamer Platz. Bevor etwas zerstört werden kann, muss man es erst hochziehen. Möglichst hoch, fiel mir Konrads Ausspruch ein. Auf der anderen Seite der Bahn fand ich ein Café, um mich aufzuwärmen.

Der starke schwarze Kaffee belebte mich. Die Lage schien auf den ersten Blick grauenhaft und unwirklich, aber irgendwie würde sich alles einrenken. Mit Frieda hatte ich schon ganz andere Krisen überstanden. Sie würde zu sich kommen. Ohne mich konnte sie doch gar nicht leben.

Vor allem war da dieser große, unleugbare Erfolg, der durch die hässlichen Ereignisse verdüstert wurde. Und es war mein Erfolg, ich hatte ihn durch eigene Hartnäckigkeit errungen.

Ich war stolz vor Jana. Sie war fort und inspirierte mich doch noch immer. Ich hatte weitergemacht, um ihr etwas zu beweisen. Dass ich nicht aufgebe. Nur für sie, für niemand anderen hatte ich das getan, nicht einmal für Konrad.

Friedas Anerkennung bestand darin, dass sie mich aus unserer Wohnung geworfen hatte.

Und es gab noch andere Lichtblicke. Zsuzsa. Ich hatte ihr Vertrauen gewonnen. Aus dieser Bekanntschaft konnte etwas entstehen. Liebe auf den ersten Blick war es nicht. Schon die Sprache fehlte zwischen uns. Ich vermisste dieses zitternde Geheimnis, das das Deutsche mir immer gewesen ist, jenes dritte Element, das in jeder Zweierbeziehung notwendig ist. Zsuzsas Akzent und ihr mangelndes Gespür für die Feinheiten dieser Sprache dämpften jeden Anflug von geistiger Erregung.

Außerdem wirkte sie ziemlich oberflächlich. Als wir uns an der Rummelsburger Bucht begegnet waren, trug sie doch tatsächlich so eine große Luxus-Handtasche, die ich lächerlich finde, so gleichmacherisch ist diese Marke mit ihren unwitzigen Symbolchen, die aussehen wie ausgestochene bunte Weihnachtskekse auf braunem Backpapier. Jede Frau bildet sich ein, durch den Besitz so einer Tasche etwas Besonderes zu werden, dabei macht sie sie alle gleich, zu vulgären Massenwesen, die eben das Geld locker haben.

Auch die Kategorien, nach denen sie ihre abgebrochene Karriere im Hotel Adlon beurteilte, waren mir fremd. Dieser Respekt vor großen Namen, vor den Dingen, die alle begehrten. Sie war die ideale, glatte Konsumfrau.

Ich beschloss, Evîn zu berichten. Nicht von Zsuzsa, vielmehr von meinem Ermittlungserfolg, und bei der Gelegenheit auch eine heiße Dusche zu nehmen.

Vom Hermannplatz ging ich den Dutzende Male beschrittenen Weg zu ihrer Wohnung. Ich versuchte, sie anzurufen, und stellte fest, dass mein Guthaben erschöpft war. Also klingelte ich an der Haustür. Sie stand schon oben und lugte durch den Spalt.

«Was ist?»

«Hi.»

«Hättest du nicht vorher anrufen können? Mein Mann landet in zwei Stunden in Schönefeld.»

Niemand hatte Paweł dabei beobachtet, wie er das Haus in der Sonnenallee betrat. Jedenfalls niemand, der ihn wahrgenommen hätte. Die Blumenverkäuferin hatte gerade erst ihre Jalousien hochgedreht. Ahmad und seine Freunde waren längst daran gewöhnt, dass er Evîn besuchte. Aufregendes erwarteten sie sich nicht mehr davon. Der amerikanische Detektiv hatte sich seit seiner Entführung nicht mehr hier blicken lassen. Sie hatten es aufgegeben, das Haus zu observieren, und auch sonst sah in diesem Moment gerade niemand her. Er kam ungesehen.

«Es gibt Neuigkeiten, Evîn! Dein Papier hat mich auf die richtige Spur gebracht.»

«Hast du deiner Frau von dem Privatdetektiv erzählt?»

«Nein. Sie hat mich rausgeschmissen.»

Evîn wurde unruhig.

«Wo willst du jetzt bleiben?»

«Weiß nicht.»

«Hier geht nicht. Mein Mann ist unterwegs.»

Als ich betreten schwieg, fragte Evîn: «Willst du trotzdem?»

Diesmal war ich es, der sie auszog. Hungrig nach all diesen Tagen, hungrig von der Aufregung, und sehr, sehr ungeduldig.

«Erzähl», forderte sie mich auf, während ich mich am Reißverschluss ihrer Jeans abmühte. Also erzählte ich. Mit doppelter Zunge sprach ich zu ihr, mit meinen Worten und mit meinem Körper. Ich berichtete ihr von dem ungarischen Zimmermädchen, das Konrads Flucht aus dem Hotel beobachtet hatte. Ich legte meine Hand auf ihren Bauch und drückte ihren kleinen Körper zu mir hoch. Ich erwähnte den Tod des alten Mannes in seinem Hotelbett. Erzählte von dem Amerikaner, der noch versucht hatte, Konrad festzuhalten. Ich beugte mich so weit wie möglich von ihr zurück, um sie in ihrer ganzen Schönheit zu erkennen. Evîn hörte zu und sagte immer nur aha, aha.

«Und, ist sie hübsch?», fragte sie am Ende, und bevor ich verstand, dass sie Zsuzsa meinte, war ihr aha längst in ein langes, heftigeres Atmen übergegangen, und ich konnte mir die Antwort sparen.

Wir taten es, als sollte es das letzte Mal gewesen sein.

*

Die Frau im Nikab, die sich ganz allein in dem Getriebe vom Hermannplatz die Sonnenallee hinunterbewegte, fiel – anders als Paweł – sehr wohl auf, aber eher wie ein giftiges Insekt, an das sich niemand herantraut. Diese Bekleidung war trotz der zunehmenden Zahl von Migranten in Berlin noch immer selten. Frauen in diesem Gewand bewegen sich fast immer im Gefolge eines Mannes, so gut wie nie allein. Das Dunkelbraun des Stoffs hatte einen Stich ins Lila und schimmerte wie Samt, das Gewand ging ein wenig in Richtung Talar und wäre als Priesterkleid durchaus elegant gewesen. Die Gestalt bewegte sich langsam und würdevoll, nur die Arme schlenkerten etwas zu unruhig. Zwischen all den verschleierten Frauen, den geschminkten und aufreizenden Ägypterinnen und Jordanierinnen mit Kopftuch und rot lackierten Fingernägeln, stach sie mit diesem Kleidungsstück hervor. Die meisten traten ihr respektvoll aus dem Weg. Als sie den Blumenladen an der Ecke erreicht hatte, bog sie in die Seitenstraße ab und blieb scheinbar grundlos an einem geschlossenen Tor stehen, bis dort eine Radfahrerin aus dem Hof kam und sie hineinschlüpfen konnte. Es gab keine Zeugen, die gesehen haben, wie sie die Treppe zu Evîns Wohnung hochstieg.

*

Evîn und ich lagen nackt und ineinander verkeilt auf der Couch.

Es klopfte an der Tür. Wir sahen uns an.

«Dein Mann?»

Sie schüttelte den Kopf. «Unmöglich, zu früh.»

Wenn sie nur mit den Schultern gezuckt hätte, hätte es mich mehr beruhigt. Panisch griff ich meine Hose und mein Hemd. Dann nahm ich die Pistole vom Regal. Evîn zeigte mir einen Vogel. Ich schlich in die Toilette und schloss ab, hörte sie noch zur Tür gehen.

Im Spion erkannte Evîn nur eine verschwommene Gestalt. Wo das Gesicht sein sollte, schimmerte brauner Stoff. Aus dem Sehschlitz blickten zwei Augen heraus. Evîn fragte nach dem Namen. Die Figur antwortete in einem merkwürdigen Arabisch, mit nicht sehr tiefer, aber männlicher Stimme:

«Deine Tante. Mach auf!»

Sie zog die Kette heraus und öffnete einen Spalt weit. Da hatte der Mensch im Nikab schon seinen Fuß in der Tür. Sie versuchte, sich dagegenzustemmen, aber er war kräftig, drückte die Tür auf und war in der Wohnung.

Das Nikab-Wesen schien plötzlich gar nicht mehr langsam und zurückhaltend. Mit Kraft drängte es Evîn in das Zimmer, sie hatte Hemmungen, sie oder ihn anzufassen oder zurückzustoßen. Ihr fielen die kräftigen, dunklen Brauen über den Augen auf. Die Stimme war durch den Stoff gedämpft wie vom Bezug eines alten Lautsprechers.

«Hilf mir!», hörte ich Evîn rufen.

Halbnackt stürzte ich aus der Toilette. Mit ausgestrecktem Arm zielte ich auf das Nikab-Wesen. Nur mit der Unterhose bekleidet, das Oberhemd über die nackte Brust gehalten, in der anderen Hand die Pistole. Der Nikab schien nicht erschrocken darüber, seine Augen glitten an meinem Körper herab.

«Ach …», sagte das Nikab-Wesen, und es klang interessiert und anerkennend. Es wandte sich von Evîn ab und mir zu: «Sodom und Gomorrha …»

«Sind Sie wahnsinnig?!», rief ich. «Was soll das? Verschwinden Sie!»

«Wahnsinnig», wiederholte der Nikab-Mann. Die Männerstimme hatte einen leicht amerikanischen Akzent. «Interessante Diagnose. Ganz normal ist doch niemand, findest du nicht auch? Normalität ist langweilig. Gott hat immer neue Ideen. Gott ist schöpferisch. Willst du behaupten, Gott sei *normal*? Komm, zieh dich an. Es ist eine Dame im Raum.»

«Scheiß was auf Dame!», schrie Evîn. «Hauen Sie ab!»

Er schien Evîn zu übersehen, sie war ihm nicht mehr wichtig. Doch als sie jetzt nach ihrem Handy griff und zu tippen begann, schlug er ihr das Telefon aus der Hand.

«Wer sind Sie?», rief ich. «Warum haben Sie diesen lächerlichen Schleier auf?»

«Wir müssen reden, Freund. Dein Bekannter … du weißt, wen ich meine. Er schwebt in Lebensgefahr.»

«Woher wollen Sie das wissen?»

«Glaub mir einfach. Ich allein kann dir helfen.»

«Vielleicht zeigen Sie uns erst Ihr Gesicht. Wir sind hier in der westlichen Zivilisation. Es ist üblich, von Angesicht zu Angesicht zu reden.»

«Hier sind zwei Augen zu viel», sagte er. «Wir müssen reden, aber unter vier Augen. Diese Frau ist böse. Sie hat ihre Freunde auf mich gehetzt. Sie haben mich geschlagen.»

Als er das aussprach, lag plötzlich Hass in seiner Stimme.

Evîn tat ein paar lautlose Schritte rückwärts in ihre Küche. Der Nikab-Mann bekam das vielleicht im Augenwinkel mit, aber er guckte weiter mich an.

Dann stand Evîn wieder in der Tür und hielt ein Messer in der Hand. Die lange, schmale Klinge war nach oben gerichtet. Der Nikab-Mann bemerkte meinen Blick hinter seinem Rücken und drehte sich um. Er lachte. Er drehte sich mit dem ganzen Körper und wollte mit diesem Schwung Evîn das Messer aus der Hand schlagen. Doch das Gewand behinderte ihn, und er traf sie nur ungeschickt am Unterarm. Evîn schrie auf, ließ das Messer aber nicht fallen. Der Mann stürzte sich auf sie.

«Paweł!», schrie sie.

Ich drückte den Abzug. Nichts passierte. Noch einmal. So fest ich konnte. Es ging nicht. Er ließ sich nicht durchziehen.

Ich versuchte es noch mal, wieder nur ein stumpfer Klick. Ich fummelte panisch an den kleinen Hebeln. Ein schreckliches Gefühl der Unfähigkeit. Der Impotenz.

«Zeig dein Gesicht!», schrie Evîn den Mann an. «Du feiges Weib!»

Jetzt sah es aus, als wollte der Nikab-Mann Evîn einfach nur umarmen. Ich konnte sie gar nicht mehr sehen, so vollständig war sie verdeckt von der Gestalt, die sie festhielt und zum Schweigen bringen wollte. Dann brach der Nikab zusammen und sank zu Boden. Lag da und zuckte irgendwie noch.

Ich legte die Waffe weg. Wollte Evîn zu Hilfe eilen. Stolperte fast über den Mann am Boden.

Evîn hob den Schleier des Nikab.

«Der Detektiv», sagte sie entsetzt.

Sie rannte zum Regal und brachte das Foto, das Ahmad ihr gegeben hatte. Ja, das war er. Auch mir kam dieses Gesicht irgendwie bekannt vor. Seine Augen waren geöffnet. Irgendetwas blubberte in den Adern an seinem Hals, zwei, drei Wellen liefen da noch hindurch.

«Er heißt Tom Cunningham», sagte sie und presste die rechte Hand auf ihre Brust.

«Was nun?», fragte ich.

«Das hier machen meine Leute weg. Aber mein Mann!» Zum ersten Mal sah ich, dass sie die Nerven verlor.

Sie bückte sich nach dem Handy, tippte hektisch, schrie mit gedämpfter Stimme ins Telefon. Ich verstand kein Wort.

Hastig zog ich Hose und Hemd über, schnürte die Stiefel nicht einmal richtig zu, warf meine Jacke über und ging zur Tür.

«Ich geh dann besser», sagte ich.

«Ja, hau ab, Herrenmensch», sagte Evîn. «Nicht mal töten kannst du.»

*

Ich rannte die Treppe hinunter und nahm den Ausgang über den Hof.

Ich hätte getötet. Ich war dazu bereit gewesen. Und hatte es nicht getan. Nicht aus Skrupel, sondern weil der verdammte Sicherungshebel nicht aufgegangen war. Wenn Evîn sich nicht gewehrt hätte, hätte dieser Mann sie vielleicht umgebracht. Nur auf sich allein konnte sie sich verlassen.

An der nächsten Straßenecke blieb ich stehen, um mir die Schnürsenkel zu binden. Am Hermannplatz stieg ich in die U7, ich wollte zur Kirche am Südstern. Wollte beichten, bei einem Priester.

Die Kirche war verschlossen.

Ziellos stieg ich wieder in die Bahn, ohne Angst, dass jemand mir folgen könnte. Trotzdem war ich zittrig. Tempelhof nahm ich die Ringbahn, stieg Landsberger Allee wieder aus, weiß nicht mehr, warum, vielleicht weil ich hier oft zum Schwimmen gewesen war, mich waschen wollte. Ich lief vor die Glastüren der Halle. Eine Badehose hätte ich mir dort kaufen können, aber was mich am Ende abhielt, war die Vision einer feinen Blutspur im Wasser, oder unter der Dusche: Du stehst da mit all den nackten Männern, und plötzlich läuft dir ein roter Faden am Oberschenkel runter, genau dort, wo du sowieso nicht willst, dass jemand hinsieht. Er lässt sich abspülen, läuft aber immer weiter nach. Vielleicht, weil ich eine Verletzung übersehen hatte … und dann verschwinden ein, zwei Männer unauffällig und rufen die Polizei. Nein. Geht nicht. Also zurück zur Bahn, weiter im Kreis. Eine Stunde, zwei. Ich weiß nicht mehr, wie lange. Spät in der Nacht stieg ich Gesundbrunnen aus. Ich kann nicht sagen, warum gerade dort. Vielleicht war es die Stimme der Frau im Lautsprecher, die die Station witzig aussprach. Oder es war die Art der Beleuchtung. Oder weil von dort ein Zug nach Stettin geht.

Immer wieder musterte ich meine Hände und glaubte, das unauffällig zu tun. Dem großen Mann im Parka mit den eckigen Schultern, die wie ausgestopft wirkten, fiel das sofort auf. Er hatte einen silbrigen Stoppelbart und hielt eine Flasche Korn mit ebenso silbergrauem Etikett in der Hand, in der noch viel Flüssiges schwappte. Damit wanderte er den Bahnsteig auf und ab, und jeder, dem er zu nahe kam, schreckte zurück. Wartende, die er mit lauerndem Blick ansprach, flohen diskret. Nur ich war angstlos, vielleicht, weil ich gerade etwas erlebt hatte, das meine bisherige Vorstellung von Schrecklichem weit überstieg. Ich war angstlos und dadurch auch wehrlos.

Ich ließ ihn an mich herankommen. Die Augen des Mannes waren wasserhell, wie aus Glas, und die Pupillen so geweitet, dass fast keine Iris zu sehen war.

«Bist wohl ein ganz Cooler, wa?!», fing er mit norddeutschem Akzent an. Dann trat er ein paar Schritte zurück, wie ein Boxer, der einen spielerischen Haken gesetzt hat. Der Wechsel zwischen Herankommen und Zurückschrecken wirkte ungemein lebendig auf mich. Als ich ihm, soweit es ging, ernsthaft antwortete und in seine vereisten Augen blickte, tat er erschrocken, als hätte ich ein Geheimnis von ihm entdeckt. Er wich zurück, um sofort eine Art vertuschendes Grinsen aufzusetzen: «Na, du bist mir einer.»

Wir redeten irgendetwas. Dann fiel ihm mein polnischer Akzent auf, und er fragte, ob ich Russe sei.

Nein, sagte ich. Darauf ging er nicht ein. Stattdessen erzählte er von den U-Booten, die in Kiel gebaut werden, die besten auf der Welt, wie überhaupt die deutschen Ingenieure … Seine Assoziationen kamen sprunghaft und wirr. Er wusste gar nicht, wohin. Darüber kamen wir ins Gespräch: ob ich wisse, mit welchem Zug er nach Friedrichstraße komme. Einfach geradeaus mit der S1, antwortete ich, aber das schien er nicht zu hören, kam sofort auf ein anderes Thema und geriet ins Erzählen. Das Herankommen und Wegtreten wurde schwächer. Er schien sich an mich gewöhnt zu haben. Irgendwann einmal habe er Kunst verkauft, sagte oder log er, sei mit einer Ente durch die Gegend gefahren. Und fragte dann unvermittelt, ob ich vom BKA sei.

«Das BKA könnte ich jetzt selbst brauchen», antwortete ich.

Er nickte wissend, mit vorgeschobenem Kinn.

«Was passiert?»

Er verstand jedes Wort. Ich konnte nur nicht sicher sein, wie es bei ihm ankam. Ein bisschen wie in einem bunten Kaleidoskop war das alles: Meine Sätze verwackeln auf dem Weg zu ihm, und er baut sich was Eigenes daraus. Es hatte keinen Sinn, ihm etwas erklären zu wollen. Sein Blick allerdings war adlerscharf.

«Du hast dich verletzt», sagte der Mann.

Ich blickte an mir herunter. Auf dem rechten Stiefel. Ein rostdunkler Fleck, nur wenig dunkler als das Braun des Leders. Ich bückte mich und strich mit dem Finger darüber. Festgetrocknet. Ich kratzte daran. Hob den Finger an die Nase, es roch nach Eisen.

Das Blut dieses Mannes.

«Ach, nichts weiter … Farbe», erwiderte ich.

Dann stiegen wir tatsächlich in eine Bahn. Bevor er an der Friedrichstraße ausstieg, zögerte er noch, fragte, wohin ich führe, ob ich dort eine Wohnung hätte. «Ich steh selbst auf der Straße», wollte ich lügen, um ihn abzuwimmeln, und begriff im selben Augenblick, dass es die reine Wahrheit war. Er fragte, wo ich übernachtete. Bei einem Freund, log ich. Diesmal wirklich.

Endlich stieg er aus. Bevor der Zug anfuhr, sah ich ihn unschlüssig vor den Rolltreppen stehen. Die Aufwärtstreppe ging nicht, er hätte zu Fuß hochstapfen müssen. Vielleicht war das der Grund. Vielleicht hoffte er auch, dass ich durch die geöffnete Tür noch etwas zu ihm sagte, was seinem Leben eine Wendung geben würde. Er wandte sich nach links, dann wieder nach rechts, nur den Blick zu mir mied er.

Im Tunnel spürte ich Erleichterung. Beinahe wie nach einer Beichte, aber noch viel befreiender. Sich auf diesen dunklen Geist einzulassen, nicht fortzulaufen vor dem Mann, der allen anderen Angst einjagte, seinem eiskalten Husky-Blick standzuhalten, ihn anzuhören, das bedeutete eine ganz eigene, viel größere Entlastung, als zu einem katholischen Priester zu sprechen, dem diese existenzielle Unbehaustheit fremd ist, der keinen Schimmer hat von den wahren Grausamkeiten des Lebens und mir am Ende irgendwelche lustigen Bußen aufgegeben hätte. Zehn Ave-Marias – für eine Absicht zu morden. Der Mann mit dem verdunkelten Geist hatte alles verstanden.

*

Unter den Linden stieg ich aus und fuhr zurück. Der Husky-Mann war nicht mehr zu sehen. Ich fuhr hoch in den Supermarkt im Bahnhof, stand lange in einer Schlage von Touristen und Nachtmenschen, bezahlte zwei Flaschen Rotwein und steckte sie in eine Plastiktüte.

Ich war gar nicht weit von zu Hause. Zwei S-Bahn-Stationen, dann über die Spree, und schon wäre ich da, dachte ich im Reflex der Gewohnheit. Stattdessen ging ich mit der Plastiktüte in die Gegenrichtung, unter den Linden entlang. Die Bewegung tat mir gut. Ich erreichte den Pariser Platz, kam an dem wie immer feierlich erleuchteten Hotel Adlon vorbei und dachte an Jana. Hinter dem großen Tor erstreckten sich die Lichtgirlanden der Allee in Richtung Westen, an den Rändern Finsternis, darin Schwarzenfelds Steine. Dort ging ich hinein, immer tiefer in die Dunkelheit. Ich hatte keine Angst auf den menschenleeren Wegen. Ich war mit Dunkelheit geimpft.

Den Rucksack mit meinen Habseligkeiten hatte ich auf der Flucht bei Evîn vergessen. Er enthielt nichts Wichtiges. Die Füße taten mir weh. Ich wusste, dass ich nicht mehr lange durchhalten würde.

An irgendeiner Stelle dieses Parks schien mir, ich sei jetzt von allen großen Straßen gleich weit entfernt. Ich fühlte mich im Zentrum der Finsternis. Mehrere hundert Meter weiter war Verkehr zu hören, aber nicht zu sehen. Hier jedoch, hinter hohen Hecken, war es dunkel und geschützt. Ich stellte meine Tüte neben einer Bank ab und setzte mich. Ich war völlig erschöpft. In der Nähe musste ein Teich sein, es roch nach fauligem Wasser. Ich hörte sogar Frösche glucksen, ganz wie früher in meiner Kindheit, in der Kleinstadt. So weit hast du es jetzt gebracht, dachte ich und musste lachen. Aber es war kein Lachen, war nur eine tonlose, freudlose Erschütterung des Zwerchfells. Da bist du wieder bei den Fröschen deiner Kindheit. Dafür hast du die ganze Reise getan. Die Ankunft am Bahnhof Zoo vor fast achtzehn Jahren. Deine polnischen Jahre lagen hinter dir, abgestreift, wie du irrtümlich meintest. Voll naiver Bewunderung für die deutsche Kultur kamst du hierher, eine Magisterarbeit über Nietzsche im Gepäck. In der Erwartung, du würdest jetzt, in der Hauptstadt, vom lebenden deutschen Geist in noch höhere Gefilde getragen werden. Über der Gedächtniskirche herrschte damals laue

Sommernacht, deshalb war mir erst nicht bewusst, dass ich gar kein Dach über dem Kopf hatte. Ich stand mit meinem Koffer auf diesem Platz, der sich nach Mitternacht leerte. Die Touristeninformation hatte mich noch zu einer Adresse in der Bleibtreustraße geschickt. Eine Frau mit dem Gesicht eines Transvestiten, sehr groß und stark geschminkt, öffnete mir. Das ist ja ein Bordell hier, dachte ich erschrocken und floh auf der Stelle. Kehrte zurück auf den fast leeren Platz. Nur ein paar Araber waren dort noch, die sich bei der Wärme draußen aufhielten, und diese Araber luden mich ein, bei ihnen zu übernachten. Es ist ja paradox: Du kommst mit hochfliegenden Erwartungen in die fremde Stadt und wirst von den Einheimischen weder beachtet geschweige denn gastfreundlich aufgenommen. Du bist ein Fremdkörper. Von Anfang an. Die Stadt lässt dich draußen stehen, und die Einzigen, die dich freundlich begrüßen, sind selbst Fremde. Ich ging mit ihnen mit und durfte auf dem Bett eines Jungen übernachten, der vielleicht sechzehn war. Mitten in der Nacht fing er an, sich einen runterzuholen. Er lag mit dem Rücken zu mir, ich atmete ruhig und tat so, als wenn ich schliefe.

Schon wenige Tage später trat Friederike im Biergarten an meinen Tisch. Die vielen Jahre mit ihr schnurrten in meiner Erinnerung zusammen, als wären sie von Anfang an auf das Ergebnis hinausgelaufen: diesen Moment hier auf der dunklen Parkbank. Dabei läuft nie etwas auf das Ergebnis hinaus. Jeder Anfang lässt alle Möglichkeiten offen. Auch dieser Augenblick, dachte ich, wird nicht das Ende sein. Dennoch war der Eindruck überwältigend, dass es das jetzt gewesen sei, vielleicht, weil ringsumher Natur war. Natur als Ursprung. Du bist an deinem Ursprung zurück, dachte ich. Du hast die Reise um die ganze Welt getan. Frag dich, wozu.

Ich zog eine der Flaschen heraus und drehte den Verschluss

auf. Der erste Schluck des billigen Rotweins lief herb und fruchtig die Kehle runter. Er schmeckte besser als erwartet.

Hier kam um diese Zeit so gut wie niemand vorbei. Wenn sich doch Schritte näherten, bemühte ich mich, in der Dunkelheit aufzugehen, drückte mich eng an die Lehne der Bank. Einen, der im Vorübergehen das menschliche Wesen in mir erkannte, sah ich zusammenzucken. In einem anderen Teil des Parks, näher am Bahnhof Zoo, war vor einiger Zeit eine Frau von einem jungen Tschetschenen erdrosselt worden. Die Nachtigallen ließen sich durch solche Geschichten nicht von ihrem Gesang abhalten. Der Himmel war tiefschwarz, nicht einmal die Baumwipfel zeichneten sich vor ihm ab.

Das Einzige, was sich später noch bewegte, war irgendwann ein großer Flusskrebs, der vor meinen Augen über den Weg stakste. Ich erschrak. Halluzinationen, nach einer Flasche Wein? Ich drehte die zweite auf.

Irgendwann muss ich eingeschlafen sein. Ich merkte nicht mehr, wer an mir vorüberging, wer sich im Gebüsch versteckte und was womöglich sonst alles geschah. Ich hatte einen Traum.

*

Ein Telegramm. So etwas bekommt ja heute eigentlich niemand mehr. Aber sie wussten, dass ich schon älter war, deshalb schickten sie mir ein Telegramm.

«Botoşani. Autobusunfall am 12. Oktober 2014. Verstorben Friederike Honegger, geb. am 20. Juli 1973. Die Polizei der Provinz Botoşani, Rumänische Republik.»

Irgendwo dort in der heute formal zu Europa gehörenden Wildnis – wo die Bären nicht mehr am Nasenring geführt werden, sondern in Naturparks umhertollen; wo das Urtümliche und Unheimliche, von Brüsseler Regelungsdrang und Rationalismus in die Enge getrieben, desto wütender um sich schlägt, dort also habe sich ein schrecklicher Autounfall ereignet – das rumänische Wort «schrecklich» stand tatsächlich im Telegramm, es ist ja immer erstaunlich, wie scharf man im Traum sieht und wie viele Sprachen man versteht – das Telegramm trug keine Unterschrift, es war in Bukarest abgeschickt –, und bei diesem Unfall waren alle Insassen eines Reisebusses ums Leben gekommen. Auf der Passagierliste stand meine Frau. Natürlich stand da nicht «Ihre Frau», sondern Friedas Name. Man habe ihren Leichnam, so deutete ich die Formulierung, aber nicht auffinden können. So etwas ist auch nur dort möglich. Was war, wenn sie überlebt hatte und einfach weggelaufen war?

Ich kam also mit einem klapprigen Taxi zum Unfallort. Komischerweise wusste ich auf Anhieb, wo das war. Nämlich ganz am Ende des Dorfes. Am Straßenrand stand ein altes Haus, eine Art Schenke. Fünfhundert Meter weiter verlor der graue Asphalt sich unter dem schattigen Bogen eines dichten Forstes.

Ich stand in der warmen Nachmittagssonne. Träge, späte Insekten summten über dem Feld. Irgendwo hoch eine Lerche. Plötzlich meinte ich, in Polen zu sein, an einem ganz ähnlichen Sommertag auf dem stillen Land, im Südosten. Ich erinnerte mich an meine Hoffnung damals, von dort wegzukommen. An die vielen Versprechen der Welt. Die Freiheit, die ich damals empfand, als ich an der Ausfallstraße stand, die in die Hauptstadt führte. Als die Laster an mir vorbeidonnerten und keiner mich mitnahm.

Ein Käfer versuchte, vom Randstreifen auf den Straßenbelag zu klettern. Er musste eine nicht geringe Stufe erklimmen. Sein Rücken glänzte grün. Zwei Reihen kleiner Noppen zogen sich darüber, wie Steppnähte. Als ich ihn hochheben wollte, verkrallten sich seine gefiederten Beinchen in den schwarzen, im Asphalt klebenden Körnern. Ich löste ihn mit sanfter Gewalt und warf ihn hinaus aufs Feld. Ich wollte nicht, dass er überfahren würde.

Im hellen Sand des Randstreifens lag eine flachgetretene Zigarettenkippe. Ich hob sie auf, drehte den Stummel zwischen den Fingern, untersuchte den Filter, fand einen Abdruck von Lippenstift. Frieda hat immer nur einmal im Jahr geraucht, zu Silvester, aber das zuverlässig. Sobald sie beschickert war. Konrad, intonierte sie dann regelmäßig, denn er war meistens dabei, Konrad, komm, wir rauchen jetzt eine. Gib mir eine Zigarette!

Ich roch an dem Filter, sog die Luft tief ein, idiotisch, hier noch einen Hauch von irgendetwas finden zu wollen. Von ihr. Auf dem Asphalt nichts als formlose Bremsspuren, verkleckerte Motorölschlieren, die in den letzten Sonnenstrahlen glitzerten, ausgewalzt, langgeschmiert unter dem Gewicht von Tausenden Autoreifen, die seither darübergerollt waren. Mehr konnte ich nicht entdecken. Die Sonne war weitergewandert und lugte nur noch flach über die Gipfel des Waldes. Ich erhob mich.

Dann, im Aufstehen, glaubte ich, etwas zu erkennen. So etwas wie menschliche Züge. Im Asphalt. Unmöglich, dachte ich, das bildest du dir ein, das ist das Schillern der Asphaltkörner im schrägen Sonnenlicht, ein Trugbild. Reifenabdrücke, vielleicht. Ein zufälliges Bild, das sich die heißen Sommermonate über in den aufgeweichten Straßenbelag hineingegraben hat. Dennoch trat ich näher.

Es waren die Gesichtszüge meiner Frau.

Ich fiel auf die Knie, ich berührte diese seltsam vertrauten und doch fremd gewordenen Formen, Vertiefungen, Rillen,

Runzeln, Risse; ich strich gerührt mit beiden Händen darüber. Und da fing etwas, das ihr Mund sein mochte, an zu sprechen. Ohne Laut. Ich neigte diesem Mund ein Ohr zu und musste lächeln. Wie oft hat Friederike mir in den letzten Jahren vorgeworfen, dass ich schwerhörig würde und nichts dagegen unternähme.

Ich bekam Schuldgefühle. Dabei hatte ich gar nichts getan. Noch als Tote schaffte sie es, mir Schuldgefühle einzuimpfen.

Da wurde mir klar, was passiert sein musste.

Es musste ein großes Fahrzeug gewesen sein, das sie angefahren hatte, und zwar erst *nach* der Bergung aus dem Bus, als man sie schon an den Straßenrand gelegt oder dort – an einem Baum, an einem Kilometerpfosten – hingesetzt hatte. Bei der großen Zahl der Opfer konnte man sich nicht sofort um jeden Einzelnen kümmern, die Schwerstverletzten mussten zuerst versorgt werden. Im Dunkeln kam dann aber ein zweites Fahrzeug, und das muss sie irgendwie auf die Fahrbahn zurückgeweht oder mitgerissen und anschließend überrollt haben. Im allgemeinen Chaos hatten die Rettungskräfte das übersehen. Als die Milchglastüren der letzten Krankenwagen geschlossen waren, als nur noch ein, zwei verschwommene Schatten von den Tragödien kündeten, die sich dahinter abspielten, als das panische Piepen der Wiederbelebungsmaschine verklungen war und das schummrig blinkende Blau im Dunkel entschwunden, da blieb sie allein dort im Dunkeln liegen.

Möglicherweise trug sie auch noch ausgerechnet Schwarz, ihre Lieblings-Nichtfarbe. Bald muss sich dann das Schicksal in Form des nächsten Autos genähert haben. Unzählige weitere folgten, und jedes machte sie ein bisschen flacher, drückte sie ein wenig tiefer in den Asphalt. Ich ging ein Stück in den Wald hinein. Ein ziemlich weites Stück, als hätte ich beschlossen, mich zu Fuß von dem Ort zu entfernen; ich ging und ging und glaubte schon, der ganzen Chose auf diese Weise zu entrinnen, aber irgendwann bekam ich es mit der Angst zu tun – vor wem nur? Als hätte ich noch eine Verpflichtung der Toten gegenüber – und kehrte um. Direkt vor dem Dorf, in einem Buchenhain inmitten von lauter Nadelbäumen, geht die Waldstraße einen Kilometer schnurstracks geradeaus. Das Dorf taucht wie aus dem Nichts auf, die meisten Fahrzeuge dürften mit hoher Geschwindigkeit heranfahren, bevor sie das Ortsschild wahrnehmen und, wenn überhaupt, abbremsen. Die mannshohen Reifen der Lkws, die in der Nacht durchs Dorf brausen wie der Sturmwind, todbringend für Hühner, Hunde, Katzen.

Als kaum noch etwas von ihr erkennbar war, als nur ihr gerader Nasenrücken herausragte wie der Finger einer gereckten Faust, als wollte sie sagen: Siehst du, so wird gestorben. So stirbt man deutsch! – da müssen im warmen Sonnenlicht eines langen Tages die eisenbeschlagenen Holzräder der Pferdewagen angeholpert gekommen und fühllos und unbeirrt über sie hinweggehumpelt sein, auch über diese Worte, und was noch übrig war, das müssen Raben und Krähen aus dem körnigen Grau gepickt haben – natürlich kennt wieder niemand unseren weltberühmten Nationalschriftsteller: Żeromski, *Rozdzióbią nas krŭki, wrony,* – sodass sie am Ende ganz flach war und sich jetzt nur ihre Gesichtszüge minimal abzeichneten, ein flimmerndes Trugbild in der Hitze des Sommers. Mag sein, dass da gar keine Materie mehr war, nur noch stofflose Spuren, die Homöopathen mögen es glauben. Friederike selbst wäre stolz darauf gewesen, in dieser Verdünnung noch existiert zu haben.

Sind also die Gesichtszüge des Menschen am schwersten aus der Welt zu schaffen?, fragte ich mich, als wäre mir hier auf menschenloser Dorfstraße eine Erkenntnis gekommen, die Welten ins Wanken bringen konnte. Wie ein Gott stand ich da und grübelte über Wege und Möglichkeiten, meine Schöpfung wieder rückgängig zu machen. Die größten Schwierigkeiten wird *Er* damit haben, das Gesicht des Menschen aus der Welt auszuradieren. Selbst wenn Er es aus ihr tilgt, aus seiner eigenen Erinnerung wird Er es nie mehr verbannen können. Das Gesicht dessen, den Er erschaffen und dann wieder ausgelöscht hat, wird Ihn auf ewig verfolgen.

Inzwischen war es so dunkel, dass das Schwarz des Asphalts zu einer unterschiedslosen Ebene verschwamm. Ich kniete an diesem breiten Strom aus Finsternis, knetete mit den Handflächen den Asphalt, um die eben gesehene Bewegung zu ertasten, scheuerte mir die Haut wund, erhob mich mit steifgewordenen Knien, warf die Arme empor und begann, nach Hilfe zu rufen, denn wenn meine Frau die Lippen bewegt hatte, hieß das, sie lebte. Man musste sie so schnell wie möglich aus dieser Masse herauskratzen und retten.

Lange kam auf mein Schreien niemand herbei. Sobald ich erschöpft innehielt, äffte ein Käuzchen im Wald mich mit mitleidigem Echo nach.

Erst nach längerer Zeit, als ich schon wieder zitternd auf dem Asphalt kniete und immer nur die Hände zum Himmel reckte, um dann ungeschickt diese Gestalt zu umarmen, deren letzte Wärme jetzt gerade aus dem Bitumen entwich, als ich selbst schon vor Verzweiflung eingehen wollte in diese Dunkelheit und mit ihr verschmelzen, nur fort aus dieser Welt – da öffnete sich die Türe der Schenke, und ein Mädchen lief über die Straße zu mir her, weiß geschürzt, entsetzt von meinem Geschrei. Es waren furchtbare Laute, die ich von mir gegeben haben muss, so etwas wie das untröstliche Schluchzen, mit dem man sich selbst aus dem eigenen Albtraum holt und dessen Kehllaute man noch verebben hört. Sie nahm mich vorsichtig am Ellbogen, half mir auf und führte mich zu der Kneipe. In dem vom europäischen Rauchverbot völlig verschonten Schanksaal saßen ziemlich vertrocknete, sonnenverbrannte Bauern. Der mit Eichenpaneel verkleidete Raum war so überheizt, dass ich die Jacke ablegte. Trotzdem fühlte ich mich bald wie in einer Sauna. Man setzte mir ein Glas Sliwowitz vor. Er war eiskalt und zog allen Schmerz und jede Hitze sofort aus mir heraus. Nach dem zweiten Glas fasste ich Mut und versuchte zu erklären, dass dort im Asphalt meine Frau eingegossen sei, aber wie ich es laut aussprach, kam es mir selbst unsinnig, geradezu irrsinnig vor, und ich brach in Lachen aus, fast hysterisch, die Gäste lachten erschrocken mit, redeten aufgeregt und beruhigend auf mich ein, ja, ja, sagten sie, ein Sonnenstich, schon möglich, hier passieren die merkwürdigsten Dinge, jetzt ruhen Sie sich erst einmal aus. Und ich stellte erstaunt fest, dass ich fließend Rumänisch sprach.

Und ich dachte, Frieda ist hier in guter Gesellschaft. Das sind aufrechte, gerade Menschen, sie soll dort ruhig noch im Asphalt bleiben, bis wir eine Lösung gefunden haben. Ich weiß nicht, wann man mich in die kleine Kammer geführt hat, mit einem duftenden, aufgeschlagenen Federbett.

Am nächsten Tag fand ich mich, immer noch völlig betrunken, auf der Holzbank des kleinen Provinzbahnhofs, zu dem man mich gefahren hatte. Zwei Männer hatten mich an Armen und Beinen aus dem Auto gehievt und dort abgelegt. Ich wollte schlafen, schlafen, nichts als schlafen, aber man ließ mich nicht. Eine Hand rüttelte erbarmungslos und grob an meiner Schulter. Ich hörte mehrere harte Stimmen, doch das war kein Rumänisch, es war eine Art Gebell, unerbittliche Laute, da standen welche um mich herum und starrten auf mich herunter wie auf einen Hund. Ich drückte die Augen fest zu und hoffte nur, dass das ein böser Träum wäre.

*

Jemand stieß mich an der Schulter. Nicht so angetippt, sondern richtig heftig. Schüttelnd. Es tat weh. Jemand schimpfte.

Schließlich musste ich die Augen öffnen. Über mir erkannte ich eine Frau in dunkler Uniform, die den grellen Strahl ihrer Taschenlampe erbarmungslos in mein Gesicht bohrte. Dicht hinter ihr zwei dunkle Gestalten.

«Verstehen Sie mich?», fragte die Frau.

Ich nickte.

«Du verstehen?», fragte sie noch einmal, als hätte sie mein Nicken nicht deuten können. «Du weg hier.»

«Aber wohin?», fragte ich, noch völlig betäubt.

«Zurück in dein Land», sagte die stämmige, gefärbte Blondine jetzt in besserem Deutsch, weil ich so verständig zurückgefragt hatte.

«Und wenn das hier mein Land ist?!», schrie ich jetzt.

«Wohl kaum anzunehmen», sagte die Blondine, und ich sehnte mich zurück in meinen Traum, nach der Weichheit und Freundlichkeit der rumänischen Menschen, egal wie korrupt und unorganisiert sie sein mochten, menschenähnlicher waren sie auf jeden Fall, sogar die Polizisten dort waren humaner gewesen als diese Nazis.

Die Stadt wollte mich ausspucken.

«Zeigen Sie mal Ihren Personalausweis.»

Endlich, ein Lichtblick. Etwas Handfestes. Ich setzte mich auf. Jetzt erkannte ich die zwei uniformierten Polizisten, die hinter ihr standen. Ein deutscher Personalausweis, aber selbstverständlich, selbe Meldeadresse wie meine Frau,

Friederike Honegger. Oldenburger Straße. Ein Griff in die Brusttasche meines Oberhemdes, wo ich den Ausweis, ein paar kleine Geldscheine und BVG-Karte normalerweise trage. Nichts. Ach so, vermutlich hatte ich sie sicherheitshalber innen in die Lederjacke gesteckt, bevor ich mich hinlegte. Das Taschenfutter der Innentasche war herausgestülpt. Leer. Schon sehr viel hektischer, suchte ich jetzt in den Seitentaschen. Beugte mich von der Bank herunter, schaute, ob sie wohl auf den Boden gerutscht wären. Nein. Mein Ausweis war weg. Gestohlen. Alles war weg, alle Papiere, auch das bisschen Geld.

Sie zwangen mich, aufzustehen und wegzugehen. Wohin, interessierte sie nicht. Einer warf sogar die leere Weinflasche für mich in einen Abfallkorb. Vielen Dank auch! Die andere, halbvoll hinter dem eisernen Fuß der Bank, ließen sie stehen.

Ich musste plötzlich lauthals lachen. Misstrauisch drehten sie sich zu mir um. Blödiane! Kein Wunder, dass ihnen hier alles über den Kopf wächst. Sie kapieren nicht, dass ich eben fast einen Mord begangen hätte! Sie lassen mich laufen. Zumindest Augenzeuge eines Mordes war ich geworden, ich hätte darüber berichten können. Interessiert sie gar nicht. Ist zu groß. Sie kümmern sich lieber um Kleinigkeiten. Wecken friedliche Schläfer auf, kontrollieren sie brutal. Werfen mich aus dem Park, in dem ich tagsüber so oft spazieren war, so oft mit einem Buch auf der Bank gesessen hatte. An meinen Händen klebte Blut, symbolisch jedenfalls. An meinem rechten Schuh sogar ganz real. Sie hätten es untersuchen können, DNA, Blutgruppe. Hätten herausfinden können, wen Evîn erstochen hatte. Aber sie sind und bleiben ahnungslos.

Zu viel fremde Intelligenz für das deutsche Wesen.

Als ich an der großen, vierspurigen Straße stand, sah ich die Siegessäule und wusste, wo ich mich befand. Einsam und stolz ragte das Monument des letzten deutschen Sieges in die Höhe. Ungerührt blinkte es im nächtlichen Scheinwerferlicht. Wo tagsüber Automobile sie umtosten, herrschte schlaftrunkene Leere. Diese Säule war nur noch eine Hülse dessen, wofür sie einst stand.

Früher haben sie ihre Kriege selbst angefangen. Heute verschließen sie die Augen sogar davor, dass andere welche führen. Sie glauben, sie verjagen ein paar Obdachlose aus ihrem aufgeräumten Tiergarten, sie deportieren ein paar schmuddelige Osteuropäer, und alle Probleme wären gelöst. Sie sind blind für das, was da von außen langsam und machtvoll heranrückt, etwas viel Gefährlicheres und Bedrohlicheres als die paar Menschen ohne Dach über dem Kopf, die paar Flüchtlinge in ihrer Stadt. Sie denken, sie könnten sich das alles ewig vom Leibe halten. Könnten die Kriege weiter nur gemütlich vom Fernsehsessel aus betrachten, wie eine blutige Unterhaltungsserie.

Und du, Nietzsche, du armer verwirrter Pole, was hat dich bewogen, deine Todfeinde zu Übermenschen zu stilisieren? Das kommt davon, wenn man sich aus Selbstverachtung dem Feind anzuverwandeln versucht und sich einbildet, man könne werden wie er. Hast du je mit arischen Herrenmenschen zu tun gehabt, hast du vor einem selbst ausgehobenen Graben gestanden, wenn sie in deinem Rücken mit geladenen Gewehren auf dich zielen und nur warten, bis du fertig bist? Armer Friedrich. Du hast dieses Idealbild in deinem Kopf herangezüchtet, und daraus sind dir Ungeheuer gewachsen.

Bei Lisiecki konnte ich um diese Zeit nicht klingeln. Der ließ mich sowieso ungern rein.

Blieb Zsuzsa. Oben am Bahnsteig des Bahnhofs Bellevue fiel ich rücklings auf eine Bank und wartete auf die erste S-Bahn. Vom Ostkreuz schleppte ich mich vor Zsuzsas Haus, das heißt: Ich legte mich auf den kleinen Platz, sodass sie mich sehen musste, wenn sie kam oder ging, nachts von der Arbeit oder morgens auf dem Weg dorthin.

*

Der Mensch säubert sich von oben nach unten. Zuerst säubert er sich von Gott, dann säubert er sein Staatswesen vom Zaren, dann die Wirtschaft von Chaos und Konkurrenz, und schließlich seine Innenwelt von allem Unbewussten und Finsteren. Auch Atmung, Blutkreislauf, Verdauung und Befruchtung sind der Kontrolle durch Vernunft und Willen zu unterwerfen. Das Telefon klingelte.

«Ist Paweł bei dir?» Diesen Ton hatte Christian noch nie von Frieda gehört. Zehntelsekunden war er sprachlos.

«Hörst du mich?»

«Ja, ja. Nein. Er ist nicht hier.»

«Ich hab ihn rausgeworfen.»

«Du hast was?»

«Es ging nicht mehr.»

«Das heißt?»

«Er ist verrückt geworden. Er hat ein Verhältnis mit einer minderjährigen Patientin von mir angefangen, und er leidet an Verfolgungswahn. Eine typische Projektion. Er wirft mir vor, ich hätte einen Privatdetektiv auf ihn angesetzt.»

Christian hauchte ein übertrieben mitfühlendes «mein Gott!». Dass die Nachricht ihn besonders erschüttert hätte, kann man nicht sagen. Krisen hatte es in dieser ungleichen Ehe immer wieder gegeben. Neu war, dass Frieda gehandelt hatte. Sie hatte ihren Mann auf die Straße gesetzt. Endlich. Christian freute sich, dass dieser polnische Hetero-Schönling was auf seine hübsche, auch schon nicht mehr ganz junge Nase bekommen hatte. Und zwar nicht von einem der vielen dummen Mädchen, die reihenweise auf ihn reinfielen, sondern von der Frau, die das Rückgrat seines Lebens bildete. Das hatte er nie begriffen. Dankbarkeit kannte er nicht.

Christian war froh, dass jemand ihn aus Trotzkis drögem Größenwahn herausriss und etwas vom wirklichen Leben zu ihm herüberschwappte. In einem Anflug von Menschenfreundlichkeit beschloss er, Frieda von seiner letzten Nacht mit Konrad zu beichten.

«Lass uns irgendwo treffen und reden», schlug er vor. «Im Café in der Bergmannstraße vielleicht?»

Anderthalb Stunden später saßen sie sich gegenüber. Christian hatte Paweł und Jana belogen.

«Er war also noch bei dir?», fragte Frieda.

Das war er. An jenem Abend vor zwei Wochen war Konrad völlig aufgelöst bei ihm aufgetaucht. Sturmklingeln an der Tür. Warum rufst du nicht vorher an?, hatte Christian gefragt. Handy weggeworfen, sagte Konrad abgehackt und atemlos, als er im Flur stand. Zertrampelt. Sie sind hinter mir her. Wer?, fragte Christian. Der Freund wirkte so aufgelöst, dass er an einen Anfall von akuter Paranoia glaubte. So etwas hatte es in seinem Freundeskreis gegeben. Beziehungskrisen können psychotische Schübe auslösen. Seine Trennung mit Konrad lag zwar schon zwei Jahre zurück, aber die Vorstellung, dass Konrad bis heute daran litt, bestärkte sein Selbstwertgefühl.

«*Ich muss heute bei dir bleiben,* hat Konrad gesagt. *Tut mir leid. Stell dir vor, ein rassistischer Ami zieht die Waffe und jagt mich durchs Hotel. Ein Albtraum. Ich hab ja die letzten Wochen sowieso schlecht geschlafen, wegen diesem Idioten Psiorz. Dann sitze ich mit einem alten Amerikaner an der Bar, und wir reden über Gott und die Welt. Er erzählte irgendwas von der Ukraine, ich verstand eigentlich immer nur Bahnhof. Wie die Amis das Land aufrollen wollen, so was. Wir beide waren ziemlich besoffen. Ich nahm das alles nicht ernst. Irgendwann mischte sich dieser junge Schnösel ein, der immer in der Nähe war, und packte seinen Schützling sehr unsanft am Arm. Der alte Mann wollte ihn abwehren, taumelte aber schon ein bisschen. Das war gestern Abend. Da habe ich Frieda noch angerufen.*»

«Stimmt», unterbrach Frieda die Erzählung.

«*Und am anderen Tag war der Mann plötzlich tot. Ich habe ihn ja noch auf sein Zimmer gebracht*, sagte Konrad. *Deshalb denken die Amis, ich wäre es gewesen. Wenn die dich einmal im Visier haben, bist du verloren.*

Was ist mit Paweł?, habe ich ihn gefragt. *Ach, der Arsch. Hat gar nicht abgehoben. Ist wahrscheinlich bei seiner Kurdin.*»

Dass er sich die letzte Bemerkung hätte sparen können, merkte Christian zu spät. Er sah Frieda schlucken.

«Ich bin kein Psychologe», sagte er zu Frieda. «Aber das ist doch schwer paranoid, oder? Verfolgung durch einen Amerikaner?»

Frieda nickte rasch und verzweifelt.

«Ich hab dann mit möglichst ruhiger Stimme versucht, das Gespräch aufrechtzuerhalten. Wo willst du dich denn verstecken?, hab ich gefragt.

Weg, möglichst weit weg, sagte Konrad. *Bei dir bleibe ich nur eine Nacht. Dann weiter. Hier finden sie mich. Überwachungskameras in der U-Bahn, sie rekonstruieren meinen Weg, und überhaupt.*

Wo versteckt man sich? Am besten Richtung Osten, schlug ich dann vor, nur damit er sich an einen Gedanken klammern konnte. Paranoikern muss man erstmal zuhören. Einem unruhigen Rennpferd darf man auch nicht die Zügel straffziehen. Soll es im Kreise gehen, Hauptsache, es kann sich ausagieren. Und der Osten ist immer gut. Dort funktioniert alles weniger perfekt, nach Polen gibt es keine Grenzkontrollen mehr, wenn du Glück hast, hinterlässt du keine Spuren. Auf jeden Fall nie mit Kreditkarte zahlen, sagte ich. Und von Polen vielleicht nach Kiew.

Kiew?, hatte Konrad geschrien. *Da sind sie doch erst recht.*

Wer sie?, fragte ich.

Na, die Amis!, schrie Konrad.

In dem Moment war mir klar, dass er endgültig ausgerastet sein musste. Ich packte ihn an beiden Schultern, sah ihm ins Gesicht und sprach auf ihn ein. Seine Pupillen waren weder vergrößert noch stecknadelklein. Falls dich das interessiert.»

«Aber hat er nach Alkohol gerochen?», fragte Frieda.

«Ja, ja. Ich hab ihn gefragt, ob er nicht erst einmal darüber schlafen will. Das tat er dann auch.»

Christian nahm einen großen Schluck Bier.

«Am nächsten Morgen eskalierte die Situation. Konrad wollte nicht mal ein trockenes Brötchen und trank nur schwarzen Kaffee. Er zeigte auf die Reproduktionen der sowjetischen Arbeiter und Soldaten: *Daran geilst du dich immer noch auf, was? Dass die heute wieder bedroht sind, ist dir scheißegal?*

Bedroht? Wer?, habe ich gefragt.

Die Russen. Die NATO schleicht sich immer näher ran. Sie wollen die Ukraine einsacken.

Und wenn – was hätte ich damit zu tun?

Natürlich gar nichts. Du sitzt hier gemütlich in deiner schnieken Wohnung, dich berührt nichts. Selbst etwas riskieren, dein Leben in die Waagschale werfen, so weit reicht die Bewunderung dann doch nicht.

In meinem Ärger konnte ich ihm nicht sagen, dass das nicht meine Aufgabe ist. Ich bin Historiker. Wenn sich alle in den

Kampf stürzen und draufgehen, bleibt am Ende keiner übrig, der die Geschichte erzählen kann. Als ich begriff, dass Konrad es ernst meinte und Argumenten nicht mehr zugänglich war, war ich fast schon wieder beruhigt. Er würde es ja nie bis in die Ukraine schaffen. Kurz versuchte ich noch, ihn davon abzubringen. Es gebe doch genug junge Männer, für die es nicht das Schlechteste wäre, im Krieg draufzugehen. Lass die doch ziehen. Denen schwappt das Testosteron im Blut.

Ja sicher, rief Konrad, *das einfache Volk, die von dir angehimmelten Proletarier, die sollen mal wieder als Erste draufgehen. Wenn sie weit genug weg sind, sind es deine Helden. Nur nicht in deiner Nähe, dann sind es plötzlich aggressive Testosteronbomben. Und wenn dann alles vorbei ist, hängst du dir ihre Bilder auf. Deine ganze beschissene Sowjetanhimmelung, alles Papier.*

Nach diesem Ausbruch beruhigte er sich und begann zu schluchzen. *Berlin ist für mich verbrannte Erde*, sagte er. *Hier kann ich mich nirgends mehr blicken lassen. Sie werden nicht aufgeben, bis ich tot bin oder in Guantánamo sitze, in einem orangenen Irrenanzug. Du weißt, wie lange die von 9/11 schon dort gefangen sind. Dort kommt keiner wieder raus.*

Vielleicht ist es besser, du gehst erstmal zur Polizei?, fragte ich ihn.

Konrad lachte. Laut und hysterisch.

Du bist vielleicht naiv! Die sind doch auf derselben Seite! Alles gekauft, alles unterwandert. Deutschland ist doch nicht souverän. Keinem hier kannst du mehr trauen.

Aber vielleicht kann Frieda dir helfen?, fragte ich. Dein Name hat ihn etwas beruhigt. Er dachte nach. Dann schüttelte er den Kopf. Frieda wird auch wieder nur reden, hat er gesagt. Ihr denkt alle, Reden hilft. Aber die Zeiten sind vorbei.»

«Das hat er so gesagt?», fragte Frieda.

«Ja. Ich machte ihm einen Beruhigungstee. Konrad bestand

darauf, dass ich ihm eine Bahnkarte nach Warschau kaufe. Ich fragte mich, ob ich ihn in diesem Zustand in der Wohnung allein lassen konnte. Später fuhr ich zum Ostbahnhof und kaufte ihm die Fahrkarte, für den Nachmittagszug. Als Konrad dann in der Tür stand, hab ich ihm noch gesagt, er könne mir den Wohnungsschlüssel dalassen. Ich schau ab und zu mal nach dem Rechten. Blumen gießen und so.

Danke. Schlüssel hat die Nachbarin, sagte er. Mehr nicht. Kein Abschiedswort, keine Umarmung.»

Christian lehnte sich zurück und streckte beide Arme auf der Tischplatte aus.

Frieda schwieg.

Dabei hatte Christian ihr längst nicht alles erzählt. Das Übrige war zu erniedrigend für ihn. Kein Wort von seinen Hoffnungen auf erotische Wiederannäherung. Er hatte einen Wein geöffnet, tröstend den Arm um die Schultern des Freundes gelegt. Hatte versucht, ihn an sich zu drücken. Doch Konrad zitterte nur vor Angst. In der Nacht lief er mehrmals auf die Toilette, Christian hörte ihn würgen.

Nach den hässlichen Vorwürfen am anderen Morgen war Christian wieder bewusst geworden, dass dieser egoistische Kerl ihn wie ein Stück Dreck behandelte. Mit der Erinnerung an den Schmerz von damals und der Erkenntnis, dass sich an Konrads Desinteresse offensichtlich nichts geändert hatte, dass er nicht das geringste Zeichen von erotischer Erregung verriet, obwohl Christian es auch jetzt sofort am Küchentisch getan hätte, verwandelte sich sein Restinteresse am Sex in nackte Wut. Das war nichts, was er Frieda hätte erzählen können.

«Wahrscheinlich ist er nicht weit gekommen», vermutete Frieda. «Bis Warschau, und hängt jetzt dort ab. Kennst ihn ja. Es sei denn, was schlimmer wäre, er hat sich etwas angetan.»

Christian nickte.

«Ist es nicht furchtbar?», seufzte Frieda. «Alle drehen durch. Konrad mit seiner akuten Verfolgungspsychose. Und Paweł glaubt, ich hätte einen Privatdetektiv auf ihn angesetzt.»

«Und, hast du?», fragte Christian.

«Spinnst du, oder was?»

«Aber du wusstest von seiner Kurdin?»

«Die hat doch selbst bei uns angerufen, ich brauchte nur die Nummer zu notieren und irgendwann zurückzurufen. Ein paar Fangfragen, und ich wusste Bescheid.»

Christian verstand.

«Da scheint jetzt echt ein Psychovirus umzugehen», fuhr Frieda fort. «Er befällt nicht nur Individuen, sondern ganze Gesellschaften. Die Menschen verzweifeln an der Realität. Jetzt heißt es plötzlich, der Mensch war gar nicht auf dem Mond! Und die Twin Towers sind von einer jüdischen Weltregierung gesprengt worden! Nichts, was man den Leuten nicht einreden könnte. Manchmal habe ich den Eindruck, das ist ansteckend. Warum glauben jetzt alle diesen Schwachsinn?»

«Ich weiß es nicht», sagte Christian. «Manchmal denke ich, bei Konrad hat das ganz persönliche Gründe. Er wollte unbedingt frei sein, aber jetzt kommt er damit nicht klar. Möglicherweise hat er die Trennung von mir nie überwunden.»

Erschrocken blickte Frieda auf den mit den Jahren immer rundlicheren Kopf des alten Bekannten, sie sah die Hässlichkeit seiner Züge, die von der glänzenden Glatze verstärkt wurde, und sie erkannte wieder, was sie längst wusste – wie wenig man davon ahnen kann, was im Kopf eines anderen Menschen vorgeht. Wie realitätsblind und selbstverliebt dieser Mann war. Konrad hatte einfach die Schnauze von ihm voll, fertig. Diese einfache Tatsache wollte Christian nicht wahrhaben. Auch er war ein Opfer des Psychovirus, er lebte genauso in seiner Fake-Welt wie alle anderen.

Sie sagte nichts. Es würde ja überhaupt nichts ändern. Sie trennten sich freundschaftlich, mit einer Umarmung und körperfernem Schultertätscheln. Christian ging nach Hause, sie stieg am Mehringdamm in die U-Bahn, leider nicht mit dem beruhigenden Gefühl, einen Freund zu haben, bei dem sie sich anlehnen konnte.

*

Was machst du hier?!», rief Zsuzsa erschrocken, als sie kurz vor ihrer Haustür erkannte, dass der starre Mann auf der Bank gegenüber kein Obdachloser war, sondern ich.

«Ah, gut, dass ich dich treffe», sagte ich. «Kann ich ein paar Tage bei dir unterkommen?»

Zsuzsa hatte sich ja schon ausgemalt, wie es mit ihm werden könnte. Aber in diesem Zustand … Trotzdem nahm sie ihn mit hoch. Im Flur ihrer winzigen Wohnung drehte sie sich ratlos zu ihm um.

«Du siehst ja, wie es hier aussieht … Aber für ein, zwei Tage.»

Sie breitete ein paar Decken in einer Ecke des Zimmers aus, das nicht ihr Schlafzimmer war.

Ich ging unter die Dusche, achtete auf den Wasserstrahl und die Rinnsale, die von Bauch und Beinen herunterliefen. Auf der weißen Emaille der Wanne – nichts. Keine roten Spuren. Dann wickelte ich ein Handtuch um mich, legte mich im Zimmer auf das von ihr bereitete Lager und war fast auf der Stelle eingeschlafen.

*

Wenn ich ehrlich sein soll …», begann Dagmar, die seit ihrer ersten psychologischen Hilfeleistung gern einmal zum Kaffee vorbeikam. Sie war Betriebsprüferin beim Finanzamt Schöneberg, wohnte im gleichen Treppenaufgang und gab oft damit an, dass sie im Unterschied zu anderen Beamten des öffentlichen Dienstes ein Mehrfaches ihres Jahresgehalts erwirtschaftete.

«Im Grunde kannst du froh sein, dass es so ausgegangen ist. Ich habe dir das nie so offen gesagt, aber Paweł war doch eine schwere Hypothek.»

«Was?», fuhr Frieda aus ihren Gedanken hoch.

«Na, eine Last, meine ich. Für dich. Nicht nur materiell. Auch psychisch. Ich habe das doch mit ansehen müssen, all die Jahre. Du hast versucht, es zu verdrängen.»

«Mag sein», sagte Frieda. Innerlich schrie sie auf.

Manche Freundinnen oder auch nur Nachbarinnen glaubten jetzt, sie trösten zu müssen. Sie verstand vom Kopf her, als Psychologin, warum das so war: Die anderen bekamen mindestens ebenso viel dafür zurück, wie sie ihr zu geben glaubten. Die meisten hatten zu wenig Energie im eigenen Leben und waren froh über diese kleine menschliche Tragödie, an der sie sich aufwärmen konnten.

Friedas Oberlippe begann zu zittern, gegen ihren Willen. Eine Trauer überfiel sie, die ihr unerträglich schien. Eine Empfindung, als sei alles nur noch grauer, alter Filz. Alles, alles ringsherum. Die Betriebsprüferin. Das war nicht einmal Hass auf sie, nur die eigene Hilflosigkeit, Gefühllosigkeit. Der Kaffee, der Kuchen. Kaffee und Kuchen waren immer schon ein Inbild von Trostlosigkeit für sie gewesen, sie hätte kotzen können beim Anblick von älteren Damen, die vor ihren Kuchentellern saßen. Nicht zuletzt vor den Kaffeekränzchen in ihrem Elternhaus war sie nach Berlin geflohen. Und jetzt war alles doppelt ohne Geschmack. Es gab überhaupt nichts mehr, auf das sie sich freuen konnte. Ihre größte Last war von ihr abgefallen, aber statt der Erleichterung spürte sie nur, dass alles weg war – nicht nur die Last, sondern ihr ganzes Leben.

Dagmars flacher Trost befriedigte sie nicht. In den Jahren mit Paweł hatte sie sich doch ein wenig an die polnische Raffinesse gewöhnt, so verspielt und inhaltsleer sie bei genauerem Hinsehen auch oft war. Der Witz, das Spiel, das Umwundene verlieh dem Leben doch auch Reiz. Und jetzt so platt – Last abwerfen? Wie ein Esel? Und wozu? Um leichter voranzukommen – doch wohin, mit welchem Ziel?

Am meisten schmerzte sie die Frage, warum sie so viele Jahre mit Paweł ausgehalten und all das erduldet hatte, die Schmerzen, das nächtliche Warten, seine Eskapaden mit anderen Frauen, warum sie seinen langsamen Abstieg mit angesehen, mit ihm gelitten hatte – wenn diese Jahre nun einfach umsonst gewesen sein sollten. Weil sie sich am Ende gegen ihn entschied. Wenn sie sich jetzt gegen ihn entschied, dann hatte das rückwirkend Bedeutung für alle Jahre, für die ganze Zeit. Das war ungefähr so wie mit der russischen Revolution. Die Opfer. Das Leid. Die Geduld. Und plötzlich wird alles rückabgewickelt: Davon redet doch Christian immer. Zweiundsiebzig Jahre siegreiche Sowjetunion – ohne Sinn? Das gibt es nicht. Nichts in der Natur ist sinnlos. Wenn es so lange existiert hat, dann muss es seinen Sinn haben, mochte er auch versteckt sein. Paweł zu verstoßen, das veränderte auch sie selbst, stempelte diese Jahre um, entwertete sie zu vergebener Zeit. Und machte damit einen langen Teil ihres eigenen Lebens – vergebens. Wenn die Sache so klar war, wie ihre Nachbarin sagte, hätte sie sich viel früher von Paweł getrennt. Als in ihrem Leben noch etwas möglich war. Und der Zwiespalt, ob das womöglich besser gewesen wäre, bedrückte sie jetzt mehr als die Tatsache, dass Paweł fort war.

«Du solltest mal wieder ausgehen», sagte die Nachbarin. «Geh raus, lern neue Leute kennen! Man darf nicht in die Trauer fallen. Es gibt so viele Möglichkeiten.»

Frieda hörte die Worte, verstand jedes einzelne und verstand doch nichts.

Noch wollte sie sich dagegen wehren, wollte zurück in die dritte Dimension, versuchte zu schreien. Aber schreien im Beisein der Nachbarin? Sie riss sich zusammen, und deshalb zitterte ihre Oberlippe. Sie schob sich ein Stück Bienenstich in den Mund. Kandierte Mandelscheiben kitzelten die Lippe. Sie musste sich zusammennehmen, um es nicht wieder auf den Teller zu spucken. Schluckte es mit Kaffee herunter.

Die Betriebsprüferin hob die Tasse. Sie war praktisch veranlagt, aber sogar sie merkte, dass etwas Seltsames mit Frieda vorging. Sie bekam ein bisschen Angst, ließ sich aber nichts anmerken.

Der Gesichtslose hatte eine Flasche Whiskey geöffnet. Statt sich, wie sonst, Stephen Colbert auf CBS anzusehen oder sich bei Alec Baldwin totzulachen, horchte er noch einmal in die Moabiter Wohnung hinein. Ein wenig in der Hoffnung, jemand dort könnte etwas sagen, das neues Licht in die Sache bringt und ihn bei der bevorstehenden Untersuchung vor einer Blamage bewahrt. Doch er hörte nur zwei Frauenstimmen. Das gab wenig Anlass zur Hoffnung. Er spielte die Aufnahme vor und zurück, drehte die Lautstärke hoch und horchte. Er ließ sich die Frequenzdarstellung zeigen, suchte nach Zacken und Ausschlägen, um vielleicht in der graphischen Darstellung etwas zu entdecken, das er überhört hatte. Da war nichts. Dass Frieda so eben wie der Asphalt auf einer

Landstraße wurde und ihr Gehirn genauso flach, war akustisch nicht zu hören. Zu flach, um noch etwas zu verstehen. Alle Gedanken rollten da oben über sie hinweg, sie konnte sie zwar noch sehen, beobachten, aber nicht mehr verstehen. Sie rasten vorbei und hinterließen keine Spuren.

Als Frieda Dagmar verabschiedete und die Wohnungstür zufiel, schaltete der Gesichtslose ab. Sorgfältig legte er sein altes Brillengestell zusammen und bettete es in das Etui. Er klappte die grünen Schalen zu und schob sie auf dem Schreibtisch von sich. Sein Blick blieb auf seinem Handrücken hängen. Weiße, pergamentene Haut mit einem unschönen Altersfleck.

Frieda kehrte ins Wohnzimmer zurück und saß sehr lange wie gelähmt im Sessel. Nach einer halben Stunde stand sie auf, ging in die Küche und schraubte einen Rotwein auf. Füllte ein großes Glas und kippte es runter, fast wie Wasser. Atmete tief und kräftig aus. Ging in den Flur, zog ihre Schuhe an. Legte den Sommermantel um ihre Schultern, griff nach ihrer Handtasche, sah sich noch einmal um und verließ die Wohnung. Sie hatte beschlossen, Paweł zu finden.

*

Der borstige Rücken schaukelte im flachen Wasser. Das kam von den Wellen eines Motorboots, das weit draußen über den See fuhr.

Am Morgen war der Gesichtslose mit schmerzhaft pochendem Kopf erwacht. Es war der Tag, an dem Paweł das letzte Mal zu Evîn ging. Ein Rest Whiskey stand noch in der Flasche, zwei Fingerbreit. Fünf Uhr. Und obwohl er längst noch nicht wieder nüchtern war, stieg er ins Auto und fuhr an die Havelchaussee.

Der Ort lag um diese Zeit kühl und scheinbar unberührt.

Traumhaftes Grün durchzitterte die Luft. Der Gesichtslose setzte sich auf einen Baumstamm am Ufer. Die Sonne, die in seinem Rücken höher wanderte, zauberte Lichtblitze auf die Wellenkronen. Einige wenige Boote glitten durch die diesigen Reste des Morgennebels. Nach dem bewusstlosen Abgrund der Nacht brauchte der Gesichtslose diese Ruhe, um sich die Welt Stück für Stück wieder zusammenzusetzen. Er war dankbar für jeden kleinen Erfolg, jedes Teil, das sich ins vertraute Bild der Realität fügte, und er genoss die sinnliche Welt mit besonderer Intensität.

Nur dieser Fellrücken störte. Er verstand nicht, was das sein sollte.

Er rückte seine Brille zurecht und kletterte ans Wasser hinunter, um das borstige Etwas in Augenschein zu nehmen. Weder Kopf noch Beine waren zu erkennen, nur dieser braunschwarze Buckel, der aus dem Wasser ragte.

Das war kein schöner Anblick, aber er gehörte unbestreitbar zur Wirklichkeit. Genauso wie die unangenehme Tatsache, dass in wenigen Stunden die Special Officers in Berlin eintreffen würden. Diese Nachricht hatte den Gesichtslosen gestern aus dem Gleichgewicht gebracht. Alles Abwarten und Verdrängen war obsolet geworden. Er selbst hatte vor sich so getan, als könnte Cowley einfach irgendwann wieder auftauchen, zwar mit einem blauen Fleck unter dem Auge, aber lebend. Und er hätte sich wirklich darüber gefreut. Auf seine Art hatte er den Jungen ins Herz geschlossen. Wahrscheinlich hatte Cowley das nie gemerkt, der Gesichtslose war in seiner zynischen Art unfähig, Gefühle zu zeigen, und er hatte ihn dafür wohl auch zu oft aufgezogen.

Oben auf der Chaussee fuhr ein erstes Auto vorbei, der süßlich-chemische Abgasgeruch waberte zu ihm herunter. Er bückte sich erneut. Dem Fell nach zu urteilen, konnte es sich um ein Wildschwein handeln. Ein Jungtier, nicht sehr groß. Vielleicht war es von einem Auto angefahren worden und mit letztem Leben das Ufer hinuntergerannt, -gerutscht. Um den unförmigen Leib wimmelte ein Schwarm winziger Fischlein.

Er dachte an den See in Minnesota, an dem er früher geangelt hatte. Auch dieses Stück Erinnerung gehörte zu dem Puzzle, das er sich zusammensetzte. Großartige Ausflüge waren das gewesen, und der See viel, viel größer als dieser Berliner Tümpel hier, das andere Ufer mit bloßem Auge nicht zu erkennen. Wenn er aus der ganzen Sache raus wäre, würde er auch wieder angeln gehen. Er rechnete damit, dass sie ihm irgendetwas anhängten und ihn vorzeitig in den Ruhestand schickten, aber selbst dann würde ihm genug zum Leben bleiben. Er fühlte sich nicht wirklich schuldig. Er hatte Cowley nicht zu unnötig riskanten Aktionen gezwungen. Das Bewusstsein der Schuldlosigkeit zusammen mit der beinahe euphorischen Erfahrung, dass die Welt da draußen noch existent war, dass sie seinen eigenen, halbherzigen Todeswunsch gestern Nacht überlebt hatte, öffneten ihm wieder die Zukunft einen Spalt weit. Er hatte noch zwei Jahre bis zur Pensionierung. Er würde wieder angeln gehen, in den Staaten. Irgendwann würde auch dieser unsägliche Präsident verschwinden, der sie vor aller Welt blamierte. *Dann* könnte Amerika wieder groß werden.

Lange blieb der Gesichtslose dort unten am Wasser. Irgendwann stand er auf, streckte seinen Rücken und atmete noch einmal tief durch. Ging die paar Schritte zum Uferweg hoch und weiter zu seinem Auto, das er auf dem Waldparkplatz abgestellt hatte. Als er den Motor anließ, klingelte sein Telefon. Schon an der Stimme seines Mitarbeiters hörte er, dass etwas passiert sein musste.

In der Clayallee waren sie in heller Aufregung. Cowley hatte eine frische Spur hinterlassen. Die Abhörgeräte in der Oldenburger Straße hatten einen Wortwechsel an der Haussprechanlage von Urbaniak-Honegger aufgenommen. Die Stimme ihres jungen Officers war deutlich darauf zu erkennen:

«Ich will zu Paweł Urbaniak», sagte er hölzern, vermutlich, weil Deutsch nicht seine Muttersprache war.

«Geh alleine saufen», antwortete ihm eine kratzige weibliche Stimme, die viel näher klang und somit aus der Wohnung stammte. Sie hörte sich an, als wäre die Frau gerade aus dem Schlaf erwacht oder hätte getrunken. «Paweł wohnt nicht mehr hier.» Ein Knacken, danach Stille.

Unten an der Haustür rührte sich etwas. Ob Cowley einen Knopf gedrückt hatte oder weitergegangen war, ließ sich nicht feststellen. Kurz darauf rief dieselbe weibliche Stimme in die menschenleere Straße hinein:

«Ihr habt ihn alle kaputtgemacht.»

Dann endgültig Stille.

Das war vor nicht einmal einer Stunde gewesen. Cowley lebte, und der Gesichtslose dachte, wie ungerecht es in der Welt zugeht. Er war undiszipliniert gewesen, hatte sich betrunken, und statt einer Strafe schickte ihm der Himmel jetzt das Leben seines jungen Officers.

Die zwei gutaussehenden jungen Männer mit glatten Gesichtern kamen selbstbewusst herein und hatten sich mit wenigen leichtfüßigen Schritten das Büro zur Bühne gemacht. Sind noch nicht geplättet von dieser Stadt, dachte der Gesichtslose, haben noch Reserven. Übrigens auch falsche Vorstellungen vom Berliner Wetter, in den leichten Leinenjacketts, die sie da tragen. Die beiden gehörten zur härteren *species* von Officer, die in Krisensituationen zum Einsatz kamen.

Und der Gesichtslose freute sich über ihre Professionalität, die darin zum Ausdruck kam, dass man ihnen das so gar nicht ansah.

Cowleys Berichte kannten sie auswendig. Ungeduldig hörten sie sich die Aufnahme vom Vormittag an. Statt Friederike Honegger-Urbaniak zu vernehmen, wollten sie sofort in die Wohnung in der Sonnenallee. Sie vermuteten, dass diese Wohnung sein nächster Anlaufpunkt sein würde. Im Gegensatz zu allen anderen war sie nie in Augenschein genommen worden. Alle hatten sich mit Cowleys Vermutung zufriedengegeben, dass der Pole dort eine Geliebte habe. Keine Besichtigung, keine Wanzen, niemand von ihnen war je darin gewesen.

Ohne länger zu diskutieren, brachen die Officer im Dienstwagen nach Neukölln auf. Sie mussten auf alles gefasst sein. Ihr Mann konnte in einen Hinterhalt gelockt werden. Sein Bericht von diesem Überfall, wenn auch unbewiesen, legte Derartiges nahe. Psychisch labil, wie er war, konnte er dort aber auch selbst ein Blutbad anrichten. Der Gesichtslose hatte angedeutet, dass Cowley eine abseitige Zuneigung zu dem observierten Polen entwickelt habe. Darauf deuteten auch seine Berichte hin. Wenn er den Polen mit der Kurdin überraschte, könnte er womöglich ausrasten, könnte die beiden und vielleicht sogar den türkischen Ehemann töten. Sie würden nicht lange an der Tür klingeln, sondern sich sofort Zutritt verschaffen.

*

Friederike war die Nacht stundenlang durch die Stadt gelaufen in der hartnäckigen Überzeugung, irgendwo würde sie ihren Mann schon finden. Dieses Gespür hatte fürs Erste zwar getrogen. Als sie am Großen Stern aus dem 100er Bus stieg, tat sie das trotz der Erschöpfung in dem guten Gefühl, alles unternommen zu haben, was in ihren Kräften stand. Es regnete, und ihr war kalt. Auf der Straße in Richtung Hansaplatz kam sie am dunklen Tiergarten vorbei. Sie verschwendete keinen Gedanken daran, wer um diese Zeit dort lauern mochte.

Am Vormittag meldete sie sich in der Beratungsstelle in Schöneberg krank. Sie hatte Fieber. Als sie eingenickt war, klingelte doch tatsächlich einer von Pawełs polnischen Saufkumpanen unten an der Tür. Den fertigte sie barsch ab und schlief weiter. Später ging sie die Treppen hinunter und fischte einen Brief aus dem Kasten. Der grauweiße Papierumschlag war mit blauem Kugelschreiber adressiert, dessen Strich punktuell aussetzte. *Herrn Paweł Urbaniak*, stand darauf, darunter die Anschrift. Ein Absender fehlte. Der Poststempel war unlesbar. Ihr Anstand sagte ihr, dass sie diese Sendung eigentlich nicht öffnen dürfe. Aber in einer Situation, da ganz offensichtlich etwas sehr Ungutes im Gange war und die Menschen einer nach dem anderen verschwanden, hielt sie es für wichtig, das doch zu tun.

Lieber Paweł,
gewiss hast du dir schon Sorgen gemacht (oder etwa nicht?) Deshalb nehme ich mir heute die Zeit, dir zu schreiben.
Wo ich jetzt bin, errätst du nie. Ich sage es dir auch nicht, sonst kommst du noch auf die Idee, nach mir zu suchen.
Ich bin weit, weit weg, geographisch ebenso wie geistig. Ich kann sagen, mir ist die Flucht gelungen. Ich bin meinen Verfolgern entkommen, und nicht nur ihnen: Bin endlich raus aus unserer Stadt, diesem Moloch, der Menschen frisst.
An dir perlt das alles immer ab. Die Menschen auf dem kalten

Fliesenboden, neben Einkaufswagen mit ihrer ganzen Habe, während die sogenannten Intellektuellen beim Kaffee in der warmen Buchhandlung sitzen. Und keiner von ihnen fragt, warum das so sein muss. Die da draußen sterben langsam und sinnlos, unter unseren Augen.
Wo ich jetzt bin, sterben die Menschen auch, doch sie tun es für ein hohes Ziel. Sie kämpfen genau gegen die zynischen Kräfte, die die Schwachen und Obdachlosen im Kapitalismus verrecken lassen. Genau dieselben.
Sie leben hier in armseligen Verhältnissen. Du müsstest mal die Latrinen sehen, da braucht es starke Nerven. Auch an die Gesichter muss man sich gewöhnen. Manchen würde man bei uns sofort als Alkoholiker abstempeln. Platte Nasen, wundgeschlagene Lippen. Ordensbehängte Brüste, Kosakenmützen, ein richtiges Kostümtheater.
Aber der Eindruck täuscht. Sie besitzen eine verborgene Schönheit. Ihren Stolz. Die Menschen hier sind aufgestanden, um zu kämpfen. Natürlich sind sie arm. Aber sie haben die Wahrheit auf ihrer Seite. Ihr dort – hat mir einer in gebrochenem Englisch erklärt – ihr habt das Geld, wir haben die Wahrheit. In diese Formel möchte ich es fassen.
An dem Tag, als ich die Stadt für immer verließ, schaute in der S-Bahnunterführung eine junge Frau aus einem Haufen von Schlafsäcken und Lumpen zu mir hoch. Sie war hübsch, hatte glatte Haut, und ich erschrak, einen so schönen, jungen Menschen in dieser Lage zu sehen. Ich sah weg. Ihr Blick verfolgte mich die ganze Reise. Und ich sagte mir: Auch dich werde ich rächen.
Gerade bringt mir ein Kamerad frischen Kaffee in einem weißen Emaille-Becher, so einen wie ganz früher, weißt du? Ringsumher sind schon alle auf den Beinen. Machen sich am Kochgeschirr zu schaffen, zerlegen Waffen, ölen die Teile,

putzen sie mit Lappen. Dort hinten tragen sie zwei oder drei schwere Geschosse in die vorderen Linien, Granaten.
Du wirst lachen, dass ich das Wort Kamerad in den Mund nehme. Hier stimmt es. Der mir den Kaffee gebracht hat, spricht eine fremde Sprache. Ich verstehe nur seine Gesten, sehe den wachen, aufmerksamen Blick. Solch ein Blick kann nicht lügen. Wir stehen füreinander ein.
Dass sie mich überhaupt aufgenommen haben, war nicht selbstverständlich. Ich kam ja wie von einem anderen Stern. In Charkiw auf dem Bahnsteig hat mich ein Mann angesprochen, der ein wenig Deutsch konnte, und mich hierherbegleitet. Die Fahrt dauerte lange, wir mussten mehrere Kontrollposten passieren. Zwei Italienern bin ich hier auch schon begegnet.
Ich wusste: Es gibt diesen Krieg. Hier wollte ich hin. Denn hier hat das Leben noch einen Sinn.
In den letzten Tagen bringen sie mir sogar das Schießen bei. Was meinst du, wie sie gelacht haben, als ich das schwere Gewehr zum ersten Mal auf einen Sandsack gelegt und abgedrückt habe. Der Druck hat mich einen halben Meter zurückgeworfen. Der zweite Schuss ging besser. Zu gern hätte ich gesehen, wo oder in wen dieses kleine Stück Metall auf der anderen Seite einschlägt. Es sind nur wenige hundert Meter, aber durch den Vorhang der hitzeflimmernden Luft erkennt man nicht viel.
Ich sehe sie nicht und weiß doch, dass sie dort sind. Die, die mich gejagt haben, die mich töten wollten. Und immer noch töten wollen.
Jetzt lässt der Steppenwind die Zeltplane flattern. Groß wie ein Stierhoden steht die Sonne über dem Horizont, glutrot. Du kommst ja selbst aus dem Osten, Paweł. Aber das hier ist doch noch etwas anderes. Bei den Russen ist alles intensiver

und sinnlicher, alles hat mehr Farbe, mehr Kraft. Sie haben ihre eigene Art von Wirklichkeit. Kein Wunder, dass sie sich von unserer zahmen, westlichen Zivilisation nicht vereinnahmen lassen wollen. Das wäre nur Verflachung.
Gern würde ich noch länger liegen und schreiben. Aber ich muss bald aufstehen. Schon höre ich meinen Namen rufen. Trinke den letzten Schluck Kaffee.
Selten war mir so wohl, Paweł. Mir ist, als schwebte ich über mir und betrachtete meinen eigenen Körper. Kennst du das? Du kommst an den Ort deiner Kindheit, und alles ist ganz klein, viel kleiner, als du es im Kopf hast. Die Straße mit dem Rotdorn, der Teppichklopfer, der Schulhof. So empfinde ich jetzt meinen eigenen Körper. Dieses Gefäß, das mir so viel Aufregung bereitet hat, so viel Schmerz und so wenig wirkliche Freude.
Ein Blick aus der Ferne auf etwas, das ich früher war. Selige, ruhige Bewegtheit. Diesen Ausdruck von dir habe ich mir gemerkt. Genau das ist es, was ich jetzt empfinde.
Ich könnte auch sagen: Glück.
Und wenn du noch hier sein könntest, wäre es vollkommen.
So viel als erstes Lebenszeichen, mein Freund.
Innige Grüße sendet dir
Dein Konrad.

Friederike faltete die zwei Blätter wieder zusammen und schob sie in den Umschlag.

*

Am anderen Morgen fand ich einen Zettel auf Zsuzsas Wohnzimmertisch: «Bin arbeiten. Essen im Kühlschrank.»

Dabei hatte ich mir vorgenommen, zur gleichen Zeit wie

sie aufzustehen und die Wohnung zu verlassen. Aber da sie nun schon weg war, sah ich mich ein wenig um.

Viel zu entdecken gab es nicht. Zwei Zimmerchen, Bad mit Klo und Dusche, Flur. Das lange Wandbrett im Bad war mit Kosmetika vollgestellt. Zsuzsa legte offenbar großen Wert auf schicke Markennamen. Im Wohnzimmer gab es ein einziges Regal mit Nippes. Ein Plüschmops, Kerzen. Bücher fast keine, vielleicht musste sie die beim Umzug zurücklassen. Oder sie las nicht viel. Irgendein esoterischer Quark. Ein Buch über Seelenwanderung nach Abtreibung. Ein oder zwei ungarische Titel. Ich langweilte mich schnell, zog mich an und verließ die Wohnung.

In Zsuzsas dunklem, verhängtem Zimmer merkte man nicht, dass draußen die Sonne schien. Meine Stimmung besserte sich auf einen Schlag. Ich ging nicht runter zur Rummelsburger Bucht, sondern suchte mir den Weg über die Revaler zur Warschauer Straße, schlenderte dann leicht gereizt durch die Touristenmassen auf der Oberbaumbrücke. Im Görlitzer Park wollte ich mich auf die Wiese hauen und den Anblick der späten Kinder des Wohlstands genießen, die dort wie rosige Maden in dem grasigen Krater des Parks abhängen, mit Rauschmitteln gefüttert von lang- und dünngliedrigen Schwarzen in Jeans und manchmal bunten wehenden Kleidern. Die Enkel der RAF-Generation. Kampfunfähig, angepasst, von Drogen betäubt.

Bevor ich den Park erreichte, sah ich das Mädchen. Mit Hund, so wie Jana. Mich durchzuckte erst nur die Ähnlichkeit. Aber sie war es tatsächlich. Meine Jana. Es kommt mir so vor, als hätte ich zuerst ihren Hund gesehen, er lief so merkwürdig. Auch sie hatte mich erkannt. Sie blieb stehen. Ich auch. Der Hund humpelte, auf drei Beinen. Das linke Vorderbein war kürzer. Ich zeigte erstaunt darauf.

«Unfall. Ein Zug», erklärte sie und deutete auf meine Tasche. « Und du? Warst verreist, wa?»

«Nein, nein, das sind meine Sachen. Ich steh auf der Straße. Quasi.»

Sie stülpte die geschlossenen Lippen nach vorn und nickte.

«Ich hab versucht, dich anzurufen», sagte ich.

Sie hob entschuldigend beide Handflächen. «Kein Handy.» Ihre Hände. Ihre Hände.

«Ich habe meine Frau verlassen», sagte ich.

«Echt?», sagte Jana mit einem raschen Blick an mir vorbei. Weder überrascht noch begeistert. Eher so, als könnte sie mit der Nachricht nichts anfangen. Hätte sie zwar verstanden, aber es hätte mit ihr nichts zu tun. Sie sah mich wieder an, unsicher, ungläubig und wie ein Kind. Ich verstand ihre Reaktion nicht. Ich verstand Jana nicht mehr.

«Ja, echt. Und weißt du, was mir gestern passiert ist? Unglaublich.»

Sie schüttelte den Kopf.

«Ich fange eine Ausbildung an», sagte sie.

«Oh», sagte ich.

«In einem Supermarkt. Einzelhandelskaufmann. Ich darf Cox tagsüber im Hinterhof lassen. Alle sind lieb zu ihm. Niemand schlägt ihn. Die Frauen von der Fleischabteilung geben ihm Knochen. Die sind total nett. Ich habe großes Glück gehabt.»

Sie sprach langsamer als sonst.

«Toll. Kassiererin und so?»

«Auch, aber nicht nur. Auch Bestellungen. Lager. Sortiment. Endlich mal was Handfestes.»

Es gibt Zitate, die man ohne Anführungsstriche erkennt. Dieser Satz war nicht von ihr. Dieser Satz war schon benutzt. Von einem, von vielen anderen. So etwas merkt man, so wie man einer Frau anmerkt, ob sie kurz zuvor bei einem anderen war. Irgendjemand musste das so zu ihr gesagt haben: «Endlich mal was Handfestes, Jana.» Es hätte zu ihrem Vater gepasst. Oder vielleicht einem neuen Freund.

«Ich weiß jetzt, was mit Konrad passiert ist», sagte ich.

Wieder schüttelte sie schweigend den Kopf. Auf alle Neuigkeiten von mir schüttelte sie den Kopf. Was sollte das heißen? Sie fragte nicht, was mit Konrad passiert sei, es schien sie nicht mehr zu interessieren. Und mit einem Schlag war Konrad, der Selbstverliebte, der immer nur im Spiegel Strahlende, erloschen wie eine abgeschaltete Glühlampe. Jana hatte den Stecker gezogen.

Jana fragte auch nicht, was ich erlebt hatte. Sie guckte großäugig und misstrauisch, als stünde sie unter Psychopharmaka oder wäre halb gelähmt vor Angst im Angesicht des Menschen, der ihr Leben so durcheinandergewirbelt hatte. Mit Mühe hatte sie dieses Durcheinander wieder unter Kontrolle bekommen. Sie hatte Glück gehabt, wie sie selbst sagte.

Ich verstand nicht mehr, woran ich bei ihr war.

Ich legte vorsichtig meinen Arm um sie. Nicht sexuell oder so. Einfach als Geste, um Nähe zu zeigen. Meine kleine Jana, also. Ihr Bauch war etwas strammer als früher. Vielleicht bekam sie dort im Supermarkt gut zu essen. Handfeste Sachen. Deutschen Aufschnitt, Teewurst, kurz vorm Verfallsdatum aus den Regalen geräumt, noch längst nicht verdorben. Alles, was die Deutschen zu dem macht, was sie heute sind: Wesen, die jedem Abenteurertum und allen Höhenflügen abhold sind, konkrete Menschen, ohne Berufung zu bedeutenden Taten. Passiv und verweiblicht von dem Östrogen, mit dem sie ihr Futter in den Ställen mästen.

Jana wand sich aus der Umarmung, so wie man eine altersschwache Fliege von der Hand streift.

«Na dann ...», sagte ich.

«Ja», antwortete sie, und ich sah, wie sich die verkürzte Vorderpfote ihres Hundes hob und die Leine sich straffte. Ich wartete auf dieses eine, kleine Wort. Als Zeichen, dass noch nicht alles verloren wäre. Als Schimmer der Hoffnung. Was auf der Welt hätte ich gegeben, um dieses eine zärtliche Wort von ihr zu hören: «Polacke.»

Aber Jana sagte nur «ja».

*

Wodka. Eiskalt. Komm mir jetzt nicht mit labbrigem Bier, mit dünnem Wein. Jetzt Absturz und Vollnarkose. Ersatztod. Anders lässt sich so ein Schmerz nicht ertragen. Jana gehen lassen. Sie auf der anderen Seite des Flusses zurücklassen und im Sonnenlicht über die Brücke spazieren, auf das triste Ufer, wo der Osten beginnt und ich überhaupt nichts verloren habe. Wo die leere Zsuzsa mit ihrer chaotisch vollgestopften Louis-Vuitton-Tasche und überzogenen Hoffnungen auf mich wartet, ein nettes Mädchen, das ich enttäuschen muss. Jana dagegen, meine Göttin – allein. Jana, die nicht mehr sucht.

Mit bisher ungekannter, geradezu Übelkeit erregender Selbstverachtung nahm ich Kurs auf den nächsten Supermarkt, wie den Ort meiner Hinrichtung. Im Kellergeschoss des Ostbahnhofs war einer.

Die beiden jungen Männer, die mir entgegenkamen, waren nicht von hier. Sie passten nicht in die Gegend, weder als Berliner noch als typische Touristen. Eher Finanzinvestoren, ausländische Immobilienmakler auf der Suche nach einem Schnäppchen, interessiert an den wenigen noch freien Filetstücken am Spreeufer. Sie werden etwas hochziehen, etwas wie die hässlichen Wohntürme oder die grauenhafte Mall an der Mercedes-Benz-Arena. Ein abscheuliches Menschenbild treibt solche Investoren. Für sie ist man nur Konsument, Unfreier. Vom Äußeren her ähnelten sie den Mormonen-Jungs, die missionierend durch Europa ziehen. Genau die gleichen Babygesichter, die von keinem Unheil dieser Welt berührt scheinen, genauso weich und auch so jung. Nur nicht ganz so adrett gekleidet waren die hier. Sie trugen zerknitterte Leinenjacketts, dazu Jeans, und das Leder ihrer Schuhe war hell vom Berliner Straßenstaub. Ihr Haar, nicht gegelt und nicht gescheitelt, stand wuschig ab. Schon von weitem musterten sie mich ebenso interessiert wie ich sie. Ich wollte ihnen gerade ausweichen, da blieb der eine vor mir stehen, man könnte auch sagen, er verstellte mir den Weg. Der andere ging weiter, ich nahm noch wahr, wie er hinter mir auf dem Absatz kehrtmachte.

«Mister Paweł Urbaniak?», fragte der vor mir. Er zeigte mir keinen Ausweis.

«Yes?»

«Würden Sie uns einige Fragen beantworten?»

«Sie arbeiten im Auftrag meiner Frau, richtig?», grinste ich. «Schöne Grüße, sie soll alles behalten. Für mich ist die Sache erledigt.»

«Ihre Frau? Oh nein. Wir wollen wissen, was gestern in der Wohnung Sonnenallee 51 passiert ist.»

Da fiel mir ein Stein vom Herzen. Sie hatten die Leiche dieses Schnüfflers entdeckt, bevor Evîns Freunde gekommen waren und sie wegräumen konnten. Das war sehr gut. Denn nun würde es keine Geheimnisse geben, keine Leichen im Keller, vor deren Entdeckung man sich ein Leben lang fürchten müsste. Besser auch für Evîn selbst. Ich konnte das ganz schnell erklären. Ich hatte ja nichts getan.

«Ganz einfach. Ein Unglücksfall.»

«Sie waren also dort.»

«Ja, sicher. Und ich bezeuge, dass es Notwehr war.»

Es tat mir gut, endlich mit den Ermittlern zu sprechen, zu bestätigen, dass Evîn den Mann nicht töten wollte. Er hatte sich auf sie gestürzt, und sie wehrte sich. Die beiden Männer wechselten Blicke. Sie wirkten fast verlegen. Dann sagte der eine:

«Notwehr? Gegen eine junge Frau, ohne Waffe? Ist sie mit ihren rot lackierten Krallen auf Sie losgestürmt, und Sie sahen keine andere Möglichkeit, um sich zu verteidigen?»

«Junge Frau?», fragte ich.

«Ja. Evîn Vural, zweiunddreißig Jahre.»

Eine Wand von Übelkeit versuchte zu verhindern, dass ich endgültig verstand.

«Sie lebte noch, als ihr Ehemann Dinçer Vural nach Hause kam. Tatwaffe ist eine Pistole Phoenix HP-25.»

Ich schüttelte sehr langsam den Kopf.

«Und der Mann im Nikab?»

«Ein Mann im Nikab?», fragte jetzt der andere.

«Ah, dann haben Sie sich in der Wohnung geirrt! Dort lag ein Mann. Er war erstochen!»

«Mr. Urbaniak», sagte jetzt der andere fast besänftigend. «Auf der Toilette der Wohnung, in der wir uns umgesehen haben, lagen Ihr Personalausweis, eine BVG-Monatskarte ohne Namen und ein Rucksack. Wie können die da hingekommen sein? Der Ausweis hätte es der Polizei sehr leicht gemacht, und die BVG-Karte lässt sich auch identifizieren.»

«Die Polizei? Dann sind Sie nicht die Polizei?»

«Nein. Und es ist besser für Sie, dass wir Sie zuerst gefunden haben. Das erschossene Mädchen interessiert uns nur am Rande, vielleicht können wir da etwas klären. Aber vor allem interessiert uns der Mann im Nikab.»

«Als ich ging, lag er noch da.»

«Halten Sie es für möglich, dass er aus eigener Kraft aufgestanden und weggelaufen ist?»

Die Kälte dieser höflichen Männer ließ mich innerlich gefrieren. Ich schüttelte den Kopf.

«Er blutete. Da müssen Flecken auf dem Boden gewesen sein. Evîn hat ihm noch die Augen geschlossen.»

«Die Kurdin? Sie lebte also?»

«Ja, sicher.»

«Mr. Urbaniak, Ihnen ist womöglich nicht bewusst, dass Sie in einer sehr unangenehmen Lage sind. Auf der Tatwaffe befinden sich Ihre Fingerabdrücke, ziemlich viele davon.»

«Kein Wunder. Ich habe ja öfter damit rumgespielt. Aber nie geschossen. Sie können meine Frau anrufen …»

«Die sterbende Frau hat ausgesagt, dass Sie es waren, der auf sie geschossen hat.»

«Was?»

«Ja. Das behauptet ihr Ehemann. Er war es auch, der uns Ihre Personalpapiere in der Toilette gezeigt hat.»

«Der lügt! Aus Rache. Rufen Sie meine Frau an. Überzeugen Sie sich, dass ich kein Mörder bin. Meine Frau ist Deutsche. Sie kann Ihnen alles erklären. Hier ist die Telefonnummer, ich habe kein Guthaben mehr.»

In diesem Moment klammerte ich mich noch an die alte Ordnung der Welt.

«Ihre Frau hat damit nichts zu tun.»

«Aber sie ist Deutsche. Sie geht einem ordentlichen Beruf nach, sie zahlt Steuern, und ich bin der Ehemann. Wir sind seit achtzehn Jahren verheiratet. Warum sollte ich jemanden umbringen, und dann noch meine …»

«Der Ehemann von Evîn Vural behauptet etwas anderes.»

«Was geht mich Evîns Ehemann an? Den kenne ich überhaupt nicht. Nie gesehen. Woher will er wissen, was ich getan habe, wenn er gar nicht dabei war?»

Mir wurde schwindlig.

«Er hat sich das alles ausgedacht», konnte ich noch sagen.

«Sie hatten ein Verhältnis mit Evîn?»

Ich schüttelte ganz unsinnig den Kopf.

«Verhältnis, Freundschaft. Nennen Sie es, wie Sie wollen. Wir haben uns gut verstanden.»

«Die Frau hat kurz vor ihrem Tod Geschlechtsverkehr gehabt. Wir konnten eine Spermaprobe entnehmen. Das Ergebnis wird weitere Schlüsse zulassen.»

«Aber warum sollte ich … Wir waren gute Freunde. Warum hätte ich ihr etwas antun sollen?»

«Rein theoretisch sind mehrere Motive denkbar. Eifersucht, das haben Sie selbst erwähnt. Oder sie wollte Schluss machen und war kurz davor, sich ihrem Mann zu offenbaren. Oder im Gegenteil, sie wollte zu viel von Ihnen.»

«Blödsinn!»

Meinten sie das ernst? Mein Gott, wie hatte plötzlich alles so ernst werden können? Auf einmal ließ sich das Leben nicht mehr mit Lügen umspielen, fiel mir Nietzsche ein. Ich konnte nicht glauben, dass Evîn, der tapferen Evîn, etwas zugestoßen sein sollte.

«Sie sehen, Ihre Lage ist nicht beneidenswert. Wir sind aber bereit, Ihnen zu helfen. Wenn Sie uns im Gegenzug etwas über Jonathan Cowley sagen. Er ist schließlich fast zwei Wochen hinter Ihnen hergelaufen. Haben Sie sein Gesicht gesehen, bevor er starb? Wenn er gut war, kamen Sie nie dazu. Er hat Sie gemocht, wissen Sie. Das geht aus seinen Berichten hervor. Vielleicht können Sie sich revanchieren und uns helfen, ihn zu finden. Sie waren einer der Letzten, der ihn lebend sah, gestern in der Wohnung. Wir machen Ihnen einen Vorschlag.»

«Nämlich?»

«Wir fahren an einen ruhigen Ort und unterhalten uns.»

«Und wenn ich nicht will?»

«Sie müssen nicht. Rechtlich sind wir auch gar nicht befugt, Sie zu befragen. Aber wollen Sie in die Hände der deutschen Polizei geraten? Uns interessiert, wie gesagt, nicht so sehr, ob Sie Evîn Vural getötet haben. Aber einer unserer Männer ist vermutlich in dieser Wohnung ums Leben gekommen. In solchen Fällen sind wir wenig zimperlich. Sein Leichnam war nicht mehr dort, aber es gibt tatsächlich Blutspuren auf dem Fußboden, die von ihm stammen. Möglicherweise können Sie uns weiterhelfen, aber wenn Sie nicht wollen …»

«Ja?»

«Dann können wir Sie auch einfach laufen lassen. Wir übergeben die Beweismittel der Berliner Polizei. Wenn die sich nicht ganz dumm anstellen, sind Sie morgen verhaftet und müssen mit einem Urteil wegen Mordes rechnen, mindestens Totschlag. Dinçer Vural hasst Sie. Davon werden Sie sich bei einer Gegenüberstellung überzeugen können. Seine Aussage ist eindeutig, und die Fingerabdrücke auf der Waffe bestätigen ihn.»

«Sie übergeben was?», fragte ich verwirrt.

«Selbstverständlich haben wir die Beweismittel mitgenommen. Personalausweis, BVG-Karte, Ihren Rucksack, die Waffe … Dinçer Vural stand unter Schock. Wer weiß, wo diese Dinge am Ende geblieben wären. Und ob er überhaupt zur Polizei gegangen wäre …»

Wir gingen über die Brücke nach Kreuzberg. Ich schwieg.

«Ich habe also gar keine Wahl. Wohin wollen Sie mich bringen?»

«Nicht weit. Kurzer Flug nach Rumänien, immerhin ein NATO-Staat. Wir verfügen dort über eine Anlage, in der wir uns in Ruhe unterhalten können. Sie helfen uns, wir Ihnen. Quid pro quo.»

«Rumänien?», fragte ich und glaubte zu träumen. «Zu meiner Frau?»

Die beiden sahen sich an.

«Rumänien», bestätigte der eine.

Bei diesen Worten öffnete er mir schon die Tür zum Fond eines Wagens mit getönten Scheiben. Unter normalen Umständen hätte ich mich gewehrt. Nach allem aber, was in den letzten zwei Tagen geschehen war, leistete ich keinen Widerstand. Ich war mir der Realität selbst nicht mehr sicher. In meinem Zustand war ich beinahe froh, dass diese höflichen jungen Männer offenbar sehr gut wussten, was sie taten. Bei ihnen fühlte ich mich in guten Händen.

Als der zweite Mann sich neben mich gesetzt hatte, fuhren wir los, hinein in die Sonne des späten Nachmittags. Woher wussten die beiden von Rumänien? Vielleicht wussten sie ja noch viel mehr. So fand ich den Mut zu der Frage:

«Dann können Sie mir bestimmt auch sagen, wo mein Freund Konrad Mauser ist?»

Wir hielten bei Rot. Links über die Kreuzung erkannte ich den Eingang des Freibads, in dem ich vor Tagen mit Jana gewesen war. Hatte sofort die Rufe der Kinder und das platschende Wasser im Ohr, obwohl ich es durch den Verkehrslärm unmöglich hören konnte. Der Fahrer warf den Kopf nach hinten und sagte:

«Keine Sorge. Ihr Freund ist in Sicherheit.»

Zehn Tage später erkannte ein Geschichtslehrer in der polnischen Kleinstadt Pruszków, wenige Kilometer vor Warschau, seinen alten Studienkommilitonen auf einer Parkbank. Paweł Urbaniak schien von der Begegnung wenig erfreut. Auf die Frage, wie es in Deutschland sei, antwortete er verbittert, er sei nicht zum Plaudern aufgelegt. Habe in den letzten Tagen sowieso schon viel zu viel erzählt. Man solle sich nur keine Illusionen über dieses Land machen. Er selbst habe mit Deutschland abgeschlossen. Er wolle sich in Polen einen Job suchen und wohne so lange bei seiner Mutter. Etwas erschrocken ging der Jugendfreund weiter.

Der Letzte, der etwas von Konrad hörte, war Jurko. Genauer gesagt: Er sah etwas. Ein Foto in VKontakte, einer russischen Spielart von Facebook. Dort hatte er viele sogenannte Freunde, deren Seiten er regelmäßig nach Informationen abgraste. Gruppen von Söldnern, Soldaten, Kriegsveteranen, aktiven Kämpfern ebenso wie militaristischen Phantasten tauschen dort ihre Erfahrungen aus. Für sie ist es das ideale Forum, eine Spielwiese, um mit ihren Heldentaten zu prahlen, sie merken gar nicht, dass sich Insektensammler aus aller Welt über das Gewimmel beugen und sich für das Leben im Kleinen interessieren. Geheimdienstler zum Beispiel, die mit der Pinzette nach interessanten Fundstücken suchen. Die Nutzer ahnen nicht, dass die von ihnen hochgeladenen Fotos wertvolle Daten enthalten: GPS-Koordinaten, Tage, Uhrzeiten; die Namen von Kameraden und Mitkämpfern; die Orte, an denen sie gewesen waren. Typisch sind Grüppchen von bärtigen Männern, auf und um einen Panzer versammelt. In Syrien, oder in der Ukraine. Burjaten mit schwer verbrannten Gesichtern, in Tarnfleckuniform. Tote. Die Überlebenden prahlen mit ihren Taten und präsentieren Gefallene. Und die Insektensammler können sich Stück für Stück ein Bild zusammensetzen.

Als er jetzt auf den Namen «Mauser» stieß und dazu den Spitznamen «Berlinjetz», der Berliner, sah er genauer hin. Persönlich hatte er Konrad nie getroffen, aber nun fiel ihm die Geschichte von Jana und Paweł wieder ein. Er prüfte die Geodaten und den Zeitstempel des Fotos. Östlich Avdiivka. Ein umkämpfter Abschnitt an der Front. Das konnte stimmen. Auf der VKontakte-Seite wurde darüber gerätselt, warum der Schuss aus einer ganz anderen Richtung gekommen sei als der, aus der die Ukrainer üblicherweise schossen. Wegen der untypisch starken Verletzungen wurde in den Kommentaren diskutiert, ob es sich bei der Waffe womöglich um ein amerikanisches Scharfschützengewehr vom Typ Barrett M82 gehandelt habe, das mit panzerbrechender Munition sogar schwere Fahrzeuge und größere Objekte zerstören kann; oder ob es ein neuerdings an die ukrainische Armee geliefertes kanadisches Nachfolgemodell war. Viele der Freunde auf der Seite versuchten, ihren militärischen Senf dazuzugeben. Nur wenige verstanden wirklich etwas von der Sache.

Jurko druckte sich das Foto des fürchterlich versehrten, im Grunde halbierten Schädels mit dem blutverschmierten Büschel blondroter Haare aus und hängte es pietätvoll in die Trophäenreihe an seiner Wand. Pietätvoll heißt, er bekreuzigte sich davor und spuckte einmal trocken darauf. Nicht verächtlich, eher wie ein Bestattungsritus. Die letzte Schaufel

Sand. Die Galerie mit Verrätern der Ukraine und Söldnern der russischen Seite war in die Breite gewachsen, seit Jana und Paweł ihn besucht hatten. Hinzugekommen war unter anderen der Scharfschütze, der gleich im ersten Kriegsjahr einen ukrainischen Operntenor ums Leben gebracht hatte, der freiwillig an die Front gegangen war. Er hatte ihn nicht lange überlebt.

Das Gedicht, das darüber hing, hatte Jana zwar gesehen, aber nicht wahrgenommen und schon gar nicht verstehen können. Es war die russischsprachige Travestie eines bekannten Puschkin-Verses gegen die polnischen Feinde Russlands und lautete, frei übersetzt:

Aus Eurer Hetze wächst Gewalt,
Drum schickt uns Eure Söhne her,
Ihr namenloses Grab empfängt sie bald,
Und täglich werden es mehr …

An dem Tag, als die Kugel eines Scharfschützen von der ukrainischen Seite der Front Konrad die eine Schläfe wegriss, ja sogar fast um die gleiche Uhrzeit, nämlich gegen Mittag, las Jana in ihrem Badezimmer den Streifen des Schwangerschaftstests ab, den sie sich aus der Apotheke geholt hatte. Positiv.

Sie sagte ihrem Vater kein Wort. Sie packte ihre Sachen und ging.

Konrad war, wie alle Gefallenen, offiziell nie dort gewesen. Deshalb erfuhr auch niemand von seinem Verbleib. Seine Überreste sind wahrscheinlich, wie viele andere, in einer eilig ausgehobenen Grube mit den sterblichen Resten anderer pro-russischer Söldner und Soldaten verscharrt worden. Jonathan Cowley dagegen war sehr wohl hier gewesen – in

Berlin. Dafür gibt es Zeugen. Doch diejenigen, die wissen, wo sein Körper geblieben ist, schweigen beharrlich.

Jana aber gab ihrem Sohn den polnischen Namen Andrzej.

MIX
Papier aus verantwortungsvollen Quellen
FSC® C083411

Das für dieses Buch verwendete Papier ist FSC®-zertifiziert.